Lob für *Diesen Lord zu lieben*

„Cheryl Bolen schreibt mit einer Eleganz, die ideal
für diese Epoche ist und die perfekte Atmosphäre für
ihre bezaubernden Liebesgeschichten schafft." –
Romantic Times

„Schafft auf wunderbare Weise sexuelle Spannung
zwischen ihrer eigenwilligen und freimütigen Heldin
und dem packend gequälten, zerrissenen Helden." –
Booklist

„5 Sterne – höchst empfehlenswert." – *Huntress
Reviews*

„Die sexuelle Spannung knistert." – *Happily Ever
After*

„Eine gefühlsmäßig unwiderstehliche
Liebesgeschichte, die mich lange über Mitternacht
hinaus wachgehalten hat." – *In Print*

Cheryl Bolens Bücher

Regency-Liebesromane:

Reihe: *Die Bräute von Bath*
  Die Braut in Blau
  Mit seinem Ring
  Das Geheimnis der Braut
  Diesen Lord zu lieben
  Love In The Library
  A Christmas in Bath

Reihe: Das Haus Haverstock
  Zufällig eine Lady
  Herzogin aus Versehen
  Irrtümlich Gräfin
  Zu Weihnachten verheiratet

Reihe: Beherzte Bräute
  Die falsche Gräfin
  Sein goldener Ring
  Hochzeitsnacht mit Hindernissen
  Miss Hastings abenteuerliche Fahrt nach London
  Weihnachten mit den Birminghams

The Regent Mysteries Series
  With His Lady's Assistance
  A Most Discreet Inquiry
  The Theft Before Christmas
  An Egyptian Affair

Pride and Prejudice Sequels
  Miss Darcy's New Companion
  Miss Darcy's Secret Love
  The Liberation of Miss de Bourgh

The Earl's Bargain
My Lord Wicked
His Lordship's Vow
Christmas Brides (Three Regency Novellas)
A Duke Deceived

Romantic Suspense:

Falling For Frederick

Texas Heroines in Peril Series
  Protecting Britannia
  Murder at Veranda House
  A Cry In The Night
  Capitol Offense

World War II Romance:

It Had to Be You (Previously titled *Nisei*)

American Historical Romance:

A Summer To Remember (3 American Romances)

(Die Bräute von Bath, Buch 4)

Cheryl Bolen

Übersetzung von Antonia Armstrong

$\mathcal{P}$rolog

Blanks hatte sich jeden Schulstreich, den er und George – nun Lord Sedgewick – jemals angezettelt hatten, ins Gedächtnis gerufen. Alles, um Georges Gedanken von der düsteren Geburt, die auf der anderen Seite der Türe in Lady Sedgewicks Schlafgemach stattfand, abzulenken. Blanks hatte George gerade noch davon abhalten können, in die Zimmer seiner Frau zu stürmen, als er Diana vor Schmerzen stöhnen hörte. Ganz egal, wie amüsant Blanks war, George konnte sich kaum auf seine Worte konzentrieren. Eine kalte, vorausahnende Angst, wie er sie nie zuvor gefühlt hatte, ergriff ihn. Er dachte daran zurück, als Diana ihr erstes Kind, Georgette, auf die Welt gebracht hatte. Der behandelnde Arzt hatte es als eine überaus einfache Geburt eingestuft, obwohl seine geliebte Diana sich neun Stunden lang vor Schmerzen gewunden hatte.

Man sagte, dass das zweite schneller kommen würde, aber es waren nun schon zehn Stunden vergangen und man konnte immer noch keinen Schrei eines Neugeborenen hören.

George war zu der schrecklichen Erkenntnis gelangt, dass etwas mit dem Baby passiert war. So enttäuschend das auch sein würde, er würde es akzeptieren können. Er konnte alles akzeptieren, außer Diana zu verlieren. Allein der

Gedanke daran verkrampfte seinen Magen und gab ihm die Empfindung, sich seines Lebens beraubt zu fühlen. Er konnte nicht einmal den Gedanken daran ertragen.

Er sah zu Blanks auf und sagte mit stockender Stimme: „Etwas stimmt nicht." Sobald er es ausgesprochen hatte, wünschte er, die Worte zurücknehmen zu können. Der arme Blanks würde am Ende des Monats zum ersten Mal selbst Vater werden und George durfte seinen Freund wirklich nicht derart beunruhigen. Denn Blanks war genauso in seine Frau – Georges Schwester Glee – verliebt wie George in Diana. Wenn dies möglich war. Obwohl George davon überzeugt war, dass niemand jemanden so sehr lieben konnte, wie er Diana liebte. Es gab niemals ein vollkommeneres, schöneres Geschöpf auf dieser Erde. Nicht einmal seine Schwestern Felicity und Glee konnten sich mit ihr vergleichen.

„Das bildest du dir nur ein", sagte Blanks. Obwohl Blanks versuchte, mit ermutigender Stimme zu sprechen, brachten seine eigenen Ängste seine Stimme zum Stocken.

George drehte sich um, als er Schritte die Treppe hinaufgehen hörte und sah Felicitys blondes Haar. Sie war in Begleitung ihres Mannes Thomas Moreland. George konnte Moreland nie ansehen, ohne über seine Ähnlichkeit mit Diana, Morelands Schwester, zu staunen.

„Haben wir ein Baby?", fragte Felicity mit einem Lächeln.

George seufzte. „Noch nicht. Ich bin schrecklich besorgt."

Felicity legte sanft eine Hand auf seinen Arm. „Mach dir keine Sorgen. Es wird alles gut gehen. Ich sehe sofort nach ihr." Dann verschwand sie in den Zimmern der Viscountess.

Ein kurzer Blick auf Moreland beunruhigte George noch mehr. Denn das Gesicht von Dianas Bruder war aschfahl geworden. Thomas nahm einen Chippendale-Stuhl und setzte sich neben George und Blanks. „Wie lange dauert es schon?"

George schluckte. „Zehn Stunden."

Thomas runzelte die Stirn. „Ich dachte, es würde beim zweiten Mal nicht so lange dauern."

„Das dachte ich auch", sagte George.

Die Türe zu Lady Sedgewicks Zimmer knarrte und George sah auf, um Felicity anzuschauen. Und sein Herz sank. Tränen strömten aus ihren blauen Augen.

George sprang auf die Beine. „Was ist passiert?", schrie er. „Ist es Diana?"

Sie nickte langsam, dann brach sie in Tränen aus.

George konnte Morelands heiseren Schrei oder Blanks scharfes Einatmen nicht hören. Er hatte das dunkle Zimmer seiner Frau betreten. Er ignorierte seine hochschwangere Schwester Glee, die dort stand und mit tränenüberströmtem Gesicht Dianas Hand umklammerte.

Sie mussten sich irren! Diana konnte nicht tot sein! Er näherte sich andächtig dem Himmelbett und sah hinunter auf ihr lilienweißes Gesicht. Ihr dunkles Haar klebte feucht an ihren Schläfen und ihre langen Wimpern waren geschlossen, als würde sie schlafen. Sogar nach all dieser Zeit machte sein Herz einen Sprung, wann auch immer er ihre sanfte Schönheit erblickte.

Einige hoffnungsvolle Sekunden lang erlaubte er sich zu glauben, dass sie am Leben war. Seine schöne Frau war nur eingeschlafen. Tränen sammelten sich in seinen Augen, als er mit seiner

Hand über ihr Gesicht streichelte. Als seine Hand ihre kalte Haut berührte, wusste er es. Ein unmenschlicher Schrei brach aus ihm heraus. „Nein, nein, nein!"

Er nahm ihren leblosen Körper in seine Arme und schluchzte.Er musste seine geliebte Diana eine Stunde lang gehalten haben, bevor Glee ihn dazu aufforderte, sie loszulassen. „Du musst kommen und deinen Sohn sehen, George", flüsterte sie.

Mit einem letzten quälenden Schluchzen ließ George Dianas leblosen Körper los und wirbelte herum zu seiner Schwester. „Ich will nichts mit ihm zu tun haben! Er hat seine Mutter getötet!"

Dann stürmte George aus dem Zimmer.

Kapitel 1

„Ich muss sagen, Sally, dass du die Einzige bist, bei der mein armer Neffe nicht weint", sagte Glee, die das Haar ihrer eigenen kleinen Tochter Joy streichelte.

Sally Spenser küsste die goldenen Locken des kleinen Sam und wog ihn weiterhin in ihren Armen. Sie glaubte, dass sie den kleinen Kerl so liebgewonnen hatte, weil er nie die Liebe einer Mutter gekannt hatte. Es war wahrscheinlicher, dass Sallys Zuneigung zu dem unschuldigen Sam durch die Abneigung seines eigenen Vaters geschürt wurde.Sams Vater, George Pembroke, der Viscount Sedgewick, war zweifellos der enervierendste Mann, den sie je gekannt hatte. Sein fehlendes Interesse an seinem Erben war unverzeihlich. Seine Neigung, zu viele Gläser zu leeren, war unverantwortlich. Seine Vorliebe für Glücksspiele war unvernünftig. Und er hatte keinerlei Interesse an Poesie. Kurz gesagt, es gab nichts an dem Viscount, das sie guthieß. Sie konnten nicht fünf Minuten lang im selben Zimmer sein ohne aneinanderzugeraten.

Warum hatte sie ihn dann die Hälfte ihrer zweiundzwanzig Jahre angebetet? Seitdem sie sich mit Glee in Miss Worths Schule für junge Damen angefreundet hatte, hatte Sally Glees älteren Bruder angehimmelt. Nicht, dass George

Sally auch nur einen Krümel von Ermutigung gezeigt hätte. Ganz im Gegenteil. Der Viscount hatte nie auch nur eine Frau auf Erden angesehen außer seiner geliebten Frau Diana, die seit zwei Jahren tot war.

Es schmerzte Sally mit anzusehen, wie George tiefer in das düstere Tal der Trauer fiel, das er sich seit Dianas Tod gegraben hatte. Es war offensichtlich, dass er nicht den Wunsch hatte zu leben. Es gab keine Freude mehr in seinem Leben außer seiner Liebe für seine Tochter, die ihrer Mutter auffallend ähnlich sah. „Ich bin so froh, dass du nach Bath gekommen bist", sagte Glee zu Sally. „Nicht nur, weil du mir so lieb bist und ich überaus glücklich bin, dich zu sehen – sondern weil der arme kleine Sam dich braucht. Ich mache mir große Sorgen um ihn. Er spricht gar nicht und Joy – die eine Woche jünger ist als er – spricht schon ganze Sätze."

Sally schüttelte den Kopf. „Mama sagt, dass Mädchen immer vor Jungen sprechen. Sie sagte auch, dass man Kinder nie vergleichen sollte, weil sie sich unterschiedlich entwickeln, aber früher oder später alle am gleichen Ort ankommen."

Glee seufzte. „Ich hoffe du hast recht damit, dass Jungen später zu sprechen anfangen. Ich sorge mich so sehr um Sam. Ich frage mich immer wieder, ob ich das Richtige tue, ihn weiterhin unter Georges Dach leben zu lassen. Mein Bruder ist ein derartiges Ungeheuer! Ich glaube wirklich, Sam hätte es besser bei mir – obwohl er natürlich seine Schwester vermissen würde, die George niemals aufgeben würde." Glee nahm ihre Tochter von ihrem Schoß, stellte sie auf den Boden und klopfte liebevoll auf ihren Rücken. „Ich wünsche mir, dass sich Sam und George näherkommen und dies kann nur geschehen, wenn George für ihn verantwortlich sein muss."

„Du hast keinen Grund, dich schuldig zu fühlen", sagte Sally. „George nimmt seine väterlichen Pflichten *nicht* ernst." Sie streichelte liebevoll über Sams Haar. „George wird eines Tages mit Sicherheit erkennen, wie kostbar Sam ist."

Sally griff nach Sams nackten Füßchen. „Ene mene", fing sie an. Der kleine Bursche setzte sich auf und quietschte vor Vergnügen. Als Sally alle seine pummeligen kleinen Zehen gezählt hatte, kicherte er.Dann spazierte seine Schwester mit einer großen, dicken, flauschigen grauen Katze in ihren kleinen Armen ins Zimmer. Sam rutschte von Sallys Schoß und lief zu seiner Schwester, um die Katze von ihr zu nehmen. Die Katze, die gegen Sams tollpatschigen Umgang mit ihr offensichtlich immun war, war fast so groß wie Sam. Sally war erfreut zu sehen, dass Georgette bereit war, ihr Haustier mit ihrem kleinen Bruder zu teilen.Joy lief mit wackeligen Beinen zu ihrer Cousine. „Schau! Mama hat meine Haare hübsch gemacht. Wie die Prinzessin in dem Buch."

Georgette sah hoffnungsvoll von Joy zu Glee. „Kannst du meine Haare auch flechten, Tante Glee?"

„Ich würde mich freuen, Georgette. Komm her", sagte Glee und streckte ihre Arme aus.

Sally starrte Georgette an. Obwohl ihr Name eine Variante ihres Vaters' Namen war, war sie durch und durch Diana.

Sally erinnerte sich noch gut an ihren Kummer, als sie erfahren hatte, dass George sich mit Diana Moreland verlobt hatte. Wie schmerzlich es war, ihren Traum Georges Herz zu erobern aufgeben zu müssen. Zuerst war Sally überzeugt, dass George sich nur wegen ihrer enormen Aussteuer an Miss Moreland kettete.

Dann traf die siebzehnjährige Sally die neunzehnjährige Diana. Und Sally war am Boden zerstört. Natürlich würde George Diana lieben! Sie war nicht nur wohlhabend, sondern auch elegant, graziös und wunderschön. So wie ihre Tochter es jetzt war. Georgette war groß für eine Vierjährige. Ihre Mutter war auch groß gewesen. Und Georgette war sehr hellhäutig mit glänzenden dunkelbraunen Haaren und Augen. So wie Diana.Nachdem Glee Georgettes Haare geflochten hatte, schickte sie die Kinder mit deren Amme fort und wandte sich dann an ihre liebe Freundin. „Nun musst du mir sagen, was dich sobald nach deiner Ankunft im Haus deines Bruders wieder nach Bath zurückbringt. Was hat er jetzt getan, um dich so zu verärgern?"

Sally, die sich auf den Boden gekniet hatte, um hinter den Kindern aufzuräumen, seufzte. „Er hat mich sozusagen dem abscheulichen Mr. Higginbottom versprochen."

„Was macht Mr. Higginbottom so verabscheuungswürdig?"

„Vielleicht ist das Wort *abscheulich* ungerecht. Der Mann mag durchaus nett sein, aber es ist schwierig für mich, das herauszufinden, da ich eine derartig oberflächliche Person bin, dass ich von seinem Aussehen schrecklich abgestoßen werde. Es ist nicht seine Schuld, dass er dick ist und darauf besteht, Kleider zu tragen, die ihm in seinen schlankeren Zeiten gepasst haben mögen. Und es ist furchtbar herzlos von mir, dagegen Einwände zu haben, dass sein Kopf so haarlos ist wie ein Billardball. Es möge jedoch genügen, dass er eine Enkeltochter in meinem Alter hat."

Glee riss die Augen auf. „Oh nein, das kann nicht gutgehen! Glaubt Edmund wirklich, dass du *so* verzweifelt heiraten willst?"

Sally presste ihre Lippen aufeinander und ihre Hand griff fester nach Joys Stoffpuppe. „Meine Gefühle wurden nie berücksichtigt, das versichere ich dir. Alles, was zählte, war Mr. Higginbottoms große Geldbörse." Sie schmiss die Puppe in einen Korb.

„Ich kann nicht verstehen, warum deine Mutter weiterhin unter dem Dach ihres Sohnes lebt, der derart habgierig ist. Hat er selbst nicht um eines Titels willen geheiratet und nicht aus Liebe?"

Sally nickte. „Aber Mama ist keine Befürworterin von Liebes-Ehen. Ihr Vater hat ihre eigene Ehe arrangiert. Und außerdem ist sie in Edmund vernarrt und er hat sie davon überzeugt, wie vorteilhaft meine Heirat mit Mr. Higginbottom sein würde."

„Oh nein", sagte Glee wieder. „Und wie ich dich und deine scharfe Zunge kenne, hast du Edmund schrecklich erbost."

„Man konnte wohl nicht von mir erwarten, meine Zunge im Zaum zu halten ..." Sally schüttelte den Kopf und brach in Gelächter aus. „Ich gebe zu, dass ich nie darin gut war, meine Zunge im Zaum zu halten."

Glee stimmte in das Gelächter ein. „Da hast du recht."

„Aber nun sehe ich mich mit der Schwierigkeit meiner Situation konfrontiert. Ich weigere mich, zu Edmund zurückzukehren und David ist irgendwo in der Navy. Als Tochter eines verstorbenen Vikars habe ich offensichtlich keinen eigenen Wohlstand."

Glees Lächeln breitete sich aus und ihre Augen funkelten. „Du wirst wohl mit Blanks und mir leben müssen!"

„So sehr ich dich auch liebe, weigere ich mich, von deiner Wohltätigkeit zu leben. Ich werde eine Position annehmen müssen. Ich habe nachgedacht. Ich war die Beste unserer Klasse in Miss Worths Schule ... Denkst du, sie würde mich an der Schule einstellen?"

Glee schüttelte vehement den Kopf. „Ich werde dir nicht erlauben, darüber nachzudenken! Du bist schließlich die Nichte von Lord Bankston!" Ihre Augen musterten Sally, die dabei war, alles wegzuräumen. „Obwohl ich sagen muss, wenn ich dich so ansehe, könnte man dich für ein Dienstmädchen halten. Bitte überlasse die Unordnung den Dienern!"

„Du weißt, dass ich das nicht kann."

Glee nickte. „Ich weiß. Mit dir in der Schule zusammen zu leben, war die einzige Zeit in meinem Leben, in der ich ein ordentliches Schlafgemach hatte."

„Dann hat meine Reinlichkeit nicht auf dich abgefärbt?"

„Um Himmels willen, nein! Ich würde es nicht wünschen, irgendetwas aufzuräumen, weil ich dann niemals etwas finden würde. Wegen der Stelle an der Schule ... Ich bin ziemlich sicher, dass Lord Bankston der Schlag treffen würde, wenn seine Nichte eine Stelle als Lehrerin annehmen würde."

„Großnichte. Dann werde ich es ihm nicht mitteilen. Mein Entschluss ist gefasst. Ich will unabhängig sein. Ich weigere mich, von der Wohltätigkeit anderer zu leben."

„Du bist zu deinem Bruder gezogen, um mit

ihm zu leben. Wie unterscheidet sich mit mir – die dich liebt – zu leben davon, mit deinem elenden Bruder zu leben?", forderte Glee sie heraus.

„Papa hat Edmund die Verantwortung übertragen, sich nach Papas Tod um uns zu kümmern. Papas Geld – wie wenig es auch war – fiel unter dieser Bedingung an seinen Erstgeborenen. Edmond hat dafür bezahlt, dass David Offizier sein konnte und hatte Mama und mich in seinem Heim mit Drucilla und ihren beiden Kindern unterzubringen."

„Ich bin sicher, dass wenn du hier in Bath bei Blanks und mir bleibst, du schnell einen Ehemann findest und das würde all deine Sorgen lösen."

„Du magst dir sicher sein, aber ich bin es nicht. Du und Felicity und Diana habt schnell gute Ehemänner eingefangen, weil ihr schön seid. Diese Hoffnung kann ich mir leider nicht machen."

„Du bist hübsch", setzte Glee entgegen.

„Wenn man Frauen mag, die groß und formlos wie Bohnenstangen sind. Und zähle dazu, dass meine Haare wie Stroh aussehen."

„Das ist nicht wahr! Ja, du bist größer und schlanker als die durchschnittliche Frau, aber dein Gesicht *ist* hübsch. In der Tat hast du die bezauberndsten Grübchen, die ich je gesehen habe, und deine Augen sind reizend. Es ist ganz und gar unerwartet, dunkelbraune Augen an einer Blondine zu sehen. Ich schwöre, ich würde alles geben – außer Blanks und Joy – um deinen Teint zu haben."

Sally verdrehte die Augen. „Du bist die hübsche Hellhäutige. Warum würdest du gebräunte Haut wünschen?"

„Sie ist nicht gebräunt. Sie ist ... goldbraun. So wie du. Schattierungen von Gold und Braun. Du bist wirklich äußerst hübsch."

„Ich wünschte, ich könnte deine Meinung teilen", murmelte Sally. Sie zog ihre Augen zusammen, als sie Glee beobachtete. „Wenn wir schon von Männern sprechen, ich erkenne eine bemerkenswerte Veränderung in deinem Mann. Du hast jedes Recht mir zu sagen, dass es mich nichts angeht, aber ich bin ziemlich beunruhigt darüber, was ich beobachte. Blanks hatte sich zu einem überaus verantwortungsvollen aufmerksamen Ehemann entwickelt und nun ist er wieder in seine alten Gewohnheiten verfallen und treibt sich mit deinem Bruder herum."

Glee zuckte mit ihren zarten Schultern und sie sprach mit einem besorgten Flüstern. „Wir werden niemals ein zweites Kind haben, denn er hält sich von meinem Bett fern."

Andere Jungfern würden erröten und ihren Blick abwenden ob eines derartigen Gespräches über Geschehnisse zwischen Eheleuten in deren Schlafgemach, aber nicht Sally. Sie runzelte die Stirn. „Ich kann nicht glauben, dass Blanks nicht mehr in dich verliebt ist!"

„Oh, das ist er immer noch", sagte Glee. „Das Problem ist, dass er mich zu sehr liebt. Seit Diana im Kindbett gestorben ist, ist Blanks fest entschlossen, mich vor einem derartigen Schicksal zu bewahren. Und – weil er mich so sehr liebt – kann er mir nicht nahe sein und nicht ... nun, *nicht* wünschen, mit mir zu schlafen. Deshalb hält er sich fern."

Sally sprang auf die Beine und ging über den Teppich zu Glee. „Oh, du Arme. Wir müssen seinem lächerlichen Benehmen ein Ende setzen."

Sie drückte Glee an sich.

„Ich weiß nicht, was ich tun soll. Ich habe mehrmals mit ihm gesprochen und ihm versichert, dass die Frauen in meiner Familie sich äußerst guter Gesundheit erfreuen. Felicity hat bereits zwei perfekte Kinder auf die Welt gebracht und Mama hatte drei. Ich sagte ihm, dass ich davon überzeugt sei, nicht zu sterben, bevor jedes einzelne rote Haar auf meinem Kopf weiß geworden ist."

„Und was sagt er dazu?"

Glee senkte die Wimpern. „Er sagt, eine von vier Frauen stirbt im Kindbett und er wird es nicht zulassen, dass ich eine davon bin." Ein Schluchzer entkam ihr und sie wandte sich mit tränenerfüllten Augen an Sally. „Oh Sally, du kannst dir nicht vorstellen, wie gut es ist, mit einem Mann zu schlafen, den man so verzweifelt liebt."

Oh, aber Sally konnte es. Obwohl sie eine Jungfrau war, war sie doch nicht jungfräulich. Sie konnte Georges muskulösen Körper nie ansehen, ohne sich vorzustellen, ausgestreckt neben ihm zu liegen, seine Härte unter ihren streichelnden Händen zu spüren und sich danach zu sehnen ihn in sich aufzunehmen. Jetzt daran zu denken brachte ihr Herz zu trommelndem Pochen. Glee ging kopfschüttelnd auf die Türe zu. „Unser Gespräch war viel zu anstrengend. Komm, lass uns in den Pump Room gehen. Vielleicht werde ich meinen abtrünnigen Ehemann dort sehen und du kannst mit ihm schimpfen."

* * *

Es missfiel Glee überaus, dass sie Sally an nur ihrem zweiten Tag in Bath verlassen musste, aber Felicity hatte Glee in die nahegelegene Winston

Hall einberufen. Und da Felicity die Älteste der Geschwister war, zeigten weder Glee noch George jemals genug Rückgrat, um ihr zu widersprechen. Nicht, dass es jemals einen Grund dafür gegeben hatte, denn Felicitys Urteil war unfehlbar.Also fand sich Glee in der Bibliothek der Morelands wieder und saß Felicity und einem ernsten George gegenüber, als beide Türen, die in das Zimmer führten, fest hinter ihnen geschlossen wurden.

„Sag, worum geht es?", fragte Glee.

Felicitys Augen blitzten vor Ärger, und sie stemmte ihre Hände in die Hüften. „Es geht um George. Wir waren alle geduldig mit ihm in seiner Trauer." Sie sah ihn an und ihre Stimme wurde sanfter. „Vergiss nicht, dass ich weiß, wie es ist, einen geliebten Ehepartner zu verlieren. Ich wollte niemals wieder einen anderen Mann lieben. Ich hatte Liebe mit Michael erlebt!"

„Du kannst Michael Harrison nicht mit Diana vergleichen!", zischte George. „Keine Frau wird jemals ihren Platz einnehmen. Es wurde nie eine Frau geschaffen, die ihr gleichen könnte."

„Wie dem auch sei", sagte Felicity. „Ich habe dich hierher gerufen, um dir zu sagen, dass das Leben weitergeht. Es ist irrelevant, ob du wieder heiraten wirst oder nicht – obwohl ich zutiefst hoffe, dass du wieder Liebe finden wirst. Was relevant ist, mein lieber Bruder, sind deine Kinder. Und ich bin davon überzeugt, dass deiner Gleichgültigkeit ihnen gegenüber und deinem egoistischen, unreifen Verhalten ein Ende gesetzt werden muss. Wir haben bisher geschwiegen, um dich trauern zu lassen, aber ich kann nicht länger zusehen, wie du deine Kinder vernachlässigst."

„Meine Kinder sind nicht vernachlässigt! Sie haben eine gute Amme, die sich um all ihre

Bedürfnisse kümmert."

„Aber sie sind schon so benachteiligt, da sie keine Mutter haben", sagte Felicity. „Sie brauchen ihren Vater. Und sie brauchen den Einfluss einer Frau guter Herkunft. Obwohl sie erst vier ist, ist es Zeit für Georgette, eine Gouvernante zu haben. Sie braucht den Kontakt zu einer gut erzogenen Dame. Genauso wie der kleine Sam."

Nun meldete sich Glee mit blitzenden Augen zu Wort. „Ist dir bewusst, dass dein Sohn nicht sprechen kann? Er ist ein derartig trauriger kleiner Kerl und praktisch ohne Eltern, die ihn lieben."

George *war* sich dessen nicht bewusst. „In welchem Alter sprechen die meisten Kinder?", fragte er.

„Deine eigene Tochter hatte ein umfangreiches Vokabular, als sie zwei Jahre alt war", sagte Glee, „und meine Tochter spricht bereits in vollständigen Sätzen, obwohl sie eine Woche jünger ist als Sam."

„Um Himmels willen, der Bursche ist noch nicht einmal zwei. Was erwartet ihr?", sagte George.

Felicity schritt ein. „Er wird nächste Woche zwei. Ich gebe zu, Jungen lernen später zu sprechen als Mädchen. Meine Söhne haben später zu sprechen angefangen als meine Nichten. Und trotzdem mache ich mir Sorgen um Sam."

„Sei so gut und bemitleide *meinen* Sohn nicht. Seine Amme berichtet mir, dass er überaus intelligent ist."

„Ich bezweifle keinen Moment lang seine Intelligenz", sagte Glee. „Es ist sein Wohlbefinden, das ich bezweifle."

„Er ist viel größer, als Georgette in seinem Alter

war", setzte George entgegen.

„Wir behaupten nicht, dass Sam körperlich vernachlässigt wird", sagte Felicity. „Es sind seine seelischen Wunden, die uns Sorgen machen."

„Mein Sohn hat keine Wunden!"Seine verflixten Schwestern hatten kein Recht ihm zu sagen, wie er seine Kinder großzuziehen hatte! Sein Sohn hatte keinerlei Probleme. Der Junge war nur schüchtern. Das war alles. Seine Mutter war auch schüchtern. Bei Gott, er vermisste sie. Was hatte George je getan, um solch unerträglichen Kummer zu verdienen?

„Du hast unrecht", sagte Glee. „Er wird als Waise großgezogen."

„Und wenn ich eine Gouvernante einstelle, erwartet ihr, dass diese Frau eine Mutter für meine Kinder sein wird?"

„Es wäre besser als jetzt", sagte Felicity. „Obwohl es natürlich das Beste wäre, wenn du wieder heiraten würdest."

„Das kommt nicht in Frage", sagte er.

Felicitys Stimme war sanfter. „Glaube mir, ich verstehe deine Gefühle nur zu gut."

„Niemand war je in meiner Situation", sagte George verbittert.

Eine Idee – eine wunderbare brillante Idee – überkam Glee. „George! Felicity! Ich habe eine Lösung für das Dilemma."

„Welches Dilemma?", fragte George.

„Das Dilemma deiner Kinder, die keine Mutter haben", antwortete Glee. „Sally könnte ihre Gouvernante sein! Sie ist deinen Kindern schon jetzt ergeben und sie hat mir erst gestern gesagt, dass sie eine Position als Lehrerin sucht. Dies wäre um so vieles besser, weil sie den kleinen Sam unheimlich gerne hat – und Georgette auch."

„Sally Spenser?", fragte George.

Glee stemmte ihre Hände in ihre Hüften. „Natürlich! Welche andere Sally liebt deine Kinder?"

Er zuckte mit den Schultern. „Kann mir die Nichte eines Earls nicht als Gouvernante vorstellen. Hört sich seltsam an."

„Sie ist nur Lord Bankstons Großnichte", sagte Glee.

Felicity ging auf George zu und legte einen Arm um ihn. „Denk darüber nach, George. In der Zwischenzeit kann Glee herausfinden, ob Miss Spenser es überhaupt in Erwägung ziehen würde, die Gouvernante deiner Kinder zu sein."

Glees Gedanken schossen mit wundersamer Geschwindigkeit durch ihren Kopf. Nicht nur wäre Sally perfekt für die Kinder, sie wäre auch für George gut. Nicht im romantischen Sinn, natürlich. Sie waren ganz und gar nicht passend für einander. In der Tat stritten sie sich meistens. Aber Sally in ihrer ehrlichen Art war vielleicht die einzige Frau, die mit George umgehen konnte. Wenn ihn jemand aus seiner Misere holen konnte, dann war es Sally Spenser.

„Ich wünsche, dass ihr beide heute mit mir und Blanks zu Abend esst. Miss Spenser ist zurzeit mein Hausgast, George, und du wirst die Möglichkeit haben zu entscheiden, ob sie passend ist."

Kapitel 2

„Du warst nicht sehr lange fort", sagte Sally, als Glee in das Zimmer stürmte, ohne ihren Hut abzunehmen.

„Obwohl Winston Hall auf dem Land zu sein scheint, ist es keine drei Meilen von Bath entfernt."

„Und ist alles in Ordnung dort?", fragte Sally.

Glee schien abgelenkt zu sein, sah dann zu Sally auf. „Wir – Felicity und ich – machen uns natürlich Sorgen um George."

So wie Sally auch. Er raste den Pfad der Selbstzerstörung unaufhaltsam entlang. Seinen Namen in Verbindung mit besorgten Seufzern zu hören, verkrampfte ihren Magen. Dann kam ihr in den Sinn, dass George etwas zugestoßen sein könnte, etwas noch Schlimmeres, als seine Frau verloren zu haben. Ihr Herz fing an heftig in ihrer Brust zu pochen. „Ist ihm etwas zugestoßen?", fragte sie mit heiserer Stimme.Glee wirbelte herum. „Oh, nein."

Sally atmete tief ein. Warum hatte Glee ihren Hut immer noch nicht abgenommen?"

„Das Wetter ist schön heute", sagte Glee. „Sollen wir zu den Crescent Fields spazieren?"

„Erlaube mir, meinen Hut zu holen", sagte Sally.

Einige Minuten später flanierten die beiden

Ladies die Gay Street entlang, wo Käufer eilig an ihnen vorbei hasteten.

„Felicity sorgt sich besonders um Georges Kinder", fing Glee an. „Sie meint, dass die Kinder den Einfluss einer vornehmen Frau brauchen."

„Ich stimme ihr vollkommen zu. Erst gestern ist mir aufgefallen, wie traurig Georgette ausgesehen hat, als sie dich gebeten hat, ihr Haar zu flechten. Es ist ungerecht, dass diese Kinder keine eigene Mutter haben."

Glee drückte eine behandschuhte Hand auf ihren zitternden Mund. „Oh, du wirst mir das Herz brechen."

„Es bricht mir jedes Mal das Herz, wenn ich Georges Kinder sehe", sagte Sally getragen.

„Ich habe George berichtet, wie sehr du an seinen Kindern hängst." Glee wurde langsamer und zögerte, bevor sie weitersprach. „Ich habe ihm auch gesagt, dass du darüber nachdenkst, eine Position als Lehrerin anzunehmen."

Sallys Herz schlug schneller. „Und was hat er dazu gesagt?"

„Er fragte, ob ich über Sally Spenser sprach, denn er konnte nicht glauben, dass die Nichte eines Earls eine derartige Stelle annehmen würde. Siehst du, ich habe dich für die Position mit seinen Kindern vorgeschlagen."

Sally wirbelte herum, um Glee mit vor Zorn blitzenden Augen anzusehen. „Du hast was getan?"

„Ich habe gesagt, dass du perfekt für seine Kinder sein würdest."

Sally konnte niemals zustimmen, unter Georges Dach zu leben! Insbesondere, da sie so furchtbar in ihn verliebt war. Außerdem würde George sie niemals haben wollen. Er war sich des

Ausdrucks der Schärfe ihrer Persönlichkeit durchaus bewusst. Er sollte es sein. Er hatte zu oft die Hauptlast ihrer Kritik getragen. Nein, dachte sie kopfschüttelnd, George würde niemals zustimmen, ein derartig spitzzüngiges Teufelsweib unter seinem Dach zu haben. Er bevorzugte sanfte Seelen wie Diana, die in ihrem ganzen Leben keine abfällige Bemerkung gemacht hatte.

„Die Vorstellung, im Haushalt deines Bruders angestellt zu sein, ist lächerlich", sagte Sally. Sie stieg vom Bürgersteig, um die Straße zu überqueren, musste aber auf eine Sänfte mit einem gebrechlichen, weißhaarigen Invaliden warten.

„Was ist daran so lächerlich?", fragte Glee. „Du hast die Tatsache, dass du sehr an seinen Kindern hängst, nie verheimlicht."

Sally beeilte sich über die Straße. „Ich bin verrückt nach seinen Kindern."

„Du wärest auch gut für sie. Der arme kleine Sam liebt dich mehr als irgendjemand anderen."

Tränen füllten Sallys Augen. Sie liebte das liebe kleine Geschöpf so sehr! Aber unter dem Dach seines sturen Vaters zu leben kam nicht in Frage. „Du machst es mir sehr schwer."

„Warum denkst du dann nicht darüber nach? Für Sam?"

„Weil Lord Sedgewick mich niemals anstellen wird. Du weißt, dass wir immer aneinander geraten." Sally fand es seltsam, dass Glee Sallys Zuneigung zu ihrem Bruder in all den Jahren nie bemerkt hatte. Sally war seit ihrem ersten Besuch in Hornsby Manor im Alter von zehn Jahren in ihn verliebt gewesen. Es war damals schon deutlich, dass Glee den besten Freund ihres Bruders, Blanks, anhimmelte. Sally schmollte. Obwohl die

Verliebtheit beider Mädchen über all die Zeit standhaft war, wurde nur eine davon erwidert.

„Aber genau deshalb wärest du so gut für George. Du bist die Einzige, die ihm unerschrocken sein Fehlverhalten vor Augen führt."

Sally lachte verbittert. „Kein Mann möchte über seine Unzulänglichkeiten hören."

„George wird seine Meinung ändern."

Seine Meinung ändern? Dann hatte er den Vorschlag, sie als Gouvernante für seine Kinder einzustellen, bereits abgelehnt? Obwohl sie nicht überrascht war, war sie verletzt. Sie hatte ihren Stolz. Sie würde niemals in Georges Haus wohnen, auch wenn er sich auf die Knie werfen und sie anbetteln würde.

Auch wenn es bedeutete, die Möglichkeit zu verlieren, Sam und Georgette in ihre Liebe einzuhüllen.

Sie war sicher, dass George eine fähige Dame guter Herkunft finden würde. Der Gedanke daran ließ ihr Herz sinken. Sie verabscheute die Frau jetzt schon. Diese Frau würde nicht nur in der Lage sein, Georgette und Sam zu verwöhnen, sie würde außerdem George jeden Tag sehen können. Sally schluckte schwer. Sie wünschte, es könnte sie selbst sein.

Was, wenn die eingestellte Dame bösartig war? Was, wenn sie Sam und Georgette nicht so sehr liebte wie Sally sie liebte? Dieser Gedanke schmerzte sie außerordentlich.

Aber Sally hatte ihren Stolz. Sie hatte nichts außer ihrem Stolz.

* * *

Beim Nachtmahl an diesem Abend war alles überaus angenehm. Sally schaffte es durch jeden

Gang, ohne George auch nur ein einziges Mal zu provozieren. Nach dem Essen, als die Männer ihren Portwein tranken, zogen sich die Damen in den Salon zurück und setzten sich nebeneinander auf ein Seidenbrokatsofa, Sally saß in der Mitte.

„Hast du die Stelle Sally gegenüber erwähnt?", fragte Felicity Glee.

Glee seufzte. „In der Tat. Sie ist nicht daran interessiert."

Felicity wandte sich mit enttäuschtem Gesicht an Sally. „Aber ich weiß, dass du die Kinder meines Bruders äußerst gerne hast."

Sally begegnete ihrem Blick. „Das kann ich nicht leugnen."

„Sie hat Einwände gegen deren Vater, wie es scheint", unterbrach Glee.

„Ich habe überhaupt keine Einwände gegen George, ich meine Lord Sedgewick! Ich gebe zu, dass ich mich mehr als nur hie und da mit ihm auf dem Kriegsfuß befinde, aber ich habe ihn eigentlich recht gern." Sie senkte ihre Stimme. „Tatsächlich bin ich genauso um sein Wohlbefinden besorgt wie ihr beide."

Felicity nahm Sallys Hand in ihre. „Bitte, denk darüber nach, die Position in Georges Haushalt anzunehmen."

Sally wandte ihren Blick von Felicitys klaren blauen Augen ab. „Dann ist da noch die Tatsache, dass dein Bruder mich nicht einstellen will. In der Tat bin ich bereit zu wetten, dass er mich nicht einmal leiden kann."

„Wie könnte er dich nicht gern haben?", sagte Glee.

Sally kicherte. „Glaube mir. Für Lord Sedgewick bin ich nichts weiter als eine rechthaberische Fuchtel."

„Aber ich bin mir sicher, dass du ihn auf eine Weise beeinflussen kannst wie sonst niemand", sagte Felicity.

„Sie hat recht", stimmte Glee ein.

Die Türe knarrte, als sie geöffnet wurde und mit bis zum Hals klopfendem Herzen beobachtete Sally, wie die Männer den Salon betraten. Obwohl George der kleinste der drei Männer war, war er doch überdurchschnittlich groß. Und in Sallys Gedanken war er zweifellos der männlichste der drei. Er hatte eine gewisse Rauheit, die im Widerspruch zu seinem privilegierten Leben stand. Mit seinem kräftigen Brustkorb, den breiten Schultern und der gebräunten Haut sah er aus, als ob er Tag für Tag schwere Kisten auf ein Schiff laden würde.

Und doch konnte ein Mann, der so tadellos gekleidet war wie der Viscount Sedgewick, mit derlei Arbeiten vertraut sein. Sallys Augen schweiften, beginnend bei seinen Strümpfen, seinen ganzen Körper entlang, hielten an seinen kräftigen Beinen inne, die in seinen taubenfarbenen eleganten Kniehosen besonders vorteilhaft aussahen. Und sie schluckte schwer. Obwohl er bereits neunundzwanzig war, war seine Taille genauso schlank wie vor seiner Hochzeit. Ihre Augen kamen auf seinem kantigen Gesicht und lässig gekämmten goldenen Haar zu ruhen. Seine Zähne waren so weiß wie eine gestärkte Krawatte. Sie bemerkte auch die verführerische Spalte auf seinem starken Kinn. Seines war ein Gesicht, dessen sie nie müde wurde.

* * *

„Glee sagte wir könnten heute Abend Karten spielen", sagte George, „und ich wähle Miss Spenser als meine Partnerin."

Glee warf ihrem Bruder einen ungeduldigen Blick zu. „Es ist wohl kaum fair, dass du die beste weibliche Spielerin als Partner bekommst, wo du schon selbst ein derart fähiger Spieler bist."

„Moreland ist genauso gut wie ich", sagte George und sah Blanks apologetisch an. „Tut mir leid, alter Junge, aber Karten waren noch nie deine Stärke."

Glee kam an die Seite ihres Mannes und hakte sich bei ihm ein. „Aber du musst zugeben, dass er viel besser Billard spielt als du."

„Und besser reitet und in vielen anderen Dingen besser ist", sagte George.

„Du schießt besser", gab Blanks zu.

„Geh und spiel mit Sally gegen Felicity und Thomas", sagte Glee. Sie sah ihren Mann an. „Blanks und ich werden Schach spielen. Ich bin so glücklich, ihn heute hier zu haben, dass ich ihn ganz für mich alleine haben will."

George hatte ein schlechtes Gewissen, da er Blanks so oft von Glee fernhielt. Beide Männer hatten sich seit Dianas Tod drastisch verändert. Vor ihrem Tod waren er und Blanks die glücklichsten domestizierten Männer im Königreich. Nun konnte George es nicht ertragen, in einer seiner Residenzen zu sein, denn sie riefen Erinnerungen an das Glück, das er mit Diana erlebt hatte, hervor.George vermutete, dass der arme Blanks ihm aus zwei Gründen überallhin folgte. Erstens, um George davon abzuhalten, sich umzubringen. Zweitens, um sich Glees quälender Gegenwart zu entziehen. Denn Blanks, als er betrunken war, hatte ihm gebeichtet, dass er nie wieder mit Glee schlafen würde, um sie nicht im Kindbett zu verlieren, so wie George Diana verloren hatte.

Wie erbärmlich er sich Glee gegenüber auch fühlte, wollte George doch nicht, dass Blanks sie schwängerte. Er hatte Angst davor, noch eine Frau, die er liebte, zu verlieren.

Er zog einen Stuhl für Miss Spenser heraus und setzte sich ihr gegenüber. Während sie auf Moreland warteten, der sich ein Glas Brandy eingoss, fühlte sich George verpflichtet, sich mit Miss Spenser zu unterhalten.

„Wir lange habt Ihr vor in Bath zu bleiben?"

„Nur ein paar Wochen", antwortete Sally. „Und Ihr? Habt Ihr Pläne, nach Hornsby Manor zurückzukehren?"

Er versteifte sich. Er konnte nicht zurückkehren. Diana und er waren dort am glücklichsten gewesen. Außerdem würde er ohne die Vergnügungen in Bath verrückt werden. Als er Diana hatte, hatte er keinen Bedarf an derlei Vergnügungen. „Nicht in voraussehbarer Zukunft."

„Ein Jammer."

Und sie fängt schon wieder an! Weswegen würde die rechthaberische Miss Spenser nun mit ihm schimpfen? „Was meint Ihr damit?"

„Meiner Meinung nach habt Ihr, während Ihr in Hornsby gelebt habt, große Reife gezeigt und das Gut wieder zu wirtschaftlichem Erfolg geführt."

Warum hatte dieses Weib immer recht? Zum Teufel mit ihr. Die überhebliche Miss Spenser. Seit er Hornsby verlassen hatte, waren die Kassen wieder geschrumpft. Es half natürlich auch nicht, dass er einen beträchtlichen Teil seines Vermögens mit seinen hedonistischen Bestrebungen verschwendet hatte.„Ich denke auch, dass das Landleben für Eure Kinder besser wäre."

Sie hatte zu *allem* etwas zu sagen! „Es ist schade, dass Euer Leben so langweilig ist, dass Ihr Zeit habt, derart gründlich über meine Handlungen nachzudenken."

Eine große Traurigkeit legte sich auf Miss Spensers Gesicht. Wirklich, er hatte die Grenzen der Höflichkeit überschritten. „Verzeiht mir, Miss Spenser, es war unfreundlich von mir, dies zu sagen. Ich sollte geschmeichelt sein, dass Ihr Euch überhaupt um mich und meine Kinder sorgt." einen Moment später fügte er hinzu: „Meine Kinder können alle Fürsorge brauchen, die sie bekommen können, wie mir meine Schwestern sagen."

„Verzeiht mir, Mylord, dass ich nicht wirklich dazu imstande bin, den Mund zu halten, aber Eure Kinder – besonders Euer Sohn – brauchen mehr Zuneigung von Euch. Ich sage Euch dies nur, weil ich ihnen so zugetan bin. Es sind außergewöhnliche Kinder."

Gefühle von Zorn und Stolz kollidierten in seinem Innersten. Zorn über die Offenheit von Miss Spenser und Stolz auf die Kinder, die Diana ihm geboren hatte. Er beschloss, Miss Spensers Impertinenz zu ignorieren. „Ich nehme an, ich sollte mich bei Ihnen für die netten Worte über meine Nachkommen bedanken."

„Ich brauche Euren Dank nicht. Ich habe nur die Wahrheit gesagt."

Das war das Problem der Frau! Sie platzte ständig mit der Wahrheit heraus, egal wie beleidigend diese Wahrheit war. Wirklich, er konnte nicht verstehen, wie Glee die Gesellschaft dieses Weibes ertragen konnte. Natürlich schimpfte Miss Spenser nie mit Glee. Vielleicht duldete seine Schwester diese dreiste Jungfer deshalb.

Die Morelands gesellten sich zu ihnen an den Kartentisch, und George teilte die Karten aus. Nachdem er seine Hand begutachtet hatte, beobachtete er seine Partnerin. Sie sah heute Abend anders aus. In der Tat besser, als sie normalerweise aussah. Es war ihr Haar. Er stellte sich die Junggesellin immer mit Haaren so fest gebunden und gerade wie ein Pinsel vor, mit dem man eine Scheune strich. Aber heute war ihr blondes Haar sanft gewellt. Er musste zugeben, dass es eine gewaltige Verbesserung war. Obwohl er sich nicht erklären konnte, warum sie überhaupt versuchte attraktiv auszusehen. Kein Mann würde sie je haben wollen. Zu verdammt unliebsam.

Und plötzlich erinnerte er sich an Glees ungeheuerlichen Vorschlag, Miss Spenser eine Position in seinem Haushalt anzubieten. Wie verflucht unangenehm das sein würde. Nicht so sehr, weil sie immer aneinandergerieten, sondern wegen der Schwierigkeit, eine Angestellte zu haben, die beinahe so hochgeboren war wie er. Wie sollte man unter derartigen Umständen miteinander auskommen? Würde er jeden Abend mit ihr essen müssen? Und was wäre mit der Sonntagsmesse? Würde sie erwarten, auf der Familienbank zu sitzen? Du lieber Himmel, es gab viel zu überlegen, bevor er bereit sein würde, eine Dame guter Herkunft für seine Kinder einzustellen.

Während des folgenden Kartenspiels tadelte sie ihn kein einziges Mal. In der Tat lobte sie sein geschicktes Spiel. Und als über eine bestimmte Regel diskutiert wurde, stimmte sie seiner Interpretation davon zu. Was eine Neuheit war.

Als sie in der Vergangenheit seine Partnerin war, hatte sie mit ihm über die Regeln gestritten. Aber nicht heute. Heute war sie sehr umgänglich.

Sie lächelte sogar mehrmals, und sie hatte ein überaus nettes Lächeln. Tiefe Grübchen auf beiden Wangen. Mit ihrem gewellten Haar sah sie tatsächlich hübsch aus. Natürlich war sie viel zu dünn. Und ihre Haut war unanständig dunkel für eine Dame, aber er dachte, dass ihm dies eigentlich ganz gut gefiel.

Er und Miss Spenser schienen die ganze Nacht über keinen Verlust einstecken zu müssen und er war äußerst zufrieden mit sich. Der heutige Abend war viel unterhaltsamer gewesen, als im Kartenzimmer in den Gesellschaftsräumen zu sitzen, wo ihm sein Geld unter seinem Hintern weggezogen wurde. Vielleicht sollte er wirklich auf seine Schwestern hören. Was würde es schaden, wenn sie, sagen wir, eine oder zwei Nächte in der Woche hier wäre?„Oh, George", sagte Felicity, „was für ein netter Abend. Das müssen wir bald wiederholen."

„In Winston Hall?", fragte Thomas und sah George an.

„Es wäre mir ein Vergnügen." George erhob sich und verbeugte sich vor seiner Partnerin. „Und, Miss Spenser, es wäre mir eine Ehre, wenn sie mir die Freude erweisen, wieder meine Partnerin zu sein."„Es wäre *mir* eine Ehre, Mylord", sagte sie.Später in dieser Nacht, zu Blanks' Konsternation, beschloss George nicht auszugehen. „Ich glaube, ich werde nach Hause gehen und eine Nacht schlafen zur Abwechslung", verkündete George.

„Das kann nicht dein Ernst sein", sagte Blanks mit hochgezogenen Augenbrauen.„Oh, aber das ist es."

George ging nach Hause und ins Bett. Aber er konnte nicht schlafen. Er musste fortwährend daran denken, wie schwierig es sein würde, eine besser qualifizierte Frau als Miss Spenser zu finden, um bei der Erziehung seiner Kinder zu helfen.

Kapitel 3

Seine beiden Kinder drehten sich plötzlich um, als George die Türe zum Kinderzimmer öffnete. Georgette ließ ihre Katze fallen und flog ihrem Vater entgegen. „Papa! Papa! Was machst du hier?", fragte sie, als er sie in seinen Armen hochwirbelte.„Ich bin gekommen, um dich huckepack zu nehmen." Er drückte einen lauten Kuss auf ihre hellhäutige Wange und schwang sie dann auf seinen Rücken. Georgette fing an zu kichern, als ihr Vater sie von einer Seite des riesigen Kinderzimmers zur anderen trug. Sogar die Amme der Kinder, Hortense, kicherte, als sie beobachtete wie Lord Sedgewick sich wie ein Hanswurst benahm.Während seiner zweiten Runde zum Fenster, wo er umdrehte, traf Georges Blick das nachdenkliche kleine Gesicht seines Sohnes. Sam war der Einzige im Zimmer, der nicht lachte. Der Junge ging rückwärts auf die Wand zu, als ob er Angst vor dem großen Mann hatte, der den Clown spielte. George stellte seine Tochter nieder und wandte sich an Sam. „Würdest du auch gerne auf meinem Rücken getragen werden?" Er kam sich vor, als würde er einen Fremden ansprechen. In der Tat war sich George nicht sicher, ob er den Burschen jemals direkt angeredet hatte.George erholte sich immer noch von den gestrigen unerwarteten Neuigkeiten, dass sein Sohn nicht sprach. Es war eine völlige Überraschung für ihn gewesen. Mehr noch, eine derartige Information war überaus beunruhigend. Stimmte etwas nicht mit dem Kind? Er musterte seinen Sohn, der zögerte, eine Antwort zu geben.

Die Unterlippe des Jungen zitterte und seine grünen Augen weiteten sich. Dann, endlich, nickte Sam.

George bückte sich und hob den Jungen auf. Er hatte seinen Sohn nie zuvor in seinen Armen gehalten. George war überrascht, dass Sam um einiges schwerer als Georgette zu sein schien, obwohl er kleiner und viel jünger war als sie. Der kleine Kerl war stämmig. George hob ihn auf seine Schultern und war dabei vorsichtig darauf bedacht, ihn gut festzuhalten – nicht, dass dies notwendig war. Sams mollige kleine Hände hielten die seines Vaters mit einem ganz festen Griff. Dass der Junge klug genug war, um Höhenangst zu haben, ließ George glauben, dass er intelligent war.

Sobald George über den Boden des Kinderzimmers zu laufen begann, fing Sam zu kichern an. Erleichterung überkam George. Der Junge war zumindest imstande, Geräusche zu machen. Felicity hatte bestimmt recht damit, dass Jungen später zu sprechen anfingen als Mädchen. Das war alles. Als er fertig war und den Jungen wieder auf den Boden stellte, lächelte Sam immer noch. George fand diesen Gesichtsausdruck völlig uncharakteristisch für seinen sonst so ernsthaften Sohn.

Nun, da George den Tag seiner Kinder aufgehellt hatte, konnte er sich wieder verabschieden. Aber, seltsamerweise, bemerkte er, dass er nicht gehen wollte. Seine Gedanken huschten zurück zu seinen eigenen Kindheitstagen und die wenigen Zeiten, zu denen sein Vater George und seine Schwestern im Kinderzimmer von Hornsby besucht hatte. George hatte es besonders geliebt, wenn sein Vater ihm *Das Leben und die Wanderschaft einer Maus* vorlas. George schlenderte über den Holzboden zu dem kleinen Regal an der westlichen Wand des Kinderzimmers, um zu sehen, ob die Bücher die Reise von Hornsby Manor geschafft hatten. Er sah durch einige Märchenbücher, bis er das vertraute, mit Eselsohren versehene Buch, das von einer Maus erzählt wurde, fand. Er hob es hoch und drehte sich um, um seine Kinder anzusehen.

„Wünscht ihr, dass ich euch die Geschichte von der Maus vorlese?", fragte er.

Georgettes Augen leuchteten auf. „Oh ja, Papa, das wäre so schön!"

George setzte sich auf den großen Schaukelstuhl und klopfte auf sein Knie, um Georgette zu rufen. Sie hüpfte hinauf, setzte sich auf sein rechtes Bein und kuschelte sich an die Brust ihres Vaters.

Dann sah George auf Sams ernstes Gesicht und klopfte auf sein anderes Bein.Sam sah vom Knie hinauf zu seinem Vater, bevor er sich langsam daranmachte, auf das angebotene Bein zu klettern. George zog ihn hinauf und legte eine Hand um Sams Hüfte, dann fing er an zu lesen. Er hielt das Buch in seiner rechten Hand und bat seine Tochter, für ihn umzublättern.Als er las, konnte George Georgettes Gesicht nicht sehen, aber er sah deutlich, dass Sam von der Geschichte fasziniert war und seine Augen nicht von den Illustrationen abwenden konnte.

Als George die Geschichte fertig gelesen hatte,

öffnete sich die Türe zum Kinderzimmer. George sah auf und in Miss Spensers Gesicht. Sie sah ganz anders aus als in der vorherigen Nacht, als ihr Haar in blonden Locken herabhing. Heute sah es wieder wie ein Pinsel aus. In der Tat sah sie wie die Sally Spenser aus, die er fast sein ganzes Leben lang gekannt hatte.Zu Georges Überraschung sprang Sam von seinem Knie, lief auf Miss Spenser zu und streckte ihr seine kleinen Arme entgegen. Konnte das sein schüchterner Sohn sein? In seinen beinahe zwei Lebensjahren hatte Sam niemals so viel Aufregung gezeigt. Nicht vor seinem Vater zumindest. Es enttäuschte George, sich eingestehen zu müssen, dass Hortense nie in der Lage gewesen war, eine derartig enthusiastische Reaktion in den Kindern hervorzurufen, die ihr ganzes Leben lang unter ihrer Aufsicht gestanden hatten.George war ebenso über den Ausdruck reinen Glücks erstaunt, der Miss Spensers Gesicht überzog, als sie Sam in ihre Arme nahm und ihr Gesicht in seine goldenen Locken vergrub, um ihn dort zu küssen.Dann sah sie zu George auf. „Hallo, Mylord. Ich hatte nicht erwartet, Euch hier zu sehen."

„Ich bin nicht oft hier. Aber ich sehe, dass Ihr in dem Zimmer meiner Kinder keine Fremde seid."

Sam hüpfte in ihren Armen auf und ab und zeigte auf seinen Vater.

„Ja, ich sehe deinen Papa", gurrte Miss Spenser zu Sam.

Aber das Kleinkind schüttelte heftig den Kopf.

Offensichtlich zeigte Sam nicht auf seinen Vater. „Oh, ich verstehe, du kleiner Schlingel. Du willst mit mir auf dem Schaukelstuhl sitzen." Miss Spenser sah George zaghaft an. „Ich fürchte, Ihr sitzt auf dem Stuhl, auf dem Sam und ich immer schaukeln."

George lachte, als er den Stuhl für Miss Spenser freigab. „Ich sehe, dass mein Sohn keinen Grund hat, sprechen zu lernen, denn er verständigt sich äußerst gut ohne Worte. Sagt, ist er es gewöhnt, seinen Willen so einfach durchzusetzen?"

Es war Hortense, nicht Miss Spenser, die antwortete. „Nein, Eure Lordschaft. Ich bin die Letzte, die Kinder verwöhnt. Sie brauchen strenge Disziplin." Sie stemmte ihre Hände auf die Hüften und schickte einen vorwurfsvollen Blick in Sams Richtung. „Und ich habe Master Sam tausendmal gesagt, dass er mit mir sprechen muss, wenn er etwas von mir will. Dieses erbärmliche Herumdeuten funktioniert bei mir nicht."

George nickte der Amme zu. Wie kam es, dass er nie bemerkt hatte, wie streng die mittelalterliche Frau mit seinen Kindern war?

Georgette hob ihre Katze auf und ging auch auf Miss Spenser zu. „Papa hat uns die Maus-Geschichte vorgelesen, die du uns immer vorliest."

Miss Spenser warf George einen Blick zu. „Ich habe es in Hornsby zum ersten Mal gelesen."

Dann hatte sie gewusst, dass er und seine Geschwister dieses Buch geliebt hatten. Wie aufmerksam von ihr, es seinen Kindern vorzulesen. Ein Jammer, dass ihr eigener Vater es vernachlässigt hatte.Miss Spenser streichelte Georgettes dunkle Haare. „Wie hübsch du heute aussiehst, Liebes."

Georgettes Gesicht erhellte sich. Sagte Hortense jemals nette Dinge zu seiner lieben Tochter? Wahrscheinlich nicht. Die unscheinbare Amme war bestimmt der Meinung, dass derartige

Bemerkungen die Kinder zu sehr verwöhnten.

Als nächstes wandte sich Miss Spenser an Fluffy. „Und wie überaus gut genährt Ihr heute ausseht, Mister Fluff."

Georgette kicherte. „Genauso wie Mr. Whiskers in der Geschichte, die du für uns erfunden hast."

Sam hatte einen seiner Schuhe ausgezogen. *Warum hatte sein Sohn das wohl getan?*, wunderte sich George.

Er würde es bald herausfinden.

Miss Spenser nahm Sams große Zehe und fing an, den Abzählreim zu rezitieren.Und Sam kreischte vor Freude. Als Miss Spenser fertig war, reichte Sam ihr wieder seinen Fuß, diesmal mit einem befehlenden Grunzen. „Du musst ‚bitte' sagen", sagte Miss Spenser streng.

George beobachtete ihn gespannt. Konnte diese zarte Frau Erfolg haben, wo alle anderen versagt hatten?

Sam schüttelte den Kopf und hielt ihr seinen Fuß mit einem weiteren befehlenden Grunzen hin.Miss Spenser hob seinen Fuß zu ihren Lippen und küsste ihn. „Ich werde den Reim nicht wiederholen, bis du ‚bitte' sagst." Obwohl ihre Worte streng waren, war ihre Stimme gütig.

Der Kerl konnte doch sicher ein kleines Wort sagen. Es war klug von Miss Spenser zu wissen, dass ein einzelnes Wort vor einem Satz kommen musste. Und war es nicht findig von ihr, ihren Sohn zum Sprechen zu erpressen? Es war ein Jammer, dass Hortense nicht so klug war wie Miss Spcnscr. Αber natürlich, das waren nur wenige. Glee hatte oft die Intelligenz ihrer Freundin beschrieben. Miss Spenser konnte sogar Griechisch lesen und schreiben!

Letztendlich gab Sam einen Ton von sich. Es

war nicht das Wort *Bitte*, aber es waren zwei Silben mit einem starken i Laut.„Sehr gut, mein Schatz", sagte Miss Spenser zu Sam und fuhr fort, den Abzählreim zu spielen.

Als George dastand und seine Kinder um Miss Spenser versammelt sah, wurde ihm bewusst, dass Glee und Felicity recht hatten. Miss Spenser war perfekt für seine Kinder.

Aber wie kam es, dass seine Schwestern bereits wussten, was George niemals auch nur erahnt hatte? Wie lange hatte die Jungfer ihren Kindern schon derartige Besuche abgestattet? Und warum würde eine Lady von exzellenter Herkunft ihre Zeit lieber in seinem Kinderzimmer verbringen, als am Arm irgendeines Jungspundes im Pump Room herumzuspazieren? Es kam ihm alles seltsam vor.

„Miss Spenser", sagte er, „kann ich Euch dazu überreden, mit mir und den Kindern in den Park zu gehen?"

„Heute?"

Er nickte.

„Welcher Park, Mylord?"

„Sydney Gardens, denke ich."

„Dort gefällt es den Kindern in der Tat", antwortete sie.

Wie zum Teufel wusste sie mehr über *seine* Kinder als er selbst?

Sie erhob sich. „Es wird mir eine Ehre sein, Euch zu begleiten. Es ist ein schöner sonniger Tag."

Es nickte Hortense zu. „Ihr könnt gehen."

Bevor sie das Zimmer verließ, sah Hortense Miss Spenser mit zusammengekniffenen Augen an.

Die beiden Erwachsenen verließen mit den beiden Kindern zu Fuß das Sedgewick-Stadthaus.

Alle außer Sam, den Miss Spenser in ihren Armen trug. George hatte versucht, den Jungen zu tragen, aber Sam umklammerte Miss Spenser verzweifelt und vergrub sein Gesicht an ihrer Schulter.

George hielt Georgettes Hand und wenn sie jemanden trafen, den sie kannten, war er sehr stolz darauf, seine liebliche Tochter zu präsentieren. Wie er es liebte, sie anzusehen! Es war, wie ein Stück von Diana wiederzuhaben.

Als sie die Pulteney Bridge erreichten, bestand George darauf, Sam von Miss Spenser zu nehmen. Die Arme der armen Lady mussten von der schweren Last schmerzen.

Es war ihm ziemlich unangenehm, dass der Junge sich nicht nur an Miss Spenser klammerte, sondern sich außerdem vor seinem eigenen Vater zu fürchten schien. Der Junge musste lernen, ihn nicht abzulehnen. Mit einer strengen Rüge riss er Sam aus Miss Spensers Armen. Er war gerade dabei, seinen Sohn zu bestrafen, als ein seltsames Gefühl über ihn kam. Es war er – nicht der Junge – der bestraft werden sollte. Denn er war ein abwesender Vater gewesen. Es war nur natürlich, dass der Junge sich bei Miss Spenser wohler fühlte als bei ihm.

George traf Miss Spensers missbilligenden Blick. Und es demütigte ihn. „Ich fürchte, ich bin ein schrecklicher Vater gewesen. Der arme Kerl fürchtet sich vor mir."

Jede gut erzogene junge Dame hätte versucht, ihn zu beruhigen. Jede gut erzogene Dame, außer der autoritären Miss Spenser. „Dann müsst Ihr Eure Abwesenheit wiedergutmachen", sagte sie mit einer Stimme, die eine Lehrerin einem Schüler gegenüber verwenden würde.

Keine Frau – außer seiner verflixten Schwestern – hatte jemals in einer derartig belehrenden Weise mit ihm gesprochen. In dieser Woche alleine hatten mehr als ein Dutzend Frauen in Bath ihn mit nichts als Bewunderung angesprochen. Nicht einmal Diana hatte jemals daran gedacht, mit ihm zu schimpfen, obwohl sie ihn wie Lehm in ihren Händen hätte formen können. Und doch sprach diese dünne Jungfer mit den strähnigen Haaren mit ihm, als ob *sie* seine ältere Schwester wäre. Es war ihm danach, sie an ihren Platz zu verweisen, ihr zu sagen, dass sie ihre Nase nicht in Angelegenheiten stecken sollte, die sie nichts angingen.

Aber er konnte es nicht. Denn es *waren* ihre Angelegenheiten. Seine Kinder beteten sie offensichtlich an. Auch wenn er es nicht tat.

Sie überquerten die Pulteney Bridge und fanden sich bald in den Sydney Gardens wieder, wo ein Dutzend Ammen in gestärkten Schürzen ihre jungen Schützlinge beobachteten, die auf dem grünen Rasen herumtobten und Fangen spielten.George stellte Sam auf das Gras und der Kleine fing sofort an, so schnell ihn seine kleinen Beine trugen, zu laufen, während er laute Freudenschreie ausstieß.Miss Spenser lächelte George an. Diese Grübchen waren schrecklich attraktiv. Er bemerkte, dass er nicht länger auf sie böse sein konnte.

Georgette lief ihrem Bruder nach und überholte ihn schnell. „Du kannst mich nicht fangen", spottete sie.

George lachte auf, dann bot er Miss Spenser seinen abgewinkelten Arm an. „Sollen wir spazieren, während die Kinder spielen?"

Sie zögerte einen Moment, bevor sie ihren Arm

in seinen hakte. „Das macht wirklich Spaß", sagte sie, als sie den Weg neben den Kindern entlanggingen. „Ich werde Euch bald furchtbar bewundern müssen."

„Und das wäre nicht gut?"

Sie warf ihren Kopf zurück und lachte. „Oh nein, Mylord, in der Tat wäre es wirklich gut. Ihr müsst wissen, dass ich seit dem Tod ihrer Ladyschaft darüber klage, dass Ihr Euren Kindern nicht näher steht. Sie brauchen Euch umso mehr, da sie keine Mutter haben."

Miss Spensers Intelligenz erstreckte sich also auf andere Weisheiten als jene, die man in Büchern fand. Sie war eine scharfe Beobachterin menschlichen Verhaltens. Verflixtes Weib. Sie brachte ihn dazu, sich äußerst unwürdig zu fühlen. Und das hatte bisher noch keine Frau getan. Er schluckte schwer. „Es gab andere ... Dinge, die mich seit dem Tod meiner Frau beschäftigen."

„Jeder weiß, dass Ihr am Boden zerstört wart, Mylord", sagte sie verständnisvoll. „Ich werfe Euch Eure Trauer keinesfalls vor. Ich bete nur, dass die Zeit sie verringert hat, so dass Ihr Euch den Bedürfnissen Eurer Kinder nun mehr widmen könnt als Euren eigenen."

Verflixtes impertinentes Weib! Sie hielt ihn also für einen egoistischen Rüpel von einem Vater! Beim Teufel warf sie ihm seine Trauer nicht vor! Wenn diese frömmlerische Jungfer auch nur die Fähigkeit hätte, so sehr zu lieben, wie er Diana geliebt hatte, dann könnte sie sich ein bisschen vorstellen, welchen Schmerz er erduldet hatte. Kein Mann würde jemals die Zuneigung dieser Jungfer erwidern. Kein Mann könnte sich jemals zu einer derart rechthaberischen, unverblümten

Frau – die nicht einmal den Hauch einer Mitgift hatte – hingezogen fühlen.

„Verzeiht mir", sagte sie sanft. „Ich hatte kein Recht. Es tut mir leid, dass ich angedeutet habe ... Es tut mir leid, dies gesagt zu haben. Ihr müsst wissen, dass jede beleidigende Bemerkung von meiner überaus großen Zuneigung für Eure Kinder bestimmt ist."

Er tätschelte ihre Hand. „Ich verstehe. Ihr seid wie eine meiner Schwestern. Wir kennen uns schließlich fast ein Leben lang."

Sie sah ihn nachdenklich an. „Obwohl ich große Zuneigung für Euch empfinde, habe ich Euch nie als Bruder gesehen, Mylord."

Große Zuneigung, beim Teufel! Natürlich dachte sie nicht an ihn wie an einen ihrer Brüder. Sie liebte ihre Brüder und George war überzeugt davon, dass sie ihn verabscheute.Er atmete tief ein. Wie sehr es ihn auch schmerzte es zugeben zu müssen, war er doch zu dem Entschluss gekommen, dass seine Kinder Miss Spenser in der Tat brauchten. Und er war entschlossen, sie zu bekommen. Auch wenn er die junge Dame kaum ertragen konnte und keine Ahnung hatte, wie er es anstellen sollte, sie anzuheuern und unter seinem Dach zu halten. Er tätschelte wieder ihre Hand, die auf seinem Arm lag. „Ich habe einen Vorschlag, den ich Euch gerne unterbreiten möchte, Miss Spenser."

Sie blickte ihn mit einer hochgezogenen Augenbraue an.

„Meine Schwester ist der Meinung, dass Ihr vielleicht eine Stelle sucht."

Sie antwortete einen Moment lang nicht. Dann, mit krächzender Stimme, sagte sie: „Ja, das werde ich."

„Ich werde nicht um den heißen Brei herumreden, Miss Spenser. Ich wünsche, dass Ihr meinem Haushalt beitretet und Euch um meine Kinder kümmert. Die beiden beten Euch offensichtlich an. Ich habe keine Erfahrung mit diesen Dingen, aber ich bin bereit, alles Notwendige zu tun, um Euch zu überreden, zu uns zu kommen."

Sein Magen grummelte vor Nervosität, als er auf ihre Antwort wartete.

Und er wartete eine lange Zeit. „Mylord, ich kann Euch heute keine Antwort geben. Euer Angebot kam unerwartet. Ich brauche Zeit, um darüber nachzudenken. Es gibt keinen Zweifel bezüglich meiner Zuneigung für Eure Kinder, aber ich muss eine Entscheidung treffen, die meiner eigenen Zukunft dienlich ist."

„Natürlich." Sie würde nicht zusagen. Sie verabscheute ihn zu sehr. Sie wollte nichts von einer Zukunft wissen, die voller Streitigkeiten mit ihrem Arbeitgeber sein würde. Er seufzte wieder. „Solltet Ihr Teil meines Haushaltes werden ..." – er konnte sich nicht dazu bringen *Dienerschaft* zu sagen, denn sie war schließlich die Nichte eines Earls – „... werde ich alles versuchen, um mich Euch gegenüber freundlich zu verhalten."

Sie lachte. „Es ist überaus liebenswürdig von Euch, das zu sagen. Besonders, da ich nur zu gut weiß, wie schwierig dies für Euch sein wird. Wegen meiner Unverblümtheit."

Nun lachte auch er.

Kapitel 4

Sally war gerührt, als Lord Sedgewick darauf bestand, sie bis zurück zum Blankenship House zu begleiten. Er musste wirklich sehr wünschen, dass sie bei ihm arbeitete, eine Aussicht, die sie sowohl schmeichelhaft als auch verwirrend fand.

Als sie im Blankenship House ankam, hatte Glee Besucher und nachdem Sally kein Verlangen danach hatte, Höflichkeiten auszutauschen, während sie immer noch von Lord Sedgewicks Angebot aufgewühlt war, lehnte sie mit der Ausrede ab, Briefe schreiben zu müssen.

In dem hübschen Zimmer, das Glee und Blanks ihr zur Verfügung gestellt hatten, warf Sally ihre Pelisse auf die Satin-Tagesdecke, stürmte zum vergoldeten Frisiertisch und sah in ihren Spiegel. Sie hätte ihre Haare heute Morgen in Locken legen sollen. Hätte sie gewusst, dass sie *ihn* heute sehen würde, hätte sie es getan.Aber, ermahnte sie sich, sie konnte sicher sein, dass er keinerlei Interesse an ihr als Frau hatte. Wahrscheinlich hatte er kein Interesse an irgendeiner Frau. Einer lebendigen Frau.

Und darin lag ihr Dilemma. Obwohl der Viscount sie nie als mehr als eine Schwester ansehen würde, war sie gegen seine männliche Anziehungskraft nicht immun. Sie konnte nie in seiner Nähe sein, ohne mit seiner unleugbaren

Potenz konfrontiert zu werden. Sie wandte sich vom Spiegel ab und ging zum Fenster. In einem Stadthaus sah man entweder eine Straße oder Gasse. Leider überblickte ihr Fenster eine leere Gasse.

Sie ging zu ihrem Bett und setzte sich darauf. Mit geschlossenen Augen erinnerte sie sich daran, wie Lord Sedgewick ausgesehen hatte, als er ihr die Stelle in seinem Haushalt angeboten hatte. Sein kantiges Gesicht, die tiefe Kerbe in seinem Kinn, die Männlichkeit seiner tiefen Stimme, all diese Dinge hatten das Potential, sie in einen anhimmelnden Dummkopf zu verwandeln.

Sie versuchte, sich an seine genauen Worte zu erinnern. Der größte Anreiz, den Lord Sedgewick ihr vor die Nase gehalten hatte – für seine beiden Kinder verantwortlich zu sein – war in der Tat verlockend. Sie hatte die Vorstellung, dass eine andere Frau sie ersetzen könnte, nicht ertragen können und sie hatte sich Sorgen gemacht, dass diese andere Frau die Kinder nicht so lieben würde, wie sie sie liebte.

Sally hatte außerdem Freude an dem Gedanken, den grimmig dreinschauenden alten Besen, Hortense, zu vertreiben. Die Kinder hatten mit genug Problemen umzugehen, ohne einen derartig herrischen Griesgram über sich thronen zu haben.Sally lächelte, als sie über die vielen Dinge nachdachte, die sie mit den Kindern unternehmen könnte. Sie sollte ihre Gefühle für deren Vater verdrängen und Lord Sedgewick sagen, dass sie geehrt wäre, die Verantwortung für seine Kinder zu übernehmen. Sie brauchten und liebten sie schließlich. Und sie liebte die beiden.

Sie fühlte sich schrecklich dabei, mit dieser

Entscheidung auch nur ein bisschen zu zögern.

Aber sie musste eine rationale Entscheidung treffen, keine gefühlsmäßige. Hätte sie Georgette und Sam nicht kennengelernt, was würde sie dann tun? Eine Gouvernante zu sein war außerdem eindeutig flexibler als in Miss Worths Schule für junge Damen zu unterrichten. Ihre Gelegenheiten, sich in der guten Gesellschaft zu bewegen und ihre Auswahl an Kleidung würden außerdem viel größer sein, wenn sie das Angebot seiner Lordschaft annahm. Sie hatte keine Zweifel daran, dass Glee sie weiterhin als geliebte Freundin ansehen würde und nicht als einen Dienstboten ihres Bruders. Auch in seinem Haushalt würde Sally aufgrund ihrer Herkunft mit Respekt behandelt werden – außer natürlich, wenn sie in einen Streit mit Lord Sedgewick verwickelt war. Denn trotz seines Versprechens, sich besser mit ihr zu vertragen, wusste, sie, dass sie Essig zu seinem Wasser war und dass sich die beiden nie vermischen würden.

Sie befand sich in einer schrecklichen Zwickmühle. Sollte sie ihrem Herz folgen, würde es von dem Mann, den sie immer schon geliebt hatte, zertrampelt werden. Sie war nicht sicher, ob sie ihm so nahe sein konnte in dem Wissen, dass eine Liebe zwischen ihnen nie möglich sein würde. Wenn sie für Miss Worth arbeitete, könnte sie zumindest versuchen, ihre Erinnerungen an Lord Sedgewick zu vergessen. Wenn das möglich wäre. Sogar während seiner dreijährigen Ehe war sie nie imstande gewesen, sein goldenes gutes Aussehen zu erblicken, ohne Schmerz zu empfinden. Schmerz über das, was nie sein konnte.Dann kam ihr eine äußerst besorgniserregende Vorstellung in den Sinn, als sie auf ihrem Bett saß und sich ihre Satinschuhe von den Füßen trat. Wenn sie sein Angebot ablehnte und er eine andere adelige Frau einstellte ... Was, wenn die andere Frau sich in George, äh, Lord Sedgewick verliebte? Was, wenn die andere Frau ihn verführte?

Sallys Herz schlug wie verrückt. Wie sehr sie diese Frau, die nicht einmal existierte, verabscheute! Sie konnte es nicht zulassen, dass etwas Derartiges eintrat.

Natürlich gab es keine Garantie, dass, wenn sein Herz heilte, George nicht wieder heiraten würde. Eine Frau guter Herkunft, die sowohl Schönheit, als auch eine dicke Börse hatte, könnte sein Herz erobern. Sally musste sich mit dieser Wahrscheinlichkeit auseinandersetzen.

Jetzt musste sie allerdings ihre Haare in Lockenpapier wickeln, denn sie würde heute Abend in die Gesellschaftsräume gehen. Und obwohl Lord Sedgewick nicht mehr tanzte, ging er doch in die Spielräume dort, um sein Glück zu versuchen und Erfrischungen zu sich zu nehmen. Und sie wollte so gut wie möglich aussehen, sollte er sie zufällig erblicken.

* * *

Da ihr Ehemann es bevorzugte, mit George die Spielräume zu besuchen anstatt mit seiner Frau zu tanzen, hatte Glee kein Interesse mehr, Bälle zu besuchen. Aber um Sallys willen ertrug sie es, von den Freunden ihres Mannes, Appleton und den Zwillingen, auf die Zehen getreten zu werden, da diese sicherstellten, dass es weder ihr noch Sally in den Ballsälen an Tanzpartnern fehlte.Sally war sich durchaus bewusst, dass Glee hoffte, Sally würde mit einem von Blanks' Junggesellen-Freunden glücklich bis an ihr

Lebensende leben. Sie waren alle äußerst liebenswert, aber glücklicherweise hatte sich noch keiner von ihnen in sie verliebt. Was gut war, denn sie würde derlei Gefühle nie erwidern können.

Nach ihrer Teepause sah Sally Lord Sedgewick. Er schlenderte beim Kartenzimmer vorbei, was eher ungewöhnlich für ihn war. Ihr Blick verharrte auf ihm als er sich fortbewegte. Er kam in den Ballsaal! Ihr Herz fing an unregelmäßig zu schlagen und ihre Hand flog zu ihren Haaren, um sie zu glätten. Nicht, dass sie erwartete, dass er sie ansehen würde.

Aber zu ihrer völligen Überraschung kam er direkt auf sie zu und verbeugte sich. „Würdet Ihr mir die Freude erweisen und mit mir tanzen, Miss Spenser?"

Ihre Augen weiteten sich und sie nicke. Lord Sedgewick war zweifellos beschwipst. Sie konnte den Portwein an ihm riechen und sie konnte das Glänzen in seinen leicht geröteten Augen sehen. Und es schmerzte sie jedes Mal furchtbar, wenn sie erfuhr, dass er wieder dabei war sich zu betrinken, zu betrinken, um sein verwundetes Herz zu reparieren.Ihr Magen hüpfte, als er besitzergreifend ihre Hand nahm und sie auf die Tanzfläche führte. Als sie einander dort gegenüber standen, nickte er. „Darf ich sagen, dass Ihr heute sehr hübsch ausseht, Miss Spenser? Ich mag es, wenn Euer Haar gelockt ist."

Sie schwor, ihr Haar für den Rest ihres Lebens zu locken. Auch wenn sein Trinken sie störte, konnte sie nicht leugnen, dass die Auswirkung, die der Alkohol auf ihn ausübte, sie sehr glücklich machte.Als der Tanz endete, legte er eine Hand auf ihre Taille und flüstere in ihr Ohr. „Erweist mir die Ehre, mit mir zum Oktagon zu spazieren."

Zu nervös, um ihre Stimme zu finden, nickte sie und erlaubte ihm, sie in den angrenzenden Saal zu führen. Als sie das Oktagon erreichten, bot er ihr seinen Arm an und sie legte ihre Hand darauf und hoffte innigst, dass er ihr Zittern nicht bemerken würde. „Ich bin bereit alles zu tun, um Euch für meine Kinder einzustellen", fing er an.

Sie hatte nicht gewusst, dass ihm seine Kinder derart wichtig waren, dass er so tief sinken würde, um die unverblümte Miss Spenser zu bitten, in sein Haus zu ziehen. „Mit Sicherheit habt Ihr Euer Angebot nicht genügend durchdacht, Mylord. Habt Ihr nicht in Erwägung gezogen, wie … wie direkt ich in meiner … meiner Kritik Euch gegenüber bin? Ich bin überzeugt davon, dass Ihr meine scharfe Zunge nicht tolerieren könnt."

Er warf seinen Kopf zurück und lachte.

Was sie wiederum an seinen angeheiterten Zustand erinnerte. „Sogar heute Abend", sagte sie, „bin ich machtlos dagegen, Euch tadeln zu müssen."

Er sah sie mit tanzenden Augen und einem schiefen Lächeln an. „Tadeln wofür?"

„Dafür, dass Ihr so herzhaft trinkt, obwohl die Nacht noch jung ist."

Er blieb abrupt stehen und sah sie eisig an. „Mein Trinken geht Euch nichts an, Ma'am."

Obwohl ihr Atem stockte, zwang sie sich ihre Verantwortung wahrzunehmen. „Als Fürsprecher Eurer Kinder würde ich mich um alles kümmern, was Eure Fähigkeiten, ein vorbildlicher Vater zu sein, beeinträchtigt."

Es starrte sie weiterhin an. „Soll ich annehmen, dass, wenn Ihr für mich arbeitet, Ihr mich auf dieselbe Art und Weise zu regeln gedenkt wie meine Kinder?"

Sie konnte ihm nicht antworten. Denn weder als Gouvernante seiner Kinder noch als Freundin seiner Schwester, hatte sie das Recht, Lord Sedgewick zu maßregeln. Aber als Gouvernante seiner Kinder wusste sie, dass sie ihre vernichtende Zunge nicht im Zaum würde halten können.„Antwortet mir, Miss Spenser", sagte er harsch.

„Ich habe kein Recht, Euer Verhalten zu rügen, Mylord."

Er lachte ein verbittertes Lachen. „Aber Ihr wünscht, es zu tun, nicht wahr, Miss Spenser?" Er sah sie mit seinen wässrigen, geröteten Augen an.

Sie nickte langsam.

„Dann habt Ihr wohl recht", zischte er. „Ein derartiges Arrangement könnte niemals funktionieren."

Ihr Herz sank. Die Angelegenheit lag jetzt nicht mehr in ihren Händen, und sie wünschte, es wäre nicht so. Sie bereute sofort, dass sie niemals das Vergnügen haben würde, die Gouvernante seiner Kinder zu sein, niemals die Möglichkeit haben würde, unter seinem Dach zu leben, niemals in der Lage sein würde, das Gesicht, das sie so sehr liebte, jeden Tag zu sehen.Er bot ihr einen steifen Arm an. Ihre Augen füllten sich mit Tränen, als er sie zurück zu Glee brachte und sich dann entfernte.

Sofort befürchtete sie, dass er in seinem Zorn – und seinem beschwipsten Zustand – in den Kartenraum stürmen würde, um dort rücksichtslos zu spielen und all seine Besitztümer zu verlieren. Und es würde ihre Schuld sein.

Sie war versucht, ihm nachzueilen, um seine

Meinung zu ändern, aber sie wusste es würde besser sein, wenn sie nicht für ihn arbeitete.

Als die Gesellschaftsräume um elf Uhr schlossen, ging Glee in den Kartenraum um Blanks zu finden, aber man sagte ihr, dass er und George bereits gegangen waren. „Oh je", sagte Glee zu Sally, „ich nehme an, die Einsätze waren ihnen nicht hoch genug. Ich hoffe, dass mein Bruder nicht seinen Kopf verliert."

Sally legte sanft eine Hand auf Glees Arm. Glee hatte keine Angst, dass Blanks sein Vermögen verlieren würde, denn die Taschen ihres Mannes waren unglaublich tief, aber Sally wusste, dass Glee fürchtete, Blanks würde mit George in den Abgrund stürzen. Es gab keinen Zweifel, dass die beiden Männer bis in den Morgen viel trinken und viel spielen würden. Ein Jammer. Beide Männer waren derart glückliche Stubenhocker gewesen ... bevor Diana gestorben war. Weder Sally noch Glee sprachen während der Kutschenfahrt zurück zum Blankenship Haus. Glee genauso mürrisch wie Sally, die wenig Trost in der Tatsache fand, dass sie und George die richtige Entscheidung getroffen hatten. Warum hatte sie die Stellung nicht annehmen und ihren Mund halten können? Ihre verflixte Zunge hatte alles zerstört.

* * *

Am folgenden Morgen schrieb Sally ein Bewerbungsschreiben an Miss Worth und verschickte es mit schwerem Herzen. Da sie von Glee wusste, dass Blanks – und demnach George – erst sehr spät nach Hause gekommen waren, beschloss Sally, die Kinder zu besuchen. Sie hatte keine Angst, ihren Vater anzutreffen.

Am Weg zu deren Stadthaus kaufe sie ein Konfekt für jedes Kind. Als sie im Kinderzimmer ankam, flogen die Kinder in ihre Arme. Sie bückte sich und umarmte beide, dann gab sie ihnen die Süßigkeiten. Aus ihrem Augenwinkel konnte sie Hortenses missbilligenden Blick sehen.„Es wird sie krank machen", sagte die verbitterte Amme.Sally wandte sich ihr zu und lächelte wohlwollend. „Wenn Ihr eine Stunde oder so frei nehmen wollt, würde ich mich gerne um die Kinder kümmern." Es war schade, dass die grimmige Frau nicht für immer weggehen konnte, dachte Sally, obwohl Hortense die Kinder wohl auch sehr gern haben musste. Sie waren schließlich seit ihrer Geburt in ihrer Fürsorge gewesen.„Ich denke, das werde ich tun. Ich habe genug zu tun", sagte Hortense und ging auf die Türe zu.

Als Sam sein Konfekt aufgegessen hatte, das Schokoladeflecken auf seinem Gesicht hinterlassen hatte, kam er zum Schaukelstuhl und erwartete wortlos, dass Sally sich mit ihm hinsetzen und ihn halten würde.

Sie lachte, als sie sich setzte, und hob ihn auf ihren Schoß. Dann tupfte sie sein Gesicht mit ihrem Taschentuch ab und küsste seine saubere Wange.

Dann zog er sofort seinen Schuh aus.„Du bist so ein Esel", sagte sie gutmütig. Sie küsste seinen Scheitel, bevor sie den Abzählreim mit ihm spielte.

Währenddessen fing Georgette an Sallys Seite zu kichern an. „Du bist meine Lieblingstante, obwohl du gar nicht meine Tante bist."

Sally beugte sich zu ihr und küsste Georgettes kleine alabasterfarbige Wange. „Das ist das Netteste, was mir je gesagt wurde. Und nun werde ich dir ein Geheimnis verraten." Sie senkte die Stimme zu einem Flüstern. „Du bist mein

Lieblingsmädchen und ich denke, dein Papa ist der glücklichste Mann auf Erden, da er dich als Tochter hat."

Georgette strahlte. „Es war so viel Spaß gestern mit Papa. Ich wünschte, wir könnten heute wieder zu den Syndy Gardens gehen."

Sally lächelte, als Georgette es falsch aussprach. „Ich glaube nicht, dass ich es bis zu den Sydney Gardens schaffen würde, da dein Bruder zu klein ist, um so weit zu gehen, aber ich glaube, wir können zu den Crescent Fields gehen."

Georgette klatschte in die Hände. „Können wir jetzt gehen?"

„Du sollst sagen *dürfen wir jetzt gehen*, mein Schatz", wies Sally sie sanft zurecht. „Und ja, Liebes, wir gehen jetzt." Sally erhob sich mit Sam immer noch auf ihrem Arm. „Würdest du gerne hinausgehen?"

Er nickte heftig und zeigte auf die Türe.

* * *

Gerade als sie bei der eindrucksvollen Reihe von aus goldenem Stein gebauten Stadthäusern am Royal Crescent ankamen, dachte Sally, dass eine Frau, die in ihre Richtung ging, der hübschen Miss Johnson, die mit Sally und Glee zur Schule gegangen war, bemerkenswert ähnlich sah. Als die gut gekleidete junge Dame näherkam, war Sally sicher, dass es sich um Miss Johnson handelte, die seit einiger Zeit nicht mehr in Bath gewesen war. Sally atmete scharf ein. Sie hatte die egoistische Miss Johnson nie leiden können.

Als sie sich gegenüberstanden, senkte Miss Johnson die Augenbrauen. „Ich wusste nicht, dass du Kinder hast! In der Tat wusste ich nicht einmal, dass du verheiratet warst!"

„Oh, es sind nicht meine Kinder", sagte Sally

lachend. „Sie gehören Lord Sedgewick.“

Als sie Georges Namen erwähnte, huschte ein Ausdruck des Beileids über Miss Johnsons liebliches Gesicht.

„Oh, die armen kleinen mutterlosen Kinder.“

Sally wünschte sich, dass Leute vor Sam und Georgette nicht derlei Dinge sagen würden.

Miss Johnson ging neben ihnen her. „Wohin geht ihr?“

„Ich gehe mit den Kindern zu den Crescent Fields.“

„Ein wunderbarer Tag für einen Ausflug.“

Es sah so aus, als würde Miss Johnson sie begleiten, mit oder ohne Einladung. „Wie lange bist du schon in Bath?“, fragte Sally sie.

„Mama und ich sind spät gestern Abend angekommen. Papa kommt nächste Woche nach. Wir haben das Stadthaus der Coriander gemietet. Kennst du es?“

Natürlich kannte Sally es. Es war eines der elegantesten Häuser in Bath. Miss Johnsons Familie war reich an Geld, aber arm an adeligen Vorfahren, eine Situation, die man Miss Johnson ermutigt hatte, durch eine Ehe zu berichtigen. Sally hatte immer gedacht, dass die junge Dame sich an Glee heftete, da die Sedgewicks eine alte, aristokratische Familie waren. Genau so eine Familie, in die Miss Johnson hinein zu heiraten wünschte. Sie hatte sich George an den Hals geworfen, so lange Sally sich erinnern konnte.

„In der Tat war ich auf dem Weg zu Glee“, sagte Miss Johnson.

„Ich bin ihr Hausgast.“

Miss Johnson senkte ihre Stimme. „Erzähl mir, wie geht es dem armen Lord Sedgewick? Ich nehme an, dass ein gutaussehender Mann von altem Adel wie er schon wieder geheiratet hat."

„Es scheint Lord Sedgewick nicht besser zu gehen als vor zwei Jahren, als er seine Frau verlor."

„Oh, der Arme."

Sally war nicht von Miss Johnsons Aufrichtigkeit überzeugt.„Was der arme Mann braucht", führ Miss Johnson fröhlich fort, „ist eine Frau, die ihn alles andere vergessen lässt."

Und Sally nahm an, dass die attraktive, wohlhabende Miss Johnson sich einbildete, genau die richtige Frau zu sein, um ihn einzufangen! Sally würde ihr liebend gerne die Augen auskratzen. „Keine Frau könnte je die verstorbene Lady Sedgewick ersetzen", sagte Sally. Was leider der Wahrheit entsprach.

Miss Johnson nahm einen nachdenklichen Ausdruck an. „Nein, wahrscheinlich nicht. Es bedarf einer ganz anderen Art von Frau, um ... um Lord Sedgewicks Gedanken von seiner Frau abzulenken. Da die erste Lady Sedgewick dunkelhaarig war, denke ich, dass seine nächste Frau blond sein soll!"

Und wie es der Zufall so wollte, hatte Miss Johnson blondes, *lockiges* Haar. Sally kämpfte gegen den überwältigenden Drang an, ihr Taschentuch in Miss Johnsons Mund zu stopfen. Eine intrigantere, gefühllosere, egoistischere Frau hatte sie niemals getroffen. „Und nachdem Diana sanftmütig war", sagte Sally, „nehme ich an, dass die nächste Miss Sedgewick ... laut ... sein sollte?" Sally lächelte ihre ehemalige Freundin listig an.

Miss Johnson knurrte Sally hochmütig an.

Als sie den Park erreichten, stellte Sally Sam nieder und er und Georgette fingen an Fangen zu spielen. Dem armen kleinen Sam, beobachtete

Sally, war immer noch nicht bewusstgeworden, dass er seine Schwester niemals einholen könnte.

Sally und Miss Johnson setzten sich auf eine Bank und entdeckten eine weitere alte Freundin. Die belesene Miss Arbuckle saß auf einer Bank und las eine Zeitung.

„Es ist Miss Arbuckle", sagte Sally mit ehrlicher Freude. Denn sie hatte die unscheinbare Miss Arbuckle immer bewundert.

Die junge Dame, die eine Brille trug, begrüßte sie schüchtern.

„Was liest du?", fragte Sally.

Ein Lächeln breitete sich über ihr Gesicht aus. „Es ist die jüngste Abhandlung von Jonathan Blankenship."

„Oh, Glee hat mir gar nicht davon erzählt", sagte Sally. Die arme Glee hatte sich mit zu vielen Unannehmlichkeiten herumzuschlagen, um sich an die jüngste Veröffentlichung ihres Schwagers in der *Edinburgh Review* zu erinnern.

„Ich wusste nicht, dass Ihr in Bath seid, Miss Johnson", sagte Miss Arbuckle.

„Wir sind gerade erst angekommen. Ich hoffe, wir können uns alle in den Gesellschaftsräumen treffen. Sagt, wie ist die Gesellschaft in Bath im Moment?"

Miss Arbuckle zuckte mit den Schultern.

„Ein bisschen seicht, würde ich sagen", antwortete Sally.

Die Frauen unterhielten sich eine halbe Stunde, bevor Sally sich erhob. „Ich muss die Kinder wieder zurückbringen. Ihre Amme wird sich Sorgen machen."

„Ich komme mit dir", sagte Miss Johnson.

Sie will nur Lord Sedgewick sehen, sinnierte Sally. Wo Sallys Bewunderung für ihn immer versteckt war, war Miss Johnsons immer offensichtlich gewesen.Als sie das Stadthaus erreichten, drehte sich Sally um, um sich zu verabschieden, aber Miss Johnson weigerte sich, eine Gelegenheit Lord Sedgewick zu sehen, vorübergehen zu lassen.

„Ich denke, ich komme kurz mit dir hinein und dann können wir zusammen zum Blankenship House gehen", sagte Miss Johnson.Sie lieferten die Kinder im Kinderzimmer ab. Mit großer Traurigkeit küsste Sally sie zum Abschied. Würde dies ihr letzter Besuch gewesen sein? Sie könnte nun jeden Tag von Miss Worth einberufen werden. Sie drückte die Kinder ein bisschen fester als sonst. „Seid brav, meine kleinen Lieblinge", sagte sie, als sie das Zimmer verließ und eine Träne aus ihrem Auge rutschte.Sie und Miss Johnson gingen die Treppe hinunter. Als sie das Ende erreichten, hörte Sally, wie oben eine Türe geschlossen wurde und sah hinauf in das mürrische Gesicht von Lord Sedgewick, der sie nicht gesehen hatte. Sein mitgenommenes Aussehen raubte ihr beinahe den Atem. Er hatte sich nicht rasiert und dunkle Schatten lagen unter seinen Augen. Er sah schrecklich aus. Miss Johnson hatte ihn zweifellos für einen Dienstboten gehalten, denn sie war bereits hinausgegangen.Sally wollte nicht, dass er wusste, dass sie ihn gesehen hatte und drehte sich rasch um, um das Haus schnell zu verlassen, ihr Herz schwerer als je zuvor.

Kapitel 5

Bei Gott, er hatte sich in den Gesellschaftsräumen am vorherigen Abend abscheulich benommen. George zuckte zusammen, als er die Samtvorhänge in der Bibliothek aufzog und sich an seinen Schreibtisch setzte. Er hatte vor, den immer größer werdenden Stapel an Rechnungen durchzusehen, aber der Tumult, der in seinem Inneren tobte, lenkte seine Gedanken ab.

So sehr er es auch hasste, musste er zugeben, dass die predigende Jungfer recht hatte. Vor neun Uhr abends stockbesoffen zu sein war schrecklich unansehnlich für einen Mann seines Alters.Es war eine Sache, ein bisschen angeheitert zu sein, wenn man mit seinen lebenslustigen Freunden unterwegs war. Es war eine ganz andere, sich mitten am Nachmittag in seiner eigenen Bibliothek beinahe ohnmächtig zu trinken. Aber genau das hatte er getan. Und sein verflixter Kopf musste es heute büßen.Wie erfreulich es auch gewesen war, mit den Kindern am vorherigen Tag in den Sydney Gardens zu spielen, hatte es ihn auch schmerzlich daran erinnert, wie viel seine Kinder verpassten, da sie keine Mutter hatten. Sie waren eindeutig in Miss Spenser vernarrt und was noch wichtiger war, sie brauchten eine noble junge Frau um sich.

Wenn die Erinnerung an seinen – und seiner Kinder – unerträglichen Verlust nicht genug war, um ihn zum Spirituosenschrank zu bringen, überflutete ihn die Erkenntnis, dass die Amme, der er so lange blind vertraut hatte, nicht mehr als ein gefühlloser, rechthaberischer Drache war, mit Schuldgefühlen. Und deshalb hatte er seinen Kummer, als wäre er immer noch ein Student in Oxford, mit Alkohol ertränkt.Und wie sehr das seinen Kindern helfen würde. Er dachte an seine liebe kleine Georgette und sein Herz schmerzte vor Liebe zu ihr. Sie hatte einen besseren Vater verdient.

Sie hatte Miss Spenser verdient. Er könnte das gesamte Königreich durchforsten und würde doch keine besser qualifizierte Dame als Miss Spenser finden. Nicht nur war sie von einwandfreier Herkunft, sondern besaß auch einen scharfen Intellekt. Am Wichtigsten jedoch war, dass sie Georgette wahrhaftig liebte – und den kleinen Jungen auch.Und nun hatte George Miss Spenser beleidigt. Er hatte ihr im gleichen Atemzug sowohl gesagt, dass er alles ihm Mögliche tun würde, um sie für seine Kinder einzustellen als auch, dass es eine verteufelt schlechte Idee war. Was für ein Flegel er doch gewesen war. War er ein derart schwacher Mann, dass er eine gutmeinende zweiundzwanzigjährige Jungfer als Bedrohung sah?

Er hatte keine Wahl. Er musste seinen schrumpfenden Stolz herunterschlucken und die Dame um Vergebung anflehen. Er musste bereit sein, alles in seiner Macht Stehende zu tun, um sie für seine Kinder zu gewinnen.

Allermindestens musste er dazu fähig sein, ihre belehrende Art zu tolerieren. Sie tadelte ihn schließlich nur, weil ihr die Kinder lieb waren. Und er selbst, musste er zögernd zugeben, wusste, dass sie ehrlich gewesen war, als sie ihm gesagt hatte, dass sie immer schon große Zuneigung für ihn empfunden hatte. Warum sonst würde sie ihn darum bitten, seinen abtrünnigen Weg zu verlassen? Ein Einfaltspinsel konnte erkennen, dass er auf dem besten Weg war, Diana ins Grab zu folgen. Und was wäre dann mit seinen Kindern? Er sollte Miss Spenser dafür bewundern, sich überhaupt um ihn zu sorgen. Um ehrlich zu sein, konnte er nicht verstehen, warum sie – oder irgendjemand – es tun würde.Um seiner mutterlosen Kinder willen würde er wohl zu Kreuze kriechen müssen.

Er griff nach seiner Feder, um eine Liste mit Zugeständnissen zu machen, die er Miss Spenser gewähren würde. Er durfte keine Überlegung auslassen. Der Dame musste verständlich gemacht werden, wie verzweifelt er sie brauchte und wie wichtig es für ihn und seine Kinder war, dass sie bei ihnen einzog.Zuerst musste er Miss Spenser davon überzeugen, dass er sie aufrichtig einstellen wollte. Er fing an zu schreiben. Er würde Miss Spenser immer um ihre Meinung bitten. Sie würde niemals wie eine Dienstbotin behandelt werden, sondern wie ein geschätztes Familienmitglied. Sie würde nicht den Titel einer Gouvernante tragen, denn das war nicht, was er von ihr wollte. Sie würde eine *Gefährtin* für seine Kinder sein, eine Mutterfigur, sozusagen. Sie würde ihr eigenes Zimmer im Familienflügel haben. Sie würde, er hielt inne als er schrieb, ihre Mahlzeiten mit dem Hausherrn einnehmen.

Was die Kinder betraf ... Miss Spenser würde völlige Autorität über sie haben. Diese Autorität beinhaltete das Einstellen und Entlassen jeglicher Angestellten, die mit seinen Kindern in Berührung kamen. Eine Amme. Eine zukünftige Gouvernante. Sogar ein Zeichenlehrer.

Und bezüglich der finanziellen Entschädigung? Er legte seine Feder nieder, während er nachdachte. Miss Spenser würde sich wie die gut vernetzte Dame kleiden müssen, die sie war, und sie müsste die Freiheit haben, Einkäufe zu tätigen, die sicherstellten, dass sie sich wie ein Mitglied der Familie eines Viscounts kleiden konnte. Die Rechnungen für ihre Garderobe würden natürlich an ihn geschickt werden. Zusätzlich dazu war er bereit, ihr einhundertfünfzig Pfund pro Jahr zukommen zu lassen. Er schluckte schwer, als er die Feder wiederaufnahm und weiterschrieb. Eine exorbitante Summe, so viel stand fest, so viel wie all seine Dienstboten zusammen bekamen und dann noch etwas.

Dann hatte er eine Idee und legte die Feder mit verzogenem Gesicht nieder. Er stand von seinem Schreibtisch auf und ging auf dem türkischen Teppich der Bibliothek kopfschüttelnd auf und ab. Was für ein verdammter Idiot er doch war! In der Tat, sogar seine sonst weisen Schwestern waren außergewöhnlich dumm gewesen, ihn zu ermutigen, Miss Spenser für seine Kinder zu engagieren.

Miss Spenser durfte nicht erlaubt werden, unter seinem Dach zu leben! Was für ein Getratsche das hervorrufen würde. Sie war eine unverheiratete Frau. Die Nichte eines Earls. Und er, der Viscount Sedgewick, war ein unverheirateter Mann. Keine anständige Frau würde jemals eine Position mit derartig wahrnehmbarer Intimität in Erwägung ziehen. Besonders, wenn man seinen Ruf in Betracht zog, den er sich während seiner Tage als Junggeselle vor seiner Hochzeit mit Diana erworben hatte. In der Tat dachte er mit Schmach, sogar mit Trauer, hatte er die körperlichen Annehmlichkeiten von leichten Frauen nicht abgelehnt. Er schüttelte wehmütig den Kopf. Keine respektable Dame würde sein Angebot auch nur in Erwägung ziehen. Was sollte er nun tun? Außer Dianas Hand hatte er nie etwas mehr gewollt als Miss Spenser. Für seine Kinder. Es war unumgänglich, dass er sie einstellte. Wenn seine Kinder ihre eigene Mutter nicht haben konnten, dann war Miss Spenser die nächstbeste Lösung.

Ein ernüchternder Gedanke traf ihn wie ein Schlag ins Gesicht. Es gab etwas, das er tun konnte! Natürlich gab es keine Garantie, dass Miss Spenser seinem neuen, seltsamen Vorschlag zustimmen würde. Das Mädchen war schließlich das Gegenteil von dem, was man von jungen Damen erwartete. Die Tatsache war, dass sie nichts tun könnte, um ihn zu überraschen.

Mit unregelmäßigem Herzschlag kam er zu seinem neuen Entschluss. Dies war schließlich die einzig logische Tat, um Miss Spenser für den Rest des Lebens seiner Kinder zu sichern. Er würde sie heiraten müssen!

So widerwärtig der Gedanke, dass irgendjemand Diana ersetzen sollte, auch war, war George bereit, es durchzuziehen. Es gab schließlich keine Hoffnung, dass er je eine andere Liebe finden würde, denn er würde nie wieder jemanden wie Diana treffen. Egal was die Kosten für ihn waren, er war es seinen Kindern schuldig, Miss Spenser als ihre Mutter zu sichern.

Das Weib würde mit Sicherheit froh über die Aussicht sein, Lady Sedgewick zu werden. Eine Frau, die weder Schönheit noch Reichtum besaß, könnte sich kein besseres Angebot erhoffen.

Und er würde sie ja nicht einer Liebesheirat berauben. Es war zweifelhaft, dass irgendein Mann die freimütige, rechthaberische Miss Spenser je als Frau haben wollte. Er würde sie in der Tat davor retten, eine alte Jungfer zu werden.Natürlich müsste er klarstellen, dass es keine *echte* Ehe sein würde. Diana war die Frau seines Herzens und keine Frau würde das jemals ändern. Außerdem hatte die Aussicht darauf, mit Miss Spenser zu schlafen, keinerlei Anreiz. Abgesehen davon jedoch würde Miss Spenser mit der Ehre und dem Respekt behandelt werden, die seiner Frau und einer Frau von Miss Spensers Herkunft gebührten.

George war äußerst zufrieden mit sich und beschloss, Blankenship House am Nachmittag zu besuchen, um Miss Spenser seinen Vorschlag zu unterbreiten.

* * *

Als er im Haus seiner Schwester eintraf wurde angenommen, dass er Blanks besuchte.

„Nein", sagte George zu seiner Schwester, „ich wünsche, Miss Spenser zu sprechen."

Glee blickte von ihm über die grauenvolle junge Frau, deren Vater ein Wursthändler oder etwas Ähnliches war, zu Sally Spenser. Miss Spenser, die nicht so hübsch war wie die Tochter des Wursthändlers, aber unendlich eleganter, machte einen Schritt vorwärts.

„Würdet Ihr mir die Freude erweisen, mich in den Pump Room zu begleiten?", fragte er. Kaum waren die Worte ausgesprochen, wurde er sich der

Unschicklichkeit, ohne Anstandsdame mit einer unverheirateten Dame auszugehen, bewusst. Er war so lange vom Hochzeitsmarkt fern gewesen, dass sein Gehirn sich in Haferbrei verwandelt hatte.

Die abscheuliche Tochter des Wursthändlers, was auch immer ihr Name war, stellte sich neben Miss Spenser. „Was für ein überaus guter Plan, Mylord", sagte sie.

Stirnrunzelnd erkannte er, dass er wohl mit beiden Frauen gehen musste. Dann ordnete Blanks an, dass er und seine Frau sie begleiten müssten. Und so machten sich alle fünf auf den Weg zum Pump Room, der nur einige Straßen vom Queen Square entfernt war. George fand sich in der lächerlichen Situation wieder, eine Jungfer an jedem Arm zu haben. Er wurde außerdem von diesem Emporkömmling, er glaubte Miss Johnson war ihr Name, überschwänglich angesprochen.

„Ich hatte das Vergnügen, Eure wunderschönen Kinder vor nicht einmal einer Stunde gesehen zu haben", erzählte sie ihm.„Wo, wenn ich fragen darf, hat dieses Treffen stattgefunden?", fragte er.

„Miss Spenser ging mit ihnen zum Royal Crescent spazieren und ich hatte das große Glück, sie dort zu treffen."

Er warf Miss Spenser einen dankbaren Blick zu. Er war gerührt, dass sie, trotz seines verabscheuungswürdigen Benehmens in der Nacht zuvor, seine Kinder besucht und verwöhnt hatte. Wie glücklich die beiden waren, sie zu haben. Er lächelte selbstgefällig. Dank ihm würden seine Kinder für den Rest ihres Lebens von Miss Spenser verwöhnt werden. Denn sie würde seinen Antrag bestimmt annehmen. „Wie

freundlich von Euch, Miss Spenser, meinen
Kindern so eine besondere Freude zu machen, so
bald nach unserem gestrigen Ausflug zu den
Sydney Gardens."

„Sie haben es so sehr genossen, in den
Crescent Fields zu spielen", sagte Miss Johnson.
„Sie sind wirklich herzallerliebst! Und was für ein
hübscher Kerl Euer kleiner Sohn ist. Ich bin
sicher, Ihr müsst genauso ausgesehen haben, als
Ihr in seinem Alter wart."

„Das sagt man mir", sagte George mit einem
Ausdruck von Abneigung auf dem Gesicht. Er war
immer enttäuscht darüber gewesen, dass der
Junge nicht seiner Mutter ähnlich sah. So wie
Georgette. Nur der Gedanke an seine Tochter
wärmte sein Herz.„Ich habe Miss Spenser gerade
gesagt", fuhr Miss Johnson fort, „dass es an der
Zeit ist, Euch wieder zu verheiraten, Mylord."

„Da stimme ich Euch zu", antwortete er.

Ein Lächeln breitete sich auf Miss Johnsons
hellhäutigem Gesicht aus.Er warf Miss Spenser
einen schnellen Blick zu, und es schien, als wäre
ihr gewöhnlich gebräuntes Gesicht plötzlich weiß
geworden.

Wie seltsam.

George hoffte, dass wenn sie den Pump Room
erreichten, seine Freunde, Appleton und die
Zwillinge, auch dort sein würden. Er würde einen
von ihnen dazu überreden, ihm das Johnson-Weib
abzunehmen, so dass er mit Miss Spenser alleine
sprechen konnte. Wahrscheinlich würden sie
nicht dort sein. Sie waren viel lieber mit
männlichen Kumpanen unterwegs als mit jungen
Damen. Ein äußerst ungeselliger Haufen, so viel
war sicher. Er versuchte, sich vorzustellen, welche
Vergnügungen am heutigen Tag um deren

Aufmerksamkeit wetteifern würden. Keine Boxkämpfe, keine Hahnenkämpfe, keine Pferderennen. Vielleicht würde das Trio in ihrer Langeweile doch in den Pump Room gehen.„Mein Papa wird nächste Woche in Bath eintreffen", plapperte Miss Johnson weiter. Plapperte mit ihm, wie George bewusstwurde. Warum litt die junge Dame unter der Wahnvorstellung, dass er auch nur entfernt an irgendetwas interessiert war, das sie zu sagen hatte? „Er hat großes Interesse daran kundgetan, seine Bekanntschaft mit Euch zu erneuern, Mylord", fuhr die Wursthändlertochter fort.

Er war derart nervös ob seines bevorstehenden Gesprächs mit Miss Spenser, dass er sich kaum auf Miss Johnsons Worte konzentrieren konnte. Als sie unaufhaltsam weitersprach, warf er Miss Spenser einen Blick zu. Ihr Haar war heute in Locken gelegt, und er dachte sie sah fast hübsch aus. Sie hatte eine gewisse Eleganz, die sie Frauen wie Miss Johnson überstrahlen ließ. Und als er Miss Spenser anlächelte, schenkte sie ihm ein zartes Lächeln, das ihre tiefen Grübchen offenbarte. Wenn sie so lächelte, dann war sie tatsächlich hübsch.

Als sie im Pump Room angekommen waren, befahl seine Schwester ihrem Mann, mit ihr eine Runde um den Saal zu gehen, was George mit einer Frau zu viel hinterließ. Ein schneller Blick um die hohe Kammer bestätigte, dass seine Junggesellen-Freunde nicht anwesend waren. Was George bestätigte, dass er die anstrengende Miss Johnson nicht loswerden würde. „Meine Damen, erlaubt mir, Euch das Heilwasser zu bringen", sagte er.

Er verließ sie und ging zu dem Bediensteten,

um Gläser gefüllt mit dem abscheulich schmeckenden Wasser zu holen. Aus seinem Augenwinkel sah er, wie Appleton und die Zwillinge in den Saal kamen. Das war noch besser! Er nahm die Gläser, balancierte sie direkt zu seinen Freunden und sprach Appleton an: „Tu mir den Gefallen und erlöse mich von Miss Johnson."

Appleton sah zu den beiden Damen. „Du meinst die hübsche Blonde, die neben der schlichten Miss Spenser steht?"

Hätte er diese Wassergläser nicht in der Hand gehabt, hätte George mit seiner Faust in Appletons Gesicht geschlagen. Wie wagte er es, Miss Spenser schlicht zu nennen! Wie konnte irgendjemand mit derart reizenden Grübchen schlicht sein? Und wie konnte er überhaupt Miss Johnson Miss Spenser vorziehen? „In der Tat", sagte er kurz.

„Dann ist es mir ein Vergnügen", sagte Appleton, als er direkt auf Miss Johnson zu ging und sie bat, mit ihm um den Raum zu spazieren. George hielt den Atem an, als er beobachtete, wie sie eine Hand auf Appletons Unterarm legte, dann kam er auf Miss Spenser zu und bot ihr ein Glas Wasser an. „Ich scheine eines überzuhaben", sagte er und bot es einem der Zwillinge an, der es ablehnte.„Wusste nicht, dass Miss Johnson in der Stadt ist", sagte Melvin.

„Sie ist erst gestern Abend angekommen", antwortete Miss Spenser.

Der andere Zwilling, Elvin, folgte Blanks und Glee mit seinen Augen. „Elfe muss entzückt sein, Blanks heute für sich zu haben", sagte er.

„Elfe?", fragte George.

„Deine Schwester. Wir nennen sie Elfe, weil sie

so klein ist."

„Aha", sagte George. Er wusste, dass Blanks diese vertraute Angewohnheit verabscheute.

Obwohl es unhöflich war, die Zwillinge alleine zu lassen, sah George in Miss Spensers schokoladenfarbene Augen und sagte: „Darf ich Euch bitten, mit mir spazieren zu gehen, Miss Spenser?", als er ihr seinen abgewinkelten Arm anbot.

Er seufzte, als sie endlich ihre Hand sanft auf seinen Unterarm legte. Die beiden fingen an, um den Saal zu spazieren. Mit jedem Schritt schlug sein Herz schneller. Du lieber Himmel, was, wenn das Mädchen ihn auslachte! Oder ihn abwies? Er erinnerte sich daran, dass er bereit war, seinen Stolz für das Glück seiner Kinder abzuschütteln. Er musste nur an die verbitterte Hortense denken, um zu wissen, dass seine Kinder Besseres verdient hatten.„Es war überaus aufmerksam von Euch, meine Kinder heute zu besuchen", fing er an.„Ich besuche sie nicht, um aufmerksam zu sein. Ich besuche sie, weil sie mir Freude bringen."

Es ging ihm genauso! Zumindest mit seiner geliebten Georgette. Jedes Mal, wenn er sie ansah, brachte sie ihm Freude. Oh ja, er hatte eine großartige Entscheidung getroffen. Es gab keine bessere Frau als Miss Spenser, um seinen Kindern eine Stiefmutter zu sein. Er platzte beinahe vor Stolz, als er daran dachte, sie zu seiner neuen Viscountess zu machen. Seine Kinder hatten lange genug gelitten. „Es erfreut mich, dass es so ist."

Sie gingen einen Moment lang schweigend, bis er sagte: „Miss Spenser, ich möchte mich für mein widerwärtiges Verhalten gestern Abend entschuldigen. Mir wurde die Weisheit Eurer Worte bewusst, als Ihr mich rügtet. In der Tat, ich verdiente viel stärkeren Tadel, als ich bekam."

Ihre schlanke Hand drückte seinen Arm, und sie drehte sich zu ihm, um ihn mit diesen großen braunen Augen anzusehen. „Ihr seid mir zu lieb, Mylord, als dass ich Genugtuung in Euren Worten finden könnte."

Sein Magen drehte sich um. Sie bereitete ihm Unbehagen. Warum verletzte sein schlechtes Urteilsvermögen, so wie er es letzte Nacht gezeigt hatte, sie nicht? Es wäre viel einfacher für ihn, wenn sie ihm gegenüber keine Zuneigung empfinden würde und doch musste er zugeben, dass sie eine gute Ehefrau abgeben würde. Eine loyale Ehefrau, würde er wetten.Ob sie sich dessen bewusst war oder nicht, sie sorgte sich um ihn wie um einen Bruder. Und, wenn er darüber nachdachte, empfand er für sie genauso wie für Felicity und Glee.„Ich fühle mich geschmeichelt, Mylord, dass Ihr wahrscheinlich so nett zu mir seid, weil Ihr mich für Eure Kinder haben wollt."

Sein Puls beschleunigte sich, und er schluckte schwer. Er legte eine Hand fest auf ihre. „Ja, ich möchte Euch haben, Miss Spenser. Aber ich möchte Euch als meine Frau haben."

Kapitel 6

Ihr Herz sprang in ihrer Brust und trommelte in ihren Ohren. Zuerst hatte sie gedacht, dass sie sich in ihrer Liebe zu George eingebildet hatte, dass er sie als seine Ehefrau wollte. Sie konnte ihren Ohren nicht trauen. Lord George Sedgewick würde sie niemals zu seiner Frau machen.

Sie bemerkte, dass er auf sie heruntersah, aber sie konnte sich weder dazu bringen, mit ihm Augenkontakt aufzunehmen, noch war sie in der Lage zu sprechen. In der Tat war sie zu verschämt, um zu sprechen. Denn ihm zu antworten würde bedeuten, dass sie es verdiente, die Viscountess Sedgewick zu sein. Sie, Sally Spenser, die kurz davorstand, Lehrerin in Miss Worths Schule für junge Damen zu werden.

Gerade, als sie ihn bitten wollte, sich zu wiederholen, wurde ihr bewusst, dass der Viscount Sedgewick sie tatsächlich um ihre Hand gebeten hatte. Und sie verstand den Grund dafür.

Einfach gesagt wollte er sie als Stiefmutter für seine Kinder. Durch seinen einfachen Antrag hielt Sally nun mehr von ihm als in all den zwölf Jahren ihrer Bekanntschaft. Sie war sich zuvor der Tiefe seiner Liebe zu seinen Kindern nicht bewusst gewesen. Für seine Kinder war er bereit, sich selbst am Altar zu opfern. Es war das Selbstloseste, was er je getan hatte.

Zuerst war sie geneigt, ihn nachdrücklich abzuweisen. Sie hatte sich geschworen, lieber als alte Jungfer zu sterben, als ohne Liebe zu heiraten. Aber nur, weil Lord Sedgewick sie nicht liebte, bedeutete nicht, dass es keine Liebe gab. Sie hatte genug für sie beide.

Wie liebenswert, dass er auch nur darüber nachdachte, ihr – der dünnen, schlichten, mitgiftlosen, unverblümten Sally Spenser – den Versuch zu erlauben, die Schuhe seiner geliebten Diana zu füllen. Alles aus Liebe zu seinen Kindern. Denn Sally wusste zu gut, dass er weder Liebe zu ihr, noch Verlangen nach ihr hatte.

Sie respektierte ihn umso mehr in Anbetracht der Tatsache, dass, sollte er nur eine Stiefmutter für seine Kinder wollen, er sich die Hand einer Lady mit größerer Schönheit und Reichtum als sie hätte sichern können. Aber er war nicht auf der Suche nach einer Ehefrau für sich, sondern nach der besten Mutter für seine Kinder. Wie unglaublich selbstlos er war!

Sie sah auf seine Hand, die ihre bedeckte. Sie hatte sich in ihrem ganzen Leben noch nie einem anderen Wesen so nahe gefühlt. Seine Berührung brachte ihr Herz zum Schweben. Sie wusste, er würde sie nie lieben. Jedenfalls nicht so, wie ein Mann eine Frau liebt. Aber sie liebte ihn so innig, dass sie sich diese flüchtige Chance, ihm nahe zu sein, seinen Respekt und seinen Namen zu haben, nicht verwehren konnte. Es war mehr, als sie je für möglich gehalten hätte.

Es gab so viele Gründe, seinen Antrag anzunehmen, und die berauschende Aussicht, eine Mutter für Georgette und Sam zu sein, war nicht der geringste davon. Wie sehr sie die beiden verwöhnen würde! Indem sie ihren Vater heiratete, würde sie auch sicherstellen, dass sie nie mehr unter einer bösen Amme oder einer gefühllosen Stiefmutter leiden müssten.

Dann war da noch die aufregende Vision einer Zukunft, in der sie und George ihre Leben für einen gemeinsamen Zweck verflechten würden. Aus seiner Entschuldigung schloss sie, dass sie außerdem vielleicht einen guten Einfluss auf ihn ausüben könnte. Sie wünschte nichts mehr, als seiner Selbstzerstörung ein Ende zu bereiten.

Ihre Verbindung zu den Kindern war bereits mehr, als die meisten Paare zu Beginn ihrer Ehe hatten.

Oh ja, auch ohne jegliche Möglichkeit sein Herz zu erobern, würde sie als Georges Ehefrau glücklich sein. Sie drückte sanft seinen Arm. „Ihr ehrt mich, Mylord", brachte sie schließlich hervor.

„Wie? Keine scharfen Worte, Miss Spenser?"

Sie war erstaunt, dass sie ihn überhaupt hören konnte, so wild schlug ihr Herz. „Nein, Mylord. Ich muss zugeben, Ihr habt mich meiner Worte beraubt – ausnahmsweise."

„Dann darf ich glauben, dass Ihr mir die Ehre erweist, meine Viscountess zu werden?"

Meine Viscountess! Der Gedanke daran raubte ihr den Atem. „Meine Zuneigung für Eure Kinder – und Euch – ist viel zu groß, um Euch abzulehnen." Du meine Güte, warum machte sie sich zu einem derartig törichten, anhimmelnden Dummkopf?

„Und ich mag Euch viel zu gerne, um Euch zu täuschen, Miss Spenser. Es ist Euch bewusst, dass die Ehe nicht ..."

„Nicht vollzogen wird", antwortete sie.

„Genau, obwohl ich überrascht davon bin, dass eine Maid wie Ihr die Bedeutung dieses Wortes versteht."

Die flüssige Wärme, die sie seit seinem Antrag erfüllt hatte, dehnte sich bis zwischen ihre Oberschenkel aus. Oh, sie verstand viel mehr als das. Lord Sedgewick hatte eine überaus aufwühlende Auswirkung auf sie! „In der Tat lernte ich dieses Wort in *Romeo und Julia* im Alter von zwölf Jahren. Da es mir damals fremd war, musste ich es nachlesen. Man kann vieles aus Büchern lernen, Mylord, und ich lese sehr viel."

Er brach in Gelächter aus und tätschelte ihre Hand. „Wisst Ihr, Miss Spenser, ich glaube, wir werden gut miteinander auskommen."

Sie lächelte ihn an. „Ich glaube, das werden wir. Als Erstes, jedoch, musst du mich Sally nennen."

Er senkte seine Stimme. „Und du sollst mich George nennen."

Sie atmete tief ein, und atmete dann langsam aus. „Sagen wir es nun den anderen?"

Er drückte ihre Hand in seiner. „Wenn du es wünschst."

Auch wenn George sie nicht liebte, wollte Sally ihre Freude vom Turm der Bath Cathedral schreien. Sie und George würden Partner fürs Leben sein! Zusammen mit ihren geliebten Kindern Sam und Georgette, würden sie eine Familie sein. „Ich denke, wir sollten zuerst über die Details sprechen." Sie wandte sich an ihn und lächelte ihn an. „Wann möchtest du heiraten?"

„Ich könnte eine Sonderlizenz bekommen, so dass wir nächste Woche heiraten können."

Das würde ihr sehr gefallen. Je eher, desto besser, denn sie hatte Angst, dass George seine Meinung ändern könnte. „Du weißt, dass ich kaum eine Aussteuer habe."

Er nickte. „Du hast andere ... Eigenschaften, die mich verlocken."

Sie lachte. „Ich hätte nie geglaubt, dass meine Kinderliebe eine derart große Rolle in meinem Leben spielen würde. Oh, George", sagte sie wehmütig und sah ihm tief in die Augen, „wir werden so viel Spaß mit den Kindern haben!" Als er warmherzig auf sie hinuntersah, umspielte ein Lächeln sein Gesicht und sie dachte, dass er glücklicher aussah als seit zwei Jahren.

„Ich werde Mama informieren müssen – und Edmund, nehme ich an."

„Du bist böse auf deinen Bruder?", fragte er.

„Natürlich bin ich böse auf ihn! Er hat alles ihm Mögliche getan, um mich mit Mr. Higginbottom zu verheiraten, der nicht weniger als achtundsechzig Jahre alt ist."

„Der Mr. Higginbottom, der eine Brauerei besitzt?"

Sie seufzte. „Ebendieser."

„Dann muss ich dankbar dafür sein, dass großer Reichtum dir nicht wichtig ist."

Sie drückte seine Hand. „Ich könnte nicht heiraten, ohne Zuneigung für die Person zu haben." Oh je, sie hatte ungewollt ihre Gefühle herausgeplappert.

„Dann muss ich auch dankbar dafür sein, dass deine Sorge um meine Kinder sich auch auf ihren Vater übertragen hat."

„Ich kann mich kaum an eine Zeit erinnern, in der ich dich nicht gekannt habe, George. Du warst immer wie ... Familie für mich."

„Und nun werden wir eine Familie sein", sagte er zufrieden. „Nächsten Donnerstag in der Bath Cathedral?"

Ihre Augen wurden feucht und ihre Grübchen

zierten ihre glücklichen Wangen, als sie nickte. „Aber warten wir, bis nur die Familie beisammen ist, bevor wir es verkünden." Sie wollte nicht von einer offensichtlich eifersüchtigen Miss Johnson gemustert werden und sie würde die mitleidsvollen Blicke, die Appleton und die Zwillinge George bestimmt zuwerfen würden, nicht ertragen. Er hätte eine so viel Bessere haben können.

Sie hatten den Raum nun zweimal umrundet, was bereits mehr war, als Miss Johnson Appleton gewährt hatte. Der arme Kerl. Mr. Appleton war nur der jüngere Sohn eines Baronets. Ein Jammer, dass er nicht der ältere Appleton-Bruder war.„Ich denke, ich werde morgen nach Surrey reiten und mit deinem Bruder sprechen." Ob du ihm nahestehst oder nicht, es ist meine Pflicht."

Es war lange her, dass George seinen Pflichten nachgekommen war.

Nachdem er seine Mission erfüllt hatte, war ihr Verlobter nun bereit, den Pump Room zu verlassen. Er ging mit beiden Damen zurück zum Blankenship House, wo er sich an der Türe verabschiedete. Dann wandte er sich an seine Schwester. „Ich werde heute Abend früher kommen, denn es gibt eine Angelegenheit, die ich mit dir zu besprechen wünsche. Ich werde Felicity und Thomas bitten, auch hierher zu kommen."

„Wie unheilvoll du doch klingst", sagte Glee.

Miss Johnson kam näher zu George, sah zu ihm auf und flatterte mit den Wimpern. „Ihr werdet heute Abend in die Gesellschaftsräume kommen, nicht wahr, Lord Sedgewick?", fragte Miss Johnson.Er richtete seine Antwort an Sally. „Das werde ich in der Tat."

* * *

George hastete zurück zur Westgate Street in der Hoffnung, vor Georgettes Nachmittagsschläfchen einzutreffen. Er raste die zwei Stockwerke hinauf und öffnete die Tür zum Kinderzimmer. Seine Tochter war damit beschäftigt, ihrer riesigen Katze eine Haube aufzusetzen, als sie aufsah und ihn erblickte.

Ihre großen braunen Augen weiteten sich vor Freude. „Papa!" Sie lief auf ihn zu. „Bist du gekommen, um uns die Geschichte vorzulesen, die du gestern gelesen hast?"

„Wenn du willst, mein Schatz. Aber ich bin gekommen, um dir etwas zu sagen, was dich bestimmt noch glücklicher macht." Er hob sie in seine Arme auf und trug sie zu dem großen Schaukelstuhl. Aus seinem Augenwinkel beobachtete er Sam, der mit dem Daumen im Mund einige Meter entfernt stand. Kein Grund, sich um den Jungen zu kümmern, dachte George. Er war sowieso zu jung, um zu verstehen, was vor sich ging. Die große Bedeutung des Opfers, das ein Vater für seine Kinder erbrachte.

„Oh, sag mir, was die Überraschung ist!", sagte Georgette, als sie ihren kleinen Arm um den Hals ihres Vaters legte.

Sein Herz begann zu flattern. Bei Gott, er war zu weit gegangen, um es zurückzunehmen. Er war dabei, einen schwerwiegenden Schritt zu machen.

„Was ist es, Papa?", fragte Georgette wieder.

„Ich habe beschlossen, Miss Spenser zu heiraten, damit du sie als Mutter haben kannst." Da! Es war ausgesprochen, um niemals zurückgenommen zu werden. Nun hieß es, auf die Reaktion seiner Tochter zu warten.

Es war alles, was er sich erhoffen konnte. Georgettes Gesicht leuchtete auf und sie legte

beide Arme um seinen Hals. „Mein Wunsch! Er ist
wahr geworden!"

Er drückte sie an sich. „Welcher Wunsch,
Liebling?"

„Jedes Mal, wenn ich einen Stern sehe,
wünsche ich mir, dass Miss Spenser meine Mutter
wäre. Das wünsche ich mir mehr als alles andere.
Das sagte ich Tante Glee, als sie mich nach
meinem Wunsch letzte Weihnachten gefragt hatte,
aber sie sagte, es wäre kein richtiger Wunsch."

Er hielt sie immer noch fest und Zufriedenheit
und Freude füllten sein Herz. Dann rutschte
Georgette von seinem Schoß und lief zu ihrem
Bruder. „Wir werden eine Mutter haben, Sam!"

Der Junge verstand offensichtlich nicht, was
ihm seine Schwester sagte. Sie fiel auf ihre Knie
und sprach sanft mit ihm: „Möchtest du, dass
Miss Spenser bei uns lebt?"

Mit seinem Daumen im Mund nickte Sam und
wandte sich hoffnungsvoll der Türe zu.

* * *

An diesem Abend versammelten sich alle im
Salon des Blankenship House. Felicity war spät
gekommen, was für seine ältere Schwester nicht
ungewöhnlich war. George hatte die letzten
Stunden damit verbracht, darüber nachzudenken,
wie er seiner Familie mitteilen sollte, dass er Sally
Spenser heiraten würde.

Er war sich durchaus bewusst, dass diese
Ankündigung eine große Überraschung sein
würde, besonders, da er geschworen hatte,
niemals wieder zu heiraten und niemandem zu
erlauben, Dianas Platz in seinem Herzen
einzunehmen.Er wollte auch Miss Spensers
Gefühle berücksichtigen. Er konnte sie wohl
kaum behandeln, als wäre sie eine preisgekrönte

Stute, die er für seine Kinder erworben hatte. Und er konnte anderen auch nicht erlauben zu glauben, dass er sie ohne jegliche Gefühle heiraten würde. Es wäre Miss Spenser gegenüber nicht fair, andere in den Glauben zu versetzen, dass sie als Frau keinen Wert für ihn hatte.

Um ihretwillen würde er alle glauben lassen, dass er in der Tat bereit dazu war, wieder zu heiraten. Mit schwerem Herzen schwor er, seine Liebe zu Diana tief in den innersten Kammern seines Herzens zu begraben. Um Sallys willen würde er nicht mehr über Diana sprechen.

Obwohl Sally wusste, dass er sie niemals lieben würde, könnte er sie nicht demütigen. Sie war seinen Kindern zu wichtig – und ihm. „Bitte verrate uns das große Geheimnis", drängte Glee, als sie alle im vom Kaminfeuer erleuchteten Raum versammelt waren. Er stellte sich neben Sally, die überaus hübsch aussah mit ihrem Haar in goldenen Locken und in eine nette safrangelbe Robe gekleidet. Er nahm ihre Hand in seine. Das einzige Geräusch war das Knistern im Kamin.

„Miss Spenser und ich wünschen, dass ihr, die ihr hier in dem Raum versammelt seid, es als Erste erfährt." Er hob ihre Hand zu seinen Lippen und küsste sie. „Miss Spenser hat mir die Ehre erwiesen, meinen Heiratsantrag anzunehmen."

Einige Sekunden lang konnte man nichts außer dem Feuer hören. Dann sprang Glee auf ihre Füße und flog durch den Salon, um ihre Arme um Sally zu werfen. „Wir werden Schwestern sein! Das sind die besten Neuigkeiten seit Jahren!"

Dann wandte sie sich an ihren Bruder und umarmte ihn. „Ich bin so stolz auf dich", sagte sie gefühlvoll. „Mir war nicht bewusst, dass du derart viel Verstand hast."

Nun stellte sich Felicity hinter Glee an, um ihren Bruder zu umarmen. „Ich bin auch sehr stolz auf dich, George. Du hättest im gesamten Königreich keine bessere Frau finden können."

George strahlte. „Ihr sagt mir nichts Neues, meine Damen."

Blanks und Thomas waren die nächsten Gratulanten.„Wann soll die Hochzeit sein?", fragte Felicity.

„Ich habe Schritte eingeleitet, um eine Sonderlizenz zu bekommen, um nächsten Donnerstag heiraten zu können. Morgen werde ich mit Mr. Spenser sprechen."

„Oh, liebster George!", sagte Glee. „Was für wunderbare Neuigkeiten!"

„In der Tat seid ihr nicht die Ersten, die es erfahren haben", sagte George zu seinen Schwestern. „Die Erste, die von der Hochzeit erfahren hat, war meine Tochter." Er sah Glee ernst an. „Warum hast du mir nie gesagt, was sie sich wünschte?"

Ein Ausdruck von Trauer huschte über Glees Gesicht. „Ich ... ich fürchtete, ein solcher Wunsch würde niemals wahr werden."

Sally stand neben ihrem Verlobten und legte ihre Hand besitzergreifend auf seinen Arm. Dann nahmen sie alle ihre Umhänge und machten sich zu den Gesellschaftsräumen auf.

Kapitel 7

Nachdem er Sallys praktischen schwarzen Umhang um ihre schmalen Schultern gelegt hatte, half George ihr in Morelands wartende Kutsche für die kurze Fahrt zu den Gesellschaftsräumen. Es schien ausgesprochen seltsam, derart nahe der besten Freundin seiner kleinen Schwester zu sitzen. Nur einen Tag zuvor wäre Miss Spenser neben Felicity gesessen und er neben Moreland. Was für einen tiefgreifenden Unterschied ein einziger Tag machte. Nun war Miss Spenser nicht mehr nur die beste Freundin seiner Schwester, sie war seine Verlobte, die Frau, die er auserwählt hatte, um den Rest ihres Lebens mit ihm zu verbringen. Trauer überkam ihn. *Oh, Diana, ich werde dich nie verlassen. Ich werde keine andere lieben als dich.* Und wieder schwor er sich, seine profunde und unsterbliche Liebe zu Diana tief in seinem Innern zu begraben. Nach außen würde er Sally ehren, als wäre sie die Frau seines Herzens. Nur Sally und er selbst würden die Wahrheit wissen.

Er drückte ihre kleine Hand in seiner. Was für ein Glück er doch hatte, sie bekommen zu haben. Und wie selbstlos sie war, einer Ehe zuzustimmen, in der es keine sinnliche Liebe gab, nur die reine Liebe zu Kindern, die von einer anderen Frau geboren wurden. Er drückte Sallys

Hand fester.

Als sie bei den Gesellschaftsräumen ankamen, schmerzte seine Brust. Er würde die Ankündigung heute Abend machen müssen. Heute Abend würde er die Vorstellung seines Lebens geben.

Ihre Gruppe von sechs Personen versammelte sich bei den Stühlen, die für Adelige reserviert waren, und Appleton und die Zwillinge gesellten sich bald zu ihnen. Die verwirrten Blicke von Georges Freunden, als er während des Abends fürsorglich in Sallys Nähe verweilte, entgingen ihm nicht. Er hoffte nur, dass Sally deren prüfende Blicke nicht bemerken würde. Sally vor der Gedankenlosigkeit seiner Freunde zu schützen, war ihm wichtiger, als Diana durch seine liebevolle Umgangsweise mit Sally zu betrügen.

Sobald Georges und Blanks' engste Freunde sich um sie versammelt hatten, sagte George: „Ich wünsche, dass meine Freunde als Erste zu hören bekommen, dass ich vorhabe wieder zu heiraten." Sein Blick fiel auf Sally.

„Dann wirst du dich auf die Jagd nach einer Erbin machen?", sagte Melvin.

George schüttelte den Kopf. „Nein, ich habe die Frau, die ich nächste Woche heiraten werde, bereits gefunden." Er nahm Sallys Hand. „Miss Spenser."

Melvins Mund öffnete sich vor Erstaunen, während die Augen seines Zwillings Elvin sich anerkennend weiteten.„Ich weiß, dass du es mit ganzem Herzen verabscheust, einen weiteren deiner Junggesellenfreunde an die Ehe zu verlieren", sagte George zu Melvin, „aber ich wäre überaus gekränkt, solltest du nicht erkennen, wie glücklich ich bin, Miss Spenser dazu überredet zu haben, meine Braut zu werden."

George hielt seinen Atem an, als Melvins Blick von George zu Sally und dann wieder zu George schweifte.Glücklicherweise war Melvin ein Gentleman. Er fand seine Fassung wieder, wandte sich mit einem sanften Lächeln an Sally und verbeugte sich. „Darf ich Euch meine Glückwünsche zu Eurer Hochzeit aussprechen? Es muss nicht erwähnt werden, was für ein glücklicher Mann Lord Sedgewick ist."

„Ich wäre ein kompletter Dummkopf, wenn ich nicht anerkennen würde, dass ich die Glückliche bin." Sally warf George lächelnd einen vielsagenden Blick zu.

„Verzeiht mir, dass ich überrascht wirke", fügte Melvin mit tiefer Stimme hinzu. „Es ist nur so, dass ich, da Sedgewicks Vermögen etwas reduziert ist, mir gedacht habe, dass er eine reiche Erbin heiraten würde."

Der Teufel soll ihn holen!, dachte George. Was für eine haarsträubende Bemerkung. Erinnerte sich der Kerl nicht daran, dass George einmal eine Erbin geheiratet hatte? Eine Erbin, die er zutiefst geliebt hatte.

„Um ehrlich zu sein dachte ich auch, dass seine Lordschaft hätte besser heiraten können", sagte Sally. „Ich bete nur, dass er nicht bereuen wird, es nicht getan zu haben."

George sog scharf Luft ein. „Niemals, meine Liebe", sagte er zu Sally.

Melvin nahm mitleidig Sallys Hand und tätschelte sie. „Beschäftigt Euch niemals mit derartigen Gedanken, Ma'am. Wenn Sedgewick entschlossen ist, Euch zu heiraten, dann wird er alles in seiner Macht Stehende tun, um die Ehe zu einem Erfolg zu machen. Er kann sehr zielstrebig sein."

George runzelte die Stirn. Er war zielstrebig gewesen – mit Dianas Geld – um Hornsby Manor wieder erfolgreich zu machen. Nun trank er und verspielte alles, was er einst angehäuft hatte. Miss Spenser hatte sich Besseres verdient.

Das Orchester begann zu spielen, und George wandte sich an seine Verlobte. „Darf ich bitten?"

Sie antwortete ihm mit leuchtenden Augen und einer ausgestreckten Hand.

Es war ein Walzer. Er konnte seine Augen schließen, als er sie an sich zog, und konnte sich beinahe vorstellen, wieder mit Diana zu tanzen. bis jetzt hatte er nie bemerkt, dass Sallys großer schlanker Körper Dianas sehr ähnlich war. Eine derartige Ähnlichkeit war durch die Tatsache, dass Diana dunkel war, während Miss Spenser blond war, und dass Diana schön war, während Miss Spenser schlicht war, versteckt geblieben. Er beschloss, seine Augen offen zu lassen.

Sally fühlte sich zuerst eher steif an – wackelig sogar, würde er sagen – aber als sie sich unterhielten und er sie wegen ihrer Schüchternheit neckte, wurde sie gelassener in seinen Armen. Sie war tatsächlich eine äußerst graziöse Tänzerin, was ihn überraschte. Da sie sich weigerte zu singen, hatte er immer geglaubt, dass sie gar kein musisches Talent hatte, und um gut zu tanzen brauchte man schließlich musikalisches Talent.

Sie roch auch angenehm. Nicht nach einem überwältigenden Duft, aber einem leichten blumigen, der gut zu ihr passte. Sein Gesicht berührte ihre goldenen Locken, und er musste lächeln. Sie trug ihre Haare gelockt, um ihm zu gefallen. Nicht, weil sie auch nur irgendwelche romantischen Gefühle für ihn hegte, natürlich, aber weil sie sich bemühte, ihm eine gute Ehefrau zu sein.

Auf jede Weise, bis auf eine.

Nach ein paar Tänzen war George erfreut, als Appleton Sally bat, mit ihm zu tanzen. Als George dabei war, in einen Sessel zu fallen, kam Miss Johnson mit großen Augen auf ihn zu. „Ich bin gerade angekommen, Mylord, und kann nicht glauben, was man mir erzählt hat. Sicherlich könnt Ihr nicht allen Ernstes vorhaben, Miss Spenser zu heiraten! Ich muss mich verhört haben."

Wenn sie ein Mann wäre, hätte er sie geschlagen. „Ich habe in meinem Leben noch nie etwas so ernst gemeint, Miss Johnson. Mit der Ausnahme von Wohlstand, hat Miss Spenser alles, was sich ein Mann in einer Frau nur wünschen kann."

Sie senke ihre Augenbrauen. „Wie könnt Ihr euch mit – so etwas – zufriedengeben, wenn Ihr mit einer so schönen Frau verheiratet wart?"

Wut kochte in ihm auf. „Ich verstehe nicht, wie Miss Spensers Lieblichkeit Euch entgehen konnte." Er blickte über den Tanzboden, bis er Sallys safrangelbes Kleid sah, und täuschte einen Ausdruck reiner Bewunderung vor. „Wenn ihr Haar gelockt ist, wie heute Abend, kann niemand hübscher aussehen als Miss Spenser."

George wandte Miss Johnson seinen Rücken zu. Eine überaus direkte Abweisung für eine überaus unverschämte Frau.

Obwohl George sich weigerte, mit irgendeiner anderen Frau als Sally zu tanzen, erfreute es ihn zu sehen, dass seine Freunde sie mit Respekt behandelten. Jeder der Zwillinge tanzte pflichtbewusst mit der zukünftigen Viscountess.

Der Abend zog sich mühsam in die Länge. George verabscheute diese Veranstaltungen. Er wäre viel lieber in den Spielsaal gegangen. In der Tat freute er sich darauf, verheiratet zu sein, so dass er zu seinen Ausschweifungen zurückkehren konnte.Nach scheinbar nie enden wollender Zeit näherten sich die Aktivitäten ihrem Ende. Anstatt in Morelands Kutsche zu fahren, sagte George: „Ich ziehe es vor, den kurzen Weg nach Blankenship House zu Fuß zu gehen. Ich möchte mit meiner Verlobten alleine sein."

Felicitys Augen leuchteten bei Georges Ankündigung vor Freude auf und ein schelmisches Lächeln breitete sich auf Morelands Gesicht aus.

George bot Sally seinen Arm an, und sie spazierten entlang des gut beleuchteten Gehwegs, etwas, das sie in London niemals getan hätten. Aber Bath war eine viel sicherere Stadt. Es war schade, dass es nicht in allen Vergleichen mit London so gut abschnitt. Nach all seiner Zeit in Bath hatte sich George immer noch nicht daran gewöhnt, die verformten, kranken, gebrechlichen Massen der leidenden Menschen zu sehen, die ihren Weg in die Stadt fanden in der Hoffnung, durch die Heilwässer von ihrem Elend befreit zu werden, jedoch selten mit dem Ergebnis zufrieden waren.„Ich fahre morgen nach Surrey, um mit deinem Bruder zu sprechen", sagte er.

„Es ist wirklich nicht notwendig. Ich bin volljährig."

„Ich wünsche es richtig zu machen, Sally, und dein Bruder ist das Familienoberhaupt. Meinst du, er wird meinem Antrag zustimmen?"

Sie lachte. „Kannst du es bezweifeln? Du bist

ein Viscount. Welcher Bruder – oder Vater – wäre nicht erfreut?"

„Aber mein Vermögen ist keineswegs vergleichbar mit Mr. Higginbottoms."

Sally kicherte. „Vertraue mir. Du hast viel mehr positive Eigenschaften als Mr. Higginbottom."„Aber du sagtest, dein Bruder wünschte unbedingt, dass du für Geld heiratest."

Sie lachte wieder. „Mein Bruder ist ein Geizhals und schlägt sich deshalb recht gut – teilweise, weil er eine Frau geheiratet hat, die Ländereien besitzt. Er braucht nicht mehr Geld. Und ich brauche kein Geld. Ich glaube, Edmund wollte, dass ich Mr. Higginbottom heirate, da es für seine Stellung gut sein würde sagen zu können ‚meine Schwester, die in das Higginbottom-Bier-Vermögen eingeheiratet hat'."

George musste lachen. Seine Sally war äußerst scharf in ihren Beobachtungen menschlichen Verhaltens. Er hatte den pompösen Edmund Spenser nie getroffen, aber Blanks hatte dies sehr wohl und Blanks ahmte die großspurige Art des Mannes überaus unterhaltsam nach. Wenn die eigene Schwester des Mannes – die eine äußerst liebenswürdige Dame war – ihren Bruder kaum ertragen konnte, dann musste das Verhalten des Mannes widerwärtig sein.

„Soll ich deinem Bruder oder deiner Mutter eine Nachricht von dir überbringen?"

Sie kräuselte die Lippen in Gedanken versunken. „Sag ihnen nur, dass ich dem Antrag zustimme."

„Soll ich einen Brief von dir überbringen?"

Sie schüttelte den Kopf. „Das ist nicht notwendig. Wie ich dir gesagt habe, bin ich nicht sehr gut auf Edmund zu sprechen – und auf meine Mutter ebenso wenig, da sie immer auf der Seite ihres Erstgeborenen steht. Ich schwöre, wenn ich Kinder habe, ..." Sie presste die Lippen zusammen. Nachdem sie einige Schritte gegangen war, während sie das Pflaster mit großem Interesse musterte, sagte sie: „Wie dumm von mir. Ich werde niemals eigene Kinder haben, aber ich versichere dir, dass ich deine als meine betrachten werde."

Goerge zuckte zusammen. „Verzeih mir, Sally. Ich fühle mich schrecklich dabei, dir eigene Kinder vorzuenthalten."

„Verschwende keinen weiteren Gedanken daran. Ich bin sehr glücklich. Außerdem könnte ich kein Kind so sehr lieben, wie ich Georgette und Sam liebe."

Zum zweiten Mal an diesem Tag sprach er indirekt über die intimste Verbindung, die der Menschheit bekannt ist und doch war es eine Verbindung, die Miss Spenser nie erfahren würde. Er fühlte sich schuldig, sie dessen zu berauben.

Und so vieler anderer Dinge auch.

Sie gingen eine Weile in Stille.„Nachdem ich deinen Bruder besucht habe, werde ich die Sonderlizenz beantragen, und ich habe vor, meinen Anwalt in London zu besuchen, um den Ehevertrag aufzusetzen. Ich werde nicht vor Montag zurück sein."

„Darf ich die Kinder besuchen, während du fort bist?"

„Ich bitte dich darum." Er legte seine Hand auf ihre. „Meine Tochter hat mir erst heute erzählt, dass sie sich jedes Mal etwas wünschte, wenn sie einen Stern sah. Weißt du, was sie sich wünschte?"

Sie sah ihn verwirrt an. „Was?"

„Sie wünschte sich, dich als Mutter zu haben."

Er beobachtete Sally und war zutiefst berührt, als Tränen ihre Augen füllten und eine einzelne Träne über ihre goldfarbene Wange rollte. Er blieb unter einer Straßenlaterne stehen und blickte in ihr ernstes Gesicht. Er dachte, sie hätte nie hübscher ausgesehen. Er wischte ihre Träne sanft weg. Dann tat er etwas äußerst Seltsames. Er beugte sein Gesicht zu ihrem und legte seine Lippen auf ihre.

Er hätte zu wetten gewagt, dass sie nie zuvor geküsst worden war, aber ihr Kuss fühlte sich keineswegs wie ein verwirrter erster Kuss an. Ihre Lippen waren weich und voll, und sie schmolz an seiner Brust, als wäre sie zutiefst vertraut mit derartiger Intimität.

Du lieber Himmel! Was hatte er getan? Er wirbelte von ihr weg. „Verzeih mir", sagte er mit zitternder Stimme. „Ich weiß nicht, was über mich gekommen ist. Die Träne ... es war so unverfälscht – ein solcher Verrat all der Zuneigung, die ich für meine Liebsten empfinde."

Sie legte ihre Hände ruhig auf seine Schultern. „Genauso, wie ich sie auch liebe. Die lieben Kinder."

Er lachte und begann weiterzugehen. Er fühlte sich wegen dieser Kuss-Sache verteufelt seltsam. Es war wohl am besten, es nicht mehr zu erwähnen.

Oder zu wiederholen. Jemals. Schließlich war Sally nicht seine Diana.

„Während ich in London bin, würde ich gerne ein Hochzeitsgeschenk für dich kaufen", sagte er. „Hast du einen Wunsch?"

Sie schüttelte den Kopf. „Was ich mir mehr als alles wünsche, ist ein Schmuckstück, das seit

Generationen im Besitz der Sedgewicks ist. Nur, wenn ich so etwas erhalte, werde ich mich wirklich wie ein Teil dieser Familie fühlen!"

„Alle Sedgewick-Juwelen werden natürlich an Sally fallen."

Sie lächelte und hakte ihren Arm in seinen. „Es gibt etwas, das ich gerne als Hochzeitsgeschenk hätte."

Sein Puls beschleunigte sich. Sally heiratete ihn sicherlich nicht des Geldes wegen, nicht dass er viel davon hatte. Er hob fragend eine Augenbraue.

„Ich wünsche, dass du dein Geld sparst. Ich will nicht, dass du es für mich ausgibst. Nichts würde mich glücklicher machen als zu sehen, dass du dein Vermögen wiederherstellst, so wie du es nach deiner ersten Hochzeit getan hast. Und ich weiß, dass du es warst – nicht der Wohlstand deiner Frau – der Hornsbys Pracht wiederhergestellt hat."

Obwohl er über ihr Lob erfreut sein sollte, war er es nicht. Ihre Worte erzürnten ihn. Dachte das Weib, sie könnte sein Leben in Ordnung bringen, nur weil er ihr die Ehre erwies, sie zu heiraten? Hatte sie vor, ihn wegen jedes Pennys zu nerven, den er verschwendete? Würde sie ihn fortwährend tadeln?

Bei Gott, was hatte er getan? Und nun war es zu spät, es zurückzunehmen.

Er sprach mit eisiger Stimme. „Glaube nicht, dass du das Recht hast, mir zu sagen, wofür ich *mein* Geld ausgeben kann, nur weil du meine Frau bist."

„Es ist nicht das Geld, das mir wichtig ist, George, sondern du."

Er zuckte mit den Schultern und hob sein

Gesicht trotzig in den Nachthimmel. „Du wirst mich nicht ändern, Sally. Ich bin, was ich bin und du wirst dich damit abfinden müssen."

„Ich weiß, was du zu sein imstande bist, George. Es muss mir nicht gefallen, wenn du dich mit weniger abfindest."

Er nahm seine Hand aus ihrer. „Ich sehe, dass die Ehe deine Direktheit nicht im Zaum halten wird. Wie beruhigend zu wissen, dass mich zu heiraten, deine Schärfe nicht abschwächen wird."

„Wenigstens wissen wir beide, worauf wir uns einlassen", zischte sie.

Kapitel 8

Sally lag in dieser Nacht lange wach in ihrem Bett, da ihre verstörten Gedanken sie vom Schlaf abhielten. Obwohl ihre Worte George erbost hatten, bereute sie sie nicht. Wenn sie es wieder tun müsste, würde sie sich trotzdem nicht zurückhalten. Denn sie sprach mit ihrem Herzen. Georges selbstzerstörerischer Lebenswandel machte ihr Sorgen und nur weil George sie mit seinem Namen ehrte, hieß dies noch lange nicht, dass sie sich vor ihm beugen würde.Einer der Gründe, aus dem sie ihn heiratete, war es, hoffentlich in der Lage zu sein, ihn zu beeinflussen und zu ermutigen, seine zerstörerische Lebensweise zu ändern. Vertrauen würde der Grundstein ihrer Ehe sein.

Sollte die Hochzeit tatsächlich stattfinden.

Was, wenn George seine Entscheidung, sie zu heiraten, rückgängig machte? Was, wenn er sich entschloss, die Kritik über eine abgesagte Hochzeit einzustecken, anstatt ihre zänkische Art für den Rest seines Lebens zu ertragen? Sie würde es ihm wirklich nicht übelnehmen können, sollte er wünschen, ihre kurze Verlobung aufzulösen. Warum würde sich irgendein Mann an jemanden wie sie ketten? Nicht nur hatte sie kein Vermögen, sie war auch extrem schlicht. Sie trat in der Dunkelheit gegen ihre Decke.Glatte Haare.

Kurvenloser Körper. Leere Geldbörse. Scharfe Zunge. Es gab absolut nichts an ihr, was ein Mann anziehend finden würde. Besonders ein gutaussehender und privilegierter Mann wie der Viscount Sedgewick.Er würde die Hochzeit bestimmt absagen. Als sie im Dunkeln ihres Zimmers lag, dachte sie an ihn an seinem Schreibtisch, wie er im Kerzenschein den Brief seines Widerrufs an sie verfasste. Und zum zweiten Mal in dieser Nacht kullerten Tränen aus ihren Augen.

In ihrer größten Trübsal kam Hoffnung in ihr auf, als sie sich an diesen magischen Moment erinnerte, als Georges Augen sie wehmütig ansahen und er sich vorbeugte, um ihre Lippen zu berühren. Die Erinnerung daran brachte ihr Herz zum Rasen. Einige Sekunden lang hatte sie sich erlaubt zu glauben, dass George sie schön fand. Liebenswert. Einige Sekunden lang hatte sie die Glückseligkeit gespürt, von der sie nur hatte träumen können. Auch wenn er sie nie mehr küssen würde, würde sie sich an diesen ersten Kuss von dem einzigen Mann, den sie je lieben könnte, immer erinnern.

* * *

Als Glees Gast war Sally daran gewöhnt, jeden Morgen von Glees Zofe geweckt zu werden, die ihr fröhlich eine dampfende Kanne Tee und frischen Toast brachte.Aber an diesem Morgen war es Glee selbst, die in Sallys Zimmer flog und ein Tablett mit einer Teekanne und zwei Tassen brachte. „Hast du gut geschlafen, liebe Schwester?"

Der Gedanke, die Schwester ihrer besten Freundin auf Erden zu sein, durchströmte Sally mit einer Welle von Zufriedenheit. Dann erinnerte sie sich daran, dass Glees Bruder seine unkluge, übereilte Entscheidung, sie zu seiner Frau zu machen, höchstwahrscheinlich bereute. Sally setzte sich im Bett auf. „Um ehrlich zu sein, nein."

Glee plumpste auf das Bett. „Es ist kein Wunder. Gestern war ein bedeutungsvoller Tag für dich. Ich bin überrascht, dass du auch nur einen einzigen Moment geschlafen hast."

„Es gibt so viel zu erwägen. Lord ... Georges Antrag, musst du wissen, kam völlig unerwartet."

„Ich bin so froh, dass du dich nicht geziert und um mehr Zeit gebeten hast." Glee griff nach dem Teekessel und goss Tee in die beiden Tassen, dann reichte sie Sally eine.

„Um ehrlich zu sein, hatte ich Angst, dass er das Angebot zurückziehen würde, wenn ich mich nicht sofort darauf stürzte." Sally seufzte. „Ich wage zu behaupten, dass er es heute zurücknehmen wird. Ich fürchte, ich war eher harsch in meiner Kritik gestern Abend, als wir nach Hause gegangen sind. Er war gar nicht zufrieden mit mir, als wir uns verabschiedeten." Sally Hand flog auf ihren Mund. „Bitte glaube nicht, dass ich deinen Bruder aus irgendeinem anderen Grund kritisiert habe als aus meiner Sorge um sein Wohlbefinden."

Glee nahm Sallys Hand und drückte sie. „Ich weiß, wie wichtig dir Georges Wohlbefinden ist. Deshalb bist du die perfekte Frau für ihn. Ich bin überaus erfreut darüber, dass mein törichter Bruder eine derart gute Entscheidung getroffen und um deine Hand angehalten hat."

„Ich fürchte, du bist in der Minderheit", sagte Sally. „Ich glaube nicht, dass es gestern in den Gesellschaftsräumen auch nur eine Person gegeben hat, die deine Freude über die Verbindung teilte – außer Felicity natürlich. Hast du gesehen, wie die entrüstete Miss Johnson aus dem Saal gestürmt ist, nachdem sie George konfrontiert hatte?" Während sie mit Mr. Appleton tanzte, hatte Sally George im Auge behalten. Ihr Herz hatte einen Satz gemacht, als sie die hübsche Erbin auf George zukommen und mit ihm sprechen sah. Dann hatten ihre Lippen ein Lächeln geformt und sie hatte große Genugtuung empfunden, als George Miss Johnson schnitt. Sally hatte in der Tat gekichert, als Miss Johnson erbost davon stampfte."Ich würde nur zu gern wissen, was mein Bruder zu ihr gesagt hat. Ich habe noch nie zuvor eine derart wütende Frau gesehen."

„Oh, ich kann mir gut vorstellen, worum es bei dem Gespräch ging", sagte Sally und setzte ihre Tasse wieder auf die zarte Untertasse. „Miss Johnson hat zweifellos zu wissen verlangt, ob das abscheuliche Gerücht, dass er die völlig ungeeignete Miss Spenser gebeten hatte, ihn zu heiraten, der Wahrheit entsprach. Als George es bestätigte, hat sie mich bestimmt kritisiert, und George – nachdem er ein Gentleman ist – hat mich verteidigt. Ich kann mir vorstellen, dass er etwas wie *Miss Spenser ist eine überaus würdige junge Frau* gesagt hat."Sally und Glee kicherten.

„Es ist dir sicher nicht entgangen, dass Miss Johnson deinen Bruder seit vielen Jahren begehrt." Sally fühlte sich schuldig dabei, nicht zuzugeben, dass auch sie ihr halbes Leben lang besessen von George gewesen war.Glee kicherte wieder. „Ich dachte, ich wäre die Einzige, die es wusste."

„Und ich dachte, ich wäre die Einzige!"

„Oh je, die ganze Stadt muss ihr Streben bemerkt haben." Glee füllte ihre leeren Tassen auf.

Sally zuckte mit den Schultern. „Ich verhalte mich Miss Johnson gegenüber überaus lieblos."

„Mach dir keine Sorgen, Liebes. Sie ist dir gegenüber bestimmt liebloser als du es jemals sein könntest. In der Tat kann ich sie förmlich hören. Sie sagt wahrscheinlich, dass du meinen Bruder mit deinen unmodernen Kleidern bloßstellen wirst."

Sally runzelte die Stirn. „Denkst du, ich werde ihn blamieren?"

„Du weißt genau, dass George sich nicht um Mode kümmert! Als Viscountess Sedgewick wirst du allerdings ein bestimmtes Image pflegen müssen. Deswegen bin ich hier. Wir müssen dir heute eine Aussteuer kaufen!"

Sallys Augen blitzten auf, und sie griff auf ihr Korsett. Was, wenn George den Brief mit seinem Widerruf bereits geliefert hatte? „Hast du heute schon von deinem Bruder gehört?"

„Nein. Hätte er nicht heute Morgen aufbrechen und deinen Bruder besuchen sollen?"

„In der Tat. Wenn ich ihn nicht abgeschreckt habe."

Glee gab ein melodisches kleines Lachen von sich. „Mach dir keine Sorgen, du Gans. Das würde George niemals tun."

„Bist du sicher? Vielleicht hat er einen Brief für mich liefern lassen?"

Glee senkte ihre Augenbrauen. „Warte ..." Ihre Worte schwanden. „Da *ist* ein Brief für dich in Georges Handschrift." Glee ging zum Glockenseil und rief nach einem Diener.

Sallys Herz fiel und Übelkeit machte sich in ihrem Magen breit.

Als der Diener kam, traf Glee ihn an der Türe

und schickte ihn los, um Miss Spensers Brief zu holen. Als sie die Türe schloss, sprang Sally aus ihrem Bett und suchte nach ihren Kleidern.

Als der Butler kurz darauf zurückkehrte, war Sally angezogen und nahm den Brief selbst entgegen. Mit trommelndem Herzen setzte sie sich in einen Stuhl beim Fenster und las die hastig geschriebene Nachricht.

Liebste Sally,

Verzeih mir meine garstige Art. Ich möchte nicht mit derart üblen Gefühlen zwischen uns abreisen.

*Dein G.*Sally sah Glee mit tränenverschleierten Augen an. „Er entschuldigt sich für seine harten Worte, obwohl diese bestimmt von mir verursacht wurden."

Glee ging auf sie zu und legte sanft eine Hand auf ihre Schulter. „Du wirst so gut für George sein."

Sally beugte sich über das Bett und fing an, die Laken und die Tagesdecke zu glätten.

„Lass die Diener aufräumen, du Gans!"

Sally seufzte. „Du weißt, dass ich das nicht kann. Ich verabscheue jegliche Unordnung."

„Meine arme Nichte, mein armer kleiner Neffe. Als deren Stiefmutter wirst du zweifellos darauf bestehen, dass sie genauso ordentlich sind wie du."

Sally lächelte. „Ich finde es viel einfacher, nach ihnen aufzuräumen, als ihnen beizubringen, selbst aufzuräumen, aber ich versuche es ihnen beizubringen. Ich bin wohl eher faul."

„Du niemals! Erlaube Patty, dir bei deiner Toilette zu helfen, so dass wir einkaufen gehen können."

Sally schüttelte das Daunenkissen auf. „Ich verstehe nicht, wie ich einkaufen gehen soll, wenn ich kein Geld habe."

„Dummkopf, du brauchst nichts kaufen. Ich werde es tun. Erinnere dich, du hast als Viscountess Sedgewick ein gewisses Image zu erhalten. Und du willst bestimmt, dass George stolz auf dich ist, nicht wahr?"

Sallys Herz schlug schneller. Sie würde es verabscheuen zu denken, dass sie für ihren zukünftigen Mann eine Blamage sein könnte. „Aber ..."

„Verliere keinen Gedanken an das Geld. Du weißt, dass ich einen sehr wohlhabenden Mann geheiratet habe und es wird mir großes Vergnügen bereiten, meine Schwester so gekleidet zu sehen, wie es ihre neue Stellung verlangt."

Sally fühlte sich furchtbar gedemütigt. Gedemütigt, da sie sich derart unpassend kleidete. Gedemütigt, dass sie den armen George blamieren würde. Gedemütigt, da sie kaum eigenes Geld besaß.

„Ich schicke Patty herein, um dein Haar hochzustecken", sagte Glee, „obwohl ich glaube, dass es lange dauern wird, um es wieder zu locken."

„Es muss heute nicht lockig sein. Ich legte es nur in Locken, um George zu gefallen. Während er unterwegs ist, kann Patty eine Pause von den mühsamen Lockenpapieren machen."

Glee warf ihrer Freundin einen seltsamen Blick zu, bevor sie das Zimmer verließ.

* * *

An diesem Nachmittag wurde Sally dank Gregory Blankenships tiefer Taschen für ein halbes Dutzend Ballkleider und eine ähnliche Anzahl an Morgenkleidern und Promenadekleidern Maß genommen. Glee erfreute sich daran, ihrer Freundin bei der Auswahl von Hüten, Handschuhen und Schuhen zu helfen.Obwohl Sally, die in ihrem ganzen Leben noch nicht so verwöhnt worden war, das Einkaufen aufregend fand, war es auch ermüdend. Am späten Nachmittag gingen die beiden Damen in eine Teestube, wo Glee mit ihrem Mann verabredet war.

Blanks kam herein und brachte einen Brief für seine Frau. Sie nahm ihn und sah auf die Handschrift, während sich ihr Mann neben sie setzte. „Er ist von George", sagte sie und ihr verwirrter Blick traf Sally.Sallys Inneres zog sich zusammen. Würde George seine Schwester dazu verwenden, die Verlobung zu lösen? Warum, tadelte sie sich, würde er dann nach Surrey reisen, um mit ihrem Bruder zu sprechen?

Glee öffnete den Brief und überflog ihn schnell, ein Lächeln breitete sich auf ihrem Gesicht aus. „Was für ein Schatz!"

Sally seufzte vor Erleichterung.

„Sprichst du von deinem Bruder?", verlangte Blanks scherzhaft fragend.

„In der Tat." Glee legte den Brief nieder und sah Sally an. „Er wünscht, dass ich mich darum kümmere, dass du eine Aussteuer bekommst, die deiner neuen Stellung angemessen ist. Er will, dass alle Rechnungen an ihn geschickt werden."

Sally errötete. Es gefiel ihr gar nicht, sich wie eine Almosenempfängerin zu fühlen. Trotz ihrer Scham glühte sie ob Georges aufmerksamer Geste. Er musste in seiner Eile, sich auf die Reise zu begeben, viele Pflichten zu erfüllen gehabt haben und doch hatte er an sie gedacht.

Er war ein wahrhaftig edler Mann. Sein Opfer bewies dies ganz gewiss. Wie sehr er seine Kinder lieben musste.Dann runzelte Sally die Stirn. *Eines seiner Kinder,* verbesserte sie. Denn obwohl er immer von seinen Kindern sprach, war nur eines davon in seinem Herzen.Sally schwor, dies zu ändern.

Für den Rest ihrer Teepause beobachtete sie Glee und ihren Mann und die seltsame Distanz, die sich zwischen ihnen breitgemacht hatte. Beide zeigten Anzeichen tiefen Schmerzens und tiefer, gequälter Liebe füreinander.

* * *

Obwohl sie sehr müde war, ließ Sally Glee und Blanks in der Teestube zurück und besuchte die Kinder. Der Gedanke daran, dass sie ihre sein würden, brachte ihr süße Erfüllung.

Sie betrat ihr Haus und stieg die schmale Treppe zum Kinderzimmer im obersten Stockwerk hinauf. Erst dann wurde ihr bewusst, dass sie nächste Woche die Herrin dieses Hauses sein würde. Die Viscountess Sedgewick zu sein, war ihr allerdings nicht wichtig. Die Kinder waren es. Und deren Vater.

Als sie die Türe zum Kinderzimmer öffnete, kam Georgette auf sie zugelaufen. „Mama!", rief sie ihr mit ausgestreckten Armen entgegen. Tränen füllen Sallys Augen, als sie das Kind hochhob. „Ich bin so glücklich darüber, Liebling, dass du mein eigenes kleines Mädchen sein wirst."

Georgettes Arme schlangen sich fest um Sallys Hals. „Ich bin auch glücklich. Jetzt werde ich eine Mama haben so wie die anderen Mädchen – und wie Joy."

Sally streichelte das dichte mahagonifarbene Haar des kleinen Mädchens. Dann sah sie an ihren Röcken hinunter und sah Sam, der mit seinem Daumen im Mund dort stand. „Ich frage mich, ob dein Bruder versteht, was gerade vor sich geht?", fragte Sally und küsste Georgettes Wange, denn stellte sie sie nieder und schloss Sam in die Arme.

„Ich habe es ihm gesagt", sagte Georgette. „Ich wünschte, er würde sprechen."

„Das wird er", versicherte Sally. „Du und ich werden es ihm beibringen und wir fangen nächste Woche damit an."

„In welchem Zimmer wirst du wohnen?", fragte Georgette. „Ich hoffe, es ist neben meinem."

In Sallys Bauch begann es zu flattern. Da Stadthäuser um vieles kleiner waren als Landhäuser, teilten Mann und Frau normalerweise ein Schlafgemach in ihrem Stadthaus. Aber George würde natürlich kein Zimmer mit ihr zu teilen wünschen. „Es ist egal, wo mein Zimmer ist, Liebling. Nichts kann die Tatsache ändern, dass wir eine Familie sein werden. Ich werde eure Mutter sein und ihr werdet meine geliebten Kinder sein." Sie kitzelte Sams Hals mit schmatzenden Küssen und er stieß ein herzhaftes Babylachen aus.Dann deutete Sam auf den Schaukelstuhl.

„Sag ‚sitzen', Sam", sagte Sally streng.

Er schüttelte den Kopf.Der kleine Gauner! Er kannte jedes Wort, das sie aussprach, nur zu gut. „Sag ‚sitzen', mein Schatz", wiederholte sie beruhigend.

Er sagte „i", obwohl die Konsonanten nicht richtig waren.

Sie küsste seine mollige Wange. „Gut gemacht!" Sie zog ihn an ihre Brust und drückte ihn fest, bevor sie sich in den Schaukelstuhl setzte und den Abzählreim mit seinen Zehen spielte.

Kapitel 9

George hätte am folgenden Montag zurückkehren sollen. Sally weigerte sich deshalb, an dem Tag Blankenship House zu verlassen, da sie fürchtete, ihn zu verpassen. Sie dachte, er würde vielleicht am Nachmittag eintreffen. Aber er tat es nicht. Sie hielt während des Abendmahls nach ihm Ausschau, aber er kam immer noch nicht. Sie war überaus froh darüber, dass Glee und Blanks nicht in die Gesellschaftsräume gehen wollten, denn sie war zu besorgt, um das Haus zu verlassen.

Sie und Glee nahmen ihre Stickereien mit in den Salon, aber mit jedem Nadelstich drehten sich Sallys Gedanken um George. Ging es ihm gut? War ihm etwas zugestoßen? Hatte er zu viel getrunken und war deswegen unfähig zu reisen? Oder – Gott bewahre – hatte er sich entschlossen, sie doch nicht zu heiraten?

Um neun Uhr fürchtete sie, die falsche Entscheidung getroffen zu haben, da George sie bestimmt in den Gesellschaftsräumen suchen würde.

Kurz nachdem sie diesen Gedanken hatte, hörte sie Stimmen, dann Schritte im marmornen Korridor. Sie blickte auf die Türe und sah George in den Salon der Blankenships eintreten. Er trug Abendgarderobe und zeigte keine Anzeichen einer langen Reise.

Sallys Herz machte einen Satz, als sie seine männliche Contenance erblickte, dieses kräftige Gesicht, dass sie so sehr liebte. Sie wollte zu ihm laufen und ihn in die Arme schließen, aber natürlich konnte sie dies nicht tun. Er würde sie sicher zurückstoßen.Er sah sie an, dann kam er auf sie zu, nahm ihre Hand und hauchte einen Kuss darauf. „Es geht dir gut, meine Liebe?"

„Oh ja", antwortete sie. „Und dir? Du musst erschöpft von der Reise sein."

Er nickte seiner Schwester einen Gruß zu und ließ sich dann in das weiche Polster des Sofas neben Sally fallen. „Ich bin froh, dass ihr heute Abend *nicht* in den Gesellschaftsräumen seid."

Ein Lächeln erhellte ihr Gesicht. Genau deshalb wollte sie nicht hingehen. „Erzähl, Mylord, war deine Reise erfolgreich?"

„Das war sie allerdings. Du hattest recht, was deinen Bruder betrifft. Er war nur zu erfreut, unsere Verbindung zu befürworten. In der Tat werden er und deine Mutter nächsten Donnerstag zur Hochzeit kommen."

Donnerstag! Es würde wirklich geschehen. Sally konnte immer noch nicht glauben, dass George sie heiraten würde. Sie erwartete, jeden Moment aus ihrem Traum aufzuwachen. Obwohl sie weder ihrem Bruder, noch ihrer habsüchtigen Mutter nahestand – nicht so, wie ihrem jüngeren Bruder und ihrem verstorbenen Papa – freute sie sich dennoch zu hören, dass sie zur Hochzeit kommen würden. Aus unerfindlichen Gründen würde ihre Anwesenheit die Zeremonie bedeutungsvoller machen. Verbindender. Endgültiger. Ein Gefühl des Wohlbefindens machte sich in ihr breit. „Du hast die

Sonderlizenz?"

Er klopfte auf seine Hosentasche. „Jawohl." Er sah sie an, und seine Augen schweiften über ihr elfenbeinfarbenes Kleid. „Ein neues Kleid?"

Sally schluckte. „Ja. Deine Schwester hat mich in fast allen Geschäften in Bath verwöhnt. Die neue Viscountess Sedgewick wird in der Tat äußerst angemessen aussehen." Es fühlte sich immer seltsamer an, sich selbst mit einem derart hochtrabenden Namen anzusprechen. Es war besonders seltsam, da sie immer noch an die liebliche Diana als Lady Sedgewick dachte.

Er nahm ihre Hand in seine. „So, wie es sein sollte."

* * *

Donnerstagmorgen heirateten sie in der Bath Cathedral. Trotz der hohen Stellung des Bräutigams war es eine kleine Hochzeit nur mit Familie und einigen Freunden.Als George am Rande des Allerheiligsten stand und Sally entlang des Mittelganges auf sich zukommen sah, schluckte er schwer. Für den Bruchteil einer Sekunde erwartete er, Diana an Sallys Stelle zu sehen. Aber es war nur Sally. Sally, deren Gesicht finster und deren Schritte unsicher waren. In ihrem einfachen elfenbeinfarbenen Seidenkleid sah sie mehr wie ein erschrockenes Kind aus als eine Frau, die im Begriff war zur Viscountess zu werden. Sally Spenser war eindeutig keine Schönheit, aber sie würde ihm eine gute Frau sein. Ein Jammer, dass sie nicht Diana war. Eine dunkle Wolke ließ sich über ihm nieder, als er Sallys Arm in seinen hakte. Was für eine zutiefst symbolische Geste. Der Rest ihres Lebens würde nun verflochten sein. Unwiderruflich verbunden. Sein Herz fiel ins Bodenlose.

Als sie händehaltend vor dem Bischof standen, konnte George wieder Sallys unverwechselbaren leichten Duft wahrnehmen Und es schien, als ob Sonnenstrahlen die Kathedrale erhellten und die Finsternis, die er kurz zuvor gespürt hatte, verdrängten.Nach der Zeremonie wurde ein großzügiges Hochzeitsfrühstück in Morelands Winston Hall veranstaltet, wo in dem enormen Esszimmer ein Buffet mit allen möglichen Sorten Fleisch und einem riesigen Sortiment an Backwaren von Morelands talentiertem französischem Koch aufgedeckt war. Moreland bestand darauf, dass George am Kopfende des Tisches saß. Felicity bestand darauf, dass Sally neben ihrem frischgebackenen Ehemann Platz nahm.Es kam ihm verflixt seltsam vor, Sally Lady Sedgewick zu nennen, und doch konnte er ihr den Titel niemals streitig machen. Sie würde die liebevolle Fürsorge für seine Kinder übernehmen, die ihrer Mutter beraubt worden waren. Er würde aufhören müssen an Diana zu denken. Sie war tot. Er hatte zwei lange Jahre um sie getrauert. Er hatte sich sogar gewünscht, ihr ins Grab zu folgen, aber damit war nun Schluss. Er musste leben. Für ihre Kinder.

Während des Frühstücks fand er seine Frau ungewöhnlich schweigsam. Er bemerkte außerdem, dass sie ihr Essen kaum anrührte, obwohl Miss – verdammt, er musste sich daran gewöhnen, seine neue Frau mit ihrem Vornamen anzusprechen! *Sally*. Er hatte immer schon gewusst, dass Sally keinen großen Appetit hatte. Kein Wunder, dass sie so dünn war. Er nahm sich vor, sie ein bisschen aufzupäppeln. „Komm, meine Liebe, du musst etwas essen", sagte er sanft.Ihr Kopf neigte sich zu seinem. „Ich habe Angst davor,

Mylord, denn mein Magen ist heute etwas durcheinander."

Bei Jupiter! Sie hatte einen Bammel. Er hätte nie gedacht, dass die einzigartig starke Sally Spenser irgendeine Schwäche zeigen könnte, aber sie hatte einen schwachen Magen. Er lachte auf und hob ihre Hand an seine Lippen. „Sicherlich wirst du mit Champagner auf unsere Verbindung anstoßen."

Sie nickte. „Mit Vergnügen."

Einen Moment später hoben sie ihre Gläser für den Hochzeitstrinkspruch. Dann erhob sich George und bot Sally seinen Arm an. „Lady Sedgewick und ich haben vor, den Tag mit unseren Kindern zu verbringen", verkündete er. Dann nickte er Appleton zu. „Bring die Zwillinge um sieben Uhr her."

„Aber sicherlich, Sedgewick ...", fing Appleton an zu protestieren.

George unterbrach ihn. „Nur weil ich verheiratet bin, heißt das noch lange nicht, dass ich ein Einsiedler bin."

„Bist du sicher?", fragte Appleton, und sein verwirrter Blick schoss von George zu Sally.

„Ich bin sicher", zischte George.

* * *

Im Stadthaus, das George seit zwei Jahren in Bath gemietet hatte, führte er seine Braut von Zimmer zu Zimmer und stellte sie den Dienstboten vor, die sie während des Rundganges trafen. Sally, ihren Arm in den ihres Mannes gehakt, strahlte, als sie durch ihr neues Heim ging und George sie umsichtig als „die neue Hausherrin" oder „Lady Sedgewick" bezeichnete.

Im zweiten Stock kamen sie bei seiner Kammer an. Ihr Herz trommelte wild, als er sie hineinführte. Sie sah sich in seinem männlichen Dekor und den dunklen Juwelenfarben um. „Ich habe einen neuen Kleiderschrank für dich liefern lassen", sagte er beiläufig, als würde er über das Wetter sprechen.

Sally war erstaunt. Hatte George nicht darauf bestanden, dass es keine körperliche Intimität zwischen ihnen geben würde? Ihre fragenden Augen trafen seine.

Er schloss die Türe hinter sich und neigte seinen Kopf zu ihr, als er sanft sprach. „Ich wünsche, dass die anderen – die Dienstboten eingeschlossen – denken, dass du in jeder Hinsicht meine Frau bist." Dann richtete er sich auf, ging zu dem Fenster, das auf die Straße blickte, und öffnete die roten Samtvorhänge. „Sorge dich nicht, meine liebe Sally, ich werde dich nicht deiner Jungfräulichkeit berauben."

Ihr Herz sank. Aber sie wünsche sich so sehr, dass er sie ihrer Jungfräulichkeit beraubte! Sie wünschte sich so sehr, in jeder Hinsicht seine Frau zu werden, aber natürlich würde dies niemals passieren. Nicht, wenn er immer in eine Frau verliebt sein würde, die kalt in ihrem Grab lag. Und Sally wusste, dass sie niemals mit der Frau mithalten konnte, die sie zu ersetzen versuchte. Eine dunkle Röte machte sich auf ihrem Gesicht breit.

Die Röte entging George nicht. Er nahm sie bei den Schultern und blickte erstaunt in ihr Gesicht. „Bei Jupiter! Du errötest! Ich hätte nicht gedacht, dass Sally Spenser – verzeih mir – Sally Sedgewick je errötete. Sicherlich ist die Tatsache, dass ich deine Jungfräulichkeit erwähnt habe, nicht der Anlass deiner Scham?"

Niemand hatte je das Wort „Jungfräulichkeit"

in Sallys Gegenwart erwähnt. Seltsamerweise beschämte die Beschreibung sie. Sie wäre viel lieber eine gut befriedigte Dame als eine reine Jungfrau. Gut befriedigt von George, natürlich. „Ich ... es ist nur, dass ich das Wort noch nie ausgesprochen gehört habe."

Er ließ seine Hände fallen und lachte. „Aber bestimmt hast du es geschrieben gesehen und weißt, was es bedeutet?"

„Natürlich." Wie sehr sie sich wünschte, dass die verdammte Röte von ihren heißen Wangen weichen würde!

„Hast du Einwände gegen die Schlafregelung?"

„Du meinst dein Bett zu teilen, jedoch auf höchst keusche Art und Weise?"

„Genau das habe ich gemeint."

„Ich habe keine Einwände. Ich wünsche ebenso, dass unsere Ehe glaubwürdig ist." Die Worte klangen hohl. Genauso wie ihre Ehe sein würde. Wie konnte es eine Ehe sein, wenn diese eine, überaus wichtige, Komponente fehlte? Wie konnte sie hoffen, ein Teil von ihm zu sein, wenn sie diese intimste Verbindung nicht hatten? Sie fühlte sich beraubt. Sie würde niemals wahrhaftig mit dem Mann verheiratet sein, den sie mit all ihrem Herzen liebte.

Sie gingen vom zweiten Stock hinauf in das Kinderzimmer.

Georgette flog Sally entgegen. „Bist du jetzt wirklich meine Mutter?"

George antwortete. „Sie ist es wirklich." Er beugte sich hinunter, um seine Tochter hochzuheben und Sally beugte sich, um Sam hochzuheben. Sie strahlte, als George sie alle versammelte und heiser sagte: „Endlich eine Familie."

Georgette beugte sich zu ihrem Bruder und sprach mit einer Stimme, wie man sie mit Babys verwendet. Sie deutete auf ihren Vater und sagte: „Papa." Dann deutete sie auf Sally und sagte: „Mama."

Sally beobachtete Sam und wartete auf eine Reaktion. Lächelnd warf er seine Arme um sie und sagte: „Mama."

Tränen liefen aus ihren Augen, als sie Sam näher an sich drückte und weinte, während ein großes Lächeln ihr Gesicht erhellte. Sie versuchte, die Tränen wegzuwischen, aber es kamen immer mehr. Sie sah zu George auf, um ihn ihrer Freude zu versichern und sah, dass auch er weinte.

* * *

Um sieben Uhr an diesem Abend kamen Appleton und die Zwillinge, um George abzuholen. Es war schon gut so, beschloss Sally. Jede Minute, die sie mit ihrem Mann verbrachte, würde nur dazu führen, dass sie sich nach einer wahren Hochzeitsnacht sehnte. Es war besser, er verbrachte die Nacht mit seinen Freunden.

„Wir treffen Blanks zum Kartenspielen", teilte Melvin George mit.

Arme Glee, dachte Sally. Ihr Mann hatte sie auch im Stich gelassen.Dass Appleton und die Zwillinge keine offensichtlichen Gewissensbisse deswegen hatten, ihr den Ehemann in ihrer Hochzeitsnacht zu rauben, brachte Sallys Wangen wieder zum Erröten. Sie hatten keine Gewissensbisse, weil sie annahmen, dass George sich seine ehelichen Rechte bereits geholt hatte.Ihre Gedanken flogen zurück zu diesem Nachmittag, als sie mit George in ihrem Schlafgemach standen. Die Dienstboten hatten sich alle auffallend vom zweiten Stock entfernt. Es war, als ob sie erwarteten, dass Lord und Lady Sedgewick ihre Ehe in dem Bett an dem Nachmittag vollziehen würden. Sie spürte eine tiefe und nagende Leere.

Die Männer tranken ein Glas Madeira und äußerten sich über die Hochzeit, bevor sie das Haus verließen, um zu tun, was auch immer lebenslustige Junggesellen taten.Nur, ihr Mann war kein Junggeselle. Genauso wenig wie Gregory Blankenship.

* * *

Die Männer waren kaum aufgebrochen, als Sally, mit ihrer Stickerei im Salon sitzend, das Geräusch einer heranfahrenden Kutsche vor dem Stadthaus hörte. Sie sah aus dem Fenster und beobachtete Glee, deren leuchtendes Haar von einem smaragdgrünen Umhang bedeckt war, beim Aussteigen. Eine weitere Person, die keine Gewissensbisse dabei verspürte, eine der frisch vermählten Sedgewicks in ihrer Hochzeitsnacht zu stören.Kurz darauf gesellte Glee sich zu Sally. Sie warf dem Butler ihren Umhang zu, hastete in den Salon und ließ sich auf ein Sofa fallen, das dem glich, auf dem Sally saß. „Dies erinnert mich schrecklich an meine eigene Hochzeitsnacht."

Dass ihre Hochzeitsnacht so weitläufig besprochen wurde, schmerzte Sally. „Wie könnte dies dich auch nur irgendwie an deine Hochzeitsnacht erinnern?"

„Ich werde dir etwas sagen, das ich noch nie jemandem erzählt habe. Nicht einmal Felicity", sagte Glee.

Sally hob eine Augenbraue.

„Ich habe Blanks in eine Falle gelockt, um mich zu heiraten. Er wollte nichts von einer Ehe und nichts von mir wissen."

Sally schüttelte den Kopf. „Das glaube ich dir nicht. Man muss nur in eurer Gegenwart sein, um zu wissen, wie sehr ihr verliebt seid."

„Das sind wir. Jetzt."

„Aber ich weiß, dass du ihn schon bei eurer Hochzeit geliebt hast."

„Ich ihn, aber er mich nicht."

Sally schmiss ihre Stickerei hin. „Du scherzt." Das musste es sein. Glee erzählte Sally diese Geschichte, damit sie sich in ihrer eigenen fruchtlosen Hochzeitsnacht besser fühlte. „Blanks ist völlig vernarrt in dich."

Glees rosige Lippen formten ein Lächeln. „Ich glaube, du hast recht, Liebes, aber es war nicht immer so."

Sally lehnte sich in ihrem Sofa zurück. „Bitte erzähle mir die ganze Geschichte."

„Wie du weißt, bin ich immer schon in Blanks verliebt gewesen."

Sally nickte. *So wie ich in George.*

„Und als ich herausgefunden habe, dass er seinen Reichtum verlieren würde, sollte er nicht vor seinem fünfundzwanzigsten Geburtstag heiraten, habe ich ihm einfach einen Antrag gemacht. Ich sagte ihm, es würde keine richtige Ehe sein, sondern eine Vernunftehe."

Genauso wie unsere es ist. „Sprich weiter", sagte Sally, die nicht in der Lage war, ihren Blick von Glee abzuwenden.„Er hat mich abgelehnt. Obwohl es bedeutete, sein Vermögen zu verlieren, verabscheute er die Vorstellung einer Ehe so sehr, dass er mein Angebot ablehnte."

„Wie dann ..."

„Ich habe ihn dazu gezwungen, mich zu kompromittieren."

„Sicher nicht!"

„Da ich wusste, dass George mich und Blanks suchen würde, habe ich das Korsett meines Kleides heruntergezogen, so dass George glauben würde, dass Blanks sich Freiheiten mit meinem Körper herausgenommen hatte und mein Bruder Blanks dazu zwingen würde, mich zu heiraten."

„Glee! Wie hinterhältig!"

„Ja, das war es, nicht wahr?"

„Hat dein Plan funktioniert?

„Oh ja. Der arme Blanks war viel zu sehr Gentleman, um George von meiner Gemeinheit zu erzählen. Ich glaube wirklich, dass er mich eine Zeit lang verabscheut hat, aber ich wusste, dass ich es zu seinem eigenen Wohl tat."

„Wie gut du deinen Mann kanntest – besser als er sich selbst."

„So wie du George kennst", sagte Glee und warf Sally einen besorgten Blick zu. „Mir ist endlich etwas bewusstgeworden, das du viele Jahre lang vor mir verheimlicht hast."

„Und was ist das?"

„Deine Liebe für meinen Bruder."

Glees Bemerkung nahm Sally den Wind aus den Segeln. Hatte sie nicht sorgfältig darauf geachtet, ihre Gefühle für George zu verbergen, besonders nachdem er die makellose Diana geheiratet hatte?

Glee fuhr fort. „Mir wurde erst jetzt klar, dass du George seit deinem ersten Besuch in Hornsby angebetet hast, als du ... wie alt warst? Dreizehn?"

Sally ließ den Kopf fallen und nickte. „Zehn."

„Und seit zehn Jahren gibt es niemanden für dich außer George?"

„Ich bin so ruchlos. Ich habe ihn sogar nach seiner Hochzeit mit Diana geliebt."

Glees Gesicht wurde ernsthaft. „Du bist nicht ruchlos. Ganz im Gegenteil. Du liebst meinen Bruder und seine Kinder völlig selbstlos."

Sally täuschte ein Lachen vor. „Jeder, der glaubt, dass ich selbstlos bin, hat keine Ahnung, wie viel Freude mir Georgette und Sam bringen."

„Meine Nichte und mein Neffe sind in der Tat glücklich, dich zu haben – und ihr Vater ist es ebenso." Glees Stimme wurde sanfter. „Ich gebe dir sechs Monate."

Sally runzelte die Stirn. „Sechs Monate wofür?"

„Um Georges Herz zu gewinnen, natürlich."

„Das war nie meine Erwartung."

„Warum hast du ihn dann geheiratet? Ich weiß, dass dich die soziale Stellung nicht kümmert."

„Wir – George und ich – dachten es wäre gut für die Kinder. Und als Viscountess kann ich diesen Drachen einer Amme entlassen."

Glees Augen weiteten sich. „Du hast geheiratet, um eine Amme zu entlassen?"

„Oh, es gab noch andere Gründe. Ich heiße es ganz und gar nicht gut, wie George sein Leben zerstört und habe vor, ihm deswegen ein Dorn im Auge zu sein."

Glee lachte. „Meine liebste Sally, glaube mir, wenn ich dir sage, dass du meinem Bruder viel mehr sein wirst als nur ein Dorn im Auge."

Durfte sie sich erlauben, auf mehr zu hoffen? Es schien kaum vorstellbar zu sein, dass George jemals eine andere Frau lieben könnte. Und noch viel weniger vorstellbar war es, dass sie jemals diese Frau sein könnte.

ℜapitel 10

Sally schaffte es nicht, wach zu bleiben, bis George nach Hause kam. Mithilfe ihrer Zofe hatte sie ziemlich viel Zeit mit ihrer Toilette verbracht, bevor sie ins Bett ging. Sie fühlte sich schrecklich seltsam dabei, ihre eigene Zofe herumzukommandieren. Würde sie sich jemals daran gewöhnen, eine eigene Zofe zu haben? George, der gute Mann, hatte die junge Dame an dem Tag vor ihrer Hochzeit eingestellt. Mit Hetties Hilfe, hatte Sally versucht, ihre Hochzeitstags-Locken zu bewahren. Die junge Zofe half ihr auch dabei, das elegante Seidenkleid auszuziehen, das sie letzte Nacht getragen hatte und half ihr in ein leichtes elfenbeinfarbenes Nachthemd, das Sally noch nie zuvor verwendet hatte.

Nachdem Hettie ihre Kammer verlassen hatte, trug Sally das Parfum auf, das eine Mischung ihrer Mutter war. Als sie zwischen die weichen kühlen Leinenlaken geschlüpft war, wurde sie nervös. Sie hatte schließlich nie zuvor mit einem Mann geschlafen. Obwohl sie nicht wirklich mit einem Mann schlafen würde. Trotzdem ...

Am darauffolgenden Morgen erwachte sie in einem dunklen Zimmer. Einige umnebelte Sekunden lang wusste sie nicht, wo sie war. Dann erinnerte sie sich. Sie wirbelte herum, um den schlafenden Mann anzusehen, der ihr Ehemann war. Er war ihr nie zuvor so groß vorgekommen. In der Tat bedeckte er viel mehr als die Hälfte des Bettes. Sie stützte sich auf ihre Ellenbogen und beobachtete ihn. Ihr Atem wurde bei ihrer Beobachtung schneller. Goldene Haut spannte sich über starke Muskeln. Von einer gut geformten Schulter zur anderen war sein Körper so breit wie vier Bücher aneinandergereiht. Obwohl das Haar auf seinem Kopf die Farbe von poliertem Gold hatte, führte ein Pfad dicken, dunklen Haares von seiner Brust bis unter die zerknitterten Laken. Sogar der starke Geruch von Portwein, der von ihm ausging, war reine, berauschende Männlichkeit.

Ihr Herz dehnte sich aus in ihrer Brust, als sie damit fortfuhr ihren schlafenden Ehemann zu mustern. Wann war er nach Hause gekommen? Was hatten er und seine Freunde getan? Er hatte offensichtlich große Mengen Alkohol konsumiert. Hatte er auch große Mengen Geld am Kartentisch verloren?

Und plötzlich wurde ihr bewusst, dass er jeden Moment erwachen und sie dabei ertappen könnte, wie sie ihn – beinahe nackt – sehnsuchtsvoll anstarrte. Hätte sie einen großen Busen, würde es ihr gefallen, dachte sie, wenn George sie in ihrem Nachthemd sehen würde. Aber der Anblick ihrer knochigen Magerkeit würde wohl kaum Verlangen in ihm auslösen. Sie sollte sich wohl besser anziehen.

Sie verließ das Bett widerwillig, um sich für den Tag zu kleiden, aber wie konnte sie sich gänzlich entkleiden, wo er jeden Moment erwachen und sie erblicken könnte? Oh je, was sollte sie tun? Sie würden in ihrem gemeinsamen Schlafzimmer einen Paravent benötigen.

Aber wenn sie um einen Paravent bitten würde, würde sie als eine äußerst unnatürliche Ehefrau erscheinen. Obwohl sie eine äußerst unnatürliche Ehefrau war, wollte sie dies nicht vor den Dienstboten – und damit ganz Bath – offenbaren. Sie würde einfach lernen müssen, sich anzuziehen, während sie ihre Weiblichkeit bedeckt hielt.

Sie ging auf Zehenspitzen zu ihrem Kleiderschrank und wählte ein Morgenkleid aus Musselin aus. Sie hielt es mit einer Hand vor sich, um sich zu bedecken, während sie versuchte, ihr Nachthemd auszuziehen. Als das Nachthemd auf den Boden fiel, stieg Sally schnell in das Kleid. Dann seufzte sie.

Es war ihr Seufzen, das ihn weckte. Er setzte sich kerzengerade im Bett auf und drehte sich in ihre Richtung. Mit einer schelmisch erhobenen Augenbraue sagte er: „Brauchst du Hilfe mit den Knöpfen, Mylady?"

Ihr Herz raste. Sie benötigte tatsächlich Hilfe, war aber zu verschämt ihn darum zu bitten. In der Tat war sie zu verschämt, zwei zusammenhängende Gedanken zu haben. Das Einzige, woran sie denken konnte, war die dreiste Männlichkeit ihres Mannes, als er teuflisch gutaussehend und ohne Hemd in ihrem Bett saß.Sie begann sich zu bewegen, ohne zu wissen, was sie tat, aber vage des Gedankens bewusst, dass sie aus unerfindlichen Gründen in seiner Nähe sein wollte. Sie erreichte das Bett und drehte ihm den Rücken zu.

„Bitte mach meine Knöpfe zu, Mylord."

„Das werde ich – wenn du mich George nennst. Ich bin dein Ehemann, Sally, nicht dein Lord und Arbeitgeber."

Er war ihr Ehemann. Wie sehr sie es liebte, es ihn sagen zu hören! Es ließ ihre Hochzeit wahrhaftig erscheinen. „Ja, George."

Sie spürte die Wärme seiner rauen Hände an ihrer nackten Haut, und eine Welle der Lust überkam sie. Als er fertig war, legte er seine Hände auf ihre Schultern und drehte sie zu sich um.

Nachdem sie sich im Spiegel gesehen hatte, wusste sie, wie schrecklich sie aussah. Wie die vorrübergehende Pracht einer schönen Blume waren die Locken, die sie zu erhalten versucht hatte, verschwunden und wurden von glatten Strähnen ersetzt, die frischem Stroh ähnelten. „Hettie wird meine Haare bald in Locken legen", murmelte sie gehemmt, „Ich weiß, wie schrecklich ich aussehe."

„Du siehst gar nicht schrecklich aus", sagte er mit sanfter Stimme. Er senkte seinen Blick. „Du trägst ein überaus schmeichelhaftes Kleid. Ist es neu?"

Sie nickte. „Ich wage zu behaupten, dass alles, was ich von nun an trage, neu ist. Glee sagte, dass meine alte Kleidung der Viscountess Sedgewick nicht würdig war und ich möchte dich nicht blamieren, George." Als ob die Tatsache, dass er sie geheiratet hatte, nicht schon genug Blamage war. Er hätte eine viel Bessere finden können.

Als er dort saß, mit seinem unteren Körperteil in Laken verwickelt, verzog sich sein hübsches Gesicht.

„Was ist los?", fragte sie.

„Wir müssen uns etwas einfallen lassen, um deine Keuschheit in diesen Räumen zu bewahren. Ich bedaure, dass es hier keinen Umkleideraum gibt." Sein Blick fiel auf den Teil seines Körpers, der von Laken bedeckt war. Sicherlich war er nicht nackt! Ihr Herz schlug schneller. „Wünschst du, dass ich mich abwende, so dass du aus dem Bett steigen kannst, Mylord?"

„Wäre vielleicht besser", sagte er mit einer Stimme, wie er sie mit Georgette verwendete. Sie und Georgette waren schließlich beide jungfräulich, überlegte sie verbittert. Sie wirbelte herum und sah zur Türe. „Ich werde dich um dasselbe bitten. Es ist ein bisschen unangenehm."

„Wir werden uns daran gewöhnen."

Hatten er und Diana ihre Körper genau gekannt – und genossen? Ihr Herz fiel. Sie durfte sich nicht erlauben, an ihre Vorgängerin zu denken. Es war überaus unfair, sich mit Dianas Perfektion zu vergleichen. Sie würde nie einen Moment von Glückseligkeit erfahren, wenn sie sich weiterhin mit Fragen bezüglich Diana quälte. Sie konnte hören, wie er aus dem Bett stieg und hart auf dem Boden landete, als er mit seinen Kniehosen kämpfte. Aus dem Augenwinkel sah sie, wie seine gebräunten Arme sein weißes Hemd von einem Stuhl nahmen, auf den er es in der Nacht zuvor geworfen hatte. Sie wandte sich mit zusammengezogenen Augen an ihn. „Ich glaube nicht, dass deine Nacktheit über der Taille mir zu nahetritt." Sie hatte vor, ihn hungrig dabei zu beobachten, wie er sein Hemd zuknöpfte. Würde sie es jemals müde werden, seine körperliche Perfektion in sich aufzusaugen? Sie versuchte sich George alt und rundlich vorzustellen, aber das Bild wollte nicht erscheinen.

„Hattest du einen angenehmen Abend?", fragte sie.

Er fing an sein Hemd zuzuknöpfen. „Ich

genieße es immer, mit Freunden unterwegs zu sein. Sie bringen mich zum Lachen und machen mich glücklich."

Wenn nur sie das erreichen könnte. „Glee erzählte mir, dass Blanks auch von dem schnellen Leben mit Appleton und den Zwillingen begeistert ist. Ich kann mir beim besten Willen nicht vorstellen, wie drei derartig alltägliche Männer die Quelle solcher Vergnügungen sein können."

„Ich gebe zu, wenn man sie einzeln betrachtet, wirkt keiner von ihnen besonders aufregend, aber zusammen haben wir jede Menge Spaß."

„Es ist wohl an der Zeit, dass sie heiraten. Sie sind ja keine Jungspunde mehr. Jeder ist über dreißig, nicht wahr?"

„Das sind sie, aber sie sind überaus schüchtern in der Gegenwart gut erzogener Damen."

Ihre Augen funkelten schelmisch. „Heißt das, dass sie nicht schüchtern sind in der Gegenwart von Frauen, die nicht gut erzogen sind?"

„Das kann ich mit dir nicht besprechen, Sally." Er hob seine Krawatte auf und legte sie sich um den Hals. „Du bist eine Lady. Eine Jungfrau. Derlei ist nicht für deine delikaten Ohren gedacht."

Sie kam zu ihm und strich eine Strähne goldener Locken, die in seine Stirn gefallen war, aus seinem Gesicht. „Du vergisst, mein lieber Mann, dass ich zwei Brüder habe."

„Ich habe mit meinen Schwestern nie Themen derartig ... persönlicher Natur besprochen."

„Edmund auch nicht, aber mein junger Bruder und ich standen uns sehr nahe – und er ist in der königlichen Navy!" Ihre Augen glänzten.

„Ich wette, er hat viele Frauen gehabt."

„Auch schon, als er noch an der Universität

war, wie er mir erzählt hat."

George lachte, während er auf dem Sessel saß und seine Stiefel anzog. „Wir kannten ein Mädchen in Oxford ... Was mache ich denn, dir Dinge zu erzählen, die unausgesprochen zwischen uns sein sollten?"

Sie kam zu ihm und legte ihm eine Hand auf die Schulter. „Bitte, George, behandle mich nicht wie eine Jungfrau. Es wäre mir viel lieber, man würde mich nicht als eine solche sehen." Wenn sie schon keine Frau sein konnte, die mit ihrem Mann schlief, würde sie zumindest so angesehen werden wollen.„Das wird verflixt schwierig sein, meine Liebe. Du bist so ... anständig."

„Ich wette, du wirst mich nicht als anständig erachten, sobald wir uns wieder in den Haaren liegen – eine Situation, die bestimmt in den nächsten paar Tagen eintreten wird."

Er nickte. „Ja, wir scheinen es nie länger als ein paar Tage ohne eine Meinungsverschiedenheit zu schaffen." Er zog sich seinen zweiten Stiefel an.

„George?"

Sein Kopf fuhr auf ob des verlorenen Klanges ihrer Stimme. „Was, Sally?"

„Versprich mir, dass du mich nie hassen wirst. Ich verspreche, dass ich dich nie hassen werde."

Er erhob sich und lehnte sich vor, so dass seine Stirn sich auf ihre legte. „Ich verspreche, dass ich dich niemals hassen werde." Seine Stimme war besonders tief und unabsichtlich provokant.

Er entfernte sich von ihr und ging auf die Türe zu. „Du und Hettie oder Lettie oder wie auch immer das Mädchen heißt, könnt nun damit anfangen, dein Haar zu locken. Ich werde sehen, ob es heute Morgen ein Frühstück gibt."

* * *

Als Hettie damit fertig war, Sallys Haar zu locken, war George nirgendwo anzutreffen. Sie hätte erwarten sollen, dass er fort war. Es war schließlich Hochsaison für Pferderennen in Bath, und George wettete gerne auf Pferde.Es kam ihr entgegen, dass er fort war, dann sie hatte viele Pflichten zu erfüllen. Nur weil sie jung und von einer niedrigeren Familie als ihr Mann war, hieß noch lange nicht, dass sie im Haushalt ihres Mannes unscheinbar und selbstgefällig sein würde.Es war nun auch ihr Heim und es gab viel zu tun. Man konnte im Stadthaus deutlich erkennen, dass ihm eine weibliche Hand gefehlt hatte. Sie würde damit anfangen, aufzuräumen und den überflüssigen Kram loszuwerden. Überall lagen Papiere und Zeitungen und niemand hatte es je für notwendig gehalten – oder hielt sich selbst dafür qualifiziert – sie wegzuwerfen. Auf dem Arbeitstisch im Salon, zum Beispiel, ging sie einen Stapel Papiere durch, der schon seit zwei Jahren dort gelegen haben musste, wie sie am Datum einer vergilbten Ausgabe der *Edinburgh Review* erkannte.

Mit der Haushälterin Mrs. MacMannis auf den Fersen, huschte Sally durch jedes Zimmer und gab Anweisungen, wie jedes aufzuräumen war.

Als sie mit den Aufräumanweisungen im unteren Stockwerk – bis auf Georges Bibliothek – fertig war, ging Sally grimmig die Treppe zum Kinderzimmer hinauf. Wie gewöhnlich liefen beide Kinder auf Sally zu, als sie das Zimmer betrat. Sie küsste sie schnell, dann erklärte sie, dass sie gleich zurückkommen würde. „Ich habe etwas Geschäftliches mit Hortense zu besprechen." Sally wandte sich an die Amme. „Ich wünsche, Euch alleine zu sprechen, Hortense."

Die Frau mit dem steinernen Gesichtsausdruck folgte ihr aus dem Zimmer und die Treppe hinunter zur Bibliothek im ersten Stock. Sally zuckte zusammen, als sie die Unordnung sah. Sie würde ihrem Mann helfen müssen, all diese Papiere durchzusehen. Sally schloss die Türe und befahl Hortense, sich zu setzen.

Sallys Herz begann zu rasen. So sehr ihr Hortense auch missfiel, missfiel ihr die Aufgabe, die sie vor sich hatte, noch viel mehr. „Ich muss Euch sagen, Hortense", fing Sally an, „dass, obwohl ich Euch als eine überaus kompetente Amme sehe, ich Euch als nicht passend für meine Stiefkinder erachte."

Hortenses mürrisches Gesicht wurde noch mürrischer und ihr Mund öffnete sich vor Schreck. „Warum, Mylady?"

„Da unsere Kinder der Mutterliebe beraubt wurden, glaube ich, dass sie sich danach sehnen, von einer viel liebevolleren Frau umsorgt zu werden, als Ihr es seid."

„Ich kann nichts dafür, dass ich von Natur aus nicht gefühlsduselig bin. Ich bin nie böse zu den Kindern, noch vernachlässige ich sie."

„Das mag stimmen, aber meiner Beobachtung nach seid Ihr zu unflexibel."

„Aber …"

Sally unterbrach sie. „Es gibt wirklich nichts, das Ihr sagen könnt, das mich davon überzeugen wird, Euch nicht zu entlassen."

„Entlassen?" Die Augen der Frau zogen sich zusammen. „Weiß seine Lordschaft über Eure bösartigen Taten gegen mich Bescheid?"

„Mein Mann hat mir die Autorität gegeben, alle Entscheidungen betreffend seiner – unserer –

Kinder zu treffen, da er weiß, wie wichtig sie mir sind."

„Ich werde nicht gehen, bis ich nicht mit dem Hausherrn gesprochen habe."

„Ich habe keine Einwände dagegen, dass Ihr mit Lord Sedgewick sprecht. Ich bin sicher, er wird meiner Meinung sein." Mit abweisender Stimmer fügte sie hinzu: „Wir werden Euch natürlich gute Referenzen ausstellen und Euch ein halbes Jahr weiter bezahlen, damit Ihr auskommen könnt, bis Ihr eine neue Anstellung findet. Ihr seid kompetent und ich bin sicher, dass Ihr eine gute Stelle in einem anderen Haushalt finden werdet. Vielleicht werdet Ihr die richtige Person für andere Kinder sein. Aber nicht für meine." Sally ging auf die Türe zu. „Ihr dürft nun Eure Sachen packen, Hortense. Ihr werdet hier nicht mehr gebraucht."

* * *

Am folgenden Morgen fand sich George in seiner Bibliothek der Griesgrämin gegenüber. Nicht nur war die Frau von mürrischer Veranlagung, sie war auch zu einem immer finster aussehenden Gesicht verdammt. Er dachte kurz daran, was für eine furchterregende Auswirkung diese Frau auf seine Kinder gehabt haben musste. Was für ein Glück, dass Sally sie hinausgeschmissen hatte. Ein Jammer, dass er bis jetzt Hortenses Mängel nicht erkannt hatte. „Setzt Euch bitte, Hortense."

Es war ihm nie angenehm, einen Diener zu entlassen. Verteufelt unangenehm. Sally hatte ihn – während ihres Gesprächs in ihrem Schlafgemach an dem Morgen – über ihr Gespräch mit Hortense informiert. Also konnte er sich gut vorstellen, warum Hortense ein Gespräch

mit ihm suchte. „Ihr wolltet mit mir sprechen?",
fragte er und traf den eisigen Blick der Frau, als
er sich in einen Sessel hinter seinem massiven
Schreibtisch fallen ließ.

„In der Tat", sagte sie mit bösem Gesicht. „Ich
dachte, dass Ihr – die Person, die mich eingestellt
hat – wissen sollt, dass die neue Lady Sedgewick
mich entlassen hat."

„Diese Tatsache ist mir bekannt, Ma'am, und
ich muss Euch sagen, dass meine Frau und ich
diese Entscheidung gemeinsam getroffen haben."

Hortenses Mund öffnete sich, und ihre Augen
wurden zu noch schmäleren Schlitzen. „Aber
Mylord! Die letzten vier Jahre lang habe ich mich
nur um Eure Kinder gekümmert und kein einziges
Mal wurde ein Wort über meine mangelnde
Kompetenz ausgesprochen."

„Ihr seid überaus kompetent, Hortense, aber
meine Frau und ich suchen jemanden, der im
Umgang mit unseren Kindern weniger streng ist."

Ihre dunklen Augen schienen Funken zu
sprühen. „Nur weil ich nicht gefühlsduselig bin,
kann mich Eure Frau, dieser Emporkömmling,
nicht leiden."

„Die Entscheidung war meine genauso wie die
meiner Frau", sagte George rechtfertigend. Er
hatte sich immer noch nicht daran gewöhnt, dass
Sally Spenser Dianas Titel angenommen hatte,
obwohl sie nahtlos in die Rolle der Mutter von
Dianas Kindern geschlüpft war. „Und ich werde es
nicht dulden, dass Ihr respektlos über meine Frau
sprecht", fügte er hinzu.

Hortense erhob sich und starrte ihn an. „Ich
sehe, es besteht kein Sinn darin, dieses Gespräch
weiterzuführen."

„In der Tat." George stand auf und führte die

mürrische Frau zur Türe.

Als sie fort war, fühlte George sich erleichtert. Was für ein Glück, dass sie die pferdegesichtige Hortense los waren! Er fühlte auch noch etwas anderes, obwohl es einen Moment dauerte, bevor er erkannte, dass es in seinem Innersten anschwellender Stolz auf Sally war. Er wünschte, er hätte sehen können, wie sie die herzlose Amme unnachgiebig zurechtgewiesen hatte. Seine Sally schlug sich gut. Äußerst gut.

Kapitel 11

In den darauffolgenden Tagen fiel ihr Leben in einen routinierten Alltag. Es war eine Routine, die Sally besonders gefiel. Sie ging jede Nacht alleine ins Bett und wachte jeden Morgen neben George, der nach Zigarren und Portwein roch, auf. Ihre gemeinsame Zeit am Morgen war die einzige, in der sie wirklich in der Lage war, mit ihm zu sprechen, denn er war immer bei einem Pferderennen oder Boxkampf und am Abend zog er es vor, mit seinen männlichen Kumpanen auszugehen, als sich um die schlichte Frau zu kümmern, die er geheiratet hatte. Sallys Herz schmerzte jedes Mal, wenn sie daran dachte, dass George und seine Freunde in der Gesellschaft von Huren sein könnten. Sie wusste, dass George ein viriler Mann war und fragte sich oft, ob er sexuelle Beziehungen mit irgendjemand anderem wünschte als mit der Frau, die er verloren hatte. Ihr Bruder David hatte ihr gesagt, dass Männer ein biologisches Bedürfnis hätten, mit Frauen zu schlafen, ob sie die Frau nun liebten oder nicht. Obwohl sie sich längst an den Gedanken gewöhnt hatte, dass ihr viriler junger Bruder sich mit derartigen Frauen abgab, konnte sich Sally George ganz und gar nicht mit einer solchen Frau vorstellen.

Da sie das Verhalten ihres Mannes kaum

beeinflussen konnte, beschloss Sally, sich auf Dinge zu konzentrieren, die sie kontrollieren konnte. Ihr Haus wurde langsam in Ordnung gebracht. Die Tatsache, dass sie Hortense entlassen hatte, musste die Dienerschaft verängstigt haben, denn sie arbeiteten mit besonderem Fleiß. In der Tat glänzte jeder Kronleuchter, alle Bücher in der Bibliothek waren entstaubt und jedes Möbelstück im Haus war verschoben worden, so dass die Böden darunter gut geputzt werden konnten. Es gefiel ihr zu glauben, dass es die gründlichste Arbeit war, die die Diener je geleistet hatten. Was die offene Stelle der Amme betraf, hatte Sally die Agentur beauftragt, dass sie eine sanfte, gutherzige Frau suchten, um sich um ihre Kinder zu kümmern und sie war bald mit Bewerbungen überhäuft, die sie in zwei Stapel trennte: einer mit Ablehnungen, der andere mit Erwägungen. Natürlich würde sie eine derart wichtige Entscheidung nicht ohne Absprache mit ihrem Mann treffen.

Sie fand jeden Tag Zeit, um mit den Kindern in einen der Parks in Bath zu gehen. So sehr Georgette und sie sich auch bemühten, Sam zum Sprechen zu bewegen, waren ihre Versuche fruchtlos. Er weigerte sich, irgendetwas anderes als „Mama" zu sagen. Es verging kein Abend, an dem sie sich nicht in ihr Bett legte, ohne sich um den kleinen Jungen zu sorgen, der nun ihr Sohn war. Obwohl sie nicht erfolgreich damit war, Sam zum Sprechen zu bringen, war sie überaus erfolgreich damit, ihm und seiner Schwester beizubringen, ihre Dinge selbst aufzuräumen. Es war zu einem Scherz zwischen ihr und Georgette geworden, dass die Kinder nicht so schlampig sein durften wie ihr Vater. „Was werden wir nur mit ihm tun?", jammerte Sally und ihre Augen funkelten genauso wie die der Kinder.Sie war nun seit drei Wochen mit George verheiratet und sie hatten keine einzige ihrer berühmten Meinungsverschiedenheiten gehabt. Eine überaus seltsame Angelegenheit.

Das würde sich bald ändern.

Als Sally einen Stapel mit über hundert Bewerbungen für die Position der Amme hatte, ging sie sie durch, bis nur zweiundzwanzig übrig geblieben waren. Dann informierte sie ihren Mann beim Frühstück darüber, dass er ihr bei der Auswahl helfen müsste.„Ich vertraue dir völlig", sagte er ohne auch nur von seiner Morgenzeitung aufzublicken. „Schließlich habe ich die Entlassung der alten Griesgrämin voll und ganz unterstützt." Beide hatten Hortense diesen Namen mittlerweile zugeschrieben.„Es ist nicht so, dass ich keine gute Entscheidung treffen kann", entgegnete Sally. „aber wir sollten diese Entscheidung zusammen treffen. Es handelt sich um *deine* Kinder."

Er sah kurz von seiner Zeitung auf. „*Unsere*, und ich bin sicher, dass du viel besser darin bist, eine Amme auszuwählen als ich. Ich bin schließlich dafür verantwortlich, die Griesgrämin auf die Kinder losgelassen zu haben."

Sie lächelte. „Auch wenn ich ihre wirkliche Mutter wäre, würde ich deinen Rat bei dieser Entscheidung suchen."

Nun leicht irritiert über sie, warf er seine Zeitung zur Seite. „Du wirst keine Ruhe geben, bis ich nachgebe, nicht wahr?"

Ihre Augen schossen ihm Pfeile entgegen. „Nein, das werde ich nicht."

* * *

Er musste zugeben, dass seine schlanke Frau ein ausgezeichneter Gegner sein konnte. Und wiederum wünschte er, er hätte hören können, wie sie die Griesgrämin entlassen hatte. Er würde wetten, dass sie kein Blatt vor den Mund genommen hatte. Das tat sie jedenfalls mit ihm nie. Er konnte sich darauf verlassen, dass sie immer ehrlich zu ihm war, obwohl sie dabei nicht beleidigend war. Er holte tief Luft und warf ihr einen ungeduldigen Blick zu, als er seine Zeitung wegwarf. „Also gut, liebste Nervensäge. Wo sollen wir diese bedeutsame Aufgabe in Angriff nehmen, an der ich mich unbedingt beteiligen muss?"

„In deiner Bibliothek, denke ich. Außerdem sind wir noch nicht damit fertig, dort aufzuräumen."

Er murmelte einen Fluch über ihr unaufhörliches Aufräumen. Trotz seiner Ungeduld mit ihrem ständigen Bemühen, sein Leben zu entrümpeln, musste er zugeben, dass das Haus viel angenehmer war, seitdem sie zur Hausherrin wurde. Nicht einmal Diana war in der Lage gewesen, Ordnung in ihr Leben zu bringen. Und die ordentlichen Räume gefielen ihm, nun da er sie hatte.

Er verließ den Frühstückstisch und folgte Sally in die Bibliothek. Sie hob einen Stapel Papiere auf, setzte sich auf das Sofa und klopfte auf das Polster neben sich. „Setz dich hierher, George."

Er setzte sich neben sie und sah zu, wie sie einen Brief las, der gedruckt war. Es war die einzige Bewerbung, die nicht von Hand geschrieben war – und drucken schien eher männlich als weiblich zu sein, dachte George.„Diese", fing Sally an, „gibt ihr Alter mit achtzehn an. Obwohl sie keine Erfahrung hat, hebt sie schnell hervor, dass sie für ihre beiden jüngeren Schwestern und vier jüngere Brüder verantwortlich war."

„Man sollte meinen, dass sie nichts mehr mit Kindern zu tun haben will", scherzte George.

„Es ist wahrscheinlich das Einzige, das sie kennt. Ich bin nicht dafür, sie einzustellen."

„Weil sie keine formelle Erfahrung hat?"

„Oh nein", sagte Sally. „Weil ihre Fülle an Erfahrung sie wahrscheinlich zu abgestumpft Kindern gegenüber gemacht hat. Ich wünsche eine Amme, die entzückt von Kindern ist – vielleicht sogar jemand, der keine Erfahrung hat und daher jede Tat der Kinder bezaubernd findet."

Er ertappte sich dabei, sie lächelnd zu beobachten. Jedes ihrer Worte, obwohl nicht empirisch belegbar, schien weise zu sein. Kein Wunder, dass sie die Beste ihrer Klasse in Miss Worths Schule für junge Damen war. „Dann lass uns hoffen, dass eine der Bewerberinnen diese Qualitäten besitzt."

„Ich habe in der Ausschreibung eine herzliche Person gesucht."

Er lachte. „Da bin ich sicher. Ich kann mir kaum vorstellen, dass du irgendetwas dem Zufall überlässt."

Sie sah ihn verwundert an. „Du hast mir die wichtigste Aufgabe der Welt anvertraut, die, deine geliebten Kinder aufzuziehen. Ich habe vor, damit erfolgreich zu sein. Ich will nicht nur, dass sie gut umsorgt und gut erzogen werden. Ich will, dass sie glücklich sind. Ich will, dass sie einfühlsam und fürsorglich werden ..." Ihre Stimme brach ab.

Er war gerührt. Ihre zärtlichen Gefühle für seine Kinder schienen dies zu bewirken. Ohne zu wissen, was er tat, hob er ihre Hand und küsste sie. „Jeden Tag unserer Ehe bin ich mehr davon überzeugt, eine ausgezeichnete Ehefrau ausgewählt zu haben."

Sie sah ihn wehmütig an und sprach mit unsicherer Stimme. „Es ist lieb von dir, das zu sagen."

„Männer wünschen nicht, lieb zu sein, Sally."

Sie wandte ihre Aufmerksamkeit wieder dem Stapel von Bewerbungen zu. „Lächeln Männer deshalb nicht in Fotografien?"

„Das nehme ich an."

Sie fuhr damit fort, jede Bewerbung zusammenzufassen. Eine war von einer Frau, die seit dreiunddreißig Jahren Amme für hochgeborene Kinder gewesen war. Eine andere von einer Frau, die darüber jammerte, dass ihre Lämmchen an die Universität gegangen waren und sie nicht mehr gebraucht wurde. George wünschte zu wissen, was Sally von dieser Dame halten würde. Er dachte, sie würde beeindruckt sein.Das war sie. Mit dieser Bewerbung begann sie einen neuen Stapel mit Bewerbungen, die sie ernsthaft in Erwägung zog.

„Sie hört sich wie ein Softie an", sagte er. „So wie du."

Sie lachte. „Ich fürchte, es gibt keinen Dienstboten im Haus, der mich als Softie bezeichnen würde."

„Mach dich niemals herunter, nur weil du eine natürliche Hausherrin bist. Du bist fair und großzügig und lobst Diener, wenn sie gute Arbeit leisten. Ich hörte dich unlängst, als du darauf bestanden hast, dass die Diener eine Pause vom Fensterputzen machen. Und da du als gutes Beispiel vorangehst und zusammen mit ihnen arbeitest, hast du dir ihren Respekt verdient –

und ihre Loyalität."

„Ich hoffe sehr, dass du recht hast. Ich fürchte, dass ich zu viel verlange."

„Ich glaube, wir alle wissen, dass das Haus ein Trümmerhaufen war, als du die Führung übernommen hast."

„Ich würde es nicht als Trümmerhaufen bezeichnen ..."

„Genau das war es."

„Man kann nur hoffen, dass die Diener mich nicht bald hinter meinem Rücken als Griesgrämin bezeichnen."

„Das werden sie nicht. Du bist immer noch ein Softie. Sie müssen dich nur mit den Kindern sehen."

„Ein Softie ist genau das, was ich als Amme suche." Ihr Blick fiel auf die nächste Bewerbung.

„Dann hast du die Richtige gefunden. Die, die darüber jammert, dass ihre Lämmchen erwachsen sind."

Sie legte den Stapel mit Bewerbungen beiseite. „Ich denke, du hast recht, George! Kannst du dir auch nur in deinen wildesten Träumen vorstellen, dass die Griesgrämin unsere Kinder als Lämmchen bezeichnet?"

Unsere Kinder. Bei Gott, es fühlte sich gut an, die Verantwortung – und Liebe – für seine Kinder mit einer anderen lebendigen, atmenden Seele zu teilen. Seit er sein Leben mit Sallys vereint hatte, war es so viel reichhaltiger geworden. Und doch war es immer noch qualvoll. Wegen Dianas Verlust. Sally sah wieder auf die Bewerbung der Frau. „Ihr Name ist Miss Primble. Hier ist noch etwas, das ich an ihr mag."

Er hob verwirrt eine Braue.

„Ihre Lämmchen waren kleine Jungen. Meiner

Beobachtung nach ziehen viel zu viele Gouvernanten sittsame damenhafte kleine Mädchen vor. Ich will jemanden, der Burschen mag." Mit einem entschuldigenden Blick fügte sie erklärend hinzu. „Wir müssen uns nie darüber Sorgen machen, dass Georgette aufgrund ihres lieblichen Charakters, ihrer guten Manieren und angenehmen Umgangsform beliebt sein wird. Aber Jungen, wie du wissen musst, sind ganz anders als Mädchen."

Stolz erfüllte ihn, als Sally Georgettes Eigenschaften erwähnte. Er wusste, dass sie ihr Lob ernst meinte, dass sie Georgette genauso liebte wie er.

Er war auch stolz darauf, dass die Frau, die er als Mutter seiner Kinder auserwählt hatte, kleine Jungen zu schätzen wusste. Seine Amme hatte dies eindeutig nicht getan. Sie war in der Tat eine Griesgrämin gewesen. Auch wenn er selbst seinem Sohn nicht so nahestand wie seiner Tochter, wusste George es zu schätzen, dass seine Frau den Jungen, bei dessen Geburt Diana gestorben war, nicht vernachlässigen würde. „Ich schlage vor, du legst den Stapel mit Bewerbungen zur Seite und schreibst sofort an Miss Thimble."

„Miss Primble."

„Möchtest du meinen Schreibtisch verwenden?"

„Du meinst unseren Schreibtisch, nicht wahr, mein lieber Ehemann? Ich habe vor, alles in diesem Haus mit dir zu teilen", sagte sie mit einem kleinen Lachen.

Was für ein Paradoxon seine Frau doch war! Sie sagte es, als hätte sie ihn aus Habgier geheiratet, wenn er doch wusste, dass dies ganz und gar nicht der Wahrheit entsprach. Wenn sie auch nur einen Hauch von finanzieller Gier

gehabt hätte, hätte sie das Angebot, Mr.
Higginbottom, einen der wohlhabendsten Männer
im Königreich, zu heiraten, niemals abgelehnt.
Nein, dachte George und schüttelte den Kopf, eine
weniger habgierige Frau als Sally gab es nicht.Er
vermutete, dass Sally, nachdem er sie auf die
wichtigste Art und Weise nicht zu seiner Frau
gemacht hatte, beschlossen hatte, ihre Rechte als
Ehefrau auf anderen Gebieten geltend zu machen.
Natürlich war sie wahrscheinlich dankbar dafür,
nicht mit ihm schlafen zu müssen. Frauen –
besonders jene von guter Herkunft, sogar Diana –
genossen den Liebesakt nicht besonders. Und er
würde darauf wetten, dass diese kleine knochige
Frau, die er geheiratet hatte, sich davon nicht
unterschied. Oh, sie war liebevoll genug. Aber er
konnte sich nicht vorstellen, dass sie sich vor
Vergnügen unter seinem nackten Körper wand.
Sie war viel zu anständig. Die Tochter eines Vikars
und so. Ihr Vater hatte bestimmt nur dreimal mit
ihrer Mutter geschlafen. Einmal für jeden
Nachkommen. Denn Mrs. Spenser war kalt wie
Eis.Sally ging anmutig zu ihrem gemeinsamen
Schreibtisch. Ihr Haar war, wie nun an jedem Tag,
gelockt und das Kleid stand ihr besonders gut. Sie
sah aus wie eine dieser Zeichnungen, die Frauen
sich in Modemagazinen ansehen.

Als sie sich setzte und zu schreiben begann,
kam er zu ihr, seltsam neugierig, die Handschrift
seiner Frau zu betrachten. Wie eigenartig, dass er
noch nie die Gelegenheit hatte, sie zu sehen. Ihre
Handschrift, wie sie selbst, war ordentlich, präzise
und makellos. Sie war zweifellos Miss Worth's
beste Schülerin in der Schreibkunst gewesen. „Du
hast eine hübsche Handschrift, meine Liebe." Er
hoffte sie nicht zu beleidigen, indem er sie oft

meine Liebe nannte. Es schien ihm nur zu natürlich, die Frau, die seine Ehefrau geworden war, so zu nennen.„Danke, George. Ich bedaure, dass ich das Kompliment nicht erwidern kann. Deine Handschrift ist eher wie du selbst, Liebster – ein bisschen schlampig."

„Nur ein bisschen? Du verwunderst mich. Ich dachte meine Handschrift wäre scheußlich. So hat Miss McGillicuddy sie zumindest genannt."

„Ich nehme an, Miss McGillicuddy war deine Gouvernante."

„Meine und Felicitys und später Glees."

„Wie lieblos von ihr. Es bestätigt nur weiterhin meine Ansicht, dass die meisten Gouvernanten kleine Mädchen bevorzugen."

„Miss McGillicuddy tat das bestimmt. Sie bevorzugte Felicity. Natürlich war Felicity in jeder Hinsicht perfekt."

„Wie Georgette", sagte Sally nickend.

Er strahlte. „Genau. Und als Glee kam ... ich muss zugeben, dass Glee der alten Dame das Leben schwer gemacht hat. Sie war ganz und gar nicht wie Felicity."

„Arme Glee, sie verabscheute es so sehr, immer mit ihrer perfekten Schwester verglichen zu werden. Obwohl Glee auf ihre eigene Art und Weise außergewöhnlich schön ist, glaubt sie immer noch nicht, dass sie sich jemals mit ihrer älteren Schwester messen könnte."

„Sie tut es jedenfalls in Blanks' Augen. Er ist viel zu verliebt in sie für sein eigenes Wohl. Er hat mir schon oft gesagt, wie gesegnet er ist, die lieblichste Dame in allen drei Königreichen erobert zu haben."

Sally runzelte die Stirn. „Ich mache mir so große Sorgen um die beiden. Ich glaube nicht, dass ich je zwei Menschen gesehen habe, die so verliebt – und einander doch so entfremdet – sind.George nickte mit ernstem Gesicht. „Es ist ein Jammer. Er war wie benommen vor Glück. Bevor ihm bewusstwurde, dass seine Liebe zu Glee sie töten könnte."

Im Kindbett. Wie Diana. Sallys Herz pochte heftig. „Blanks ist viel zu morbid. Kannst du ihn nicht davon überzeugen, dass Glee aus einer überaus gesunden Familie kommt?"

„Seitdem ..." Er hatte geschworen, nicht mehr über Diana zu sprechen. Es war der einzige Weg, sich der Frau gegenüber korrekt zu benehmen, die so anständig gewesen war seine Frau zu werden. Er räusperte sich. „Blanks hat zwei Frauen verloren, deren Leben mit seinem verbunden waren. Seine eigene Mutter und die Schwägerin seiner Frau. Wie kann ich ihm versichern, dass er Glee nicht verlieren wird?"

„George! Du weißt mit Sicherheit, wie stark die Frauen in deiner Familie sind. Deine Mutter musste von einem Pferd fallen, um zu sterben. Felicity hat zwei Kinder ohne jegliche Nachwirkungen zur Welt gebracht und Glee eines. Lass uns hoffen, dass Joy nicht ihr letztes ist."

„Ich weiß wirklich nicht, worauf ich hoffen soll." Seine Stimme brach, als er sprach.

„Ich denke, dass Glee eher in Blanks' Armen sterben will, als alt zu werden ohne in seinen Armen zu liegen."

Zum Teufel damit! In Blanks' Armen sterben. Was für eine überaus provokante Aussage für eine Jungfrau. Die Frau, die er geheiratet hatte, war viel leidenschaftlicher als er je für möglich gehalten hätte.Er musste sich aus diesem Zimmer zurückziehen. All diese Gespräche über Liebe und

Leidenschaft und tote Ehefrauen waren mehr, als er vorhatte zu ertragen. „Ich muss wirklich gehen, meine Liebe", sagte er, als er aus dem Zimmer rauschte. „Peters soll den Brief an Miss Thimble noch heute abschicken."

„Miss Primble", rief Sally ihm nach.

Kapitel 12

Es waren mehr Leute im Pump Room als sonst, dachte Sally, als sie und Glee in die überfüllte Kammer kamen und nach Felicity suchten, die versprochen hatte, sie dort zu treffen. Sallys Blick traf Miss Johnsons, die sie kurz anstarrte und dann wegsah ohne jegliches Erkennen zu zeigen. Zu Sallys Erstaunen stürmte Miss Johnson zum Wasserbrunnen ohne sich von ihrer Begleitung, der kurzsichtigen Miss Arbuckle, zu verabschieden.

Die schreckliche Miss Johnson musste äußerst wütend darüber sein, dass die unwürdige Sally sich den ersten Preis am Hochzeitsmarkt geschnappt hatte. Als Siegerin konnte Sally es sich leisten, gnädig zu sein. Sie würde weder ihre Bekanntschaft zu Miss Johnson beenden, noch sie auf irgendeine Art kritisieren.

Die bebrillte Miss Arbuckle sah auf, erblickte Sally und Glee und machte sich erfreut auf den Weg zu ihnen, gerade als sie bemerkte, dass ihre Begleiterin sie ohne ein Wort des Abschieds verlassen hatte.„Ich hoffe, es geht Euch gut, Miss Arbuckle", sagte Sally zu der jungen Dame.

Sie nickte Sally zu und wandte sich dann an Glee. „Sagt, liebe Mrs. Blankenship, kommt der jüngere Mr. Blankenship bald wieder nach Bath?"

Sally tat die arme Miss Arbuckle leid, denn sie

war hoffnungslos in Blanks' jüngeren Bruder verliebt. Der junge Mann schien Miss Arbuckle auch überaus gerne zu haben, aber da er ein jüngerer Sohn und daher ohne große finanzielle Aussichten war, zog er es vor Junggeselle zu bleiben. Glee sagte, dass er ein angenehmes Einkommen hatte, aber zu sparsam war, um je eine Frau zu wollen.

„Oh je", antwortete Glee. „Ich weiß es nicht. Blanks hat vielleicht von ihm gehört, es mir aber nicht mitgeteilt."

Miss Arbuckle sah enttäuscht aus. Dann wandte sie sich an Sally. „Ich weiß, es geht mich nichts an, aber ich bin neugierig, was der Grund für Euren Streit mit Miss Johnson ist."

„Ich habe keinen Streit mit Miss Johnson", sagte Sally. „Ich würde gerne wissen, warum Ihr denkt, dass Miss Johnson und ich uns nicht verstehen."

„Ich möchte nicht tratschen", fing Miss Arbuckle an, „aber Miss Johnson sagt in letzter Zeit die schlimmsten Dinge über Euch – und über Lord Sedgewick."

Glee zuckte bei den Worten ihrer Freundin zusammen. „Ich glaube, dass Miss Johnson sehr erbost darüber ist, dass mein Bruder Sally um ihre Hand gebeten hat und nicht sie. Ihr habt sicher bemerkt, dass Miss Johnson sich meinem Bruder immer aufgedrängt hat."

„Ich habe es bemerkt, war mir aber nicht sicher, ob andere es auch so empfanden", sagte Miss Arbuckle.„Ihr wisst, wie verwöhnt sie ist", sagte Glee. „Sie bekommt immer, was sie will, und kann es nicht ertragen, abgewiesen zu werden."

„Ich glaube, sie hatte vor Lady Sedgewick zu werden", klagte Miss Arbuckle.

„Es wäre mir lieber, nicht darüber zu sprechen", sagte Sally und sah zum Balkon auf, wo das Orchester spielte.„Ich bin noch nicht bereit, mit dem Thema abzuschließen!", protestierte Glee. „Ich muss wissen, was Miss Johnson über meinen Bruder und meine liebe Schwester sagt."

Blut rauschte in Miss Arbuckles Wangen. Dann kam sie näher und flüsterte. „Sie sagte, dass Lord Sedgewick Miss Spenser kompromittiert hat – ich meine die neue Lady Sedgewick – und daher gezwungen war, sie zu heiraten."

Sallys Augen weiteten sich und Wut stieg in ihr auf.

Aber nicht so viel wie in Glee. „Wie unverschämt! Sally ist eine Lady und mein Bruder ist ein Gentleman. Ich weiß mit Sicherheit, dass er niemals eine Dame guter Herkunft kompromittieren würde."

Sally war schrecklich gedemütigt. Dachte jeder in Bath, dass George sie geheiratet hatte, da sie ihm freizügig sexuelle Gefallen getan hatte? Die meisten würden eine derartige Lüge zweifellos glauben. Es ergab viel mehr Sinn als die Wahrheit. Wer würde jemals glauben, dass Lord Sedgewick die schlichte und mittellose Sally Spenser auserwählt hatte? Wer würde jemals glauben, dass der vergnügungssuchende Lebenskünstler um seiner Kinder willen, die er kaum mehr als zu ertragen schien, geheiratet hatte? Sally allein wusste, wie sehr er diese Kinder liebte.

Sie konnte sich gerade noch davon abhalten, in Tränen auszubrechen. Dann sah sie, wie ihr Ehemann und Blanks den Saal betraten und sie war sicher, dass sie in Tränen ausbrechen würde.

Sie atmete tief ein, als George auf sie zukam und betete, dass sie ihre Fassung behalten würde.

Leider wusste George nach einem Blick auf sie, dass etwas nicht stimmte. Mit gesenkten Augenbrauen und sanfter Stimme eilte er auf sie zu und sprach besorgt: „Geht es dir gut, meine Liebe?"

„Nein, das tut es nicht!", sagte Glee und stampfte mit dem Fuß auf. „Du wirst nicht glauben, was die verabscheuungswürdige Miss Johnson getan hat."

„Was?", verlangte George zu wissen und wirbelte herum, um seine wütende Schwester anzusehen.

Glee stemmte die Hände in die Hüften. „Sie verbreitet ein schreckliches Gerücht über dich und Sally."

Er runzelte die Stirn. „Was könnte sie zu sagen haben? Meine Frau und ich haben uns wegen nichts zu schämen." Er warf Sally lächelnd einen sanften Blick zu.

„Sie erzählt, dass du Miss Spenser nur geheiratet hast, weil du sie kompromittiert hast."

Seine Augen glühten vor Zorn. „Warum würde sie eine derart bösartige Lüge erzählen?"

„Weil sie die nächste Lady Sedgewick sein wollte", sagte Glee.

George war so wütend, dass Funken aus seinen Augen zu sprühen schienen. „Dann bin ich der Grund dafür, dass meine Frau schlechtgemacht wird?"

„Du kannst dir nicht die Schuld dafür geben", sagte Glee.

„Ich werde nicht zulassen, dass man schlecht über meine Frau spricht." Er wandte sich an Sally und legte seine Hände auf ihre Wangen. „Ich werde ihr – oder irgendjemand anderem – nicht erlauben, dir jemals weh zu tun."

Bevor sie antworten konnte wirbelte er herum, verließ ihre Gruppe und stürmte durch den Saal vorbei an der Quelle, vorbei an Appleton und den Zwillingen, ohne sie zu begrüßen, und erreichte Miss Johnson, die von jungen Männern umzingelt war.

* * *

Es war schade, dass die erbärmliche Miss Johnson kein Mann war, denn George hätte große Genugtuung darin gefunden, sie zu Brei zu schlagen oder zu einem Duell herauszufordern. Bedauerlicherweise konnte er keines davon tun.

„Bath ist schrecklich langweilig dieses Jahr", bemerkte Miss Johnson zu ihren Bewunderern, als George neben ihr ankam und sie wütend anstarrte.

„Ein Wort, Miss Johnson", donnerte er.

Sie warf einen überraschten Blick auf sein wütendes Gesicht. Ihre lachenden Augen wurden kalt. Ihr Blick flog zurück zu dem Kreis junger Männer, die um sie versammelt waren. „Entschuldigt mich."

George packte sie am Arm und ging zu einer Reihe von Fenstern. „Ihr verletzt meinen Arm", protestierte sie.

Er sprach mit einer Stimme so kalt wie Eis. „Seid froh, dass Ihr kein Mann seid, denn dann würde ich wünschen, Euch zu töten."

Ihre Augen weiteten sich vor Angst. „Warum würdet Ihr das wünschen, Mylord?"

„Ihr könnt nicht leugnen, dass Ihr Lügen über mich und meine Frau verbreitet habt."

Sie griff sich an die Brust. „Niemals! Miss Spenser ist eine sehr gute Freundin."

„Sie ist nicht mehr Miss Spenser!", zischte er. „Sie ist Lady Sedgewick, und ich glaube, dass Ihr eifersüchtig auf ihr Glück seid."

Sie täuschte ein Lachen vor. „Ich? Eifersüchtig auf die mausgraue Sally? Wirklich, Mylord, habt Ihr keine Augen im Kopf? Bin ich nicht viel schöner als ... Eure Frau? Bin ich nicht viel wohlhabender?"

„Eure körperlichen Eigenschaften werden von Eurer bösartigen Zunge und dem Mangel an guten Manieren in den Schatten gestellt."

Sie stampfte mit dem Fuß auf. „Wie könnt Ihr es wagen!"

„Im Gegensatz zu Euch, Miss Johnson, sage ich die Wahrheit."

Obwohl ihre Augen sich mit Tränen füllten, zog sie sie zu Schlitzen zusammen. „Ihr werdet dafür zahlen, etwas derart Bösartiges gesagt zu haben."

Sie wandte sich von ihm ab, aber er hielt ihren Arm fest. „Ihr werdet meine Frau niemals wieder schlechtmachen, Miss Johnson, oder ich werde dafür sorgen, dass es in ganz England keinen Ort geben wird, an dem Ihr oder Eure Familie willkommen sein werdet."

Mit dieser letzten, bitteren Retorte stürmte George zurück zu seiner Frau. Es entging ihm nicht, dass die Hälfte aller Versammelten Lord Sedgewick dabei beobachtet hatte, wie er Miss Johnson erniedrigt hatte.

* * *

In dieser Nacht schlich sich Betsy Johnson, mit einer Taschenlampe bewaffnet, aus ihrem dunklen Zimmer und machte sich auf den Weg zu den Ställen auf der Hinterseite des Hauses. Das Geld ihres Vaters hatte sichergestellt, dass die Ställe neben ihrem beeindruckenden Haus sein konnten.Obwohl sie die Türe leise aufmachte, brachte der Lärm die Pferde in ihren Ställen zum Wiehern. Sie hielt die Laterne hoch, um besser sehen zu können, und erblickte die einfache hölzerne Treppe, die hinauf in den Speicher führte, in dem ihr Stallknecht, ein junger Mann namens Ebenezer, der kaum mehr als ein Jahr älter war als Miss Johnson, schlief.Als sie oben ankam, hörte sie das Rascheln des Strohs von Ebenezers Matratze. Nachdem sie nicht länger leise sein musste, stellte sie ihre Stiefel laut auf den Boden, auf dem Ebenezers Strohbett lag.

Der Knecht, der ein zerknittertes Nachthemd trug, schoss auf, als er seine hübsche Hausherrin nicht zwei Meter von sich entfernt stehen sah. „Was bringt Euch so spät hierher, Miss?", fragte er, während er seine nackten Beine schnell mit dem Laken bedeckte.

„Du", sagte sie heiser und streichelte ihre Brust mit langsamen verführerischen Kreisen um ihre Brustwarze. Dann, vor seinen überraschten Augen, begann sie ihr Kleid aufzuknöpfen. Seine Augen weiteten sich, als ihr hellblaues Kleid zu Boden fiel.

Betsy Johnson stand vor ihm in einem dünnen Leinenhemd, das fast so durchsichtig war wie Glas.Der sommersprossige junge Mann öffnete vor Erstaunen den Mund und wandte seinen Blick der Wand zu. „Wirklich, Miss, Ihr solltet so etwas nicht tun."

Sie ging auf ihn zu, hob ihr Unterhemd an und ließ sich auf seine Strohmatratze sinken. „Sieh mich an, Ebenezer. Dreh dich um", keuchte sie.

Er drehte sich langsam um, seine Augen fielen auf ihre Brust in der Größe von Äpfeln, gekrönt mit rosigen gespitzten Brustwarzen. Er holte tief

Luft.

„Lass mich dich spüren, Ebenezer", flüsterte sie heiser, schob ihre Hand unter sein Nachthemd und legte ihre Hand um seinen geschwollenen Schaft. „Ah, ich sehe, du bist für mich bereit."

„Aber Miss ..."

Sie kam näher und konnte die Hitze seines Atems spüren, als sie ihre Lippen auf seine legte und ihn mit ihrer Hand besitzergreifend festhielt.„Weißt du, wo ich will, dass du mich berührst, Ebenezer?"

Er schluckte schwer. „Nein, Miss."

„Zwischen meinen Beinen. Ich bin wie heiße, geschmolzene Butter. Nur für dich."

Sie spreizte ihre Beine, als sie ihn ansah, und er gehorchte.

Ihre Hüften hoben sich mit seinen Bewegungen, und sie spannte sich fest um seinen Finger. „Schneller, Ebenezer!", drängte sie ihn nach Luft schnappend.Er bewegte sich schneller.

Langsam legte sie sich auf seine Matratze. „Jetzt, Ebenezer, jetzt! Ich will dich."

Stöhnend rollte sich Ebenezer auf sie und glitt in sie hinein.

„Fester, Ebenezer!", drängte sie. „Härter!"

Er knurrte begierig, als er mit verzweifelten Schüben in sie stieß bis sie vor Lust aufschrie, ihre Stimme so abgehackt wie seine. Mit einem letzten Stoß schrie er seine eigene bestialische Befriedigung hinaus und fiel dann erschöpft auf sie.Sie genoss es so sehr. Diese dummen Mädchen in Miss Worth's Schule hatten nie erraten, dass sie mitten in der Nacht aus dem Fenster ihres Schlafsaales geklettert und durch die Straßen der Stadt gewandelt war und ihre Röcke für jeden Mann, der aus einem Gasthaus getaumelt war, angehoben hatte.

Oh ja, sie hatte sich nach all diesen unsittlichen Verbindungen gesehnt, seitdem sie Simms, dem jungen Diener, im Alter von zwölf ihre Jungfräulichkeit geschenkt hatte. Nicht, dass Simms es gewollt hatte. Er hatte protestiert, dass sie eine unschuldige junge Maid war, aber seine Einsprüche verstummten, als er ihren gut entwickelten nackten Körper eines Nachts unter seinen Laken fand.Sie war eine überaus reife Zwölfjährige. Es war wegen Papas Büchern. Ihr Vater, so reich wie ein Nabob, aber glücklicherweise unwissend, hatte gedacht, dass er zu einem feinen Gentleman werden würde, wenn er zwei Tonnen in Leder gebundene Bücher für die Johnson Bibliothek kaufen würde. Weder ihr dummer Vater noch ihre dumme Mutter hatte jemals eines der Bücher geöffnet.Ah, aber Betsy erlaubte den Büchern in der Bibliothek, sie zu schulen. Es gab ein bestimmtes Buch … sie würde wetten, dass ihr Papa nicht wusste, wie viele sexuelle Positionen es gab. Und ihr Papa war selbst ein lüsterner Mann. Mehr als einmal hatte sie durch Schlüssellöcher geblickt, um zu beobachten, wie er sein Vergnügen mit großbusigen Hausmädchen fand.Ihr korpulenter Vater war fast immer oben.

Er war nicht annähernd so abenteuerlich wie sein einziges Kind. Es gab keine Position, die Betsy noch nicht ausprobiert hatte.

Sie fuhr mit ihrer Hand über Ebenezers hartes Gesäß. Er war offensichtlich erfahrener als der neue Lakai, der die Angewohnheit hatte, viel zu schnell zu kommen. Zweifellos war Ebenezers Alter für seine Erfahrung verantwortlich. Der Lakai war kaum siebzehn. Sie freute sich darauf,

Ebenezers Kenntnisse zu fördern.„Hast du mich genossen, Ebenezer?"

„Ja, Miss Johnson."

„Wünschst du, dass ich wieder zu dir komme?"

Er senkte sein Gesicht zu ihrem und küsste sie. „Ja, Miss Johnson."

„Ich werde dich befriedigen, wie du nie zuvor befriedigt wurdest, Ebenezer." Ihre Zunge fuhr ihre eigenen Lippen entlang. „Es gibt allerdings etwas, das du für mich tun musst."

„Alles, Miss Johnson", sagte er und streichelte mit seinen Händen gierig ihre Brüste.

„Es gibt einen verabscheuungswürdigen Mann, dem du nachspionieren sollst. Meist in der Nacht, fürchte ich, aber mach dir keine Sorgen, mich in der Nacht zu vermissen. Ich schwöre, dich nicht unbefriedigt zu lassen."

Sie kam näher und sog seine Zunge in ihren Mund. „Sollen wir weitermachen, Liebster?"

Kapitel 13

Miss Primble sah ganz und gar nicht so aus, wie Sally sie sich vorgestellt hatte. Erstens war sie viel jünger. Die neue Amme war nicht älter als Sallys zweiundzwanzig. Was bedeutete, dass sie zu ihren „Lämmchen", die nun an der Universität waren, gekommen sein musste, als sie nicht mehr als ein Mädchen von höchstens vierzehn gewesen war. Furchtbar jung, um eine derartige Verantwortung zu übernehmen, dachte Sally. Obwohl sie viel jünger als erwartet war, befand Sally sofort, dass ihre Jugend etwas Gutes war. Georgette und Sam hatten Sally schließlich am liebsten und sie war nur zweiundzwanzig. Die Kinder würden sich mit einer jungen Frau bestimmt wohler fühlen. Die Griesgrämin war bestimmt schon vierzig gewesen.

Noch etwas an Miss Primble, worauf Sally nicht vorbereitet gewesen war, war ihre Rundlichkeit. Sally dachte, dass sie wohl viel essen musste. Sie hoffte nur, dass Miss Primbles Freude an Genuss sich nicht auf Georgette und Sally auswirken würde. Die Kinder sahen perfekt aus, so wie sie waren. Sally kam mit einem freundlichen Lächeln auf die neue Amme zu. „Ich bin so froh, dass Ihr so schnell kommen konntet." Sie sah auf Miss Primbles Koffer. „Lasst mich Euch zuerst Eure Kammer zeigen." Sally befahl Adams, Miss

Primbles Koffer zu tragen.

Sie gingen die Treppe in den zweiten Stock hinauf. Das erste Zimmer war Sams, was Sally der Amme mitteilte. Das nächste war Georgettes und daneben war ein kleines Zimmer für Miss Primble. Sally zeigte ihr das Zimmer, in dem kein Bett war, aber ein bequemer Sessel. „Ihr werdet im Kinderzimmer schlafen", teilte Sally ihr mit. „Georgette hat sich in der Tat gut daran gewöhnt, alleine zu schlafen, seit ihre ehemalige Amme uns verlassen hat. Aber Sam ist erst zwei und ich ziehe es vor, dass jemand in seinem Zimmer schläft. Er fürchtet sich vor der Dunkelheit. Er ist immer noch ein Baby." Sagte Sally mit nachsichtiger Stimme.

Miss Primble nickte. „Ich hoffe, er vermisst seine ehemalige Amme nicht zu sehr."

„Das tut er nicht."

Miss Primble sah Sally fragend an.

„Ich habe sie entlassen, da sie nicht besonders nett zu den Kindern war."

„Wie kann jemand böse zu den wertvollsten kleinen Geschöpfen Gottes sein?", fragte die empörte Amme.Sally lächelte. Sie mochte Miss Primble sehr. „Kommt, gehen wir ins Kinderzimmer."

Miss Primble folgte Sally die letzten Stufen hinauf zum Kinderzimmer. Dort zog Georgette gerade der Katze ein Kleid an, und Sam stand auf einem Hocker und sah aus dem Fenster auf die Pferde, die fortwährend an ihrem Stadthaus vorbeiritten. Der Kleine war völlig fasziniert von Pferden und wurde es nie müde, sie zu beobachten. Sally hatte beschlossen, dass sie mit seinem Vater darüber sprechen musste, ein Pony für Sam zu kaufen. Natürlich war er viel zu jung, um alleine auf einem Pony zu sitzen, aber sie sah keinen Grund, warum sie ihn nicht festhalten konnte, während er auf einem sanften Pferd saß.„Sam! Georgette!", rief Sally, „eure neue Amme, Miss Primble, ist hier. Kommt und begrüßt sie."

Sam sah wieder aus dem Fenster, aber seine Schwester ließ die Babyhaube, die sie in der Hand hatte, fallen, kam auf ihre neue Amme zu und sagte höflich: „Wie geht es Euch, Miss Primble?"

Trotz ihres Umfanges fiel Miss Primble wendig auf die Knie, um Georgette anzusehen. „Es geht mir sehr gut, nun da ich nach Bath gekommen bin, um mich um dich und deinen Bruder zu kümmern. Du musst wissen, dass ich mich auf deine Hilfe verlasse, um mich gut um den kleinen Sam zu kümmern. Denkst du, dass du mir damit helfen kannst, Lämmchen?"

Mit einem breiten Lächeln nickte Georgette.

„Sag, gefällt es deinem Bruder im Schaukelstuhl zu sitzen?"

Georgette nickte wieder. „Mit Miss Spenser – ich meine, mit Mama."

Miss Primble warf Sally einen fragenden Blick zu.

„Ich bin die Stiefmutter der Kinder", sagte Sally enttäuscht. Sie zog es bei weitem vor, andere in dem Glauben zu lassen, sie sei die wirkliche Mutter der Kinder, da sie sich selbst so sah. „Ich bin erst seit einem Monat Lady Sedgewick."

Miss Primble erhob sich. „Aber Ihr … Ihr sorgt Euch so sehr. Ich habe Euch für die wahre Mutter der Kinder gehalten."

Sally strahlte. „Ich sehe mich als ihre Mutter. Ich kenne sie ihr ganzes Leben." Sie senkte die Stimme. „Ihre Mutter ist im Kindbett mit dem kleinen Sam gestorben. Ich bin für ihn einer Mutter am nächsten. Die vorherige Amme der Kinder war ein Monster."

Miss Primbles Augen zogen sich zusammen. „Es sollte einen eigenen Platz in der Hölle für Menschen geben, die böse zu Kindern sind."

„Sie war nicht wirklich böse", erklärte Sally. „Es war nur so, dass sie niemals nett war."

Miss Primble runzelte die Stirn. „Ein Jammer."

„Es gibt noch etwas, das ich Euch sagen möchte", sagte Sally. „Beide Kinder mögen es, wenn man ihnen vorliest. Sie haben *Das Leben und die Wanderschaft einer Maus* besonders gern."

Die Amme nickte, watschelte zum Schaukelstuhl und ließ ihr beachtliches Gewicht darauf fallen. „Sam!", rief sie.

Er wirbelte herum.

„Steh nicht herum, kleine Gans. Komm und setz dich auf Miss P's Schoß, dass ich dir vorlesen kann." Sie griff nach dem Buch, dass sie so gerne mit ihrem Vater lasen.Sams Augen weiteten sich, als er von seinem Hocker sprang und auf Miss Primble zulief.

Sie hob ihn hoch und setzte ihn auf ihren breiten Schoß. „Du musst für mich umblättern, Kleiner."

Er nickte mit seinem kleinen Kopf.

Lächelnd verließ Sally das Zimmer und wusste, dass ihre Kinder endlich in guten Händen waren.

* * *

Hazard war nicht sein Spiel, beschloss George. Zum Teufel damit, so wie die zwanzig Pfund, die er bereits genommen hatte. George stand von dem Kartentisch in Mrs. Glenwicks Spielsalon auf und ging zu dem Siebzehn-und-Vier-Tisch, an dem Melvin, der ruhige Zwilling, saß. „Hast du

Glück?", fragte George.

„Ein bisschen."

George schmiss seine Münze auf den Tisch. „Ich glaube, dein Bruder würde gerne dasselbe behaupten. Er hat ziemlich viel verloren."

„Unsere Taschen wären viel schwerer, wenn wir nicht immer bei unseren Freunden in Bath wären."

„So wie meine." George sah die Karte an, die auf dem Tisch lag. Nicht gut. Noch eine verflixte Sieben! „Aber es ist so schrecklich langweilig auf dem Land. Keine Pferderennen. Keine Spielsalons."

„Keine Miss Avery."

„Blanks und ich sind nicht so in Miss Averys Mädchen vernarrt wie dein Bruder und Appleton es sind."

„Das möchte ich doch hoffen. Ihr seid beide verheiratet, obwohl ich nicht verstehe, wann ihr Zeit dafür habt, mit euren hübschen Frauen ins Bett zu gehen. Ihr verbringt jeden Abend der Woche mit uns einsamen Junggesellen."

George versteifte sich. Sein Schlafarrangement mit Sally ging Melvin nichts an. Natürlich würde er es nicht wollen, dass irgendjemand über seine Abstinenz Bescheid wusste, und er wollte nicht, dass die anderen wussten warum er Sally geheiratet hatte. Sein Desinteresse an ihr als Frau könnte sie blamieren. Sie war bereits von Betsy Johnsons bösartigen Anschuldigungen blamiert worden. „Sich im Tageslicht zu lieben, hat seine Vorteile", sagte George.

Melvin lächelte schüchtern. „Der Körper einer Frau ist in der Tat etwas Schönes."

Seltsamerweise und völlig ungewollt rief sich George ein Bild von Sally vor Augen, als sie in ihrem Bett lag und ihm ihren kleinen Körper anbot. Noch überraschender war die tiefgreifende körperliche Auswirkung dieses Bildes unter seiner Taille.Melvin   drehte   seine   Karte   um. „Einundzwanzig!"

Mit erbostem Gesichtsausdruck verlangte George eine weitere Karte. Es war eine Königin. Er schmiss seine Karten hin und beobachtete, wie Melvin seine Gewinne einsammelte.Als die nächste Runde begann, sagte Melvin: „Ich verstehe dich oder Blanks überhaupt nicht. Wenn ich mit einer reizenden Frau gesegnet wäre, wäre ich mit Sicherheit jede Nacht in ihrem Bett."

Er musste wohl über Georges Schwester sprechen. Glee war angeblich eine Schönheit, obwohl sie für George nichts weiter als eine lästige kleine Schwester war. Ein Jammer, dass Sally nicht als attraktiv bezeichnet werden konnte – außer von Mr. Higginbottom. Nach kurzer Überlegung beschloss er, nie wieder Higginbottom-Bier zu trinken. Er konnte einen Mann, der es auf junge Mädchen wie Sally abgesehen hatte, nicht tolerieren. Auch wenn er ihr die Ehe angeboten hatte.

Als die Kartengeberin ihre Karte umdrehte, dachte George an Sallys nackte Haut und versteifte sich noch mehr. Die Frau, die er geheiratet hatte, war doch nicht so unattraktiv. Obwohl ihre Haut ein bisschen dunkler war, als von Modeexperten als akzeptabel erachtet wurde, gefiel ihm ihr Teint. Ihr Gesicht war makellos und ihre Zähne waren weiß und ebenmäßig. Ihr Lächeln war in der Tat angenehm, und er fand ihre großen schokoladefarbenen Augen sinnlich, sogar verführerisch. Es war schade, dass ihr Haar so verteufelt gerade war, und dass sie so dünn war. Andererseits war sie ähnlich wie Diana geformt, die auch sehr schlank gewesen war. Und Dianas nackter Körper war ein Fest für seine begierigen Augen gewesen. Und seine begierigen Hände."Kommst du morgen zu den Pferderennen?", fragte Melvin.

„Wann habe ich sie je verpasst?"

„Ich nehme an, Lady Sedgewick ist zu frisch verheiratet, um sich über deine Abwesenheit zu beschweren."

„Lady Sedgewick ist nicht für ihre Zurückhaltung bekannt. Sie hat kein Problem damit, mir meine Fehler vor Augen zu halten. Ich glaube nicht, dass sie Einwände gegen meine nächtlichen Aktivitäten hat."

„Du rückst deine Fähigkeiten im Schlafgemach nicht gerade in das beste Licht."

George versteifte sich. „Ich versichere dir, dass Lady Sedgewick eine überaus befriedigte Frau ist." Es gefiel ihm gar nicht, seinen langjährigen Freund anzulügen, aber der Gedanke, dass Melvin glauben könnte, George fände Sally nicht begehrenswert, gefiel ihm noch weniger. Das arme Mädchen hatte genug aufgegeben, um seine Frau zu werden. Das Mindeste, was er tun konnte, war andere glauben zu lassen, dass er sie begehrenswert fand.Sie verloren beide in der nächsten Runde und Elvin schmiss seine Karten hin und erhob sich. „Ich rette meinen Bruder besser, solange er genug Geld für Miss Avery hat."

George grinste und ging zum Faro-Tisch, an dem Blanks spielte. „Ich mache mich auf den Weg nach Hause", sagte George. „Ich bin heute Abend schon sehr großzügig zu Mrs. Glenwick gewesen."

Blanks wandte sich an seinen Freund. „Warte einen Moment, dann nehme ich dich in meinem

Einspänner mit."

Fahren war angenehmer als gehen. Es war schade, dass George sich keinen Einspänner mehr leisten konnte. Wenn sich sein Glück nicht bald wendete, würde er als nächstes die Kutsche und seine Pferde verkaufen müssen. Ganz und gar keine rosige Aussicht.

* * *

Früh am Morgen war Sallys liebste Tageszeit. Es war die einzige Zeit, die sie mit ihrem Mann alleine verbrachte. Und da sie in der Vertrautheit ihres Schlafgemachs waren, war diese Zeit zusammen ihr besonders lieb. Sie fühlte sich mittlerweile in seiner Gegenwart so wohl, dass sie nicht mehr errötete, wenn er sie in ihrem dünnen Nachthemd sah.

Während dieser privaten Stunden sprachen sie über den kommenden Tag oder sie erzählten einander vom vergangenen Tag. Sally informierte ihn über die Aktivitäten der Kinder.Es schien ihr während dieser kurzen glorreichen gemeinsamen Zeit, dass sie wahrhaftig mit George verheiratet war. Ihre Augen beobachteten seinen kräftigen Körper und sie kämpfte gegen den Drang an, die dunklen Haare auf seiner starken Brust zu streicheln. Sie dachte an seinen Körper als ihren, denn er teilte ihn vermutlich mit keiner anderen. Sein muskulöser Körper war wie der letzte Brief ihres lieben Papas: etwas, woran sie Freude fand, das sie aber mit niemand anderem teilte.

An diesem Morgen drehte er sich ein paar Mal hin und her, dann öffnete er seine Augen und schenkte ihr ein verschlafenes Lächeln.„Miss Primble ist gestern angekommen", sagte Sally, während sie ihn beim Aufwachen beobachtete. Sie lag neben ihm, ihr Kopf ruhte auf ihren

Händen. Er stütze sich auf seinen Ellbogen, schüttelte sein Kissen auf, legte es hinter sich und setzte sich auf. „Wird sie sich gut machen, denkst du?"

Sallys Augen leuchteten. „Ich glaube, das wird sie."

„Mögen die Kinder sie?"

Sally ahmte ihn nach, schlug gegen ihr Kissen und lehnte sich dagegen. „Es ist zu früh, um sicher zu sein. Sie war sehr gut darin Georgette dazu zu bringen, ihr mit Sam zu helfen. Du weißt wie gerne Georgette es hat, wenn man sie um Hilfe bittet. Es scheint, dass Miss Primble dieses Bedürfnis in deiner Tochter gut erfüllt."

„Und Sam?" „Sie ist die erste Person – außer mir – auf die Sam freiwillig zugegangen ist. Sie war keine fünf Minuten im Kinderzimmer, bevor er sich in ihren üppigen Schoß kuschelte."

Seine grünen Augen blitzten und ein faules Lächeln umspielte seine Lippen. „Sie ist eine dickere Frau?"

Sally nickte, dann fing sie zu kichern an. „Du hättest Sam sehen sollen, als er sich an ihren großen Busen gekuschelt hat. Er sah so zufrieden aus."

George warf seinen Kopf zurück und lachte herzhaft. „Dann hat mein Sohn keine Abneigung gegen großbusige Frauen!"

Sally konnte sich nicht daran erinnern, dass George Sam jemals als seinen Sohn bezeichnet hatte. Es war normalerweise „meine Kinder" oder „der Junge", aber niemals „mein Sohn". Sie strahlte. „Ich werde äußerst eifersüchtig auf Miss Primble sein, denn Sam wird bestimmt ihren Busen meinem vorziehen – der kaum vorhanden ist."

Farbe stieg in Sallys Wangen, als sie Georges Blick auf ihren kleinen Hügeln spürte, die kaum unter ihrem Nachthemd herausragten.„Nicht alle Männer bevorzugen Frauen mit großen Brüsten", sagte er. „Ich habe großbusige Frauen niemals besonders anziehend gefunden."

Er sprach in der Vergangenheit. Hieß das, dass ihm gar keine Frauen mehr gefielen? Dass es Diana oder keine war? Sally hatte nicht das Recht, ihn zu fragen, aber ... „George?" Sie sah auf die Bartstoppeln auf seinen Wangen und spürte die Hitze seines Körpers. Sie fühlte sich ihm so schrecklich nahe. „Bist du ..." Sie räusperte sich. „Bist du seit Diana mit anderen Frauen zusammen gewesen?"

Seine Augen loderten auf und Wut machte sich auf seinem Gesicht breit. „Meine sexuellen Aktivitäten gehen dich nichts an!" Er sprang aus dem Bett – völlig nackt – und zog sich seine Kniehosen an.Sallys Stimme brach, als sie antwortete. „Ich bin deine Frau, George."

Er starrte sie an. „Du bist Lady Sedgewick. Du bist die Mutter meiner Kinder. Aber du bist nicht meine Frau." Er stürmte aus dem Zimmer.

Er hatte endlich ausgesprochen, was Sally bereits wusste. Sie würde niemals wirklich Georges Frau sein.

Kapitel 14

Sally fand ihren Mann im Salon mit einer Tasse Kaffee in einer Hand und der Zeitung in der anderen. Sie ging zu dem Tisch, auf dem die Kaffeekanne stand, und goss sich eine Tasse ein. Dann setzte sie sich neben ihn. Sie wollte ihn um Verzeihung bitten dafür, dass sie es gewagt hatte, ihm eine so persönliche Frage zu stellen, aber es war ihr zu unangenehm, das Thema noch einmal anzuschneiden. Und sie war zu gedemütigt von seiner dreisten – obwohl zutreffenden – Antwort. Um die Anspannung zwischen ihnen zu lösen, fragte sie nach den Nachrichten. „Ich vertraue darauf, dass du mir mitteilen wirst, wenn über einen globalen Aufruhr berichtet wird."

Er lächelte sie über den Rand seiner Zeitung warm an. Gut. Er war nicht mehr böse.

Sie stand wieder auf, ging zu der Anrichte und nahm sich ein Frühstück. „Möchtest du etwas, George?"

„Nein danke."

Sie hatte gelernt, dass er nach einer Nacht des Trinkens niemals hungrig war. So wie die weggeworfenen Einladungen nach einem Ball, waren die Anzeichen eines Katers bei ihrem Mann Sally nur zu gut bekannt. „Ich habe mir gedacht, dass ich deinen Schreibtisch aufräumen werde, während du zu den Pferderennen gehst."

Er senkte die Zeitung genug, um seine erbosten Augen zu zeigen. „Warum denkst du, dass ich zu den Rennen gehe?"

Sie lachte. „Ich kenne dich nicht schon mein halbes Leben lang, ohne ein paar Dinge über dich zu wissen, George Pembroke, Viscount Sedgewick, und ich weiß, dass du, solange du aufrecht stehen kannst, kein Pferderennen verpassen wirst." Sie sah ihn nachdenklich an. „Wie viel hast du auf das heutige Rennen gewettet?"

Seine Lippen formten ein Lächeln. „Fünfzehn Pfund."

Sie schürzte die Lippen. „Ist dir bewusst, dass fünfzehn Pfund das Gehalt für den Butler und die Haushälterin für zwei ganze Quartale bezahlen würde? Für sie wären fünfzehn Pfund ein wahres Vermögen."

„Dienstbotengehälter sind deine Angelegenheit, meine Liebe. Ich habe nicht umsonst das gescheiteste Mädchen von Miss Worth's Schule für junge Damen geheiratet. Ich finde, dass du ein ausgezeichneter Verwalter meines Haushaltes bist."

„Dann hast du nichts dagegen, dass ich deinen Schreibtisch in Ordnung bringe?"

Er legte die Zeitung nieder. „Ich habe nichts vor dir zu verheimlichen und mein Schreibtisch hat es eindeutig nötig."

Nachdem er gegangen war, ging Sally in die Bibliothek und setzte sich hinter den großen Schreibtisch, der beinahe so männlich war wie der Mann, den sie geheiratet hatte. Sie lächelte, als sie den unordentlichen Schreibtisch ansah. Sie liebte es, kleine Dinge für ihn zu tun, ob es sich um das Zuknöpfen seines Hemdes handelte oder darum, die Stapel seiner Briefe und Zeitschriften durchzugehen.Sie fing mit den Zeitschriften an. Die meisten schmiss sie weg und hob nur die neuesten Ausgaben auf. Sie legte diese auf einen Stapel in die linke Ecke des Schreibtisches.

Dann wandte sie sich dem Berg von Briefen zu. Nur wenige davon waren datiert, also war sie nicht sicher, ob sie weggeworfen werden konnten. Sie beschloss, sie nach dem Inhalt zu ordnen. Ein Stapel für Rechnungen von Kaufleuten. Ein weiterer für persönliche Briefe und Nachrichten. Dann fand sie jedoch keine der persönlichen Korrespondenzen wichtig genug, um aufbewahrt zu werden. Sie waren geöffnet, was bedeutete, dass George sie gelesen haben musste, und sie wusste, dass ihr Mann ein ausgezeichnetes Gedächtnis hatte. Wenn er etwas gelesen hatte, würde er sich daran erinnern. Bevor sie sie wegwarf, las sie jeden der Briefe schnell durch, um sicherzugehen, dass nichts Wichtiges darunter war. Da war eine alte Nachricht von Felicity von ihrem Besuch in London. Eine andere war von einem Schulfreund aus York, der George berichtete, dass seine Frau ihm gerade seinen ersten Sohn geboren hatte. Keiner der Briefe schien wichtig zu sein. Bis auf einen.

Es war ein Brief von einem Mr. Andrew Willingham, der sich als Georges Verwalter in Hornsby Manor bezeichnete. Sie runzelte die Stirn, als sie ihn las. Der Brief bat seine Lordship um fünfundsiebzig Pfund für eine neue Landwirtschaftsmaschine, die die Ernte und somit den Profit steigern würde. Der Brief musste vor sechs Wochen gekommen sein.Sie beeilte sich, das Hauptbuch aus der Lade von Georges Schreibtisch zu nehmen und ihre Augen flogen über die Reihen von Zahlen. Es gab keine

Ausgabe von fünfundsiebzig Pfund. In der Tat überschritt keine einzige Summe vier Pfund.

Sie schloss verärgert das Buch. Ihr Mann konnte offensichtlich keine Schulden über vier Pfund zurückzahlen und doch würde er heute wahrscheinlich fünfzehn Pfund beim Pferderennen verlieren.

So empört sie auch war, so wusste sie doch, dass sie nicht das Recht hatte, ihn zu verurteilen. Er lebte nur so, wie er aufgezogen worden war. Er gab Geld aus wie seine Freunde und keiner von ihnen hatte die gleiche soziale Stellung wie ihr Ehemann. Und er war wirklich nicht extravagant. Er hatte keinen Einspänner mehr und er wettete nicht halb so viel wie Blanks.

Obwohl sie versuchte, Verständnis zu haben, war sie verärgert darüber, dass ihr Mann Mr. Willingham die fünfundsiebzig Pfund nicht geschickt hatte. Es war Geld, das ihr Einkommen im nächsten Jahr erhöhen würde. Sie erhob sich von ihrem Schreibtisch und fing an, im Zimmer auf und ab zu gehen; sie versuchte, einen Weg zu finden, Mr. Willingham die fünfundsiebzig Pfund zukommen zu lassen. George hatte offensichtlich keine derartig große Summe zur Verfügung.Plötzlich hielt sie inne, und ihr Gesicht hellte sich auf. Es gab einen Weg! Sie hatte beinahe die achtzig Pfund vergessen, die sie jährlich von ihrer Großmutter erhielt. Sally hatte den Betrag in diesem Jahr kaum angerührt, da alle ihre Bedürfnisse von George und seiner Familie gedeckt wurden.

Sie ging zurück zum Schreibtisch und schrieb mit einem zufriedenen Lächeln einen Brief an ihren Anwalt. Als sie dort saß und schrieb kam Adams mit der heutigen Post herein. „Ein

Straßenjunge hat dies soeben für Euch abgeliefert, Mylady."

Sie nahm den Brief und die andere Post. „Danke, Adams."

Obwohl die Nachricht von einem Straßenjungen gebracht worden war, war sie auf gutem Papier geschrieben. Als sie sie öffnete, war sie überrascht, dass Buchstaben, die aus Zeitungen ausgeschnitten worden waren, die Nachricht bildeten. Sie zitterte, als sie die beunruhigend aussehende Nachricht las. *Euer Ehemann hat gestern Abend vierundzwanzig Pfund in Mrs. Glenwicks Spielhalle verloren. Und er begehrt Euch nicht. Er war im Bett einer anderen.*

Als sie den letzten Satz las, drehte sich ihr Magen um. Sally kümmerte sich nicht um das verlorene Geld. Es war die andere Frau, die sie beunruhigte. Sehr. War sie der Grund dafür, warum George heute Morgen so böse reagiert hatte, als sie ihn wegen seiner Enthaltsamkeit gefragt hatte? Kam Sally der Ursache seiner Unbeständigkeit zu nahe?

Sie legte den Kopf in ihre Hände und weinte bitterlich. Sie war besser dran gewesen, als sie nichts davon wusste. Es war schlimm genug, dass sie sich in einen Mann verliebt hatte, dessen Herz seit langer Zeit begraben lag. Es war noch schmerzhafter herauszufinden, dass derselbe Ehemann es vorzog, seine männlichen Bedürfnisse bei einer anderen Frau zu stillen. Einer Frau, die ihm wahrscheinlich nichts bedeutctc.

Warum nicht ich?, fragte sie sich schluchzend. Keine Frau könnte ihrem Mann je einen willigeren Körper bieten als die Frau, die er geheiratet hatte. Sally wusste, dass, wenn er ihr nur eine Chance gäbe, sie ihn befriedigen würde wie keine andere.

Sie zerriss die Drohung und legte sie auf den Stapel, den sie ins Feuer werfen würde.

* * *

Wie an jedem Morgen erwachte Sally vor ihrem Ehemann. Und so wie an jedem Morgen saugte sie die unverfrorene Männlichkeit seiner nackten Brust und seiner breiten Schultern ein. Ihr Herz schmerzte immer noch von dem Wissen, dass er seine sexuelle Befriedigung im Bett einer anderen Frau fand. Es war leichter für sie gewesen, als sie glaubte, dass er niemanden außer Diana begehrte. Aber nun ... nun wusste sie über seine Virilität Bescheid. Und nun wusste sie, dass er sie körperlich abstoßend fand und jede Nacht neben ihr liegen könnte, ohne je versucht zu sein, seine Bedürfnisse mit ihr zu befriedigen.Sie hatte sich gequält mit Gedanken darüber, wer diese Frau sein könnte, die mit ihrem Mann das Bett teilte. Während der letzten beiden Tage konnte sie keine hübsche Frau sehen, ohne sich zu fragen, ob sie es war.

Ihr Herz machte einen Satz, als er seine Wimpern hob und er sich mit einem verschlafenen Lächeln zu ihr drehte.„Guten Morgen, George. War dir die Glücksgöttin gestern hold?"

Das verschlafene Lächeln verwandelte sich in ein breites Grinsen. „Ich bin zwanzig Pfund reicher."

Sie kämpfte gegen den Drang an, ihre Arme vor Freude heftig um ihn zu schlingen. „Da wir von Reichtum sprechen, erinnerst du dich an das bescheidene Einkommen, das ich von meiner Großmutter bekomme?" Sie sah in seine Augen und bemerkte zum ersten Mal, dass sie die Farbe von Efeu hatten.Sein gelangweilter Blick schweifte über den Plafond. „Hundert Pfund und etwas in der Größenordnung."

Ihr armer, lieber Ehemann, dachte sie und lächelte. Für ihn waren hundert Pfund das Gleiche wie achtzig. „Achtzig."

„Ich will deine achtzig Pfund nicht, Sally. Verwende sie, wie du wünschst."

„Ich wünsche, sie an Mr. Willingham zu schicken."

Er setzte sich auf und starrte sie an. „Woher kennst du Willingham?"

Sie zog ihr dünnes Nachthemd zurecht und setzte sich neben ihm auf. „Ich weiß, dass er dein Verwalter ist, und Glee sagt, dass er ein überaus guter ist."

„Wenn er das nicht wäre, würde er nicht für mich arbeiten, aber warum weißt du, dass er Geld benötigt?"

Sie zuckte mit den Schultern. „Du sagtest, dass ich deinen Schreibtisch aufräumen könnte."

„Du hast den Brief gesehen." Er hörte sich nicht glücklich an.

„Du sagtest, dass du nichts vor mir zu verbergen hättest."

„Das habe ich auch nicht. Aber ich will dich auch nicht mit finanziellen Angelegenheiten belasten."

„Mein lieber Mann, es ist überhaupt keine Belastung. Nachdem du keinen Sekretär mehr hast, schlage ich vor, dass ich diese Aufgaben übernehme. Ich bin ziemlich gut in Buchhaltung."

„Du bist in allem zu verdammt gut", bellte er.

Sie hob ihr Kinn an. „Ich werde so tun, als hättest du das in einem schmeichelhaften Tonfall gesagt." Sie verabscheute es, derart herrisch zu wirken, aber ihr Mann – da er in den Adel geboren wurde – hatte nie gelernt praktisch zu sein. Sein Sekretär hatte sich immer um seine Buchhaltung gekümmert, aber das kleine Haus in Bath war nicht groß genug, um so viele Dienstboten unterzubringen wie einst in Hornsby Manor.

„Mein liebster Mann", sagte sie liebenswürdig, „du hast eine sehr praktische Frau geheiratet, und ich hoffe, dass du mir erlaubst, dir zu helfen, deine Schulden zu begleichen."

Er murmelte einen Fluch. „Ich will das verflixte Geld deiner Großmutter nicht."

„Es gehört nicht meiner Großmutter, Liebster", sagte sie. „Es gehört uns. Du hast dich darum gekümmert, dass ich alles habe, was ich brauche. Deshalb will ich nichts mehr, als die Ländereien in Hornsby produktiver zu machen." Sie erinnerte sich mit Schmerzen daran, dass George dies vor ein paar Jahren auch gewollt hatte. Er hatte sich aus Bath mit all seinen Vergnügungen zurückgezogen, um Vermögen und Ertrag in Hornsby wiederherzustellen. Und er war sehr erfolgreich gewesen. Bis Diana starb.

Er schwang seine Beine aus dem Bett. „Also gut, Sally, bring mein Leben in Ordnung."

Wie es ihr zur Gewohnheit geworden war, drehte sie sich um, um seine Nacktheit nicht zu sehen. „Wenn es dir selbst egal ist, denke an die Kinder, George. Willst du nicht, dass sie stolz darauf sein können, den Namen Sedgewick zu tragen? Wünschst du nicht, dass sie stolz auf Hornsby sein können?"

Er schluckte, als er in seine Kniehosen stieg. „Natürlich hast du recht, sensible Sally." Er streckte sich und zog sein Hemd an.

Sie kam zu ihm und knöpfte wortlos sein Hemd zu, so wie sie es jeden Tag tat. Ihre tägliche

Erregung. Sie war ihm so nahe, dass sie seinen warmen Atem spüren und das Heben und Senken seiner kräftigen Brust sehen konnte.

Als sie ihm näherkam, erinnerte sie sich an den schrecklichen Brief und konnte es nicht ertragen, an George mit einer anderen Frau zu denken. Ihre Augen füllten sich mit Tränen und sie wandte sich schnell von ihm ab, als sie den letzten Knopf schloss. Da er selbst darauf bedacht war, aus ihrem Schlafgemacht zu fliehen, bemerkte George ihr Leid nicht.

Kapitel 15

Jeden Tag, nachdem ihr Ehemann das Haus verließ, wurde eine weitere dieser elenden Nachrichten geliefert, jedes Mal von einem anderen Straßenjungen und jedes Mal an Lady Sedgewick adressiert. Und jedes Mal informierte der Brief Sally darüber, was ihr Mann in der vorherigen Nacht getan hatte. Mittwochnacht verkündete er den Verlust von zehn Pfund bei einem Hahnenkampf. Letzte Nacht bestätigte der Brief, dass ihr Mann zwanzig Pfund in Mrs. Glenwicks Spielsalon verloren hatte. Es schien, dass wer auch immer diese verabscheuungswürdige Person war, sie über jeden Schritt ihres Mannes Bescheid wusste. Der heutige Brief enthüllte, dass George wieder mit seiner Mätresse geschlafen hatte. „Wünscht Ihr nicht zu wissen, wer die Geliebte Eures Mannes ist?" Die Nachricht machte Sally krank.

Während der ersten Tage zerbrach sie sich den Kopf, um herauszufinden, wer so böse sein könnte, ihr derart abscheuliche Briefe zu schicken. Am dritten Tag fragte sich Sally nicht mehr. Sie kannte nur eine Person, die so hinterhältig war: Betsy Johnson.

Sally fing an, Bath und alles, was ihre Familie zerstörte – besonders ihren Mann – zu hassen. Wenn sie ihn nur von hier wegbringen könnte.Es verging kaum ein Tag, an dem er nicht große Summen verlor, und niemals verging eine Nacht, in der George nicht ausschweifend trank.Bei Gott, sie *war* verärgert! Sie würde George darauf ansprechen, auch wenn sie bis zum Morgengrauen aufbleiben musste.

Er war den ganzen Tag unterwegs und kam auch nicht zum Abendessen nach Hause. Sie fragte sich, wo er war. Der morgige düstere Brief würde ihr über jede Bewegung ihres Mannes Bericht erstatten. Sie wartete Stunde um Stunde ... und fragte sich. War er in Mrs. Glenwicks Spielsalon oder im Spielzimmer der Gesellschaftsräume? Hatten er und seine ungehobelten Begleiter einen weiteren Hahnenkampf gefunden, auf den sie Wetten abschließen konnten? Ihr Magen zog sich zusammen, als sie sich an den Brief erinnerte, der beschrieb, wie George und seine Freunde mehrere Stunden bei Miss Avery verbracht hatten. Jeder in Bath wusste, dass Miss Averys Haus ein Freudenhaus war. Sally war enttäuscht von George. Nicht nur schlief er mit anderen Frauen, er besuchte außerdem Etablissements, in denen er sich unbeschreiblich gefährliche, ansteckende Krankheiten einfangen konnte. Ihr Bruder David hatte ihr von diesen Dingen erzählt.*Oh, George,* jammerte sie, *warum? Warum nicht ich?*

Sie hatte ihr Abendessen kaum angerührt und war nicht imstande, sich auf ihre Stickerei zu konzentrieren. Sie stand auf, ging zum Klavier und spielte ein leidenschaftliches Stück und hoffte dabei, die Kinder und Dienstboten, die schon lange zuvor schlafen gegangen waren, nicht aufzuwecken. Dann setzte sie sich wieder und beobachtete die Uhr auf dem Kaminsims. Es war nach Mitternacht. Immer noch früh für George.Als er um ein Uhr noch nicht Zuhause war, begab sie sich in die Bibliothek und ging einen Stapel unbezahlter Rechnungen durch.

Aufgrund des Raschelns der Papiere und des Knisterns des Feuers hatte sie nicht gehört, wie George das Haus betreten hatte, aber sie hörte bald, wie sich die Türe zur Bibliothek öffnete, und sah in die glasigen Augen ihres Mannes. Sie sah ihn nur selten in betrunkenem Zustand. Meistens roch sie den Beweis am nächsten Morgen und brachte den Geruch nach schalem Alkohol mit Georges unbestreitbarer Männlichkeit in Verbindung.Seine Augen musterten sie in ihrem Abendkleid. „Warum bist du noch auf?"

„Ich wollte mit dir sprechen", sagte sie und warf ihm einen streitsüchtigen Blick zu.

„Stimmt etwas nicht mit den Kindern?"

Sie schüttelte ihren Kopf, starrte ihn jedoch weiterhin an. „Es geht ihnen gut."

„Was ist es dann?", fragte er besorgt und kam näher.

„Wenn du es wissen musst, ich bin auf dich böse."

„Oh, das", sagte er und blieb stehen. Dann drehte er sich um und ging zu dem Tisch, auf dem die Weinkaraffe stand und schenkte sich ein Glas ein.

„George, nein", zischte sie durch zusammengebissene Zähne.Er wirbelte herum, um die Quelle der verärgerten Worte zu betrachten. Sein Mund verzog sich zu einem trägen Lächeln und seine Augen funkelten, als er ihren ungeduldigen Blick traf. „Hat ja lange genug gedauert."

„Ja. Ich bin die ersten sieben Wochen unserer

Ehe ein Dummkopf gewesen, aber damit ist Schluss. Ich habe dein unreifes Verhalten und deine mangelnde Sorge um die Zukunft deiner Kinder von Herzen satt."

„Ich sorge mich sehr wohl um die Zukunft meiner Kinder. Warum sonst hätte ich dich geheiratet?"

Ihre Augen füllten sich mit Tränen. Die Katze war aus dem Sack. Sie hatte immer gewusst, warum er sie geheiratet hatte. Bis jetzt war er jedoch zu sehr Gentleman gewesen, um es ihr zu sagen. Aber nicht, wenn er betrunken war.Als er den Schmerz auf ihrem Gesicht sah, kam er langsam auf sie zu. „Verzeih mir, Sally. Ich wollte nicht ...."

„Die Gründe, aus denen du mich geheiratet hast, sind mir nicht unbekannt, George, aber ich habe es langsam satt, lächerlich gemacht zu werden."

„Du wirst nicht lächerlich gemacht."

„Ich bin nur die Frau, deren Mann es um jeden Preis vermeidet, Zeit mit ihr zu verbringen – und der Preis, wenn ich es erwähnen darf, ist heftig. Anstatt mit deiner Frau ruhige Diners abzuhalten und zu den Gesellschaftsräumen zu gehen, vergeudest du das Erbe deiner Kinder in Spielsalons und Freudenhäusern."

Sein Gesicht wurde rot. Sie hatte ihn nur einmal zuvor so böse gesehen: an dem Nachmittag im Pump Room, als Betsy Johnson ihn erzürnt hatte. „Wie kommst du darauf, dass ich je in cinem Freudenhaus war?"

„Ich habe einen äußerst zuverlässigen Spion." Sie reichte ihm den heutigen Brief, der offensichtlich von Miss Johnson verfasst worden war, deren Taschen sicherlich tief genug waren, einen Polizisten zu engagieren, der George jede Nacht verfolgte. Sally fragte sich, ob Miss Johnson eine weitere Lüge über George erfunden hatte, um den Polizisten davon zu überzeugen, dass George ein Halunke war.Er sah sich die Nachricht kurz an. „Was zum Teufel ist das?"

Sally zuckte mit den Schultern. „Ich bekomme jeden Tag einen dieser charmanten Briefe."

„Widerwärtige Kreatur!", sagte er. „Ich werde sie ruinieren."

„Du hast also auch eine gute Vorstellung davon, wer mir diese Briefe schickt."

„Betsy Johnson. Es tut mir so leid, Sally. Wenn du mich nicht geheiratet hättest, müsstest du dich nicht mit diesem Abschaum von einer Frau abgeben."

Eine Träne lief ihre Wange herunter.Mit gesenkten Augenbrauen kam er zu ihr und sprach mit sanfter Stimme. „Ich schwöre, die Sache mit Miss Avery ist eine Lüge. Ich war noch nie dort." Er senkte seinen Kopf und sagte heiser. „Alles andere ist leider wahr." Er nahm sein Taschentuch und wischte ihre Träne ab. „Also", sagte er beruhigend. „Wie lange bekommst du diese erbärmlichen Briefe schon?"

„Jeden Tag seit einer Woche."

Er fluchte. „Ich wünschte, ich könnte meine Hände um den Hals dieser Hure legen."

Sallys Hand flog auf ihren Mund.„Entschuldige, meine Liebe, aber es ist die Wahrheit. Betsy Johnson hebt ihre Röcke für jeden Mann, der ihre Gebrauchtgüter haben will. Niemals Männer der guten Gesellschaft, musst du wissen. Sie hat gerne grobschlächtige Männer – und Jungen. Wie ihr Vater."

Sally war in ihrem Leben niemals so schockiert

gewesen. „Woher weißt du das?"

„Alle Männer wissen es. War sie nicht dafür bekannt, regelmäßig aus dem Fenster zu klettern, als ihr zusammen in Miss Worth's Schule wart?"

Sallys Augen weiteten sich. „Wie kannst du das wissen?"

„Männer haben ein Netzwerk über diese Sorte von Frau."

„Ich kann es nicht glauben", sagte Sally erstaunt.

„Glaube es mir. Sie ist nicht besser als die Frauen, die für Susan Avery arbeiten. In der Tat ist sie viel schlimmer. Diese Frauen brauchen das Geld. Miss Johnson braucht nichts außer einem guten Ruf."

„Du kennst Miss Averys Vornamen."

„Ich schwöre dir, Sally, diese Art Frau ist nichts für mich, aber ich habe Freunde, die regelmäßige Kunden sind."

„Ist Blanks ein Kunde?"

„Niemals."

Sie war schrecklich erleichtert. Für Glee.

Er tätschelte sanft ihre Wange, dann steckte er das Taschentuch zurück in seine Tasche. „Hast du alle Briefe aufgehoben?"

„Den ersten habe ich verbrannt, aber ich habe alle anderen. Warum weiß ich nicht. Eine Art von Selbstquälerei, nehme ich an."

Er legte seine Hände zart auf ihre Schultern. „Es tut mir leid, dass ich dir Schmerz verursacht habe."

Sie konnte ihn nicht ansehen in Anbetracht dessen, was sie als nächstes zu sagen hatte. „Die Briefe behaupten, dass du beinahe jede Nacht mit deiner Mätresse verbringst."

„Deshalb denkst du, dass ich dich lächerlich

mache?" Er neigte seinen Kopf und berührte ihren Scheitel mit seinen Lippen. „Ich gebe dir mein Wort, Sally. Ich war mit keiner anderen Frau zusammen."

War es nicht dieser Satz, den zu hören sie so sehr ersehnt hatte? Und doch wusste sie nicht, ob sie erleichtert oder erschüttert sein sollte. Wenn es wahr war, dass er mit keiner Frau zusammen gewesen war, dann bedeutete es, dass er keine Frau anziehend fand. Besonders nicht die Frau, die jede Nacht fast nackt neben ihm lag. Griff Diana immer noch aus dem Grab nach seinem verwundeten Herzen? Oh, Sally wünschte sich, dass Diana nie geboren wäre. Nein, das wünschte sie nicht wirklich. Denn dann gäbe es keine Georgette und keinen Sam und Sally liebte die beiden viel zu sehr, um ihre Geburt zu bedauern.

Aber sprach er die Wahrheit? Welcher Mann würde seiner Frau gegenüber gestehen, bei einer anderen Frau gewesen zu sein? Sie neigte ihren Kopf zur Seite und ihre Augen trafen sich. Aus unerfindlichen Gründen glaubte sie ihm.

„Darf ich die anderen Briefe sehen?", fragte er. „Sie sind in deiner Schreibtischlade. Wenn du je Zuhause gewesen wärst, hättest du sie lesen können."

Er stampfte verärgert zu seinem Schreibtisch und fand sie in der zweiten Lade, die er öffnete. Sally beobachtete ihn, als er las und leise vor sich hin fluchte. Er fluchte noch mehr beim zweiten Brief. Als er beim dritten ankam, stieß er einen lauten Fluch aus, zerknüllte alle Briefe und warf sie ins Feuer. Sie landeten kurz davor.

Er sah langsam zu Sally auf. „Außer den Hinweisen auf Frauen ist jedes Wort wahr", sagte er ungläubig. „Irgendjemand folgt mir."

„Miss Johnson hat viel Geld. Sie hat offensichtlich jemanden eingestellt, der ihr von deinen Aktivitäten berichtet." Sally versuchte, entspannt zu klingen. „Ich wage zu behaupten, dass ihr Ziel ist, mich zu verletzen."

Er zuckte zusammen. „Bei allem, was mir heilig ist, es tut mir leid, Sally."

Sie war wiederum den Tränen nahe.

Er eilte auf Sally zu, legte seine Arme um sie und zog sie an sich. „Lass uns sehen, was Miss Johnson tun wird, wenn ich in der Tasche meiner lieben Frau stecke. Ich werde dich morgen Abend in die Gesellschaftsräume begleiten und dich die ganze Nacht mit Aufmerksamkeit überschütten."

„Kein Spielsalon?"

„Kein Spielsalon."

Sally presste ein bescheidenes Lächeln hervor.

* * *

George spielte seine Rolle aus untergebener Ehemann am folgenden Abend so gut, dass Sally dachte, er könnte mit Edmund Keen konkurrieren. Ihr Mann tanzte mit keiner Frau außer mit ihr und wenn sie mit einem seiner Freunde tanzte, stand er neben Thomas oder Blanks und beobachtete sie. Er blieb an ihrer Seite, als sie ihren Tee tranken, das stärkste Getränk, das er an diesem Abend trank. Als Appleton Interesse daran äußerte, später zu Mrs. Glenwick zu gehen, lehnte George ab. Sally genoss den Abend immens. Sie hatte der erbärmlichen Miss Johnson nicht einmal gegenübertreten müssen, da diese abwesend war. Sie freute sich für Glee, die fast jeden Tanz mit Blanks tanzte und sich während der Kutschenfahrt nach Hause an ihn schmiegte. Alles in allem ein überaus vergnüglicher Abend. Erst als sie und George die

Stufen zu ihrem Stadthaus hinaufstiegen, wurde ihr bewusst, dass dies die erste Nacht sein würde, in der sie zur gleichen Zeit ins Bett gingen. In der vorherigen Nacht hatte er darauf bestanden, in der Bibliothek zu bleiben, angeblich um die teuflischen Briefe durchzusehen. Heute Nacht raste ihr Herz und sie konnte ihre Stimme nicht finden und wenn sie es könnte, würde sie schrecklich beben.

Als sie an der Türe ihres Schlafgemachs ankamen, zitterte ihre Hand so sehr, dass sie es vorzog, den Türknauf nicht anzugreifen und sich damit zu verraten.Er griff danach und öffnete die Türe für sie. Nachdem sie die Kammer betreten hatte, sagte er: „Mach dich zum Schlafen bereit, während ich hinunter in die Bibliothek gehe." Dann beugte er sich zu ihr und hauchte einen Kuss auf ihre Stirn. „Werde wahrscheinlich nicht zurückkommen, bevor du einschläfst. Es gibt einige Angelegenheiten, die meine Aufmerksamkeit verlangen."

Obwohl sie wusste, dass er die Wahrheit sprach, hoffte sie, dass er seine Meinung ändern und zurückkehren würde, bevor sie eingeschlafen war. Sie betupfte sich mit ihrem Duft und trug ihr hübschestes Nachthemd. Sie lag über zwei Stunden lang in dem dunklen Zimmer in der Hoffnung, dass George kommen würde, bevor sie einschlief.

* * *

Am nächsten Morgen fand sie ihn schlafend in der Bibliothek, die leere Madeira-Karaffe neben sich.

„George!", schrie sie.

Er wand sich, dann öffnete er langsam ein Auge. Als er sie sah, schreckte er auf.

Obwohl sie verletzt war, dass er lieber in einem Stuhl als neben ihr schlief, war sie mehr verärgert als verletzt. „Was für ein nettes Bild du abgibst, betrunken auf einem Stuhl ausgebreitet, wo dich alle Diener – und sogar deine Kinder – sehen können."

Seine einzige Antwort war, den Kork in die Flasche zu stecken und langsam aufzustehen. „Ich gehe mich waschen."

Nachdem er sich rasiert und angekleidet hatte, verließ er das Haus ohne ein Wort.

Es kam kein böser Brief an diesem Tag.

Und George kam erst in den Morgenstunden des darauffolgenden Tages nach Hause.

Am folgenden Tag fingen die Nachrichten wieder an und sie wurden George betreffend immer kritischer. Obwohl Sally sie aufbewahrte, zeigte sie sie ihrem Mann nicht. Sie war mehr und mehr erbost über ihn und sein unreifes Verhalten. Es musste eine weitere Konfrontation geben.

Sie forderte ihn in der Privatsphäre ihres Schlafgemaches am folgenden Morgen heraus. „Ich denke, du solltest nach Hornsby zurückkehren, besonders jetzt, wo die neue Maschine geliefert wird. Du musst dafür anwesend sein."

George streckte seine muskulösen Arme hoch über seinen Kopf. „Willingham ist ein überaus kompetenter Verwalter. Ich werde nicht gebraucht."

„Oh, aber das stimmt nicht."

Er warf ihr einen Ich-möchte-dir-den-Hals-umdrehen-Blick zu. „Du, Madam, bist nicht meine Herrin."

„Nein, das bin ich nicht. Ein Jammer. Auch wenn du es noch nicht weißt, du brauchst mich,

George."

Er gab ein verbittertes Lachen von sich. „Ich gebe zu, dass meine Kinder dich brauchen, aber ich brauche weder dich, noch irgendeine Frau."

„Ich spreche nicht über Sex. Ich spreche darüber, dein Leben wieder zu dem zu machen, was es vor drei Jahren war. Das ist, was ich mir für dich wünsche. Und für die Kinder. Ich kann dir helfen, es wieder aufzubauen. Wenn du nur Bath verlässt."

Er starrte sie an. „Ich verlasse Bath nicht."

„Dann werden die Kinder und ich es tun."

„Es sind meine Kinder!"

„Du hast selbst gesagt, dass sie jetzt auch meine sind. Die Stadt ist nicht der richtige Ort für kleine Kinder. Und es wäre gar nicht gut, wenn sie ihren betrunkenen Vater ausgestreckt in der Bibliothek mit einer leeren Weinkaraffe finden würden. Den Kindern wird es auf dem Land viel besser gehen, und ich werde sie morgen nach Hornsby bringen."

Er warf seine Beine über den Rand des Sofas und wurschtelte sich vor ihr in seine Kniehosen, obwohl er komplett nackt war. Dann schlüpfte er in sein Hemd.

Dieses Mal versuchte sie nicht, sich umzudrehen, noch half sie ihm, sein Hemd zuzuknöpfen. Sobald er alle Knöpfe geschlossen hatte, stampfte er aus dem Zimmer und warf die Türe hinter sich zu.

* * *

Appleton war nicht in seiner Unterkunft, aber die Zwillinge waren in ihrer. „Ich bitte euch, mir dabei zu helfen, mich komplett zu betrinken", sagte er, nachdem ihr Diener ihm die Türe geöffnet hatte.„Was ist passiert? Hat dich Mylady hinausgeschmissen?", fragte Elvin und ging zu dem Silbertablett, auf dem Karaffen mit Portwein und Brandy standen. Er schenkte George ein Glas Portwein ein.

„In der Tat bin ich froh, dass du gekommen bist", sagte Elvin. „Ich brauche dich vielleicht, um mit uns zum Haftrichter zu gehen."

„Warum in aller Welt?", fragte George.

„Haben wir dir nicht von dem Wilderer erzählt?"

„Welcher Wilderer?", antwortete George.

„Der abscheuliche Mann, der die Frechheit hatte, ein Dutzend Moorhühner von *unserem* Land zu stehlen!", sagte Elvin.

„Der Kerl, fürchte ich, hat eine äußerst große Familie zu füttern", verteidigte Melvin ihn.

George seufzte. „Kannst du die Umstände des armen Kerls nicht berücksichtigen?"

„Du hörst dich genauso wie mein herzblutender Bruder an." Elvin räusperte sich stirnrunzelnd. „Und ich hatte gehofft, dass du mir helfen wirst, meinen Fall vor dem Haftrichter zu plädieren."

George schüttelte den Kopf. „Nicht ich! Ich denke, du solltest dem armen Unhold Arbeit geben."

„Ich?", fragte Elvin empört. „Aber der Kerl hat von mir *gestohlen!*"

„Er hat dir ja nicht über den Kopf geschlagen und dein Geld geraubt", sagte George. „Um Himmels willen, der Mann war hungrig. Hab ein bisschen Mitgefühl." Georges Blick schweifte zu dem sanfteren Zwilling, dessen Augen vor Heiterkeit funkelten. George war sich gar nicht sicher, dass er mit dem alten Elvin einverstanden war. Oh, sie waren seit Kindheitstagen Freunde gewesen, aber der Mann war wirklich ein bisschen oberflächlich. Sein Bruder war eine viel angenehmere Person, wurde jedoch wegen seiner Schüchternheit oft von seinem lauteren Zwilling auf Irrwege geführt. Keiner der beiden zeigte jedoch viel Reife. In der Tat übten sie schlechten Einfluss auf Blanks aus. Blanks musste nach Sutton Hall zurückkehren und sich von seinen Junggesellen-Freunden fernhalten. Er musste eine Menge gesunder Babys zeugen, von denen George wusste, dass Glee sie ihm gebären konnte.

George konnte allerdings nicht sagen, dass irgendjemand einen schlechten Einfluss auf ihn ausübte. Das Problem war, dass die Entscheidungen, die er in diesen letzten beiden Jahren getroffen hatte, falsch gewesen waren. Unreif. Und – zum Teufel mit ihnen allen – seine vernünftige Frau hatte recht! Vernünftige Sally.

„Ich bin gekommen, um mich zu verabschieden", sagte George.

Zwei identische Augenpaare starrten ihn an. „Warum?", fragten zwei Stimmen im selben Augenblick.

„Ich kehre nach Hornsby zurück."

Kapitel 16

Die Kinder fuhren mit ihren Eltern in der Kutsche nach Warwickshire. Georgette hüpfte von einem Sitz zum anderen, während Kommentare und Fragen nur so aus ihr heraussprudelten. „Wird mein Hündchen auf mich warten?"

„Dein Hündchen ist jetzt ein sehr großer Hund, wie mir berichtet wurde", antwortete George. „Obwohl ich noch ein winziges Kind war, kann ich mich an die lila Blumen an den Wänden in meiner Kammer erinnern", sagte das kleine Mädchen.

„Ich bin sicher, dass die Tapete noch dort sein wird", antwortete Sally. „Hat sie dir gefallen, Liebes?"

„So sehr."

Plötzlich wurde Sally bewusst, dass Sam in Hornsby kein Zimmer hatte. Er war nur ein paar Wochen alt gewesen, als sein Vater aus dem Haus, das übervoll mit Erinnerungen an Diana war, geflohen war. Sally sah ihren Mann an. „Hat der junge Master seine eigene Kammer in Hornsby?"

„In der Tat, nein", sagte George. „Er war noch bei der Säugamme, als wir nach Bath kamen."

„Dann werden wir ein ganz besonderes Zimmer für ihn einrichten müssen", sagte Sally und versuchte, aufgeregt zu klingen, während sie nicht genau wusste, wie viel davon Sam wirklich verstand.„Er kann das Zimmer haben, in dem ich als Kind gewohnt habe."

Wie es angemessen war.Während der ersten Stunde der Reise über die hügelige Landschaft außerhalb von Bath war Sam zufrieden damit, aus dem Fenster zu schauen. Danach wurde er ernster, kletterte auf Sallys Schoß und stopfte seinen Daumen in den Mund. Sie hielt ihn fest und streichelte sein goldenes Haar. Sie konnte spüren, dass ihn die neue, fremde Umgebung beängstigte.„Ist der Junge nicht ein bisschen zu alt, um seinen Daumen zu lutschen?", fragte George.

„George, er ist noch ein Baby." Sally sah ihren Mann missbilligend an.

Er seufzte. „Wie du mir ständig sagst, aber ich erinnere mich sehr deutlich daran, wie gut Georgette mit zwei Jahren gesprochen hat."

Sally sah ihn wütend an. „Man kann Kinder nicht miteinander vergleichen – besonders, wenn sie unterschiedlichen Geschlechts sind."

„Ich wäre glücklicher, wenn er endlich sprechen würde", jammerte George.

„Er mag nicht sprechen, aber Sam versteht alles, was wir sagen und ich werde nicht zulassen, dass du diese Angelegenheit weiterhin in seiner Anwesenheit besprichst", sagte sie gebieterisch.

George fing an zu lachen.

„Was, ich bitte dich, findest du erheiternd?", frage Sally.

„Da gibt es diese armen, unaufgeklärten Seelen, die glauben, dass ich eine demütige kleine Jungfer geheiratet habe, die nach meiner Pfeife tanzt. Sie können sich wohl kaum vorstellen, dass ich derjenige bin, der tanzt."

Sally lächelte. Wenigstens war er nicht verärgert. Sally wusste, er konnte überaus streitsüchtig sein.

„Papa?", sagte Georgette.

„Ja, Liebes?"

„Wird meine neue Mama in der Kammer meiner anderen Mama schlafen?"

Sallys Puls beschleunigte sich. Sie hatte vergessen, dass die Größe von Hornsby Manor es erlaubte, dass der Hausherr und die Hausherrin getrennte Schlafgemächer hatten, eine Erkenntnis, die ihr außerordentlich missfiel. Erstens hatte sie nicht den Wunsch, das Zimmer zu bewohnen, das die Persönlichkeit der ehemaligen Bewohnerin bestimmt widerspiegelte. Aber noch beunruhigender war das Ende ihrer intimen Morgenstunden mit ihrem Ehemann. Wenn sie in getrennten Kammern wohnten, würden sie wahrscheinlich keine einzige private Minute miteinander verbringen können. Sie musste einen Weg finden um sicherzustellen, dass es einen Ort und einen Zeitpunkt geben würde, um ihren Tag zu besprechen.George zwang Sally, ihn anzusehen. „Du wünscht in den Kammern der Viscountess zu wohnen, nicht wahr? Du bist schließlich die neue Lady Sedgewick."

Sally wusste, sie sollte erfreut darüber sein, dass George nun in der Lage war, ihr zu erlauben, die Frau zu ersetzen, die er so verzweifelt geliebt hatte. Sie war erleichtert, dass er Diana niemals namentlich erwähnte. Er war sich überraschenderweise bewusst, dass Sally nicht mit Diana verglichen werden wollte. Sie war deswegen besonders erleichtert, da sie es verabscheute, das Thema anzusprechen.

Nachdem sie über die Schlafkammer-Situation

nachgedacht hatte, beschloss sie, dass sie es verdiente, in den gleichen Räumen zu wohnen, in denen jede Viscountess Sedgewick in den letzten einhundertachtzig Jahren residiert hatte. Man sollte sie nicht fragen müssen. Und doch konnte sie nicht in Räumlichkeiten einziehen, die seit dem Tod der eleganten Diana leer gestanden hatten. „Da ich nicht weiß, wie die Zimmer ausgerichtet sind, kann ich mich dazu nicht äußern. Ich nehme an, die Kammern der Lady liegen neben denen des Lords?"

George nickte.

„Und sie sind nicht weit von den Kinderzimmern entfernt?"

Er nickte wieder.

„Die Aussicht darauf hört sich wünschenswert an. Und doch fürchte ich, dass die Übernahme der Zimmer meiner Vorgängerin für dich oder Georgette unangenehm sein könnte. Ich schlage vor, nicht einzuziehen, bevor sie komplett neu dekoriert werden und nicht mehr an die ehemalige Eigentümerin erinnern."

Sie konnte Georges Seufzen beinahe hören. Sie wusste, es wäre schwierig für ihn gewesen, Sally in den Zimmern zu sehen, die Dianas unverkennbaren Stempel trugen. Und sie hatte Verständnis dafür.

„Papa?", sagte Georgette wieder.

„Ja, Liebes?"

„Wie lange noch, bis wir in Hornsby eintreffen?"

„Wir werden lange vor Sonnenuntergang dort sein."

„Ich habe mich gefragt ...", fing Sally an.

George hob eine Augenbraue.

„Denkst du, es wäre möglich, ein Pony für die Kinder zu kaufen?"

Georgettes Augen weiteten sich. „Das würde so viel Spaß machen!"

„Meinst du nicht, dass Sam zu klein ist?", fragte George Sally.

Sam setzte sich gerade auf und schüttelte seinen kleinen Kopf.

„Er ist zu klein, um alleine zu reiten. Ich hatte jedoch an ein sanftes, kleines Pferd gedacht und einer von uns – oder Miss Primble oder ein Stallknecht – könnten neben ihm gehen, während er darauf reitet", sagte Sally.

„Miss P.", korrigierte Georgette.

Sally wandte sich an George. „Miss Primble hat die Kinder angewiesen, sie Miss P. zu nennen. Es ist viel einfacher auszusprechen, besonders für Sam – wenn er zu sprechen beginnt."

Georgette hüpfte von der Seite ihres Vaters zu Sallys Seite in der Kutsche und steckte ihre Nase in das Gesicht ihres Bruders, während sie in ihn Babysprache fragte: „Hättest du gerne ein Baby Pferd?"

Mit seinem Daumen fest im Mund nickte Sam und sah seinen Vater mit großen Augen an.

Ein Lächeln machte sich auf Georges Gesicht breit. „Also gut, wir werden ein Pony kaufen."

Kurz darauf vergrub Sam sein kleines Gesicht in Sallys kleinem Busen und schief ein. Sie streichelte weiterhin sein Haar, auch als es begann feucht zu werden. Sie dachte, sie würde es niemals müde werden, ihn in ihren Armen zu halten. Schade, dass er bald zu alt sein würde, um gehalten werden zu wollen. Sie lächelte, als Georgette auf den Schoß ihres Vaters kletterte und empfand eine derartig große Zufriedenheit, dass sie sich wünschte, die Reise würde nie enden. Denn sie war nicht mehr so glücklich gewesen seit dem Tag ihrer Hochzeit.Sie war in diesem Augenblick genauso stolz auf George wie in dem Moment, in dem er um ihre Hand angehalten hatte. Ja, er war unreif gewesen. Er war auch egoistisch gewesen. Und doch hatte sie volles Verständnis. Nach Bath zu kommen und sich mit den Vergnügungen dort zu beschäftigen, war Teil seines Heilungsprozesses. Hoffentlich war er nun geheilt und konnte zu einem produktiven Leben zurückkehren.

* * *

Betsy Johnson war noch nicht fertig mit Lord Sedgewick und dem Emporkömmling, den er geheiratet hatte. Nein, noch lange nicht. Sie hatte geschworen, dass er für die Art, wie er sie behandelt hatte, bezahlen würde und bei Gott, er würde bezahlen.Als Ebenezer ihr berichtet hatte, dass Sedgewick nach Warwickshire zurückgekehrt war, hatte sie eine Reihe von Flüchen ausgestoßen und war zum Haus zurückgestürmt ohne Ebenezer die Bezahlung, die er sich bestimmt erwartet hatte, zu gewähren.Aber am folgenden Abend hatte sie einen neuen Plan. Sie wartete, bis ihre Eltern ins Bett gegangen waren, dann schlich sie die Treppe hinunter und schlüpfte aus dem Dienstboteneingang. Sie ging direkt zu den Ställen und kletterte die ihr nun sehr bekannte Holztreppe hinauf.Dieses Mal wartete Ebenezer breit lächelnd auf sie. „Ah, mein Mädchen, ich habe dich heute Nacht erwartet."

Sie stellte ihre Laterne nieder und begann dann, wie eine Schauspielerin auf der Bühne, ihren mit Pelz umrandeten Samtumhang abzunehmen.Ebenezer schnappte laut nach Luft, als der Umhang auf den Boden fiel. Denn sie trug nichts darunter. Sie beugte sich, um den Umhang vom Boden aufzuheben, stets darauf bedacht, ihm eine gute Aussicht auf ihre Brüste zu gewähren, die bei der Bewegung vor ihm baumelten. Dann breitete sie den Samtumhang auf der unbequemen Strohmatratze aus und legte sich darauf.

Diese verstohlenen Treffen mit Ebenezer wurden ihr langsam lästig. Das erste war natürlich das Beste gewesen. Das war es immer. Sie hatte Ebenezer mehrere Wochen lang beobachtet und konnte es nicht erwarten herauszufinden, ob seine beachtliche Größe ein Hinweis auf seine Größe unterhalb der Taille war. Sie konnte sich in der Hinsicht nicht beschweren. Er füllte sie gut aus, der Junge. Aber sie wurde seiner überdrüssig. Und der Strohmatratze.Vielleicht sollte Ebenezer sich in ihre Kammer im Haus ihres Vaters schleichen ... Der Gedanke brachte ein Lächeln auf ihre Lippen und ein Pochen in ihre Weiblichkeit. Sie liebte die Gefahr der Entdeckung, die Gefahr der verbotenen Frucht. Das war genau, was sie brauchte. Sie würde Ebenezer in ihr Schlafgemach locken. Sie fand sogar Gefallen an der Vorstellung, dass er vor Lust laut neben ihr stöhnte. Das könnte den Reiz der Entdeckung noch erhöhen. Nicht, dass sie wirklich mit dem Teil des Stallknechts in ihr gefunden werden wollte. Sie wollte sich nur vorstellen, mit dem Teil des Stallknechts – oder des Lakaien oder des Kutschers – tief in ihr verborgen entdeckt zu werden.

Der reine Gedanke daran erregte sie. Sie griff mit ihrer Hand unter sein Nachthemd, um herauszufinden, ob Ebenezer es auch war.

Gut. „Ich werde heute oben sein", teilte sie ihm

mit, legte sich auf ihn und legte ihre geöffneten Lippen auf seine.

Er kam schnell und hart in ihr, genauso, wie sie es ihm beigebracht hatte. Aber sie war immer noch nicht zufrieden. Sie rollte von ihm und wartete darauf, dass sich sein Atmen beruhigte.Dann begann sie, ihm mit ihrem Mund Genuss zu bereiten, bis er wieder hart wurde, setzte sich wieder auf ihn und ritt ihn, als ob ihr Leben davon abhinge.Dieses Mal schrien sie beide vor Lust auf.Als sie kurz vor Morgengrauen erwachte, flüsterte sie ihm schmutzige Worte ins Ohr, bis auch er aufwachte.„Nächstes Mal, mein Junge, wirst du mich in meinem Bett befriedigen."

„Das kann ich nicht tun, Miss. Was ist mit Euren Eltern?"

Sie legte ihr Bein über seinen Oberschenkel. „Das wird es noch aufregender machen, Liebling."

Er legte seine große Hand auf ihre nackte Hüfte.

„Du musst mich noch einmal lieben, Ebenezer, bevor du nach Warwickshire fährst."

Er schoss auf. „Seid Ihr verrückt? Ich fahre nicht nach Warwickshire."

„Oh ja, Liebling, das wirst du. Er ist nur für kurze Zeit, und ich werde mich darum kümmern, dass mein Vater dein Gehalt erhöht, wenn du zurückkehrst."

Sie machten sich noch einmal an die Sache und als sie bei Sonnenaufgang aus den Ställen schlüpfte, bereitete sich Ebenezer auf seine Reise nach Warwickshire vor.

Kapitel 17

Als sie sich dem Stammsitz von Georges Familie näherten, machte sich ein Lächeln auf Sallys Gesicht breit. Hornsby Manor war in ihrer Kindheit ihr liebster Ort auf der Welt gewesen. Zusätzlich zu ihrer Schwärmerei für George und ihrer Bewunderung für Glees ältere Schwester, hatte Sally die hügelige Landschaft Warwickshires hier geliebt. Das weitläufige Sedgewick-Anwesen unterschied sich so sehr von dem Pfarrhaus, in dem sie aufgewachsen war.Sie dachte gerne daran, über den tiefgrünen See in Hornsby gerudert zu haben, und an die vielen langen Austritte, die sie und Glee auf dem Anwesen unternommen hatten. Hornsby war das größte Haus, das Sally je gesehen hatte, bis Felicity den reichen Mr. Moreland geheiratet hatte und sich in Winston Hall niedergelassen hatte. Im Gegensatz zu Winston Hall mit seinen marmornen Räumen und meilenweiten goldenen Zierleisten, war Hornsby jedoch aus altem Holz gefertigt und so gemütlich wie das vom Kaminfeuer erhellte Cottage ihrer Großmutter.Als die Kutsche über die altbekannte Holzbrücke ratterte, schlug Sallys Herz schneller. Sie waren nun auf dem Grund und Boden der Sedgewicks. Ihre Brust schien zu klein, um ihr schwellendes Herz zu beherbergen. Sie sah aus dem Fenster auf den Park vor

Hornsby und ihre Augen wanderten entlang des samtigen Grases zu dem Gutshaus selbst. Weder palastartig noch prätentiös, war Hornsby ein großes, bequemes Familiengut im Tudorstil, dessen Fassade genauso viel Holz wie Ziegel und Mörtel zeigte. Ihr Herz zog sich zusammen. Es war nun ihr Heim.

Als die Kutsche vor der Türe anhielt, sah Sally George an. Ohne darauf zu warten, dass der Kutscher die Treppe hinunterließ, sprang er aus der Kutsche und wandte sich dann um, um Sally zu helfen, die Sam immer noch in den Armen hielt. Dann beugte sich George hinunter und hob Georgette heraus.„Du musst müde von der Reise sein", sagte er zu Sally, als sie das Haus durch die Eingangstüre betraten. „Du möchtest bestimmt in deine Zimmer gehen."

Ihr Puls beschleunigte sich. „Nicht, bis sie nicht neu eingerichtet wurden. Bis dann werde ich mit Sam in seinem Zimmer wohnen. Es ist gut möglich, dass ihn die neue Umgebung verunsichert."

George warf einen kurzen Blick auf seinen Sohn, als ob er sich seines Wohlbefindens versichern wollte. „Dann erlaube mir, dir das Zimmer des jungen Masters zu zeigen."

Sally schüttelte den Kopf. „Nein, zuerst müssen wir Georgette in ihr Zimmer bringen. Du kennst deine Tochter nicht sehr gut, wenn dir nicht bewusst ist, wie ungeduldig sie darauf wartet, die Kammer zu sehen, an die sie sich so gut erinnert."

George schaute seine Tochter an, die immer noch in seinen Armen war. „Willst du deine Kammer sehen, mein Schatz?"

„Und wie, Papa."

Die Schlafgemächer der Familie befanden sich

im zweiten Stock; Georgettes war in der Mitte des dunklen Korridors. Als George die Türe öffnete, wurde Sally nervös. Was, wenn die Diener es nicht für die junge Hausherrin vorbereitet hatten? Sie hatten schließlich erst gestern erfahren, dass die Familie heute zurückkehren würde.

Sie war erleichtert, als sie die Kammer betraten und sie staubfrei, aufgeräumt und überaus hübsch mit der lila Tapete vorfanden. Die schweren lila Vorhänge waren geöffnet, um das Zimmer mit Sonnenlicht zu durchfluten. Sally betrachtete das Himmelbett, das auch mit Samt im gleichen Lila-Ton wie die Vorhänge bedeckt war.„Ist es so wie in deiner Erinnerung, Liebes?", fragte George seine Tochter.

Sie sah sich jede Ecke des Zimmers genau an, dann sah sie ihren Vater an und zuckte mit den Schultern. „Es ist ... genauso, aber anders. Es scheint kleiner zu sein."

„Das liegt daran, dass du größer geworden bist", sagte George sanft.

„Und außerdem", fügte Sally hinzu, „sind deine Puppen und anderen Sachen noch nicht hier. Wenn all deine Dinge eintreffen, wird es wieder wie dein Zimmer aussehen."

Georgettes Blick landete auf dem ungeschmückten kleinen Bett in einer Ecke der Kammer. „Ich erinnere mich, dass Hortense dort schlief."

Sally wollte Sam auf den Boden stellen, aber er hing weiterhin an ihrem Hals und gab ein protestierendes Murmeln von sich. „Ist schon gut, mein Schatz", sagte sie sanft. „Ich werde dich nicht loslassen, wenn du nicht willst."

George sah von Sally zu Sam und wieder zurück zu Sally. „Wünscht du das Zimmer zu sehen, das Sams sein wird?"

„Gerne." Sally folgte ihrem Mann aus dem Zimmer. „Hat seit deiner Heirat jemand darin gewohnt?"

Er ging zur anderen Seite des Korridors und schüttelte den Kopf. „Was, wenn es noch nicht hergerichtet wurde?", fragte Sally.

„Das wurde es. Das waren meine Anweisungen." Er öffnete die Türe und betrat das blaue Zimmer.

Obwohl es sauber war und frische Decken auf das Bett gelegt worden waren, konnte man an den ausgeblichenen Vorhängen erkennen, dass das Zimmer lange leer gestanden hatte. Sally überlegte, dass die Vorhänge und Decken einmal Königsblau gewesen sein mussten, um die goldenen Wände zu komplementieren. Aber nun war das Blau so ausgebleicht, dass es beinahe wie getüncht aussah. Ihr Blick schweifte über die Holzböden, die mit abgenutzten, aber gebrauchsfähigen türkischen Teppichen bedeckt waren. Sally versuchte zu errechnen, wie lange die Kammer leer gestanden haben musste. George hatte mit dreiundzwanzig geheiratet, es war also sieben Jahre her, seit er ausgezogen war. Sally schätzte, nach dem, was sie sah, dass das Zimmer eingerichtet worden war, als George in Sams Alter war.Sie schaute ihren Mann an. „Ich denke, es gibt zwei Räume, die neu eingerichtet werden müssen."

Er nickte. „Mir war nicht bewusst, dass diese Kammer so ... geschmacklos aussieht."

Sie lachte. „Ich würde es nicht geschmacklos nennen. Es ist wahrscheinlich dreißig Jahre her, seit sie eingerichtet wurde."

„Da hast du recht", sagte George.

Georgette stellte sich neben Sally und sah zu ihrem kleinen Bruder auf. „Das wird dein Zimmer sein", sagte sie lieblich.

Er hielt Sallys Hals noch fester. Sie war nicht sicher, ob er es verstand oder nicht. „Mama wird heute mit dir hier schlafen, Schätzchen." Sally küsste seine dicke kleine Wange.Dann sah Sally Georgette an und lächelte wissend. „Ich nehme an, du bist bereit, dein Hündchen zu finden."

Sie nickte mit einem großen Lächeln auf dem Gesicht.George hob sie wieder auf. „Erinnere dich daran, was ich dir gesagt habe. Er ist kein Hündchen mehr. Er wird ziemlich groß sein."

Sie gingen wieder hinunter und durch die Hintertüre hinaus und spazierten durch den Hausgarten in Richtung der Ställe. Sie mussten nicht lange warten, bis sie ein Bellen hörten und einen schwarzen Hund auf sie zulaufen sahen. Wenn das Georgettes Hund war, dachte Sally, dann hatte ihr Vater recht gehabt. Es war ein großer Hund, so groß wie ein Collie.

„Es ist Blackie!", schrie Georgette und lief auf ihren Hund zu.

„George? Bist du sicher, dass das gut gehen wird?"

Mit einem sorgenvollen Gesichtsausdruck begann George seiner Tochter nachzulaufen.Aber er musste sich keine Sorgen machen. Der harmlose Hund blieb genau vor Georgette stehen und fing an, sie abzuschlecken.Sie kicherte und sah kurz ihren Vater an. „Er erinnert sich an mich!"

„Ich glaube, du hast recht, Liebes."

Georgette fiel auf die Knie und schlang ihre Arme um den Hund. Dann sah sie zu ihrem Bruder auf und sagte: „Hündchen. Willst du das

Hündchen streicheln, Sam?"

Er schüttelte den Kopf. Obwohl er von dem Hund fasziniert war und seinen Blick nicht von ihm abwenden konnte, hatte Sam gerade genug Angst, um einen Sicherheitsabstand zu halten.

George war nun überzeugt, dass seine Tochter sicher war, und ging auf die Stallungen zu, seine Frau und sein Sohn neben ihm, während Georgette und ihr Hund etwas zurückgefallen waren.George sah Sally neben sich und blieb stehen. „Lass mich Sam tragen. Deine Arme müssen schmerzen."

Zu Sallys Überraschung protestierte Sam nicht und ging bereitwillig zu seinem Vater. Sally hakte ihren Arm in Georges. „Weißt du, was Sam gefallen würde?"

George hob eine Augenbraue. „Was?"

„Wenn du mit ihm ausreiten würdest."

„Aber ich habe kein Pferd für dich."

„Ich brauche keines. Ich kann euch zusehen."

„Es würde dir wirklich nichts ausmachen?"

„Ich werde überaus glücklich sein, wenn Sam glücklich ist."

Innerhalb von fünf Minuten war Georges Pferd gesattelt, und Sally hob Sam in die Arme seines Vaters. Ein vorübergehender Ausdruck der Furcht huschte über Sams Gesicht, als er sich an seinem Vater festkrallte, aber als Georges Arme sich um ihn schlossen und George sanft mit ihm zu sprechen begann, wurde die Angst von unbestreitbarer Freude ersetzt.

Sally hatte Sam noch nie so glücklich gesehen.

Sobald er sicher war, dass Sam sich nicht mehr fürchtete, grub George seine Fersen in die Flanken des Pferdes, und es galoppierte los. Sally beobachtete von Glück erfüllt, wie sie davonritten;

der Wind zerzauste Sams blonde Locken und er hob sein kicherndes Gesicht gen Himmel.Georgette hatte plötzlich ihr Interesse an dem Hund verloren und fragte: „Kann Papa mich auch mitnehmen?"

Als George einen Kreis vollendete und zurückkam, schrie Georgette: „Kannst du mich jetzt mitnehmen, Papa?"

„Also gut", sagte er. „Nimmst du Sam?", fragte er Sally.

Sie kam mit ausgestreckten Armen auf die beiden zu.

Sam wandte sein Gesicht ab und brummte seine Unzufriedenheit hinaus, aber sein Vater blieb streng. Er nahm den Jungen mit beiden Händen und reichte ihn – strampelnd und schreiend – Sally. „Sei ein guter Junge", sagte George, „und wir werden es wieder machen. Jetzt ist Georgette dran."

Sam strampelte weiterhin, während Sally ihn auf das Gras stellte. Dann hob sie seine Schwester hoch und reichte sie George.

Sam weinte unaufhörlich, solange George und seine Tochter unterwegs waren. Sally hob ihre Röcke, setzte sich neben ihn und streckte ihm ihre Arme entgegen. Zum ersten Mal weigerte er sich, zu ihr zu kommen. Mit knallrotem Gesicht und strömenden Tränen schüttelte er energisch den Kopf.

„Wie ich sehe, muss dieses Arrangement verbessert werden", sagte sie und schüttelte den Kopf.

Als George zurückkam, stand Sam auf und lief mit ausgestreckten Armen auf das Pferd zu, seine schweigende Bitte, noch einmal reiten zu dürfen.George schüttelte den Kopf. „Nicht jetzt,

Sam, du warst schon dran."

Sally kam um Georgette herunter zu heben, während George abstieg. Georges Blick traf Sallys und er sagte: „Der Junge scheint Pferde wirklich gern zu haben."

„Armes Lämmchen", jammerte Sally, „ich habe ihn noch nie so aufgebracht gesehen."

„Morgen müssen wir zwei Pferde haben, dann kann jeder von uns ein Kind nehmen."

Sally nickte. Sie würde Georgette nehmen. Sam und sein Vater mussten eine Verbindung zu einander herstellen und was wäre besser dafür geeignet, als das mit ihm zu tun, was Sam am liebsten tat.Bevor die Dunkelheit hereineinbrach, suchte George mit seiner Familie an seiner Seite den Verwalter.

Als sie Mr. Willingham auf seinem Pferd durch den Obstgarten reiten sahen, begrüßten sich die Männer freundlich. „Erlaubt mir, Euch die neue Lady Sedgewick vorzustellen", sagte George.

Der Mann, der im gleichen Alter wie George zu sein schien, stieg schnell von seinem Pferd ab, gab die Zügel seinem Arbeitgeber und verbeugte sich. Dann hob er Sallys Hand an seine Lippen. „Euer Diener, Mylady."

„Ich freue mich sehr, Euch kennenzulernen. Mein Mann spricht in höchsten Tönen von Euch. Sagt, habt Ihr die neue Maschine schon einsetzen können?"

Seine braunen Augen leuchteten. „Das habe ich in der Tat." Er wandte sich an George und sagte: „Wünscht Ihr, sie zu sehen?"

„Gerne."

Sally hoffte, dass Mr. Willingham die Unaufrichtigkeit in der Stimme ihres Mannes nicht erkannt hatte, so offensichtlich sie ihr auch schien.

Mr. Willingham machte zwei Schritte, dann blieb er stehen und kratzte sich am Kopf. „Vielleicht wäre morgen besser. Bis wir die Felder heute erreichen, wird es finster sein."

George klopfte dem Mann auf die Schulter. „Ich habe vor, den Großteil des morgigen Tages damit zu verbringen, von Euch auf den neuesten Stand der Dinge gebracht zu werden."

Sie gingen zurück zum Haus, während Mr. Willingham sein Pferd hinter ihnen herführte.„Möchtet Ihr heute mit uns zu Abend essen, Mr. Willingham?", fragte Sally.

„Es wäre mir eine Ehre."

Als sie Hornsby erreichten, waren die Diener angekommen und führten ihre gewohnten Arbeiten aus.Miss Primble brachte die Kinder in das Kinderzimmer und Sally und George stiegen die Treppe hinauf, um sich für das Abendessen umzukleiden. Ihre zitternde Hand hielt sich am Geländer fest. „Ich wünsche, Euch um etwas zu bitten, Mylord."

George legte eine Hand sanft um ihre Taille. „Was, Liebste?"

„Ich würde es vorziehen, wenn du das Zimmer der Viscountess erst betrittst, wenn es neu eingerichtet ist."

Sie holte tief Luft. Seit dem Tag, an dem sie sich mit George verlobt hatte, hatte keiner von beiden Diana je namentlich erwähnt. Und Sally war ihm dafür außerordentlich dankbar. „Ich wünsche, dass du weiter in die Zukunft blickst, nicht in die Vergangenheit."

Seine Lippen formten eine strenge Linie und er nickte.

Oben angekommen ging er links bis fast zum

Ende des langen Korridors. Er blieb stehen und wandte sich an Sally. „Hier sind die Räumlichkeiten der Viscountess, falls du sie sehen willst."

Sie nickte getragen und sah ihm zu, wie er zur nächsten Türe ging und eintrat.Dann öffnete sie die Türe und trat in ein Schlafgemach, das gänzlich in Scharlachrot ausgestattet war. Rote Wände. Rote Vorhänge. Rote Bettdecken. Sallys Herz schlug heftig, als sie sich Diana vor dem goldenen Schminktisch vorstellte. Das Zimmer musste der ideale Hintergrund für die schwarzhaarige Schönheit gewesen sein. Wenn hier zu sein Sallys Herz zum Rasen brachte, wäre George bestimmt völlig zusammengebrochen. Es war besser, wenn er nicht hierherkäme, solange das Zimmer noch Dianas unverwechselbaren Stil hatte.Sally hätte die Ausstattung geändert, auch wenn sie nicht Erinnerungen an die liebliche Diana hervorriefen. Rot war einfach nicht ihre Farbe. Von allen Farben des Spektrums wäre Rot wahrscheinlich Sallys letzte Wahl gewesen.Sie ging zu den Seidenvorhängen und berührte sie. Im Gegensatz zu denen in Sams Kammer, sahen diese so neu aus wie an dem Tag, an dem sie aufgehängt worden waren. Es war schade, sie zu vergeuden. Seide war so wunderschön.

Dann wurde ihr bewusst, dass Rot das Königsblau in Sams Kammer gut komplementieren würde. Auch mit scharlachroten Vorhängen wäre Sams Zimmer noch zu männlich, um je an Diana zu erinnern. Sally beschloss, dass sie die Vorhänge am Morgen in Sams Zimmer bringen lassen würde. An demselben Tag würde sie die Maler für ihre neuen Räume bestellen.Ihr Blick fiel auf Dianas Bett mit seinem vergoldeten

Himmel. Ihr Herz schlug schneller. Die Tatsache, dass George und Diana sich hier geliebt hatten, machte sie zutiefst traurig. Sally würde das Bett an die Wand mit dem Fenster stellen lassen. Alles, um Erinnerungen an ihre Vorgängerin auszulöschen.Und da das Zimmer nun so gewagt und dunkel aussah, würde sie das komplette Gegenteil aussuchen. Elfenbein, dachte sie, auch wenn es mehrere Anstriche benötigen würde, um das Rot zu übertünchen.Auf der linken Seite des Schlafgemachs fand sie den Umkleideraum, ein kleines Zimmer, das völlig leer war, außer dem roten Samtvorhang, der das einzige Fenster bedeckte. Man konnte das Zimmer von zwei Seiten betreten. Sie schluckte. Das anschließende Zimmer musste Georges sein.

Sie stand in der unheimlichen Stille und stellte sich vor, wie George und Diana einander ungezwungen besuchten. Wie sie sich wünschte, dem Mann, den sie geheiratet hatte, auch so nahe zu sein.Sie ging zurück in ihr Zimmer und überquerte es, um in eine weitere scharlachrote Kammer zu gelangen, das Arbeitszimmer der Viscountess. Es war mit einem französischen Schreibtisch, auch vergoldet und mit einem Paar roter Seidenbrokatsofas ausgestattet. Sie würde diese auch mit elfenbeinfarbener Seide überziehen lassen. Ein Jammer, dass sie – wegen des Geldmangels – an die vergoldeten Möbel gekettet war. Sally bevorzugte Nussbaumholz bei weitem.

* * *

Sally verbrachte viel Zeit mit der Abendtoilette, um so gut wie möglich auszusehen. Sie war erfreut darüber, dass die Locken, die Hettie ihr am Morgen gelegt hatte, immer noch hielten. Hettie bügelte ihr grünes Kleid und Sally wählte die Sedgewick-Smaragde dazu aus.Sie musste nicht fragen, wo sich das Esszimmer befand. Von ihren vielen Besuchen erinnerte sie sich genauso an jedes Zimmer im ersten Stock, wie sie sich an die Zimmer im Pfarrhaus erinnerte, das ihr Elternhaus gewesen war.Als sie in das Esszimmer schwebte, erhoben sich George und Mr. Willingham. Interpretierte sie zu viel in den stolzen Ausdruck auf Georges Gesicht hinein?„Wie hübsch du aussiehst, meine Liebe", sagte George, kam auf sie zu und küsste ihre Hand.Sobald sie saßen, sagte er: „Obwohl sie unterbesetzt sind, haben die Diener gute Arbeit geleistet. Ich denke, du wirst überrascht über das gute Essen sein."

Ihr Blick schweifte über die vielen Gerichte, die auf dem weißen Tischtuch ausgebreitet waren. Sie war froh, dass es keinen Lakaien gab – ein Opfer der reduzierten Umstände ihres Mannes. Ihr waren private Abendessen, die in großen Haushalten wie Thomas Morelands Winston Hall nicht möglich waren, um vieles lieber. Sie erinnerte sich an einige Diners hier in Hornsby, als Diener anwesend waren, aber wie das Sedgewick-Familienvermögen dahinschmolz und anwuchs, kamen und gingen auch die Diener. Lakaien waren selten anwesend.

Sie war begeistert davon, wieder in Hornsby zu sein. George konnte wieder produktiv sein, nun, da er nicht mehr in Bath war. Ihr Herz machte einen Sprung, als ihr bewusstwurde, dass sie seine Helferin sein würde.

„Man sagt mir, dass das Wetter hier ausgezeichnet gewesen ist", sagte Sally zu Mr. Willingham.

„Das war es in der Tat."

Mr. Willingham sah komplett anders aus als

am Nachmittag in seiner gelbbraunen Kleidung. Er trug einen gut geschnittenen schwarzen Frack, und die perfekt gebundene weiße Krawatte betonte seinen olivfarbenen Teint. Er war ein äußerst gutaussehender Mann. Er war ein bisschen größer als George. Und weniger muskulös. Seine dunkle Haut und die dunklen Haare erinnerten an einen Spanier oder Italiener. Eindeutig nicht an den Engländer, der er durch und durch war. Sally ertappte sich dabei, sich zu fragen, warum ein derart fescher Mann noch nicht verheiratet war.

Seine Augen leuchteten vor Lachen, als er sie ansah. „Ich habe mir das Hirn zermartert, um mich daran zu erinnern, woher ich Euch kenne. Ihr seid Miss Glees Freundin!"

Er mochte sich an sie erinnern, aber sie konnte sich nicht erinnern, ihn je gesehen zu haben, was nicht schwer zu verstehen war. Wann auch immer sie in Hornsby gewesen war – sogar das eine Mal nach Georges Heirat – war sie viel zu sehr in George vernarrt gewesen, um irgendeinen anderen Mann zu bemerken. „Ihr, Sir, habt ein bemerkenswertes Erinnerungsvermögen. Die meisten Leute erinnern sich nicht an mich, da ich eher unscheinbar bin."

Eine aufrichtige Wärme kam über sein Gesicht, als er protestierte. „Ich versichere Euch, *unscheinbar* ist nicht das Wort, das mir in den Sinn kommt, wenn ich an Euch denke, Mylady. Wenn seine Lordschaft keine Einwände hat, möchte ich sagen, dass Ihr äußerst hübsch seid."

George hustete. „Natürlich habe ich keine Einwände. Sally ist viel hübscher mit ihren Locken."

Sally traf Mr. Willinghams Blick mit

strahlenden Augen. „Was er wirklich meint ist, dass ich nun in der glücklichen Lage bin, eine Zofe zu haben, die mein erbärmliches Haar in Locken legt."

„Mir fiel nie auf, ob Eure Haare gelockt oder glatt waren", sagte Mr. Willingham. „Mir ist immer der Kontrast ins Auge gestochen."

„Der Kontrast?", fragte Sally.Mr. Willingham nickte. „Nun ja, das blonde Haar zusammen mit dunklen, braunen Augen und einem goldenen Teint. Nicht die Hellhäutigkeit, die man sonst von einer blonden Frau erwartet."

George sah nachdenklich von Willingham zu Sally. „Bei Jupiter! Ihr habt recht, Willingham. Das ist mir noch nie aufgefallen. Lady Sedgewick sieht in der Tat ungewöhnlich aus."

Sally war es gar nicht recht, das Gesprächsthema zu sein. Es war ihr noch weniger recht, dass ihr minderwertiges Aussehen dieses Gesprächsthema war. „Ihr müsst uns von der neuen landwirtschaftlichen Maschine erzählen."

Und genau das tat der Verwalter. Nicht, dass Sally auch nur die Hälfte von dem verstand, was der Mann und George besprachen. Obwohl sie die meisten Fachausdrücke nicht verstehen konnte, war Sally erfreut zu sehen, wie enthusiastisch ihr Mann über seine Ländereien sprach. Sie war mehr denn je davon überzeugt, dass hierherzukommen die richtige Entscheidung gewesen war.Nach dem Abendessen spielte Mr. Willingham mit seinem Arbeitgeber und dessen Frau Karten. Lang bevor die Uhr zehn schlug, fing Sally an zu gähnen. Sie war an diesem Tag sehr früh aufgestanden, so dass Hettie ihre Haare für die lange Reise in Locken legen konnte. Da sie gewusst hatte, dass sie mehr Zeit als je zuvor mit ihrem Mann verbringen würde, hatte sie so gut wie möglich aussehen wollen.„Ihr müsst müde sein", sagte Mr. Willingham, als er sich erhob. „Ich werde mich verabschieden."

George und Sally erhoben sich ebenso, George legte einen Arm um die Schultern seiner Frau. „Ich treffe Euch morgen um zehn Uhr, Willingham."

Nachdem sie ihren Gast zur Tür gebracht hatten, gingen Sally und George die Treppe hinauf, und Sally gähnte auf fast jeder Stufe. Die Erwähnung von zehn Uhr morgens erinnerte sie daran, dass es der erste Morgen ihrer Ehe sein würde, den sie nicht zusammen verbrachten. Ihr Herz schmerzte. Würden sie die Intimität, die sie in Bath zusammen erlebt hatten, je wiederfinden?

Er lieferte sie an Sams Türe ab und ging bis zum Ende des Korridors weiter.

Als Sally das Zimmer des Jungen betrat, weinte er. Miss Primble sah Sally verloren an. „Ich habe ihn noch nie so gesehen, Mylady. Er will einfach nicht einschlafen."

Sallys Gesicht wurde sanft und sie ging zu Sam, hob ihn aus dem Bett und hielt ihn fest, um ihm sachte auf den Rücken zu klopfen. „Wenn er sprechen könnte, würde er uns bestimmt darum bitten, ihn nach Hause zu bringen. Bath ist das einzige Heim, das er je gekannt hat und ich nehme an, er hat Angst hier an einem neuen Ort."

„Ihr habt bestimmt recht, Mylady."

„Ich werde bei dem kleinen Lämmchen schlafen. Werdet Ihr zu Georgette gehen?"

„In der Tat, Mylady." Miss Primble huschte leise aus dem Zimmer.

Sally trug Sam in seiner Kammer auf und ab und sprach sanft zu ihm. „Hab keine Angst, mein

Schatz, Mama wird bei dir bleiben." Sich selbst als *Mama* zu bezeichnen bescherte ihr immer noch einen berauschenden Nervenkitzel. Dieser Titel war ihr genauso wertvoll wie *Viscountess*.Es klopfte an der Türe. „Ja?", sagte Sally.

Hettie betrat das Zimmer. „Ich dachte Euch beim Umkleiden zu helfen, Mylady."

Sally war erfreut über die Kompetenz ihrer Zofe und lächelte sie an. „Danke, Hettie, nicht heute Abend. Ich ziehe mich selbst um, sobald Master Sam sich beruhigt hat."

Hettie runzelte die Stirn. „Geht es dem kleinen Master nicht gut?"

„Ich glaube, er fürchtet sich in seiner neuen Umgebung. Nichts weiter."

Als Hettie die Kammer verließ, hörte Sam auf zu weinen. Sally hielt ihn weiterhin fest und deutete auf das Bett. „Mamas Bett. Du wirst heute bei mir schlafen, Liebling."

Er wimmerte immer noch. Es schmerzte Sally, daran zu denken, wie viele Stunden der Kleine sich die Augen ausgeweint haben musste. Sie hielt ihn fest und sagte: „Alles ist gut, mein Schatz. Mama ist hier bei dir."

Ihre Worte schienen ihn zu beruhigen.Kurz darauf hatte sie ihr Abendkleid ausgezogen und ihr Nachthemd übergestreift und nahm Sam wieder in die Arme. „Komm, kleiner Schatz, wir gehen ins Bett." Sie legte sich mit ihm nieder und ließ eine Kerze brennen, da sie wusste wie sehr er sich vor der Dunkelheit fürchtete. Er rückte nahe an sie heran, steckte seinen Daumen in den Mund und schlief innerhalb weniger Minuten ein.

Mit einem Lächeln der Zufriedenheit schlief Sally auch bald ein.

Kapitel 18

Ihr erster vollständiger Tag in Hornsby war voll ausgefüllt. Sie hatte den Tag damit begonnen, die Dienerschaft kennenzulernen. Danach bat sie Mrs. MacMannis, sie im Haus herumzuführen, auch in die Speisekammer und den Wäscheraum. Als sie an Dutzenden von Porträts von lange verstorbenen Vorfahren vorbeigingen, nahm sie sich vor, George zu bitten, sie über die Geschichte der Familie aufzuklären. Sie schwor, vor Ende des Jahres den Namen jedes Ahnen zu kennen, dessen Porträt in Hornsby hing. Sie dachte sogar daran, Porträts des neuen Lords und der neuen Lady Sedgewick in Auftrag zu geben. Obwohl sie sich dafür schämte es zuzugeben, war Sally froh, dass es kein Porträt der schönen Diana gab. Wer hätte wissen können, dass Diana mit nur zweiundzwanzig Jahren sterben würde? Genauso alt wie Sally jetzt war. Ihr Magen zog sich bei dem Gedanken zusammen.

Es gab sowieso kein Geld für Porträts, bis Sally und George ihre momentanen Ausgaben deutlich verringern konnten. Das war ihre erste Priorität.

Sie ging in die Bibliothek ihres Mannes und sah die Kontobücher durch. Es blieb tatsächlich kein Penny übrig. Sie sprang auf und stürmte aus dem Zimmer mit dem Vorhaben, dieses Mal ihren eigenen Rundgang mit einem Auge auf mögliche

Einsparungen zu machen.

Im Esszimmer fand sie vier Kerzenleuchter, die mit teuren Kerzen bestückt waren. Das war eine viel zu übertriebene Ausgabe. Sie würde die meisten davon in andere Zimmer bringen lassen, wo sie dringender gebraucht wurden. Sie würden monatelang keine neuen Kerzen kaufen müssen.

In den Haushaltskonten waren ihr große Ausgaben für den Gemüsehändler aufgefallen. Groß, wenn man die mehrmaligen Lieferungen jede Woche bedachte. Mit all dem fruchtbaren Land um Hornsby herum sollten sie in der Lage sein, alles, was sie benötigten, selbst anzubauen. Warum hatten sie einen Ziergarten, wenn sie stattdessen einen brauchbaren Gemüsegarten haben konnten? Mr. Willingham könnte bestimmt einige Hände dafür bereitstellen. Sie würde mit dem Verwalter darüber sprechen.

Sie gab außerdem Anweisungen, dass untertags keine Feuer in den Kaminen angezündet werden sollten – außer an ungewöhnlich kalten Tagen – so dass sie die kalten Schlafkammern in der Nacht aufheizen konnten. Es war ein Jammer, dass es so teuer war, die Kaminfeuer brennen zu lassen.

Und obwohl Mrs. MacMannis darum bat, die Küchenmagd zu ersetzen, die in Bath geblieben war, entschied Sally, dass die Köchin auch ohne weitere Hilfe zurechtkommen konnte, da sie bereits eine Küchenhilfe hatte. Und für einen Haushalt der Größe von Hornsby musste das genügen.

Sallys Einsparungen waren nicht groß, aber sie waren ein guter Anfang. Sie hatte vor, nach mehr Sparmaßnahmen zu suchen. Denn sie war dabei, einige notwendige Ausgaben zu tätigen.

Sie ging in die Bibliothek zurück und verfasste einen Brief nach Bath, um so schnell wie möglich Maler nach Hornsby zu schicken. Dann rief sie den Butler und bat ihn, die Übersiedlung der Vorhänge von den Zimmern der Viscountess in die des jungen Masters zu übernehmen. „Ich möchte die alten Vorhänge behalten, um daraus Kleidung für die Armen zu machen", teilte sie Adams mit.

„Sehr wohl, Mylady."

Sie lehnte sich im ledernen Schreibtischstuhl zurück und lächelte. Es würde bald ein weiteres Einkommen geben. Die Schafe würden im nächsten Monat geschoren werden und Mr. Willingham hatte gesagt, dass er dieses Jahr einen guten Preis erwartete.

* * *

Zu Mittag kam George zum Herrenhaus zurück und Sally gesellte sich am Mittagstisch zu ihm.

„Ich habe die Mähmaschine gesehen", sagte er zwischen Bissen von geschmortem Aal. „Großartigste Maschine, die ich je gesehen habe! Das eine Gerät kann die Arbeit von einem halben Dutzend Männer erledigen – und um vieles schneller."

Es war sehr lange her gewesen, dass Sally George derart interessiert an etwas gesehen hatte. Seine Augen leuchteten vor Enthusiasmus, als er ihr von dem Mähdrescher erzählte. Dann legte er seine Gabel nieder und sah sie ernst an. „Das Traurige daran ist, dass diese Erfindung den Arbeiter ersetzt. Was werden meine Männer tun, wenn sie das Land nicht mehr bewirtschaften können, das ihre Familien seit Generationen bewirtschaftet haben?"

„Du musst andere Einkommensmöglichkeiten für sie finden. Nicht alles kann automatisiert werden."

Er runzelte die Stirn und stach in seine grünen Bohnen. „Willingham sagt, es mag nicht zu unseren Lebzeiten geschehen, aber unsere Gesellschaft wird sich von einer landwirtschaftlichen in eine industrialisierte verwandeln."„Ich kann mir nicht vorstellen, wie London mehr Leute unterbringen kann", sagte sie kopfschüttelnd.

„Solange ich lebe, wird keiner meiner Pächter jemals die schwarzen Wolken in der Hauptstadt einatmen oder um Essen bitten oder Unterschlupf suchen müssen."Sie hob fragend ihre Augenbrauen. „Aber ich dachte, du wärst gerne in London."

„Als ich jünger war. Und als ich den Luxus eines eleganten Stadthauses in Mayfair hatte. Das war weit entfernt davon, wie die niedrigeren Klassen dort leben. Ich werde meinen Pächtern nicht erlauben, Not und Elend zu erleiden, wie ich es im Londoner East End gesehen habe."

„Die mantellosen, schuhlosen Kinder, die ich in Mayfair betteln gesehen habe, sind genug, um eine Abneigung gegen London zu empfinden." Sie trank einen Schluck Milch und befragte ihren Mann dann weiter. „Hast du dich heute mit deinen Pächtern unterhalten können?"

Er lächelte. „Mit den meisten. Ich hatte vergessen, wie gerne ich hier in Hornsby bin."

„Hornsby ist dein Schicksal."

* * *

Lange nachdem Sally das Zimmer verlassen hatte, um sich um Haushaltsangelegenheiten zu kümmern, konnte George noch ihre Worte hören. *Hornsby ist dein Schicksal.* Sie war so jung, um derartige Dinge zu verstehen.Seine Gedanken schweiften zurück zu seinem Ausritt mit Willingham über die Ländereien an diesem Morgen. „Es tut gut, wieder in Hornsby zu sein", hatte er seinem Verwalter gesagt.

„Es ist gut, Euch wieder hier zu haben. Mir war nicht bewusst, wie lange Ihr fort gewesen seid, bis ich Eure Kinder gesehen habe."

George nickte ernsthaft. „Georgette ist jetzt eine kleine Dame."

„Es ist wirklich bemerkenswert. Georgette ist eine Miniaturausgabe ihrer Mutter, und der kleine Sam sieht genauso aus wie Ihr."

Beim Gedanken an Dianas Schönheit durchfuhr George ein brennender Schmerz. Er sollte daran gewöhnt sein. Es war schließlich jedes Mal, wenn er seine Tochter ansah, als würde er Diana ansehen. „Armer Kerl", sagte George lachend.

„Ihr habt Euch mit Eurem Aussehen recht gut geschlagen, Sedgewick. In der Tat, Ihr seht besonders gut aus. Als ihr weggegangen seid ... nun, ich hatte nie zuvor einen gebrocheneren Mann gesehen. Aber Ihr scheint geheilt zu sein. Und es ist kein Wunder, wenn man Eure Frau kennt."

Eine Sekunde lang dachte George, Willingham sprach von Diana, dann wurde ihm bewusst, dass der Mann von Sally sprach. Es war seltsam, an Sally als eine Schönheit zu denken, aber er war seltsamerweise erfreut darüber, dass Willingham sie so sah.

Als die beiden jungen Männer an der Universität waren, hatte Willingham mehr als genug Frauen gehabt. Nicht, dass George und Willingham sich damals besonders nahegestanden hatten.Der Kerl hatte viel weniger gefüllte Taschen als die privilegierte Gruppe, mit der George herumzog. Blanks. Appleton. Die Zwillinge. Sie alle hatten enorme finanzielle Mittel. Alles, was Willingham hatte, war eine große Begeisterung am Lernen und ein Gesicht, das Frauen anziehend fanden und nichts davon machte ihn bei Georges Freunden beliebt. Außer bei Melvin, der an akademischen Aktivitäten interessiert war.Aber er war ein guter Verwalter gewesen und dafür war George dankbar.

„Ihr beeindruckt mich mit der Wahl Eurer Frau", sagte Willingham, als sie durch die Obstgärten geritten waren. „Die neue Lady Sedgewick ist nicht nur hübsch, sie hat auch einen wachen Verstand."

Georges Lippen formten ein schiefes Lächeln. „Sie war Klassenbeste in Miss Worths Schule für junge Damen, wie mir meine Schwester gerne berichtet."

Sie kehrten zum Haus zurück und George bemerkte, dass er Willinghams offensichtlichen Enthusiasmus Sally betreffend befremdlich störend fand. Sie war schließlich eine verheiratete Frau. Seine Frau. Es war beinahe so, als wüsste Willingham über seine und Sallys seltsame Beziehung Bescheid. Hoffte der Mann, Sallys Herz – oder Bett – für sich selbst zu gewinnen? George war aus unerfindlichen Gründen ungehalten über den Mann. Willingham würde keine weiteren Einladungen ins Herrenhaus erhalten.

* * *

An diesem Abend aßen Sally und George zusammen und nach dem Abendmahl zogen sie sich in den Salon zurück, wo George zuerst Sally und dann sich selbst ein Glas Wein eingoss und sich dann neben ihr auf dem tomatenroten Sofa niederließ. Es gab im gesamten Königreich kein gemütlicheres Zimmer als dieses, dachte er. Er sah ins knisternde Feuer im Kamin und erinnerte sich an die Zeiten seiner Kindheit, wie er mit seinen Schwestern und seinen Eltern hier Gesellschaftsspiele gespielt hatte.

Es tat gut, wieder in Hornsby zu sein.

„Spielst du Schach?", fragte er Sally plötzlich.

„In der Tat, obwohl ich nicht sehr gut darin bin. Ich bin der Meinung, dass Schach ein Spiel ist, das Männer viel besser verstehen."

Er lachte. „Ich hätte mir denken können, dass du sogar über Schach eine Meinung haben würdest."

Sie runzelte die Stirn. „Oh je, ich habe wirklich zu allem etwas zu sagen. Ich fürchte, ich bin dir sehr lästig."

„Nach all dieser Zeit denke ich, dass ich langsam resistent dagegen werde, meine Liebe."

„Dann prallen meine Stellungnahmen an dir ab wie Wasser vom Rücken einer Ente?"

Er sah sie schelmisch an. „So würde ich es nicht ausdrücken. Ich bin sicher, alle deine Anschauungen sind wichtig."

„Wie diplomatisch der Mann ist, den ich geheiratet habe."

Grinsend erhob er sich, holte das Schachbrett und stellte es auf dem Tisch vor dem Sofa auf. Dann schob er einen schweren Tudor-Lehnstuhl heran und setzte sich.

Als ihr Spiel fortschritt, wurde ihm bewusst, dass seine Frau damit recht hatte, nicht sehr gut spielen zu können. Sie war viel besser beim Kartenspielen und hatte darin mehr Fähigkeiten als die meisten Männer, die er kannte. Ihr Spiel war nicht so ernst, dass sie sich währenddessen nicht unterhalten konnten.

„Der arme Sam", sagte sie zu ihm, „hatte letzte Nacht einen schrecklichen Alptraum. Als ich in seine Kammer kam, hatte er laut Miss Primble schon stundenlang geweint."

George hob eine Augenbraue. „War er krank?"

„Oh nein. Ich glaube, er wollte zurück in sein Heim in Bath."

„Er fürchtete sich also vor der neuen Umgebung?"

„Das glaube ich, ja. Heute geht es ihm viel besser. Er hat sogar den Mut aufgebracht, Blackie zu streicheln und es hat ihm Spaß gemacht. Und sein Ausritt mit dir hat ihn überaus glücklich gemacht."

„Es schien ihm in der Tat zu gefallen. Ich habe ihn noch nie so viel lachen gehört."

„Ich auch nicht."

George bewegte seinen Ritter. „Wie war deine Nacht in seinem Zimmer?"

„Er war ein Engel. Er hat sich an mich gekuschelt, seinen kleinen Daumen in den Mund gesteckt und ist tief eingeschlafen."

Ein Lächeln kam über sein Gesicht, als er sich daran erinnerte, wie Sam auf dem Pferd gestern gekichert hatte. „Ist Miss Thimble jetzt bei ihm?"

Sally nickte und bewegte ihren Bauern. „Sie heißt Miss Primble, du Esel."

Er sprang über ihren Bauern und stellte ihn neben seine rasch wachsende Beute. „Nett von ihr, nach Hornsby zu kommen. Mir wurde gesagt, dass zumindest einer der Dienstboten Bath nicht verlassen wollte."

Sally nickte. „Ich habe beschlossen, ihn nicht zu ersetzen. Aus Sparsamkeitsgründen." Sallys große zimtfarbene Augen sahen ihn an. Erwartete sie, dass er sie deswegen tadelte?

Er zuckte mit den Schultern. „Du erinnerst dich bestimmt, dass ich dir freie Hand gegeben habe, was den Haushalt betrifft."

Sie antwortete mit einem Lächeln.Als sie dort saßen und vom Feuer gewärmt wurden, wurde George bewusst, dass er und Sally die Zweisamkeit fortsetzten, die sie in Bath während ihrer frühmorgendlichen Gespräche entwickelt hatten. Er erhaschte einen Blick auf ihr nachdenkliches Gesicht, als sie das Schachbrett studierte, und er erkannte, wie wohl er sich in Gegenwart der Frau fühlte, die ihn geheiratet hatte.Und zu seiner großen Überraschung dachte er kein einziges Mal daran, was er in Bath an diesem Abend getan hätte. Er konnte sich keinen Platz auf Erden vorstellen, an dem er lieber gewesen wäre, als in diesem Zimmer in dem Heim, in dem er geboren wurde. Das Mädchen, das er geheiratet hatte, hatte ihm einmal gesagt, dass er sie brauchen würde. Er hatte es damals bezweifelt, aber nun verstand er, dass sie recht gehabt hatte. Sie hatte die Entscheidung getroffen, Bath zu verlassen. Und es war die richtige Entscheidung gewesen. Er freute sich schon darauf, am nächsten Tag mit Willingham über die Ländereien zu reiten. Er hatte beinahe vergessen, wie viel Freude Hornsby ihm brachte.

Er traf ihren Blick. „Ich bin froh, wieder in Hornsby zu sein. Danke."

Ein ernsthafter Gesichtsausdruck kam über ihr Gesicht. „Ich bin es, die dir zu danken hat. Was du gerade sagtest, macht mich sehr glücklich."

Er zwang sich, wieder auf das Schachbrett zu schauen. „Schach."

Sie untersuchte das Schachbrett für volle fünf

Minuten, bevor sie ihre Arme in die Luft schmiss. „Ich muss aufgeben, Mylord. Es gibt keinen Ausweg."

Er erhob sich. „Dann lass uns ins Bett gehen." Er machte einen Schritt auf die Türe zu.

„Gib mir eine Minute", sagte sie, „um das Schachbrett wegzuräumen."

Er wandte sich ungeduldig an sie. „Das können die Diener morgen machen."

„Es dauert nur einen Moment. Du weißt, ich kann ein Zimmer nicht unordentlich hinterlassen."

Er verdrehte die Augen. „Wie unterschiedlich wir sind."

„Auf fast jede Art und Weise."

„Dann sag mir bitte, wie du mich tolerieren kannst?"

Sie sah zu ihm auf und lächelte. „Du hast viele gute Qualitäten. Es ist ein Jammer, dass du die meisten vor allen außer mir versteckst."

Ihm wurde plötzlich bewusst, dass sie recht hatte. Nicht, dass er glaubte irgendwelche Qualitäten zu haben, die als gut bezeichnet werden konnten, aber dass Sally ihn tatsächlich besser kannte als irgendein ein anderer Mensch.Als sie die Treppe zu ihren Kammern hinaufgingen, spürte er eine seltsame Verbindung zu ihr. Er wollte sie berühren. Er legte einen Arm um ihre Schultern und ließ ihn dort, als sie den Korridor zu Sams Zimmer entlanggingen.Sie blieb vor der Türe stehen und drehte sich ihm zu.

Und aus unerfindlichen Gründen pflanzte er einen Kuss auf ihr goldenes Haar.

Kapitel 19

George legte das Buch nieder. „Zeit fürs Bett, Kinder."

Wie es zur Gewohnheit geworden war, hatten er und Sally die Kinder nach dem Abendessen ins Bett gebracht und ihnen Geschichten vorgelesen, bevor sie beide in den Salon gingen. Sally bestand darauf, dass George ihnen vorlas, um eine tiefere Verbindung zwischen ihm und seinem Sohn herzustellen.„Oh bitte, Papa", sagte Georgette und zog an seinem Ärmel, „lies uns *Das Leben und die Wanderschaft einer Maus* vor." Ganz egal, wie oft sie die Geschichte schon gehört hatten, wurden sie ihrer niemals müde.

Er sah seine Tochter unter gesenkten Augenbrauen an. „Aber ich las es erst letzte Nacht."

„Lies es wieder vor", ermunterte ihn Sally. „Du weißt, wie sehr sie es lieben."

Sam sah seinen Vater an und nickte.

George schaute das ernste Gesicht seines Sohnes an. „Also gut. Komm, Sam, auf meinen Schoß."

Der kleine Junge krabbelte auf den Schoß seines Vaters, während George das viel gelesene Buch nahm und vorzulesen begann.

Als er fertig war, stand George auf. „Und jetzt, mein Junge, ab ins Bett."

Sam kletterte auf sein großes Bett und unter die Decken. Sally kam und küsste seine Wange. „Gute Nacht, Schätzchen." Sie entfernte sich und beobachtete, wie George sich bückte und die Decken fest um seinen Sohn zog. Im Gegensatz zu Sally, war es George unangenehm, den Jungen zu küssen. „Gute Nacht, Sohn."

Sie ließen Sam in Miss Primbles Obhut und George trug seine lachende Tochter auf seinen Schultern in ihr Zimmer, wo er sie ins Bett steckte und ihre Wange küsste. „Gute Nacht, Liebes", sagte er.

Sally ging zu Georgettes Bett und küsste sie auf die Stirn. „Gute Nacht, mein Schatz."

Georgette schlang ihre Arme um Sally. „Gute Nacht, Mama."

Berührt von der Antwort des Mädchens hob Sally ihre tränenerfüllten, lächelnden Augen zu George. Er nahm ihre Hand und sie verließen die Kammer zusammen, gingen die Treppe hinunter und setzten sich an ihren gewohnten Platz vor dem Kamin im Salon.

„Ich bin heute ziemlich müde", sagte er und unterdrückte ein Gähnen. „Die Lammungszeit ist ganz schön anstrengend. Ich hoffe, ich schaffe ein schnelles Kartenspiel."

Sally hatte keine Schwierigkeiten damit, dass Spiel zu gewinnen. Ihr Mann war in der Tat erschöpft. Und das war kein Wunder. Er war jeden Tag lange unterwegs und wenn er nicht in den Ländereien war, beschäftigte er sich in seiner Bibliothek mit Landwirtschaftszeitschriften. Sally dachte, es wäre eine gute Form der Müdigkeit. Sie lächelte. George war zur gleichen Zeit fürs Bett bereit, zu der er in Bath gerade das Haus für seine nächtlichen Vergnügungen verlassen hatte.„Komm, liebster Ehemann. Ich denke, du hast eine Verabredung mit deinem Bett."

Lachend stand er auf und täuschte einen finsteren Blick vor. „Nur, wenn du nicht darauf bestehst, den Salon aufzuräumen. Du entziehst unseren Dienern ihren Lebensunterhalt."

„Wie du meinst", sagte Sally und hakte ihren Arm in seinen ein, dann gingen sie die Treppe hoch. Als sie die Türe zu ihrer neu eingerichteten Kammer erreichten, blieb er stehen und drückte unerwarteterweise seine Lippen auf ihre Wange.

Ein tiefer Seufzer entfuhr mit einem Schlag ihrer Brust. Sie bemühte sich, ihre Fassung wiederzufinden, während sie ihre Hand sanft auf seinen Arm legte und ihn wehmütig ansah. „Gute Nacht, George."

Er streichelte ihr Haar. „Gute Nacht, Mylady."

Dann ging er zu seinem Zimmer.

Sie wagte es nicht, ihm nachzuschauen und hastete in ihr Zimmer, schloss die Türe und fiel mit unregelmäßigem Herzschlag gegen sie.

* * *

Mit einem breitkrempigen Hut, der ihr Gesicht vor der hellen Frühlingssonne schützte, arbeitete Sally glücklich in ihrem neuen Garten. Kein Tag verging, ohne dass sie ihre jungen Pflanzen goss und unerwünschtes Unkraut ausriss. Es war schade, dass sie die Früchte – oder das Gemüse – ihrer harten Arbeit noch nicht sehen konnte. Sie arbeitete Tag für Tag daran und immer noch war kaum ein Blatt zu sehen.Einige Wochen zuvor hatte Mr. Willingham ein paar Arbeiter geschickt, um die Zierpflanzen zu entfernen und stattdessen Sommergemüse zu pflanzen. Die Wartezeit war schrecklich frustrierend. Sie hatte mehr als nur einmal über den Verlust ihrer Blumen gejammert.

Sie liebte schöne Blumen. Aber bis sich ihr Glück wendete – und sie war sicher, dass es das würde – hatte sie vor, die Rechnungen des Gemüsehändlers zu verringern. Später würde sie wieder Blumen pflanzen.Auch wenn sie ihren Blumengarten wiederherstellen würde, war Sally viel zu sparsam, um sich jemals wieder auf den Gemüsehändler zu verlassen, wenn es nicht unbedingt notwendig war. Nicht, wenn Hornsby so viele fruchtbare Felder hatte. Sie hatte sich geschworen, dass, sollte sie je große Ländereien besitzen, sie Gärten jeder Art anlegen würde.Sie stellte ihre Gießkanne nieder und lächelte. Sie hatte sich nie träumen lassen, dass sie eines Tages die Herrin von Hornsby sein würde, dem Ort, den sie am meisten liebte.Sie hörte den lauten Hufschlag eines schnell näherkommenden Pferdes und drehte sich um, um ihren Mann auf sie zureiten zu sehen. Er trug keinen Hut und sein Haar schien golden im Sonnenlicht. Sie sah ihn nur selten untertags. Er arbeitete mit Mr. Willingham daran, die Ländereien zu leiten, und Sally konnte ihre Freude über diese Wandlung kaum verstecken.

Die Freude, die ihm Pferderennen und Hahnenkämpfe gebracht hatten, erblasste neben der Freude, die ihm Hornsby brachte. Er sprudelte vor Enthusiasmus über die Neuerungen auf dem Gut und schien wie neu geboren in der Gesellschaft von Menschen, deren Ziele sich mit seinen überschnitten. Er genoss, stundenlang über seine Ländereien zu reiten mehr als alles andere. Hornsby war so sehr Teil von ihm wie Georgette oder Sam. Seine Vergangenheit und seine Zukunft verbanden sich in Hornsbys Schicksal. Ein Schicksal, dass er nun in seinen

Händen hielt.

Sie beobachtete, wie er abstieg und auf sie zukam; sein schiefes Lächeln brachte seine Augen zum Blinzeln. „Wird es Lady Sedgewicks Erbsen und Kohl zum Abendessen geben?" Sein Blick schweifte über die ordentlichen Reihen frisch bepflanzter Erde.Sie stemmte die Hände in die Hüften in gespieltem Ärger. „Du weißt, dass es noch zu früh ist, du Biest."

„Bist du damit fertig, was auch immer es ist, das du hier jeden Tag machst?"

„Das bin ich."

„Dann schlage ich vor, dass wir über das Gut reiten. Du hast erst einen Teil davon gesehen, weißt du?"

Sie sah auf sein einzelnes Pferd. „Das wusste ich nicht. Ich weiß in der Tat nur wenig über Hornsby, aber ich verspreche, dies zu verbessern."

Er sah sie erheitert an. „Ich bin überaus beeindruckt, Mylady. Du kennst bereits den Namen jedes Ahnen, der von den Portraits in der Galerie im zweiten Stock auf uns herabblickt. Eine imposante Leistung."

„Ohne deine Erklärungen hätte ich es nie geschafft. Ich muss gestehen, dass ich fürchtete, du würdest nicht alle Namen kennen. Ich dachte, ich müsste mich an Felicity wenden, da sie die Älteste ist."

„Ich war selbst überrascht, dass ich sie alle kannte. Ich erinnere mich nicht daran, sie je gelernt zu haben."

„Das hast du bestimmt nicht bewusst getan, so wie ich."

Er lachte. „Bestimmt nicht."

Sie kam auf ihn zu. „Es würde mich sehr freuen, wenn du mir die Ländereien zeigst."

„Da ich noch kein Pferd für dich gekauft habe, dachte ich, wir könnten beide auf Thunder reiten. Wenn du nichts dagegen hast, natürlich."

Ihr Herz flatterte. Nichts würde ihr mehr Freude bringen, als George *so* nahe zu sein, seine Arme um sich zu spüren. Nun, es gab eine Sache, die ihr noch mehr Freude bringen würde ... „Ich habe keinerlei Einwände. Ich bin keine besonders gute Reiterin."

„Das liegt daran, dass du in einem Dorf aufgewachsen bist. Ich wette, du hattest nicht einmal ein Pferd." Er half ihr auf das Pferd.

„Wir hatten tatsächlich keines. Ich bin zum ersten Mal hier in Horsnby auf einem Pferd gesessen, als ich zwölf Jahre alt war, und es war mir zu peinlich, um es Glee zu gestehen." Sie sah ihn an und strich sich eine Haarsträhne aus der Stirn. Als sie auf dem Pferd saß, legte er die Zügel in ihre Hände, dann stieg er auf, um hinter ihr zu sitzen.

Sie lehnte sich zurück gegen seine Brust und seine Arme legten sich um sie, als sie zu reiten begannen. Da sie wie ihr großer, schlanker Vater gebaut war, hatte sich Sally nie zuvor feminin oder hilflos gefühlt, aber in diesem Moment – gegen Georges muskulösen Körper gelehnt – fühlte sie beides.

Die Sonnte wärmte sie und eine sanfte Brise begleitete sie, als sie durch die Obstgärten und an dem See und dem Lusthaus vorbei ritten und zu der Hügellandschaft kamen, wo die Schafherden grasten. „Es ist Lammungszeit", sagte er mit Stolz in der Stimme. „Willingham meint, es wird die beste aller Zeiten sein."

Willingham und ein Dutzend Männer waren in den westlichsten Feldern versammelt, um bei der

Geburt der Lämmer zu helfen. George ritt zu der Stelle, wo Willingham und ein weiterer Mann sich um ein Mutterschaf kümmerten und er und Sally stiegen ab.

Willingham kniete vor dem Schaf, seine Ärmel waren hochgekrempelt. Seine dunklen Augen blitzten, als er Sally ansah, dann erhob er sich, um mit ihr zu sprechen. „Verzeiht mir, dass ich Euch nicht die Hand reiche, Mylady. Ich fürchte, sie ist nicht sauber."

Sally, die viel mehr an dem neugeborenen Lamm interessiert war als an Mr. Willingham, traf nur kurz seinen Blick. „Wann wurde dieses Lamm geboren?"

„Vor nicht mehr als zehn Minuten."

„Er sieht so anders aus ohne Fell."

Mr. Willingham lachte. „Es ist eine Sie und in einem Jahr werdet Ihr sie nicht wiedererkennen."

George begrüßte den anderen jungen Mann, der im gleichen Alter wie er zu sein schien. „Guten Tag, John. Ich möchte dich meiner Frau vorstellen." George wandte sich an Sally. „Meine Liebe, ich kenne John mein ganzes Leben lang. Sein Vater arbeitete schon für meinen Vater und sein Großvater für meinen Großvater und so weiter. Wir haben als Kinder zusammen gespielt."

„Es freut mich, John", sagte Sally lächelnd.

„Ich bin erfreut, Eure Bekanntschaft zu machen, Mylady."

„Sagt, seid Ihr verheiratet?"

„Ja", sagte er mit einem Funkeln in seinen bernsteinfarbenen Augen.

„Und wurdet Ihr mit Kindern gesegnet?"

Er lachte. „Sechs hübsche Mädchen und eine Junge, der nun zwei Jahre alt ist."

„So wie unser Sam", sagte Sally und lächelte

ihren Mann an. „Ich wünschte, Eure Frau würde Eurem Sohn erlauben, unseren Jungen zu besuchen. Der arme Kerl ist selten unter anderen Jungen. Ich bin sicher, er wäre schrecklich erfreut, einen anderen Jungen kennenzulernen. Unsere Georgette hatte immer die Gesellschaft ihrer Cousine Joy, die nur ein Jahr jünger als sie ist, aber ich bin sicher, dass sie trotzdem gerne mit Euren Töchtern spielen würde. Ist eine Eurer Töchter in Georgettes Alter?"

Seine leuchtenden Augen trafen George, dann lachte er laut auf. „Meine älteste Tochter ist neun. Danach hatten wir jedes Jahr eine weitere, bis alle sechs geboren waren. Der Junge ist unser Letzter."

„Dann müssen uns all Eure Kinder im Gutshaus besuchen", sagte sie.

Er grinste George an, dann wieder sie. „Sie werden geehrt sein."

„Das Scheren beginnt in sechs Wochen", sagte George zu Sally. „Dann werden wir viel zu tun haben."

„Kann ich beim Scheren zusehen?", fragte Sally. „Ich wäre sehr interessiert daran."

Willingham lächelte sie an. „Wenn es Lord Sedgewick erlaubt, könnten wir Eure Hilfe brauchen. Es scheint nie genug Hilfe beim Scheren zu geben."

Sie sah ihren Mann an.George nickte. „Ich kann mich nicht daran erinnern, dass je eine andere Lady Sedgewick daran teilnehmen wollte, aber die gegenwärtige Lady Sedgewick wäre zweifellos eine große Hilfe."

Sally war sich nicht sicher, ob ihr Mann ihr ein Kompliment gemacht hatte oder nicht. Sie konnte sich eindeutig nicht vorstellen, wie die graziöse

Diana mit diesen unbändigen Biestern kämpfte. Ein Jammer, dass Sally nicht mehr wie Diana sein konnte. „Obwohl ich mich mit landwirtschaftlichen Verfahren nicht auskenne, bin ich sehr interessiert daran, so viel wie möglich zu lernen."

Georges Augen funkelten, als er mit dem Verwalter sprach. „Lady Sedgewick ist eine gute Schülerin. Sie war schließlich die Klassenbeste in Miss Worths Schule für junge Damen."

Sally seufzte. „Das werde ich wohl immer hören. Du bringst mich schrecklich in Verlegenheit."

„Intelligent zu sein ist etwas, worauf Ihr stolz sein solltet, Mylady", sagte Mr. Willingham.

Jetzt war sie noch mehr beschämt. Mr. Willingham hatte diese Auswirkung auf sie. In der Tat war noch nie ein Mann, außer Mr. Higginbottom, so interessiert an ihr gewesen. Besonders nicht der Mann, den sie geheiratet hatte. Sie fühlte sich unwohl. „Sagt, Mr. Willingham, wie viele Lämmer haben wir?", fragte sie.

„Dem letzten Stand nach zweiundvierzig. Ich erwarte um die hundert."

Sie lächelte ihren Mann an. „Wie aufregend!"

„Besonders, wenn man bedenkt, dass die gesamte Herde vor fünf Jahren weniger als hundert hatte", sagte er.

„Und nun?", fragte sie und sah George an.

„Fünfhundert und stetig wachsend. Bis nächste Woche sollten es fünfhundertfünfzig sein."

„Dann sollte ich sagen, dass du – und Mr. Willingham – ausgezeichnete Arbeit geleistet habt."

„Ich fürchte, mein einziger Beitrag war,

Willingham ausgewählt zu haben", sagte George.

„Ich bitte Euch, glaubt ihm kein Wort", sagte Mr. Willingham. „Seine Lordschaft ist viel zu bescheiden. Er ist einer der am besten informierten Landbesitzer in England. Ihr habt seine Bibliothek gesehen, nicht wahr?"

Die Bibliothek ihres Mannes war voll von vom Lesen abgenutzten Büchern über Landwirtschaft und Viehzucht. „Mr. Willingham", sagte Sally, „Ihr habt meine eigene Meinung über meinen Ehemann bestätigt."

* * *

George legte eine Hand um ihre Taille. „Möchtest du die Getreidefelder sehen?"

„Das möchte ich in der Tat."

Sie stiegen wieder auf das Pferd auf und ritten weitere zwanzig Minuten über Weiden, bis sie zu farbenfrohen Streifen von Feldern kamen, auf denen abwechselnd verschiedene Getreidesorten wuchsen. Nächstliegend waren Reihen von großen, grünen Getreidehalmen, die im Wind wehten.

„Wir werden hier bald die erste Gelegenheit haben, den Mähdrescher zu verwenden", sagte George. „Danach wird er im Roggenfeld Anwendung finden." Er deutete mit seinem Arm in Richtung eines braunen Feldes ein Stück entfernt im Nordosten. „Danke, dass du mehr Verstand hattest als ich – und den Mähdrescher bezahlt hast."

„Was mir gehört, gehört auch dir, und was dir gehört, gehört auch mir. Mir ergeht es in unserem Eheabkommen viel besser."

„Da bin ich anderer Meinung." Er brachte seinen Mund näher an ihr Ohr. „Bist du hungrig?"

Sie zuckte mit den Schultern.

„In den Satteltaschen ist eine Jause. Ich dachte, wir könnten zurück zum Lusthaus reiten und ein improvisiertes Picknick haben."

Sie war seit Jahren nicht mehr im Lusthaus gewesen. „Oh, George, das wäre wunderbar!"

George hatte das marmorne Lusthaus im eleganten griechischen Stil immer für unpassend in der ländlichen Umgebung gehalten. Es passte ganz und gar nicht zu dem Tudorstil von Hornsby Manor. Und doch zog er es jedem anderen Ort im Königreich vor. Vom Lusthaus konnte man den See und den umliegenden Wald sehen und die kleine, bucklige Holzbrücke, die den See am südlichen Ende überquerte. Eine wunderschöne Aussicht.

Gerade erste letzte Woche hatte er sich hier ausgeruht, war aber nur kurz geblieben, da er sich einsam fühlte. Es war ein Ort, den man mit anderen teilen musste und er wollte ihn mit Sally teilen. Nicht, dass sie einander so nahe standen wie er und Diana es gewesen waren, aber er musste zugeben, dass er Sally genauso nahe war wie jeder anderen lebenden Seele. Näher sogar. Denn jeder ihrer Träume war eng mit dem anderen verbunden und es war Sally, – und nur Sally – die seine Kinder liebte wie er selbst. Und es war Sally, die ihn nach Hornsby zurückgebracht hatte, den einzigen Ort, an dem er sich immer vollständig fühlte.Unter dem gewölbten Dach des Lusthauses packte er das kalte Lammfleisch, die Beeren, die er erst am Tag zuvor gepflückt hatte und einen Laib frischen Brotes aus. Er legte das Essen auf eine marmorne Bank. Sie setzten sich auf je eine Bank und begannen schweigend zu essen. Es war, als würden Worte die Ruhe und Ausgeglichenheit des Augenblicks stören. Er beobachtete sie, als sie über den See hinaus blickte und ohne Worte wusste er, dass sie diesen Ort genauso schätzte wie er.

Als sie fertig gegessen hatten, sah sie ihn an, ein Ausdruck des Staunens auf dem Gesicht. „Weißt du, George, ich kann mir keinen lieblicheren Ort auf Erden vorstellen als diesen hier."

Ihre Worte überraschten ihn nicht. Es war ihm bewusstgeworden, dass Sally in fast jeder Beziehung seine andere Hälfte war. Er schluckte. Er hätte sein breites Lächeln ebenso einfach aufhalten können, wie er die Sonne abhalten konnte zu scheinen. Es war mehr als zwei Jahre her, dass er so glücklich war. Dieses Gefühl der vollkommenen Zufriedenheit war nicht nur auf seinen Stolz auf Hornsby zurückzuführen, es war so viel mehr als das. Es war die Sonne und der strahlende Tag. Und es war die Tatsache, jemanden zu haben, mit dem er alles teilen konnte. Bis jetzt war ihm nicht klar gewesen, wie wichtig es war, sein Leben mit einer anderen Person zu verbinden.„Ich habe einen Stallknecht eingestellt", sagte er.

„Aber du weißt, dass ich versuche, Ausgaben zu verringern."

„Der Mann hat um die Arbeit gebettelt. Alles, was er verlangt, ist ein Zimmer und Mahlzeiten, und wir haben eine Unterkunft über den Stallungen. Du hast selbst gesagt, dass wir ein Pony für die Kinder kaufen sollen und ich wünsche mir, ein sanftes Pferd für dich zu kaufen."

„Ich versuche, Geld zu sparen, und du gibst mehr davon aus."

Er zuckte mit den Schultern. „Ich gebe nicht

viel aus. Willingham – als er erfuhr, dass ich auf der Suche nach einem Pony war – erzählte mir davon, dass seine Familie ein gutes Heim für deren Pony sucht, da ihr Master zu alt ist, um es zu reiten. Willingham versichert mir, dass wir genug Hafer haben, um es zu füttern."

„Ich muss zugeben, dass die Kinder sich schrecklich freuen werden, und es scheint wirklich, als ob du sparsam wärst."

Seltsam erfreut über ihre Zustimmung streichelte er mit seinem Finger über ihre gebräunte Wange.

Er glaubte, ihre Stimme zittern zu hören, als sie sprach. „Ist der Stallknecht ein junger Mann?"

„Unter fünfundzwanzig, würde ich sagen. Ein strammer Kerl. Sein Name ist Ebenezer."

Kapitel 20

St. Edward's Chapel im nahegelegenen Dorf Tottenford bot in vielerlei Hinsicht eine große ausgleichende Gemeinsamkeit. Denn innerhalb der Steinmauern der Kapelle kamen jeden Sonntagmorgen Gutsherren und Diener und Pächter und Landgrafen zusammen, um demselben Gott auf gleiche Weise zu huldigen. Der einzige Unterschied war, dass Lord Sedgewicks Familie in der abgeschlossenen Sedgewick-Bank saß, einem viereckigen Bereich vor all den anderen Kirchenbänken. Mehr als ein Dutzend Menschen hätten auf die Sedgewick-Bank gepasst – und taten es, wenn Georges Schwestern mit deren Familien Hornsby besuchten.Die Sedgewicks verdienten sich diese besondere Bank, da der Vikar von St. Edward's seinen Lebensunterhalt von der Familie erhielt, so wie der Vikar vor ihm und der Vikar vor ihm; eine Tradition, die mindestens zweihundert Jahre zurückreichte.An diesem Morgen wollte Sally den derzeitigen Vikar kennenlernen, einen gewissen Charles Basingstoke, der mit George in Oxford gewesen war und in St. Edward's diente seitdem George zu dem Titel aufgestiegen war. Mr. Basingstoke war gerade aus York zurückgekehrt, wo er sich seit Sallys Ankunft um Familienangelegenheiten gekümmert hatte.

Obwohl Sam mindestens dreißig Mal auf ihren Schoß und wieder herunter geklettert war, lauschte Sally der Predigt des Priesters aufmerksam. Der Vikar gefiel ihr. Seine Homilie über das Achte Gebot war kurz, gut vorbereitet und aufklärend. Sie konnte sogar seinen Sinn für Humor entdecken und kicherte an einer Stelle der Predigt. Leider war sie die Einzige im Hause Gottes, die das tat. Sogar George sah sie böse an. Mr. Basingstokes Stimme war von mäßiger Lautstärke, was man ihm ob seiner kleinen Statur nicht zutraute. Es war schwierig für Sally zu glauben, dass der Mann im gleichen Alter wie George war, denn mit seinem schmächtigen Körper und dem jugendlichen, mit Sommersprossen übersäten Gesicht, wirkte er viel jünger und viel weniger männlich als der Mann, den sie geheiratet hatte.Nach der Messe versammelten sie sich auf der Treppe vor dem Holztor der Kapelle und George stellte ihr den Vikar vor.

Sie bot ihm ihre Hand und er hob sie an seine Lippen für einen gehauchten Kuss.

„Es tut mir leid, dass ich nicht hier war, um Euch bei Eurer Ankunft in Tottenford willkommen zu heißen, Mylady", sagte er.

„Darf ich hoffen, dass Ihr Eure Geschäfte in York zu Eurer Befriedigung erledigen konntet?", fragte sie.

Er senkte seine blassgrünen Augen. „Leider verstarb mein Vater nach langer Krankheit."

George kam zu ihm und klopfte ihm auf die Schulter. „Charles ... das wusste ich nicht. Mein Beileid."

Der Vikar sah sie an und lächelte müde. „Es war besser so. Er war lange Zeit gebrechlich." Er wandte sich an Sally. „Ich war das Jüngste von elf Kindern, mein Vater war also kein junger Mann, als ich geboren wurde."

Sally legte eine behandschuhte Hand auf seinen Arm. „Ich habe meinen Vater erst letztes Jahr verloren. Wir waren uns sehr nahe." Sie senkte ihre Wimpern. „Es ist schwer, nicht wahr?"

Seine blassen Augen funkelten. „Ich habe vollstes Vertrauen, dass mein armer Vater endlich glücklich ist. Er hatte sich, solange ich mich erinnern kann, religiöser Hingabe und der Selbstaufopferung gewidmet, was ihn davon abhielt, irgendetwas zu genießen. Ich glaube wahrhaftig, dass er als einer dieser Papisten-Mönche, die auf Steinen schlafen und sich jedes nur mögliche Vergnügen entsagen, in seinem Element gewesen wäre."

Sally konnte gerade noch ein Kichern unterdrücken. Mönche, die auf Steinen schliefen! Mr. Basingstoke war in der Tat überaus lustig.Er traf ihren Blick, und seine Lippen formten ein Grinsen. „Danke, dass Ihr den Humor, den ich in meiner Ansprache heute Morgen nicht verstecken konnte, verstanden habt."

Sie lachte. „Es ist ein Jammer, dass man in der Kirche immer so ernst ist. Mein Vater war ein Vikar und ich muss Euch sagen, dass er dazu neigte, in viele seiner Predigten Humor einzubinden."

Mr. Basingstoke wandte seine Aufmerksamkeit George zu. „Es ist gut, dich wieder hier zu haben, Sedgewick. Wann wirst du nach Bath zurückkehren?"

„Ich habe nicht vor, in absehbarer Zeit nach Bath zurückzukehren."

„Darüber wird sich Willingham zweifellos

freuen."

George lächelte. „Der Mann findet mich wahrscheinlich völlig unerträglich. Ich hinterfrage jede seiner Handlungen und biete Vorschläge an, die bestimmt nicht willkommen sind."

Der Vikar schüttelte den Kopf. „Du warst einmal der am besten informierte Gutsherr in England. Willingham sprach in höchsten Tönen von dir."

Als er sprach, gesellte sich Willingham zu ihrer Gruppe. Sally bemerkte, dass er denselben schwarzen Überrock trug wie an dem Abend, als er nach Hornsby zum Diner gekommen war.Das Gespräch drehte sich sofort um landwirtschaftliche Angelegenheiten.

Sally sah zu Sam hinunter, der an ihrer Hand zog. Er hatte es satt, sich gut zu benehmen. Sie beugte sich zu ihm und hob ihn hoch, bevor er etwas anstellen konnte.

Mr. Basingstokes Augen weiteten sich. „Sag mir nicht, dass das nicht dein Junge ist, Sedgewick! Ich würde ihn überall wiedererkennen! Er sieht genauso aus wie du, aber er ist bestimmt kein Baby mehr."

„Genau das sage ich Lady Sedgewick auch", sagte George und warf Sally einen erheiterten Blick zu. „Sie sagt mir ständig, dass er noch ein Baby sei."

Sally streichelte Sams Locken und er steckte seinen Daumen in den Mund und legte seinen Kopf zufrieden an ihren bescheidenen Busen.„Ihr müsst selbst Kinder gehabt haben, Lady Sedgewick, obwohl ich sagen muss, dass Ihr eher jung ausseht", sagte der Vikar.Sie fühlte sich furchtbar geschmeichelt. Nicht, weil sie jung aussah, sondern weil sie mütterlich aussah. „Nur

Georgette und Sam. Ich kenne sie schon ihr Leben lang."

„Sie war mit meiner Schwester Glee in der Schule", erklärte George.

„Und wie geht es deinen Schwestern?", fragte Mr. Basingstoke. „Ich nehme an, ihre Kinderzimmer werden voller."

George wurde ernst. „Weder meine Schwestern, noch deren Kinderzimmer werden voller, aber es geht ihnen gut. Sie sind beide in Bath."

Sally holte tief Luft. Warum hatte Mr. Basingstoke Geburten erwähnt, eine sichere Erinnerung an Dianas tragischen Tod? Nun würde George bestimmt den Rest des Tages über mürrisch sein. Nach all der Zeit hatte er immer noch solche Tage. Tage, an denen sie wusste, dass er um die liebliche Frau trauerte, die seine Frau gewesen war und seine Kinder geboren hatte.

Ihr Herz zuckte zusammen. Wie konnte sie sich je als wahrhaftige Ehefrau fühlen, wenn sie George niemals Kinder gebären, niemals körperlich von ihm geliebt werden würde? Nun war sie diejenige, die trauerte.

„Sag mir", wandte sich Georg an Mr. Basingstoke, „meine Frau meint, dass der Sonntag ein Tag der Ruhe ist, ich davon Abstand nehmen sollte, Bücher über Landwirtschaft zu lesen. Stimmst du dem zu?"

Mr. Basingstoke lächelte. „Die Bibel zu lesen – oder andere Bücher – ist durchaus erlaubt am Sabbath."

„Natürlich sagst du das", scherzte Willingham. „Sedgewick stellt dir dein Essen zur Verfügung."

Der Vikar wandte sich an Willingham. „So wie dir, aber ich bin sicher du würdest nicht schweigend zusehen, wie er Hornsby in eine

Ananas-Plantage umwandelt."

Bei der unwahrscheinlichen Aussicht, in England Ananas anzubauen, verzog Sally ihre Lippen zu einem Lächeln, was die Grübchen in ihren Wangen hervorbrachte.Obwohl beide Männer scherzend sprachen, fühlte sich Sally ob der Spannung unwohl. „Es ist gut, dass Ihr alle seit vielen Jahren Freunde seid."

„Was mich an Blanks erinnert", sagte Mr. Basingstoke lächelnd. „Ich nehme an, ein Ehemann und Vater zu sein, hat ihn gezähmt."

George zuckte mit den Schultern. „Er ist trotz seiner Ehe immer noch ein Lebenskünstler."

Es war nicht immer so.

Mr. Basingstoke seufzte und sein Blick traf Georges. „Ich dachte, dass, wenn ihn irgendjemand zähmen könnte, es deine Schwester wäre."

Sally klopfte Sam sanft auf den Rücken, sah Georgette an und wandte sich dann an den Vikar. „Die Kinder werden unruhig. Es war eine Freude, Euch kennenzulernen. Ihr und Mr. Willingham müsst mit uns zu Abend essen. Heute Abend?"

Beide Männer sahen George an.

„Bitte kommt. Lady Sedgewick ist eine gute Gastgeberin."

„Das bezweifle ich nicht", sagte Mr. Basingstoke und sah Sally wertschätzend an.

Leider tat Mr. Willingham dasselbe und seine dunklen, funkelnden Augen machten sie überaus nervös. Georges Blick schweifte von Willingham zu Sally und er legte seine Hand besitzergreifend um ihre Taille und nickte. „Heute Abend, Gentlemen." Er nahm Georgettes Hand und sie gingen zur wartenden Kutsche.

* * *

Die Kutsche war noch keine tausend Yards gefahren, als sie einen großen Tumult wahrnahmen. Die Kutschte hielt abrupt an, George schwang die Türe auf und sprang hinaus. „Was ist geschehen?", fragte er alarmiert.

John lief auf ihn zu, Schrecken auf seinem Gesicht. „Sie wurden alle abgeschlachtet, Mylord!"

Georges Magen wurde flau. Von dem Schmerz auf dem Gesicht seines Pächters zu schließen dachte George, der Mann hätte seine Familie verloren. All die lieblichen Mädchen. Sein Herz sprang fast aus seiner Brust. „Wer wurde abgeschlachtet?", verlange George zu wissen, während er auf John zustürmte.

Ein Schrei kam aus der Kutsche, Sally sprang heraus und lief auf sie zu.

„Die Schafe", keuchte John. Seine Augen füllten sich mit Tränen.

Es war, als hätte jemand George auf die Luftröhre geschlagen. „Welche Schafe?", brachte er schließlich hervor.

John blieb stehen und schnappte nach Luft. „Alle."

Willingham war nun auch angekommen und schrie: „Unsere Schafe?" John nickte und flüsterte heiser: „Alle. Sogar die Lämmer."

Sally schrie auf, ein langer, leidvoller Aufschrei.

George ging zu ihr, während eine Million Gedanken durch seinen Kopf wirbelten. Er dachte kurz daran, wie Sally darum gebeten hatte, beim Scheren zu helfen. Er schluckte schwer. Nun würde es kein Scheren geben. Es gab keine Herde mehr. Er zog seine Augenbrauen zusammen und sagte: „Wie? Wann?"

Sally wischte sich die Tränen vom Gesicht. „Wer würde so etwas tun?", fragte sie mit zittriger

Stimme.

John schüttelte den Kopf. „Ich weiß es nicht. Ich wohne am nächsten zu den Weiden und habe nichts gehört. Es muss mitten in der Nacht passiert sein. Sieht so aus, als wäre ein Verrückter mit einem Schwert oder einem Dolch gekommen und hätte ihre Bäuche aufgeschlitzt, einen nach dem anderen. Muss ein verdammter Hurensohn gewesen sein. Verzeiht, Mylady."

Sally zuckte zusammen und ihr Schluchzen ließ ihre zarten Schultern erbeben. Seltsamerweise war George über ihren Schmerz fast genauso erzürnt wie über seinen Verlust. Verdammt, er wollte sie nicht so verletzt sehen. „Komm, lass uns gehen. Vielleicht können wir einige retten." Mit seinem Arm um Sally hastete er zurück zur Kutsche. „Wir haben Platz für einen mehr", rief er zurück zu John.

„Ich sammle einige der Männer ein und treffe euch dort", sagte Willingham und lief zu seinem angebundenen Pferd.

Als sie alle in der Kutsche saßen und voran eilten, fand Sally ihre Fassung wieder und sprach mit zitternder Stimme. „Wir dürfen den Kindern nicht erlauben, es zu sehen."

Natürlich hatte sie recht. „Wir bringen dich und die Kinder nach Hornsby."

„Nur die Kinder", sagte sie. „Ich kann vielleicht behilflich sein."

Er erinnerte sich daran, wie fasziniert sie von den neugeborenen Lämmern vor nur ein paar Tagen gewesen war. All diese geschlachteten Tiere zu sehen wäre zu viel für ihre zarten Gefühle. „Nein", sagte er streng. „Das werde ich dir nicht erlauben, Mylady."

„Aber George ..." Ihre Tränen flossen wieder.

Er rückte näher zu ihr und legte seine Arme beruhigend um sie. „Ich wünschte bei Gott, dass *ich* nicht hingehen müsste, Sally. Es wird ein schrecklicher Anblick sein."

„Sie werden alle begraben werden müssen", sagte John. „Bis morgen, oder der Geruch wird zu stark."

Ein Stöhnen entrang sich Sallys Brust und sie begrub ihr tränennasses Gesicht in ihren Händen.

„Wer würde so etwas tun?", fragte George mit heiserer Stimme und schüttelte seinen Kopf hin und her.

„Warum?"

„Je rarer die Wolle, desto höher der Preis für die Wolle von anderen", sagte John. „Es könnte jeder sein."

„Aber nicht jeder wäre in der Lage, fünfhundert Schafe abzuschlachten", sagte George verbittert.„Papa?", fragte Georgette.

Er blickte auf die andere Seite der Kutsche, wo seine Kinder zu beiden Seiten von John saßen. „Was, mein Schatz?"

„Was bedeutet *abgeschlachtet*?"

Sein Blick traf den seiner Tochter, sein Magen drehte sich um. „Es heißt zu töten."

Sie riss die Augen auf. „Jemand hat unsere Lämmchen getötet?"

George nickte getragen.

„Wie kann jemand so böse sein?", fragte sie.

Unter gesenkten Augenbrauen flog sein Blick von Georgettes ernstem Gesicht zu Sallys tränengefüllten Augen und ihm war auch nach Weinen zumute. Aber das konnte er natürlich nicht. Diese Situation verlangte nach jemandem, der besonnen war und schmerzhafte Entscheidungen treffen konnte. Es tat nichts zur

Sache, dass sein eigenes Herz aus seiner Brust gerissen worden war. „Ich weiß es wirklich nicht, Schätzchen."

Als sie Hornsby erreichen, blieb die Kutsche nur so lange stehen, dass Sally und die Kinder aussteigen konnten, dann raste sie in Richtung der Weide davon.George und John kamen zuerst am Schlachtfeld an. Aus der Kutsche zu steigen war der schwierigste Schritt, den er je getan hatte, aber er ließ nicht zu, dass John es bemerkte. Er riss die Türe auf und sprang hinunter.

Einen Moment lang war er wie erstarrt. Die Stille war unheimlich. Denn so weit sein Auge reichte waren die Felder mit niedergestreckten Schafen bedeckt. Die meisten sahen aus, als würden sie schlafen, bis man das Blut sah, dass ihre Wolle befleckte und in roten Bächen dahin floss. Die düstere Szene drehte seinen Magen um. Er ballte seine Hände zu Fäusten und sprach mit rauer Stimme. „Ich schwöre, ich werde den Schuldigen zur Rechenschaft ziehen."

Johns Stimme wankte voll von schmerzlichen Gefühlen. „Wo fangen wir an?"

„Im Moment ist es am Wichtigsten die Schafe zu retten, die noch am Leben sind."

John nickte.„Du nimmst diese Weide. Ich gehe über den Hügel." George wies den Kutscher an, dann sprang er auf den Sitz neben ihm.Nachdem sie über den Gipfel gekommen waren, hielt die Kutsche an, und George, zusammen mit seinem Kutscher, begann, bei den hundertfünfzig Schafen, die hier gegrast hatten, nach Lebenszeichen zu suchen. Als George nach Osten ging, wehten die Südwinde den widerlichen Gestank von Sterben und Tod über die Graslandschaft. Blut bedeckte seine Stiefel, als er den Hügel hinabging. So schmerzhaft es auch war, sah er jedes vom Tod entstellte Tier genau an, in der Hoffnung, ein lebendiges zu finden. Wenn er nur letzte Nacht hier gewesen wäre, hätte er vielleicht einige retten können. Aber nun war es zu spät. Je weiter er den Hügel hinabging, desto hoffnungsloser wurde seine Mission, desto mehr füllten sich seine Augen mit Tränen.

Mit hängenden Köpfen trafen sich George und der Kutscher im flachen Tal. Der schreckliche Geruch war noch stärker geworden. George kämpfte gegen den überwältigenden Drang an, von hier wegzukommen. Aber er – mehr als sonst jemand – musste bleiben. Die geschlachteten Schafe gehörten ihm. Er war der Lord von Hornsby. Niemand anderer konnte die Entscheidungen treffen, die er nun treffen musste.Das Geräusch von trommelnden Hufen kam über den Gipfel des Hügels und George sah zu Willingham und einer Handvoll Männern auf, die ihnen entgegen ritten.Willingham, der sich die Nase zuhielt, um den faulen Gestank, der nun alles durchdrang, zu mildern, kam neben seinem Arbeitgeber zum Stehen und stieg mit düsterer Miene ab. „John sagt, dort drüben sind alle tot."

Georges Wimpern senkten sich und er biss die Zähne zusammen. „Hier auch."

„Wenn es Eurer Lordschaft recht ist, möchte ich die Männer anweisen, Gräben zu graben."

George nickte düster. „Ich schicke den Kutscher nach Hornsby zurück, um Taschentücher zu holen, so dass die Männer ihre Nasen abdecken können."

„Lady Sedgewick soll ihr Parfum darauf sprühen", schlug Willingham vor.

„Eine gute Idee. Wir brauchen alle Hände, die

wir finden können. Ich werde meinen Diener schicken, um zu helfen."

„Euer neuer Stallknecht ist bereits hier und hat seine Hilfe angeboten." Willingham sah in Richtung des Hügels, den er gerade überquert hatte.

Mit flauem Magen begann George, den Hügel wieder hinauf zu stapfen. Als er am Gipfel ankam, sah er Sally, die auf Thunder auf ihn zuritt. *Was zum Teufel?* Unverschämtes Frauenzimmer! Was tat sie hier? Er durchbohrte sie mit seinen Augen und ging schneller.Sie verlangsamte das Pferd, als sie ihm näher kam. Er sah, dass ihre Tränen verschwunden waren.

„Ich möchte nicht, dass du hier bist", fauchte er sie an.

„Ich weiß. Aber ich kann nicht mitansehen, wie du alles verlierst. Können wir nicht versuchen, sie zu scheren, bevor wir sie begraben? Wir werden weniger Wolle bekommen, aber es ist besser als gar keine."

„Die Wolle ist blutig!"

„Ich weiß, es ist viel verlangt, aber Mrs. MacMannis und ich haben uns bereit erklärt, die blutige Wolle zu kochen, bis sie sauber ist."

„Das kann ich nicht von dir verlangen."

„Du verlangst es nicht. Wir bieten es an. Es ist das Mindeste, was wir tun können, um zu helfen."

George starrte sie mit gesenkten Augenbrauen an. „Ich kann von den Männern nicht verlangen, die toten, blutigen Tiere zu scheren."

„Ich sprach mit Mr. Willingham. Er sagt, es sei einen Versuch wert. Lass ihn die Männer fragen."

„Darum geht es nicht. Es ist mehr, als man von irgendjemandem verlangen kann."

„Aber es ist auch ihr Geld. Du musst sie nicht

dazu zwingen. Frage nach Freiwilligen."

Mittlerweile kam Willingham auf seinem Pferd bei ihnen an. „Lady Sedgewicks Vorschlag hat seinen Wert, Mylord."

„Dann werdet Ihr die Männer bitten, eine derart grausame Arbeit zu erledigen?", fragte George.

„Ich werde nach Freiwilligen fragen, wenn es Euch recht ist, Mylord?"

Georges Blick schweifte über die makabre Szene, die sie umgab und ihn vor Abscheu beinahe erstickte. Seine Augen füllten sich mit Tränen, als er nickte. „Ich werde das Erste selber scheren."

Kapitel 21

In dieser Nacht fielen Sally und George in ihre Betten, sobald George den Kindern vorgelesen hatte. Er hatte es sich verdient, früh ins Bett zu gehen, dachte Sally. Obwohl er nicht an körperliche Arbeit gewöhnt war, hatte er an jenem Tag härter gearbeitet als jeder andere Mann, und als es dunkel wurde, arbeitete er immer noch an den toten Schafen, um jede Unze Wolle zu retten, die zu retten war. Als sich der kohlenschwarze Himmel um ihn schloss wie eine Höhle, zwang ihn Willingham schließlich aufzuhören.

Sally zersprang beinahe vor Stolz auf ihn – und all seine Arbeiter, von denen keiner abgelehnt hatte, bei der grausigen Arbeit zu helfen. Auch sie hatte die Arbeit eines Bauern geleistet. Die Köchin und das stramme Mädchen, das ihr in der Küche half, waren die einzigen Diener, die bei der grimmigen Arbeit des Scherens nicht helfen mussten. Die Dienstmädchen brachten Körbe voll blutiger Wolle von den Feldern zu Mrs. MacMannis und Sally, die sie in Kesseln mit kochendem Wasser säuberten. Andere Dienstmädchen holten mehr Wasser, während weitere die saubere, nasse Wolle auf den dunkelgrünen Wiesen von Hornsby ausbreiteten. Als die Nacht hereinbrach, waren nur hundert Schafe geschoren worden.

Während des Tages war Sally zu beschäftigt gewesen, um über die brutale, grausame Tat nachzudenken, die Hornsby lahmgelegt hatte, aber sobald sie sich in der Sicherheit ihres Schlafgemachs befand, presste sie ihr Gesicht in ihr Kissen und schluchzte bitterlich. Sie hatte sich geschworen, nicht vor ihrem ohnehin gebrochenen Ehemann zu weinen. Sie musste für ihn stark sein. Sie musste seine Helferin sein, aber in der Dunkelheit ihrer Kammer erlaubte sie sich zu weinen. Sie weinte um die armen Geschöpfe, die massakriert worden waren. Sie weinte wegen des finanziellen Tiefschlags, den das Desaster verursacht hatte. Sie weinte ob der Unwahrscheinlichkeit, dass die Herde jemals wiederhergestellt werden würde. Am meisten jedoch weinte sie um George. Er hatte sich mit grenzenlosem Stolz auf die Wolle in diesem Jahr gefreut; es hätte die beste Ausbeute aller Zeiten sein sollen.

Georges Schmerz brachte ihr selbst körperliche Schmerzen. Würde diese Tragödie ihn zurück nach Bath schicken? Zurück an den Ort, an dem nichts schmerzte, weil er dort keine Gefühle hatte? Sie weinte bitterlich.

* * *

Am nächsten Morgen traf sie George beim Frühstück. Er sah viel besser aus als in der Nacht zuvor. Nicht weil er frisch rasiert war oder saubere Kleidung trug. Alles an ihm sah erholt aus. Und es war gut so, dachte sie, denn der heutige Tag würde noch härter werden als der gestrige.

„Hast du gut geschlafen?", fragte er.

Sie log. „Ja. Du?" „Ich bin sofort eingeschlafen, als mein Kopf auf das Kissen fiel."

Ihre Gedanken flogen zu ihrem Bett in Bath.

Sie konnte ihn beinahe vor sich sehen, als er seine Kniehosen entfernte, bevor er sich neben sie legte. Bei der Erinnerung an seine nackten, muskulösen Beine neben ihren beschleunigte sich ihr Atem. Sie goss sich Kaffee aus der silbernen Kanne ein und setzte sich ihm gegenüber. „Die Köchin schlug sich gestern gut und fütterte alle, was nicht leicht war, da sie die Feuerstelle in der Küche nicht benutzen konnte."

Seine grünen Augen trafen ihre. „Alle Dienstboten leisteten lobenswerte Arbeit. Ich bin sehr stolz auf sie." Er nahm einen Schluck Kaffee. „Und dankbar."

Sie erinnerte sich plötzlich an etwas, das sie ihm mitteilen wollte. „Weißt du, George, ich hörte gestern die seltsamste Geschichte von einer der Zofen." Sie rührte Milch in ihren Kaffee ein.

Er hob eine Augenbraue.

„Estelle sagte, dass sie in der vorherigen Nacht nicht schlafen konnte und in ihrer Kammer auf und ab ging. Sie sah mitten in der Nacht aus dem Fenster und war erschreckt zu sehen, wie ein nackter Mann von den Wiesen auf Hornsby zukam."

Georges riss die Augen auf, als er zu ihr herum wirbelte. „Hat sie gesehen, wohin er gegangen ist?"

Sally zuckte mit den Schultern. „Nein. Sie sagte, sie war zu beschämt, um genau hinzusehen. Als sie sah, dass er nackt war, begann sie zu zittern und wandte sich ab."

Seine Faust schlug auf den Tisch. „Verdammt."

„Was ist los?"

„Er war es."

Sally schwieg einige Sekunden vor Schrecken. „Derjenige, der die Schafe abgeschlachtet hat?"

Er nickte.

„Woher weißt du das?"

„Die Person, die ... die Schafe tötete wäre völlig mit Blut durchtränkt gewesen. Wenn er nur ein bisschen Verstand hatte, legte er seine Kleidung *vor* der Tat ab. Die blutige Kleidung wäre Beweis für seine Schuld gewesen. Ich nehme an er zog sich davor aus und wusch sich danach im See."

Sie schlug sich mit der Hand auf den Mund und ihre Augen füllten sich mit Tränen. „Oh Gott, du musst recht haben! Aber wer ..." Ihre Stimme brach ab. „Wer würde diese schreckliche Tat begehen?"

Zorn funkelte in seinen Augen. „Jemand, der mich aus tiefstem Herzen verabscheut."

„Aber du hast keine Feinde! Du bist freundlich und alle, die dich kennen, mögen dich."

Seine Gesichtszüge waren angespannt. „Offensichtlich nicht."

Adams betrat den Raum. „Mr. Basingstoke bittet um ein Wort mit Euch, Mylord."

„Bring ihn herein." George wischte sich mit einer Serviette den Mund ab und erhob sich, um den Vikar zu begrüßen.

Mr. Basingstoke, in rehbraune Kniebundhosen und Reitstiefel gekleidet, stürmte in das Zimmer, seine Stirn gerunzelt wie ein zusammengefalteter Fächer. „Sedgewick, ich habe von der unaussprechlichen Tat gehört, die dir angetan wurde!"

George schüttelte getragen den Kopf. „Ich scheine einen gefährlichen Feind zu haben."

Sally zuckte zusammen, dann wandte sie sich an den Vikar. „Kaffee, Mr. Basingstoke?"

„Nein danke. Ich bin hier, um zu arbeiten." Sein Blick traf Georges. „Es sind zwanzig Männer hier, die angeboten haben, dir zu helfen."

Sally, die ihre Tränen nicht zurückhalten konnte und keinem der Männer erlauben wollte, sie weinen zu sehen, tupfte sich ihren Mund mit der Serviette ab und wischte schnell die Tränen fort.George nickte ernsthaft. „Ich weiß nicht, womit ich sie verdient habe, aber ich bin nicht zu stolz, um Hilfe anzunehmen. Wir brauchen jede Hand, die wir bekommen können. Mit zwanzig Männern mehr können wir heute fertig werden – und das müssen wir. Der Gestank ist bereits überwältigend."

„Ja", sagte Basingstoke und rümpfte die Nase. „Ich kann es sogar hier im Gutshaus riechen."

Sally sah auf ihre Serviette und sprang auf. „Ihr müsst Servietten um Eure Nasen binden, um den Geruch zu unterdrücken. Ich laufe hinauf, um Parfum zu holen."

„Es ist kaum zu glauben, aber das Parfum hilft in der Tat", sagte George und klopfte Basingstoke auf die Schulter.

Basingstoke sah George an und schüttelte ernst den Kopf. „Die Dorfbewohner sind fast so entrüstet wie du. In der Tat habe ich schon Versprechen von Leuten, die dir dabei helfen möchten, deine Herde wieder zu bestücken. Bis jetzt wurden dreißig Schafe gespendet – und zwölf Lämmer können von den guten Bauern in Tottenford entbehrt werden."

„Dann wissen alle, dass ich alles verloren habe", sagte George mit gebrochener Stimme.

Der Vikar zuckte mit den Schultern. „Ich weiß es, weil Willingham und ich uns nahestehen. Ich weiß, wie wichtig die Wolle dieses Jahr für die Zukunft von Hornsby ist."

George, seine Stimme immer noch gebrochen,

wandte seinen Kopf ab. „Diese Großzügigkeit berührt mich."„Es war ein Jammer, dass eine Tragödie notwendig war, um ihm zu zeigen, dass Hornsby und die Leute, die hier lebten, sein Herz so fest hielten als wäre es in Ketten gelegt.

„Es ist deine eigene Großzügigkeit, die dies verursacht hat", sagte Basingstoke. „Du eilst jedem in Tottenford, der Sorgen hat, zu Hilfe. Ich weiß, dass du helfen wirst, egal worum ich dich bitte. Nun, zum ersten Mal benötigst du Hilfe und es ist an der Zeit, dass andere dir helfen."

„Der alte George wäre wohl zu stolz gewesen, um Hilfe anzunehmen, aber ich muss an meine Familie denken. Weißt du, Charles, ich hatte beschlossen, in Hornsby zu bleiben. Ich wollte es zu einem Ort machen, auf den meine Kinder stolz sein können." Er lachte verbittert. „Wie zum Teufel ich das nun ohne Geld schaffen soll, weiß ich nicht."

Es lag Mitleid auf Basingstokes Gesicht, als er nickte.

* * *

Zur Mittagszeit war die Wolle, die am Vortag gewaschen worden war, bereit um in Säcke verpackt zu werden und neue, nasse Wolle wurde in schiefen, immer länger werdenden Reihen auf den Wiesen Hornsbys ausgebreitet. Diese Tatsachen wurden George von den Dienstmädchen mitgeteilt, die den ganzen Tag über mit leeren Körben kamen und mit vollen wieder fortgingen.

Nicht, dass George herumstand und redete. Er verbrachte den Tag damit, seine bereits schmerzenden Muskeln über vom Tod steife Schafe zu beugen. Er hatte sogar genug Kraft gefunden, um alleine eines der Biester

umzudrehen und seine andere Seite zu scheren.
Die Serviette, die um sein Gesicht gebunden war,
um den Geruch der Verwesung zu verringern, war
schweißgetränkt. Er arbeitete ohne Pause. Er
arbeitete weiter, als alle seine Gliedmaßen vor
Schmerz tobten. Er arbeitete, bis das Sonnenlicht
verblasste und ihn dann völlig im Stich ließ.

Nachdem er das letzte Schaf geschoren hatte,
schrie George vor Schmerz auf, als er sich aus
seiner gebeugten Haltung aufrichtete und über die
grausige Weide ging. Nun, da seine Hände frei
waren, konnte er die parfümierte Serviette an sein
Gesicht drücken. Er hatte den Gestank der
Verwesung so lange eingeatmet, dass seine
Lungen damit durchtränkt waren und er sich
fragte, ob sein Atem jemals wieder frei davon sein
könnte.

Er vernahm Stimmen und sah die Gestalten
anderer Männer, aber es war zu finster, um mehr
zu erkennen. Er war fast zu müde um zu gehen,
zwang sich aber dazu, den Hügel hinaufzugehen.
Mit jedem Schritt wünschte er sich auf einem
Pferd reiten zu können, aber keine derartige
Erleichterung stand zur Verfügung. Als er über
den Gipfel kam, hörte er Willinghams Stimme und
folgte ihr. Als sie in der Dunkelheit aufeinander
trafen, sprach Willingham mit müder Stimme.
„Wir müssen die Gräben morgen graben."

„Nein", sagte George streng. „Wir werden sie
verbrennen. Die Männer haben schwer genug
gearbeitet."

„Die Schafe verbrennen?"

„Ja. Es sollte nicht zu schwer sein, sie mit
Seilen und Pferden aufzustapeln."

„Ich wünschte, ich hätte daran gedacht. Es
wird viel weniger Arbeit sein – aber ein verdammt

übler Gestank."

„Der Gestank kann nicht schlimmer sein als jetzt", sagte George.

George hatte so viele Männer zum Abendessen nach Hornsby eingeladen, wie um den langen Esstisch passten und er bestand darauf, dass sich niemand passend kleiden sollte.

„Aber das Haus wird stinken", protestiere Willingham.

George schüttelte den Kopf. „Das Haus stinkt bereits. Ich wage zu behaupten, dass der abscheuliche Geruch mittlerweile Tottenford erreicht hat."

Willingham zuckte mit den Schultern. „Ihr habt bestimmt recht."

Sally stellte sicher, dass diesen loyalen Freunden der beste Wein serviert wurde. Als einzige Frau schwieg sie während des Abendmahls.

Da der Großteil der Arbeit nun hinter ihnen lag, fingen die Männer damit an, über die Identität der Person zu spekulieren, die für diese sinnlose Abschlachtung verantwortlich war.

George erzählte ihnen die Geschichte der Zofe über den nackten Mann und alle stimmten zu, dass er für die Tötung der Schafe verantwortlich sein musste.

„Wenigstens wissen wir nun, dass er in Richtung Hornsby – und demnach zum Dorf – ging", sagte Basingstoke. „Das sollte jeden ausschließen, der im Norden wohnt."

Georges Augen verengten sich; er sprach mit tiefer Stimme. „Ich möchte ihn in die Hände bekommen."

„George!", schrie Sally auf.

Er wirbelte herum, seine Augen vor Sorge um

den Schrecken, den er in ihrer Stimme gehört hatte, weit aufgerissen.

Ihr Gesicht war blass. „Was ist mit den Kindern? Wenn dich jemand so sehr hasst ...“ Ihre Stimme brach ab.

Schweigen machte sich im Raum breit.

Bei Gott! Er fühlte sich, als hätte ein Riese ihm in den Magen getreten. Seine Hände zitterten so sehr, dass er seine Gabel hinlegen musste. Könnte es größeren Schmerz geben, als ein Kind zu verlieren? Er konnte seinen Ärger gerade noch genug kontrollieren, um zu sprechen. „Sie dürfen niemals allein gelassen werden. Du wirst diesen Befehl an die Amme und alle Dienstboten in Hornsby weiterleiten.“

Ihre Augen füllten sich mit Tränen, als sie nickte.

* * *

Sally wusste, dass sie in dieser Nacht gut schlafen würde. Sie war heute noch erschöpfter als gestern, da sie in der vorherigen Nacht nicht geschlafen hatte.

Nach dem Abendessen, als die Männer ihren Portwein tranken und Zigarren rauchten, entschuldigte sich Sally. „Ich gehe hinauf, um die Kinder ins Bett zu bringen“, sagte sie. „Dann werde ich selbst ins Bett gehen.“

Als sie den Raum verließ, nahm George ihre Hand. „Danke für alles, was du getan hast. Du hast mich sehr stolz gemacht.“ Er küsste ihre Handfläche.

Die Tatsache, dass er vor all diesen Männern derart liebenswürdig über sie sprach, machte seine Worte umso wertvoller. Sally schenkte ihm ein müdes Lächeln und verließ das Zimmer. Trotz ihrer Müdigkeit fühlte sie sich leicht, als sie die

Treppe hochstieg. Sie konnte Georges warme Lippen immer noch auf ihrer Hand spüren.

Nachdem sie den Kindern vorgelesen und sie zugedeckt hatte – und Georgettes Frage über den faulen Gestank ehrlich beantwortet hatte – sprach Sally unter vier Augen mit Miss Primble, um sie anzuweisen, die Kinder nicht einmal für einen Moment unbeaufsichtigt zu lassen. Die junge Amme war geistesgegenwärtig genug, um die bösartige Abschlachtung mit Ängsten um die Sicherheit der Kinder seiner Lordschaft zu verbinden.Bevor Sally in ihre Kammer ging, brachte sie ihre Zofe in Georgettes Zimmer und erklärte Hettie, dass sie Georgette während der Nacht nicht allein lassen durfte. Hettie war ein braves Mädchen. Sally fühlte sich sicher in dem Wissen, dass sie bei Georgette war.

So müde sie auch war, wollte Sally einen Brief an Glee verfassen, um sie über die schrecklichen Vorgänge in Hornsby zu informieren. Dann stieg sie in ihr Bett und fiel sofort in ein tiefes Schlummern.

Kapitel 22

Der Gestank verschwand. Nicht über Nacht, aber allmählich, so wie die Haare einer Person ergrauen – fast unmerklich, bis die Verwandlung eines Tages plötzlich vollkommen ist. Sally wachte heute Morgen auf und bemerkte, dass der Geruch verschwunden war. Es war an diesem Morgen, dass sie schwor, nicht mehr über die Tragödie nachzudenken. Sie hatte George einmal gesagt, er sollte niemals zurückblicken, nur voraus. Nun musste sie ihrem eigenen Rat folgen. Aus seltsamen Gründen war ihr Mann besser in der Lage gewesen, in die Zukunft zu sehen, anstatt an der Vergangenheit festzuhalten, die man nicht ändern konnte, als sie. Er sprach kaum von dem enormen Rückschlag, nur von dem Übeltäter, an dem sich zu rächen er geschworen hatte. Seine bemerkenswerte Erholung konnte teilweise auf seine zwei wohlhabenden Schwäger zurückgeführt werden, von denen jeder hundert Schafe seiner eigenen Herde gestiftet hatte. Aber der Großteil von Georges Beständigkeit konnte auf seine Härte und Entschlossenheit zurückgeführt werden. Als sie zum Frühstück hinunterging, erwartete Sally nicht, ihren Mann noch im Haus vorzufinden. Er hatte sich angewöhnt, früh aufzustehen und den ganzen Tag auf dem Gut zu arbeiten. Aber als sie den Salon betrat, erhob er sich um sie zu begrüßen.

„Warum bist du noch hier?", fragte sie und ihre Hand flog unsicher zu ihren Haaren, um sie zu glätten.

Ein schalkhaftes Lächeln machte sich auf seinem hübschen Gesicht breit. „Meine Gegenwart vergrämt dich?"

Sie lachte. „Natürlich nicht. Ich bin froh, dass du hier bist." Sie goss sich Kaffee ein und setzte sich ihm gegenüber an den gedeckten Tisch, der neben einem großen Fenster mit Blick über ihren Gemüsegarten stand.„Ich habe beschlossen, den Vormittag mit dir und den Kindern zu verbringen", sagte er.

Sie hob eine Augenbraue.

„Das Pony sollte bald eintreffen."

Sie lächelte. „Heute?"

„Der Stallknecht holt es gerade von Ilswitch ab."

„Die Kinder werden so aufgeregt sein! Wir werden ihnen erlauben, ihm einen Namen zu geben."

Seine Lippen formten ein Lächeln. „Er ist eine Stute, und ich bezweifle, dass mein Sohn sich am Namengeben beteiligen wird." Er runzelte die Stirn. „Der Junge sollte wirklich schon sprechen. Wie alt ist er nun?"

Er wusste genau, wie alt Sam war! Sie sah ihn finster an. „Er ist achtundzwanzig Monate alt."

„Es muss etwas nicht mit ihm stimmen."

Sie sah ihn noch finsterer an. „Es ist alles völlig in Ordnung! Du hast bestimmt beobachtet, dass er einen überaus scharfen Verstand besitzt."

George zuckte mit den Schultern. „Er scheint klug genug zu sein."

„Mehr als genug", sagte sie zwischen

zusammengebissenen Zähnen. „Erstens kennt er alle Farben. Ich muss ihm nur sagen, er sollte mir die grüne Mütze bringen und er weiß genau, von welcher ich spreche – und die rote oder blaue. Miss Primble bestätigte, dass es keine Farbe gibt, die er nicht kennt. Mrs. Howells vierjährige Tochter kann Farben immer noch nicht auseinanderhalten."

Er grinste. „Dann haben deine sonntäglichen Gespräche auf den Kirchenstufen doch einen Wert."

„Sei kein Monster. Du weißt, dass dir wichtig ist, dass Mrs. Howell mich akzeptiert – und alle anderen in der Gemeinde auch."

„Oh, darüber brauche ich mir keine Sorgen zu machen. Du wurdest bereits von jedem in der näheren Umgebung von Hornsby akzeptiert."

Sie ließ ein Scone auf ihren goldverzierten Porzellanteller plumpsen und strich Butter darauf. „Es könnte ein kleines Problem mit dem Pony geben."

„Ich weiß", sagte er stirnrunzelnd. „Ich hätte zwei kaufen sollen."

Sie nickte. „Sam wird es nicht teilen wollen."

„Er wird lernen müssen, dass wenn er auf dem Pferd reiten will, er es teilen muss", sagte George streng.

* * *

Nach dem Frühstück holten sie die Kinder und gingen mit ihnen zu den Stallungen. „Kannst du dich daran erinnern, wie die Ställe in deiner Kindheit ausgesehen haben?", fragte George Sally.Sie war leicht gekränkt, dass er *deine* Kindheit gesagt hatte – als ob er ihren Altersunterschied betonen wollte – und vielleicht all die anderen Unterschiede zwischen ihnen. Sie nickte ernsthaft und versuchte nicht an den Kummer zu denken, den sie in seiner Stimme hören konnte. Die Stallungen hatten einst Rennpferde und Hengste und Ponys und vier zusammenpassende graue Pferde für die Kutsche beherbergt. In jedem Stall war ein Pferd gewesen. Ihr Herz schmerzte für George. „Was für ein Jammer, dass dein Vater in seinen letzten Lebensjahren so viele Veränderungen durchgeführt und dein Geburtsrecht verschwendet hat."

Er lachte verbittert. „Er hat sich nach Mamas Tod tatsächlich in einen Halunken verwandelt." Seine Augen trafen ihre und er nahm ihre Hand. „Ohne dich hätte ich genau dasselbe getan wie er. Ich hätte meinen missratenen Weg fortgesetzt, bis nichts mehr für die Kinder übrig geblieben wäre. Es ist auch jetzt nicht viel über, aber ich werde Hornsby wiederherstellen."

Sie drückte seine Hand. „Bitte danke mir nicht dafür, dich verändert zu haben! Es war deine eigene Entscheidung, die Kinder vor dich zu stellen. Als mir bewusstwurde, dass du vorhattest ..." – den Gedanken zu vollenden war schwierig, aber sie musste die Wahrheit aussprechen – „... dich aufzuopfern, war ich so stolz auf dich wie nie zuvor."

Er blieb plötzlich stehen und nahm ihre beiden Hände in seine. „Sag niemals wieder, dass es ein Opfer für mich war, dich zu heiraten. Es war die beste Entscheidung, die ich je getroffen habe."

Ihr Herz schwoll in ihrer Brust. Natürlich meinte er *für die Kinder*. Trotzdem ... er bereute es nicht. Sie traf seinen Blick mit wässrigen Augen und streckte ihre Hand aus, um seine Wange zu streicheln, die wie gemeißelt zu sein schien. Er legte seine Hand auf ihre und führte sie zu seinen Lippen. „Danke für alles", sagte er mit heiserer Stimme.

Die lachenden Stimmen der Kinder und das glückliche Bellen ihres Hundes waren zu hören, als sie über die hügelige, grüngesättigte Parklandschaft liefen und ihre Eltern versuchten, sie einzuholen. Es war eine Freude, Sams kleine Beine zu beobachten, die ihn so schnell trugen wie sie nur konnten. Er kannte den Weg zu den Stallungen so gut wie sein Vater und er war entschlossen, als Erster bei dem neuen Pony einzutreffen.

Als sie bei den Ställen ankamen, striegelte Ebenezer das graue Pony.

„Es sollte nicht zu viel für das Pferd sein, langsam mit einem Kind auf dem Rücken zu traben", sagte er um des Stallknechts willen. Er nahm die Zügel und führte das Pony zum offenen Tor. Das Pony trat beinahe auf Sam, der begierig darauf war, seinen wunderbaren neuen Besitz zu begutachten. George wirbelte herum, um das irrende Kind anzusehen und sagte verärgert: „Du darfst dich niemals hinter ein Pferd stellen! Du hättest verletzt werden können!" Er hob den erschrockenen Jungen hoch. Seine Stimme war sanfter, als er mit seiner Tochter sprach: „Weißt du was, Liebling, ich werde Sam erlauben, als Erster zu reiten, aber ich werde dir erlauben, einen Namen für das Pony auszuwählen. Und vergiss nicht, dass es ein Mädchen ist."

Sally lächelte über die Gerissenheit ihres Mannes – und seinen Selbstschutz. Natürlich würde Sam zuerst reiten müssen – und bestimmt am längsten – wenn sie nicht wollten, dass seine Gereiztheit ihnen den Tag verdarb. Georgettes liebliches, kleines Gesicht leuchtete, als sie beobachtete, wie Sam auf das Pony gehoben wurde. Sally nahm ihre Hand und sie folgten den Männern aus dem Stall und gingen hinter ihnen her, während George Sam geduldig beibrachte, wie man auf einem Pferd saß.Sams kleinen Körper auf dem Pferd zu sehen, füllte Sally mit Angst. Er war schrecklich klein, um alleine zu reiten.

George brachte Sam bei, wie man reitet, als wäre sein Sohn ein kleiner Mann, und doch war er geduldig und seine Stimme war sanft. Als Sally George und seinen Sohn beobachtete, machte sie eine höchst aufregende Entdeckung. George genoss dies genauso sehr wie Sam. Und da sie George so gut kannte, konnte er diesen Stolz nicht vor ihr verbergen. Es war offensichtlich in seinem Benehmen. Es war die Art Stolz, die ein Vater seinem Sohn gegenüber hat. Sie wäre nicht sicher gewesen, wie sie es erklären sollte, aber seine beschützende Umgangsweise mit Sam war komplett anders als die, die er bei seiner Tochter zur Schau stellte.Mittlerweile war Georgette so aufgeregt darüber, dem Pony einen Namen zu geben, dass sie jegliches Interesse daran, ihren Bruder zu beobachten, verloren hatte. „Matilda ist ein sehr guter Name", sagte das kleine Mädchen.

„In der Tat", stimmte Sally zu und streichelte Georgettes dichtes, dunkles Haar.

„Oder ich könnte sie Smoky nennen, weil sie grau ist."

„Das könntest du."

Das Mädchen kicherte. „Oder ich könnte sie Baby nennen, weil sie ein Babypferd ist."

Sally lachte. „Baby ist auch sehr gut. Du hast einige wunderbare Namen gefunden, Schätzchen."

Georgette lächelte ihre Stiefmutter an. „Welcher

gefällt dir am besten?"

„Das kann ich nicht sagen. Sie sind alle gut. Du musst selbst entscheiden."

„Oh je, was für ein Deminna."

Sally brach beinahe in lautes Gelächter aus. „Du meinst Dilemma, Schätzchen."

Ohne die Fassung zu verlieren, fuhr Georgette fort. „Was für ein Dilemma, einen guten Namen für unser neues Pony auszuwählen." Sie rümpfte die Nase. „Vielleicht ist Smoky doch nicht so gut. Es erinnert mich eher an ein Bubenpferdchen."

„Da hast du vielleicht recht", stimmte Sally zu.

„Ich hab's! Ich werde Sam fragen." Georgette lief voraus; ihr weißes Rüschenkleid flog hinter ihr her und ihre dunklen Locken wehten im Wind wie eine Fahne. Als sie bei ihrem Bruder ankam, war sein Gesicht vor Konzentration angespannt – und nicht gänzlich ohne Angst. Er hatte all den Anweisungen seines Vaters gut zugehört. Nun schien er sich davor zu fürchten, einen Blick auf seine Schwester zu werfen.

„Sam", sagte Georgette, „möchtest du das Pferd Baby nennen? Oder willst du sie Matilda nennen?"

Sally sah, wie George Sams Gesicht genau beobachtete. Zweifellos hoffte er, dass Sam antworten würde.

Sam antwortete nicht.

Was seine Schwester nicht abhielt. „Baby?", fragte sie.

Sam schüttelte den Kopf.

„Du willst das Pferdchen Matilda nennen?", sagte Georgette mit ihrer lieblichen kleinen Stimme.

Sam nickte, immer noch ohne seine Schwester anzusehen.

„Kein Wunder, dass der Junge nicht spricht", sagte George erheitert. „Es gibt keinen Grund dafür. Der kleine Wicht kommuniziert überaus gut, ohne zu sprechen."

Georgette fiel zurück und sah Sally strahlend an. „Unser Pferdchen wird Matilda heißen."„Ich glaube, das wäre auch meine Wahl gewesen", sagte Sally entschlossen. „Aber du sollst es nicht Pferdchen nennen. Es ist ein Pony. Ich weiß, du nennst es um Sams willen Pferdchen, aber er muss die richtigen Worte lernen. Wie wird er sonst lernen, zu sprechen?"

* * *

An diesem Abend, nachdem sie die Kinder ins Bett gebracht hatten, gingen Sally und George in den Salon zurück und setzten sich einander gegenüber an den Kartentisch, der nahe beim Feuer stand. George begann, die Karten auszuteilen.„Mir wurde gesagt, dass du es geschafft hast, in jeder Schlafkammer der Diener ein Feuer anzuzünden", sagte George. „Eine derartige Tat scheint mit deinen Sparmaßnahmen im Widerspruch zu stehen."

„Oh, ich spare immer noch, wo ich kann." Sie spähte über den Rand ihrer Karten. „Aber ich werde niemals das Wohlbefinden der Bewohner von Hornsby opfern. Ich finde, dass jede Person das Recht hat, in einem Zimmer ohne Frost und Zugluft zu schlafen."

„Bemerkenswert."

„Die Diener sind so dankbar für den *Luxus,* den ich ihnen ermöglicht habe, dass sie mehr als willens sind, in anderen Bereichen einzusparen."

„Ich weiß nicht, wie du es geschafft hast, aber ich bin ziemlich beeindruckt."

Sie legte ihre Hand auf seinen Arm. „Tu mir

den Gefallen, während unserer gemeinsamen Abende nicht über Geld zu sprechen. Du verdienst es, jeden Tag ein bisschen Zeit zu haben, die frei von Sorgen um das Gut ist."

Noch etwas, wofür er dankbar war. Nach der Katastrophe mit den Schafen war er kurz in Verzweiflung verfallen – Verzweiflung, die er vor Sally versteckte. Aber er hatte sich komplett davon erholt. Er hatte sich gefragt, ob der Verlust seiner Herde das Schlimmste war, das ihm widerfahren könnte. *Nein, das ist es nicht.* Jemanden zu verlieren, den man liebte, war schlimmer. Er wusste das aus Erfahrung. Und nun wusste er, dass Georgette oder Sam oder Sally zu verlieren das Schlimmste war, das passieren könnte. Schafe konnten ersetzt werden – nicht leicht, aber doch. Seine geliebte Familie konnte es nicht.

Diese nächtlichen Treffen mit Sally vor dem Feuer in seinem Lieblingszimmer waren in der Tat zu etwas Besonderem geworden. In vielerlei Hinsicht waren sie wie die frühmorgendlichen Sitzungen, die er mit Sally in Bath genossen hatte. Aber irgendwie waren sie auch anders. Obwohl sie viel weniger intim gekleidet waren, fühlte er sich ihr näher.

Sie waren einander nun viel näher – wie zwei Menschen, die die gleichen Hoffnungen und Träume haben, es sein sollten. Und sie hatten ihre gemeinsame Liebe für ihre Kinder. Mit Sally teilte er alles. Alles, außer seinem Körper.

Sein Herz schlug schneller bei der unwahrscheinlichen Aussicht darauf, Sally zu lieben. Er dachte an sie in ihrem zarten Nachthemd in Bath. Ihr Körper war nicht von der Art, der Leidenschaft erweckte. Er war zu dünn.

Aber Diana war auch dünn gewesen und seine
Leidenschaft für sie war beinahe lähmend
gewesen. Die Erinnerung an Sallys Brustwarzen,
als sie sich gegen den feinen Stoff des
Nachthemds abzeichneten, erregte ihn.

Du lieber Himmel, es war zu lange her
gewesen, dass er wegen einer Frau sexuell erregt
war. Vielleicht erklärte das die Stärke seiner
Erektion. Er konnte nicht sprechen. Er konnte
sich nicht auf seine Karten konzentrieren. Er
konnte nur fühlen. Die pulsierende Männlichkeit
fühlen, die unter dem Kartentisch beinahe
explodierte. Das Verlangen fühlen, Sally in seine
Arme zu schließen. Das Bedürfnis fühlen, sie
unter sich zu haben, sich selbst in ihr umhüllt zu
spüren. Sein Atem stockte.

„George?"

Er hatte das Spiel dummerweise zum Stillstand
gebracht. Er legte die erste Karte in seiner Hand
ab und lächelte sie unsicher an. Er schien
unfähig, seinen Blick von ihrem vom Feuer
erleuchteten Gesicht und seinen Schattierungen
von Honig- und Brauntönen mit ihren glühenden
dunklen Augen im Mittelpunkt zu nehmen.
Willingham hatte recht gehabt. Sally war reizend.
George war so verdammt besessen von Diana
gewesen, dass er sich nicht erlaubt hatte, Sallys
attraktives Aussehen zu erkennen. Nun konnte er
sich kaum daran erinnern, wie Diana ausgesehen
hatte. Er hatte versucht, sich Dianas Stimme
vorzustellen, war dazu aber nicht in der Lage
gewesen. Bedeutete das, dass er Diana nicht mehr
liebte? Hatte sie endlich sein Herz losgelassen?

Vielleicht war der Grund dafür, dass er Sallys
bescheidene Schönheit nicht erkannt hatte, dass
er sie sich immer mit diesem schrecklich glatten

Haar vorgestellt hatte. Seit sie geheiratet hatten, war Sallys Haar jedoch jeden Tag gelockt gewesen. Er fragte sich, wie sie das erreicht hatte. Tat sie es, um ihm zu gefallen?

Er schämte sich wegen seiner Oberflächlichkeit. Ob eine Frau glattes oder lockiges Haar hatte, sollte ihm völlig gleichgültig sein. Besonders, wenn es um Sally ging. Sie war so viel mehr als nur ein äußerliches Erscheinungsbild. „Weißt du, George, was wir mit den Kindern tun sollten?", fragte Sally und ihre Augen blitzten vor Freude.

Er hob eine fragende Augenbraue.

„Wir sollten einen Ausflug zum See machen. Kinder lieben Bootsfahrten. Und es wäre ein solches Vergnügen, ein Picknick abzuhalten. Ich erinnere mich, wie glücklich ich als Kind war, nach Hornsby zu kommen und über den See zu rudern. Natürlich war alles an Hornsby glorreich! Und ich war vernarrt in das Lusthaus."

„Dann werden wir morgen im Lusthaus picknicken. Ich werde euch drei um elf Uhr abholen."

Es würde ihm immer ein Rätsel sein, wie er es schaffte, das Spiel zu beenden und die Treppe neben ihr hinaufzugehen, ohne dass die Ausbuchtung zwischen seinen Beinen ihn verriet.

Als sie an der Türe zu den Kammern der Viscountess ankamen, sagte er: „Ich habe die Räume noch nicht mit ihrer neuen Einrichtung gesehen. Darf ich sie jetzt sehen?" Du lieber Himmel, hoffte er, dass sie ihn in ihr Bett einladen würde?

Ein flüchtiger Schein einer Gefühlsregung überzog ihr Gesicht. War es Angst? „Natürlich. Komm herein."

Er wusste, die Kammern würden anders aussehen. Sally war weise, nichts übrig zu lassen, was ihn an Diana und all die Intimitäten, die er mit ihr in diesem Zimmer erlebt hatte, erinnerte. Und Sally hatte es sehr gut gemacht. Es war ein komplett anderes Zimmer. Alles Rot war ausgelöscht. Das Bett – war es dasselbe Bett? – sah ganz anders aus. Es stand auf einer anderen Seite der Raumes und war in elfenbeinfarbene Seide gehüllt. Zumindest dachte er, dass es Seide war. Er kannte sich mit Stoffen nicht sehr gut aus.

Das Zimmer spiegelte Sallys Persönlichkeit wider. Dianas vergoldeter Schreibtisch war nun elfenbeinfarben. Ganz in Sallys schlichterem Stil, dachte er. Der Raum war praktisch eingerichtet, weder zu elegant, noch zu extravagant. Sein Blick schweifte vom Schreibtisch zu den elfenbeinfarbenen Vorhängen und hin zum Bett. Himmel, er wollte sie in genau dieser Minute auf diesem Bett nehmen – dann kam er auf Sally zu. „Du hast ausgezeichnete Arbeit geleistet. Es ist sehr hübsch." *So wie du,* wollte er hinzufügen.

Ihre Augen flogen auf die Wölbung zwischen seinen Oberschenkeln und er konnte ihr nicht in die Augen sehen. „Ich sollte gehen." Er drehte sich zur Türe um und verließ den Raum.

Als er in seinem Zimmer ankam und nach Erleichterung suchte, tadelte er sich dafür, sie nicht geliebt zu haben. War ihr Blick auf seine Erektion nicht eine Einladung in ihr Bett gewesen? Bei Gott, er wusste nicht, was er denken sollte. Sally war eine Jungfrau. Vielleicht wusste sie nicht einmal über Erektionen Bescheid.

Und er hätte sie nicht einfach nehmen können.

Mit einer Person, die einem etwas bedeutete, musste man sich langsam an ein derart wichtiges Ereignis annähern. Wolle er Sally überhaupt in diese Richtung lenken? Würde sie ihn annehmen, wenn er es tat? War sein Verlangen das Ergebnis tieferer Gefühle, oder war es ein vorübergehendes körperliches Bedürfnis?

Schlaf wollte in dieser Nacht nicht kommen. Er schloss seine Augen, nur um Sallys tiefgründige schokoladenfarbenen Augen auf ihm zu sehen. Er wälzte sich in seinem Bett herum und erinnerte sich an die sanfte Schwellung ihrer Brüste unter dem durchsichtigen Leinen ihres Nachtgewandes. Und, bei Gott, er wollte sie!

* * *

Sally lag auch lange wach, nachdem George sie verlassen hatte. Ihr Bruder David hatte ihr über Erektionen erzählt. Natürlich hatte sie niemals eine gesehen. Bis heute Abend.

Was sie nicht verstand – und wahrscheinlich nie verstehen würde – war, ob George ihretwegen erregt war oder wegen der Erinnerung daran, Diana in diesem Zimmer geliebt zu haben.Sally schlug mit ihrer Faust in die Federmatratze und verfluchte Diana.

Kapitel 23

Es war einer der schönsten Tage im Mai, an die George sich erinnern konnte. Die Sonne wärmte ihn durch und durch. Ihr Ausflug hatte damit begonnen, dass jedes Kind auf Matilda geritten war. Danach spazierten sie den kurzen Weg von den Stallungen zum See, wo sie das verwitterte Ruderboot bestiegen, das seit Georges Kindheit an dem wackeligen Steg vertäut war. Während er und Sally ruderten, beobachtete George, wie sich der Gesichtsausdruck seiner Kinder von vorsichtiger Neugier in lächelnde, kichernde Zustimmung verwandelte. Es war schade, dass er sie noch nie zuvor hierhergebracht hatte. Er schwor, dieses Versäumnis wiedergutzumachen. Die viel benutzten Ruder tauchten in das von der Sonne gefleckte Wasser und änderten dann ihre Richtung.

Sie hörten auf zu rudern, und das Boot trieb auf die Mitte des Sees zu. George gab beiden Kindern eine passende Anglerausrüstung.Aber seine Tochter fand kein Vergnügen daran. Zuerst hatte sie Angst vor den Würmern. Sie beruhigte sich, als ihr Vater ihr versicherte, dass sie die anstößigen Geschöpfe nicht berühren oder auch nur ansehen müsste, da sie sich tief unter Wasser befinden würden. Dann, als ihr Bruder – mithilfe seines Vaters – eine springende Forelle fing und

Georgette sah, wie der Haken sich durch den Fisch bohrte, bettelte sie darum, dass ihr Vater das hilflose Tier zurück ins Wasser werfe.Dieser Wunsch brachte George in eine Zwickmühle. Einerseits wollte er seiner Tochter den Gefallen tun. Hatte er nicht immer alles ihm nur Mögliche getan, um sie glücklich zu machen? Andererseits fühlte er sich dazu verpflichtet, dem Jungen männliche Aktivitäten beizubringen. Ein Sportsmann verschonte die Tiere nicht, die er gejagt hatte, sei es eine Regenbogenforelle oder ein Fuchs mit dickem Pelz. Er kam letztendlich zu dem Entschluss, dass er dem Jungen ein beispielhaftes Vorbild sein musste.

George blickte Sally ernsthaft an.

Ohne dass er ein Wort sagen musste, wusste seine Frau, dass er sie darum bat, einzuschreiten. Sally war schließlich auch weiblich und würde besser wissen, wie man mit seiner zimperlichen Tochter umzugehen hatte.Sally legte eine Hand sanft auf Georgettes Schulter. „Ich glaube, Schätzchen, dass Fischen ein Sport für Männer und Burschen ist. Es ist ein bisschen ekelhaft, nicht wahr?"

Georgettes rümpfte die Nase, als sie antwortete. „Es ist abscheulich."

Ein Lächeln umspielte Georges Lippen. Die Fähigkeit seiner Tochter, Erwachsene nachzuahmen, täuschte über ihr zartes Alter hinweg. Es war ein Jammer, dass Kinder so schnell erwachsen werden mussten.

„Genau", sagte Sally und hob die Ruder auf. „Du und ich werden ans Ufer rudern und zum Lusthaus gehen. Du musst mir helfen, das Picknick vorzubereiten."

Georgettes Gesicht leuchtete auf. „Können wir

das Picknick im Lusthaus haben?"

„Wenn du es gerne möchtest, mein Schatz."

Ein Gentleman konnte einer Lady nicht erlauben, alleine zu rudern. George lockerte seinen Griff um Sams Angel. „Halte die Angel wie ein großer Junge", wies George ihn an, als er das andere Paar Ruder nahm und zu rudern begann.

„Du musst nicht helfen", sagte Sally. „Es ist nur eine kurze Distanz und ich bin sicher, dass ich es alleine schaffe." Sie sah zu Sam. „Du solltest lieber Sam helfen. Er ist viel zu klein für eine derart große Verantwortung."

„Er wird sich besser schlagen, wenn er es alleine versucht."

Sobald er die Worte ausgesprochen hatte, verschwand Sams Angel in den dunkelgrünen Tiefen des Sees. Sam ächzte und wirbelte herum, um seinen Vater anzusehen, dann zeigte er mit seinem pummeligen Finger auf die Wellen, die sich auf der Oberfläche des Wassers ausbreiteten. Er ächzte wieder.

„Vernünftige Sal. Musst du immer recht haben?" George grinste Sally erheitert an und atmete dramatisch aus. Er nahm die Angel, die Georgette zur Seite geschmissen hatte und hakte einen Wurm an. Dieses Mal nahm er Sam zwischen die Beine, legte seine Arme um den konzentrierten Jungen und hielt die Angel mit einer Hand fest. Wie dumm er gewesen war zu glauben, dass ein Zweijähriger alleine fischen könnte!

Während er und Sam versuchten, Fische zu fangen, ruderte Sally ans Ufer. Als sie angekommen waren, hob George Sam hoch und stellte ihn in die Mitte des Bootes. „Erlaube mir, den Damen aus dem Boot zu helfen." George half

Georgette und dann Sally auf den hölzernen Steg, dann wandte er sich wieder an Sam. „Möchtest du mit Mama gehen?"

Sam schüttelte den Kopf und machte einen Schritt zurück.

„Fischen?", sagte George zu dem Jungen.

Sams Kopf wippte auf und ab.

Lachend kletterte George zurück ins Boot und nahm Sam wieder zwischen die Beine, dann ruderte er wieder zur Mitte des Sees. Dort angekommen half er Sam, die Angel auszuwerfen. Nach ein paar Minuten ohne Anbiss, wurde Sam ungeduldig. Er zeigte aufs Wasser und machte Hüpfbewegungen mit seiner Hand. Dann grunzte er.Georges Augen leuchteten, als er die Pantomime seines entschlossenen Sohnes beobachtete. Der Junge war überaus gescheit. Er lernte schnell, so viel war sicher. Ohne sich dessen bewusst zu sein, drückte er seine Lippen auf die goldenen Locken seines Sohnes. Der Kopf des Jungen war warm, als hätte der metallische Schimmer seiner Haare die Hitze eingefangen.

George wurde plötzlich klar, dass Sam zu jung war, um ein anhaltendes Interesse am Fischen zu haben. Der Junge liebte Aufregung. Er wurde es nie müde, auf Matilda zu reiten – was für ein schrecklicher Name für ein Pony. George vermutete, dass Sam gerne auf dem See herum ruderte. Der kleine Kerl liebte es, in Bewegung zu sein. Und je schneller, desto besser.Es wurde George auch klar, dass sein Sohn ihm sehr ähnlich war. Sein Herz setzte einen Schlag aus ob dieser Erkenntnis. Er schluckte. Und wieder, ohne sich dessen bewusst zu sein, hielt George den kleinen Wicht fester. Der Junge fühlte sich ganz anders an, als Georgette in demselben Alter. Sie war immer federleicht gewesen. Wie ihre Mutter. Aber Sam war ein robust gebauter Junge. Georges Brust zog sich zusammen. Verdiente nicht jeder Mann, einen Sohn zu haben? Einen Sohn, der ihm ähnlich sah? Diana war gestorben, um ihm diesen Jungen zu schenken, und er hatte diesen Sohn – bis zu diesem Moment – nicht geschätzt. Plötzlich lief sein Herz vor neu entdeckter Liebe für den Burschen über.

Mit einem Lächeln beobachtete George, wie Sam sich aus seinen Armen wand und zu den abgelegten Rudern ging. So schwer sie auch waren, schaffte Sam es, sie aufzuheben und seinem Vater zu bringen. Geschwindigkeit. Das war es, was der Junge wollte. Er wollte schnell unterwegs sein.

George ruderte flott von einer Seite des Sees zur anderen. Ein Ausdruck reiner, wundersamer Freude ließ sich auf Sams aufmerksamem kleinen Gesicht nieder. Als George einen Blick auf seine Tochter warf, die das Lusthaus verlassen und auf den Steg zugegangen war, wurde ihm bewusst, dass sie eifersüchtig war. Sally hatte recht gehabt. Kinder liebten Bootsfahrten.Er ruderte auf den wackeligen Steg zu. Sally kam über den Hügel gelaufen, die Brise wehte ihr safrangelbes Kleid um die sanften Kurven ihres Körpers und ihr silberblondes Haar flog um ihren Kopf. Wann war Sally so hübsch geworden? Als sie näherkam, konnte er seinen Blick nicht von ihr abwenden, konnte den Kloss in seinem Hals nicht hinunterschlucken.

„Das Essen ist bereit", rief sie.

Essen? Das hatte er beinahe vergessen. Aktivitäten in der Sonne machten George immer hungrig. Er verwarf seine sinnlichen Gedanken an

Sally, hob Sam hoch und stieg aus dem wackeligen Boot.

Georgette und Sam liefen den Hügel zum Lusthaus hinauf, während George und Sally zurückfielen. Woher nahmen die Kinder nur all die Energie? Er wünschte, es wäre ihm danach, bergauf zu laufen. Er nahm Sallys Hand. Eine Geste, die seine Zufriedenheit vervollständigte. Zurück in Hornsby zu sein, mit seinen Kindern und der Frau, mit der er so viel geteilt hatte, machte sein Leben endlich komplett. Was mehr könnte ein Mann sich wünschen? Sein Herz klopfte schnell. Es gab nur noch Eines. Er wollte Sally zur Frau seines Herzens machen. Er wünschte, sie mit seinem Körper und seiner Seele zu lieben. Er atmete schwer, als sie den Gipfel des Hügels erreichten.Sally hatte das Essen auf den Bänken ausgebreitet, genauso wie damals, als sie zu zweit hierhergekommen waren. Nun tat es ihm leid, dass sie beschlossen hatten, hier zu essen. Unter den Bäumen zu sitzen schien viel reizvoller als auf den Marmorbänken zu essen, die auf Steinböden unter einem metallischen kuppelförmigen Dach standen. Sie würden den Schutz, den das Lusthaus bot, heute nicht brauchen. Es könnte keinen schöneren Tag geben als diesen herrlichen Nachmittag im Mai...

„Würde es dir sehr viel ausmachen, wenn wir unsere Teller näher zum See mitnehmen würden?", fragte er. „Es ist zu schön, um in einem Mausoleum zu sitzen."

„Ganz und gar nicht." Sie begann, die Körbe einzupacken.

„Das ist nicht nötig. Jeder kann seinen eigenen Teller tragen."

Sie sah ihn zweifelnd an. „Ich fürchte, jedes

Brösel würde von Sams Teller fallen, bevor er den See erreicht."

Natürlich hatte sie recht. „Ich trage seinen." George nahm beide Teller und ging den Hügel hinunter, gefolgt von seinen laufenden, vergnügt schreienden Kindern.

Sie setzten sich zusammen ins Gras am Ufer des Sees.

„Ich hoffe, die Ameisen werden uns nicht belästigen", sagte Sally und biss in ein Stück Käse.

Sally machte sich zu viele Sorgen. Seit der Sache mit den Schafen war sie von der Sicherheit der Kinder besessen.Keines der Kinder hatte großen Appetit. Es gab zu viele Ablenkungen. Sam aß ganze zwei Bissen, beide waren Heidelbeeren. Georgette versuchte einen Bissen von jedem Essen, hörte aber kurz nach einem kleinen Bissen von einem hart gekochten Ei auf, bevor sie die getrockneten Früchte probieren konnte, die Sally unbedingt von der Köchin verlangt hatte.

George und Sally tauschten amüsierte Blicke wegen der unendlichen Energie der Kinder aus. Diese hatten großen Spaß dabei, Steine ins Wasser zu werfen. Danach gingen sie ein Dutzend Mal über die buckelige Brücke und wieder zurück, bevor sie beschlossen, die Entenfamilie, die am See lebte, mit Brot zu füttern. Dann gingen sie den Hügel hinauf und liefen laut kreischend wieder hinunter.„Wie können zwei derart kleine Geschöpfe so viel Lärm machen?", fragte er.

Sie zuckte mit den Schultern und reichte ihm einen Brocken Brot. „Das Brot ist frisch gebacken."

Er versenkte seine Zähne in ein Stück und nickte. „Ich stelle fest, dass das Essen der Köchin insgesamt frischer ist, seitdem du hier bist."

Sally lachte. „Sie hat bestimmt Angst, dass sie das gleiche Schicksal ereilen könnte wie die Griesgrämin."

Er liebte es, Sally lachen zu sehen. Es gefiel ihm, dass sie keine Haube trug. Und was, wenn ihr Gesicht dunkler wurde? Er hatte sich an ihre Bräune gewöhnt. Es war ihm bewusstgeworden, dass es an der Frau, die er aus allen Gründen außer aus Liebe als seine Braut ausgewählt hatte, viel zu schätzen gab. Seine Brust zog sich zusammen. Er dachte, dass er vielleicht gelernt hatte, Sally zu lieben. Er lachte beinahe laut auf bei dem lächerlichen Gedanken, dass er sich in die ehemalige Sally Spenser verliebt hatte. Er war froh, dass die Kinder im Moment nicht in der Nähe waren. Er wünschte, ein ernstes Gespräch mit seiner Frau zu führen.

Georgette rief ihn von der Brücke: „Papa?"

Er sah sie an. Erde und Gras befleckten ihr hübsches weißes Kleid mit den himmelblauen Bändern. Ein Lächeln erhellte sein ganzes Gesicht. „Was, Liebling?"

„Dürfen Sam und ich zu Matilda gehen und ihr eine Karotte geben?"

Sein Blick flog von den Kindern zu den Stallungen, die nur hundert Yards entfernt waren. Bevor er ihnen seine Erlaubnis gab, sah er jedoch zu Sally, um ihre Zustimmung einzuholen.

Sie nickte.

Georgette ging zum Lusthaus hinauf, um eine Karotte zu holen. Als sie den Fuß des Hügels erreichte, rief sie ihrem Bruder zu: „Komm, Sam!" Sie fing an, auf die Stallungen zuzulaufen, und Sam lief hinter ihr her, entschlossen, sie einzuholen – was ihm natürlich nicht gelang. „Ich glaube Sam wird heute Nachmittag ein sehr langes Nickerchen machen", sagte Sally. „Er verausgabt sich völlig."

George drehte sich um, um Sally anzusehen und kehrte den Stallungen den Rücken zu. Er hatte nie zuvor den metallischen Schimmer in ihren Haaren bemerkt. Es war Sams sehr ähnlich. Er betrachtete die Anmut ihrer entspannten Haltung, den Ausdruck in ihren tiefgründigen braunen Augen, ihre schlanke Statur. Er hatte alles an Sally lieben gelernt. Seine Viscountess.

Er rückte näher und nahm ihre Hand. Sie blickte ihn voll Wärme an und ihre Lippen zitterten leicht vor Scheu. Sein Puls beschleunigte sich. Er wünschte sich der Frau zu erklären, die er geheiratet hatte. Was aber, wenn sie ihn nicht begehrte? Sein Magen taumelte, dann wurde ihm übel. Keine Frau hatte ihn je abgelehnt. Nicht, wenn es sich um ein Menuett oder eine leidenschaftliche Nacht handelte. Wohin auch immer der Viscount Sedgewick sein Auge geworfen hatte, war die Empfängerin nur zu glücklich gewesen, dem gut genug aussehenden Adeligen entgegenzukommen. Er schwor sich, die Liebe seiner Frau zu gewinnen.

„Genießt du unseren Ausflug?", fragte er.

Das Leuchten in ihren ausdrucksstarken Augen war seine Antwort. Sie nickte. „Ich wünschte, jeder Tag könnte so perfekt sein."

Genau das dachte er auch. Er dachte flüchtig an einen anderen ihrer Kommentare heute, der seine Gedanken widerspiegelte. Sie hatte gesagt, dass sie als Kind alles an Hornsby geliebt hatte. Tat sie das immer noch?

„Kannst du dir vorstellen, den Rest deines Lebens in Hornsby zufrieden leben zu können?", fragte er.

Ihr schmales Gesicht wurde ernst. „Hornsby war mir immer der liebste Ort auf Erden."

Sein Herz machte wieder einen Sprung. Waren all ihre Gedanken seinen so nahe? Natürlich war es nicht immer so gewesen. Die beiden waren oft aneinander geraten. Wegen Kleinigkeiten. Nie wegen wichtiger Dinge. Mit einer Ausnahme. Sally hatte sein kühles Verhalten seinem Sohn gegenüber nicht gutgeheißen. Und, wie es so oft der Fall war, hatte sie recht gehabt, ihn deswegen zu tadeln.Er räusperte sich.

„George?", sagte sie und schnüffelte mit erhobener Nase. „Nimmst du auch Brandgeruch wahr?"

Er sprang auf. Bei Gott, er roch es auch! Er wirbelte herum und suchte seine Kinder im selben Moment, in dem Sally kreischte. Ein haarsträubender Aufschrei. Eine gelbe Flamme schoss aus den Dachgiebeln der Stallungen. Die Stallungen brannten!

Er konnte nicht denken. Er konnte nicht sprechen. Er konnte nur handeln. Er lief mit höllischer Geschwindigkeit los. Sally fing auch zu laufen an, aber ihre Geschwindigkeit konnte seiner nicht gerecht werden. Es war, als würde er mit dem rasenden Tempo von zehn Hengsten dahinfliegen.

Er hoffte nur, dass er schnell genug sein würde.

Als sie sich den Stallungen näherten, rief er die Namen seiner Kinder mit dringender, erstickter Stimme, von der er nicht glauben konnte, dass es seine war. „Georgette, Sam, lauft aus dem Stall!"

Sallys Schreie hallten seine wider.

Als er nur noch einige Yards von den Ställen

entfernt war, stolperte Georgette heraus, hustend und ihre Augen rubbelnd. Kein Anblick war ihm je willkommener gewesen.

„Wo ist Sam?", fragte er mit zerbrechender Stimme.

Ihre kleinen Schultern zuckten. *Und wo war der verdammte Stallknecht?*

George rief Sally über seine Schulter zu. „Du nimmst Georgette. Ich suche Sam."

Ohne seine Geschwindigkeit zu verlangsamen, sprintete George durch die offenen Stalltüren und war sofort von dickem, grauem Rauch umgeben. Er fing an zu husten, und sein Herz schlug hart vor Angst. Wo war sein Sohn? Der verdammte Rauch war so dicht, dass er nicht wusste, ob er Sam überhaupt sehen könnte, wenn der kleine Kerl vor ihm stünde.Georges Augen brannten und tränten, und er konnte nicht aufhören zu husten. „Sam!", rief er so laut, wie seine stechenden Lungen es erlaubten. Das einzige Geräusch war das Knistern des brennenden Holzes und das angstvolle Wiehern aus den Ställen der Pferde. Obwohl er mitten in einem brennenden Gebäude stand, fröstelte es ihn.„Sam!", schrie er wieder und kämpfte sich weiter in Richtung des Stalles, von dem er glaubte, dass er Matildas war. Dieses Mal hörte er einen entfernten, gedämpften Laut. *Warum zum Teufel konnte der Junge nicht sprechen?* Das Geräusch kam – wie er dachte – aus dem Stall des Ponys.

Der Speicher, in dem das Feuer angefangen haben muss, fiel in sich zusammen und setzte die Ställe darunter in Flammen. Eine Wand von Flammen schoss keine drei Yards vor ihm in die Höhe und versengte seine Haare. Seine heiße Haut fühlte sich an wie schmelzendes Metall. Sein

Herz raste. Er musste die Ställe verlassen. Jetzt, solange es noch möglich war. Aber er konnte Sam nicht zurücklassen.

Wegen des dichten Rauches war es schwer zu sagen, welcher Stall der des Ponys war, aber er versuchte sein Glück und riss die Türe des Stalls auf, von dem er glaubte, dass er Matilda beherbergte. Er hatte recht. Das graue Tier sprang aus dem Stall und lief dem Tageslicht entgegen.Schreckliche Angst, wie er sie nie zuvor erlebt hatte, erfüllte George. *Wo ist mein Sohn?* Er konnte den Burschen nicht sehen. „Sam!", schrie er wieder. Wegen seiner brennenden Lungen brachte er nur ein zaghaftes Krächzen hervor. Er hatte nicht mehr viel Zeit.

Dann, unter dem Heuhaufen bei seinen Füßen, erblickte er ein herzzerreißendes Bild. Sam streckte seinen kleinen Kopf heraus, Stroh stand in allen möglichen Winkeln von seinem Kopf ab. Der kleine Wicht hatte sich unter dem Heuhaufen vor dem Feuer versteckt! Er schloss Sam in seine Arme und brach in Freudentränen aus.Nun galt es, zu entkommen, bevor das in Flammen stehende Gebäude über ihnen zusammenbrach! Er hielt Sam fest an sich gedrückt und lief den Mittelgang der Stallungen entlang, aber der Großteil des Zentrums war von Flammen umgeben. Er konnte nicht um sie herum, da die Ställe seine Flucht behinderten. Wenn er überleben wollte, gab es nur eine Möglichkeit. Er musste durch die Flammen laufen und das Beste hoffen.Er vergrub Sams Gesicht in der Beuge zwischen seiner Brust und seiner Schulter, bückte sich tief, und raste vorwärts. Er wusste, er müsste schneller als je zuvor sein. So, wie man mit einem Finger durch die Flamme einer Kerze fährt. Der Trick war, so schnell zu sein, dass sich das Feuer nicht anhaften konnte. Er atmete noch einmal tief die rauchige Luft ein, dann lief er los.

Erfüllt von Angst kehrte er beinahe um, aber sein Wille war stärker als seine Angst. Er musste Sam retten. Er lief mitten in die Flammen und schützte Sam mit seinem Körper. Während der ersten paar Schritte durch die Urkraft des Feuers spürte er nichts. Sobald er das Tageslicht erblickte, hatte das Feuer jedoch seinen Überrock bereits ergriffen.

Er stieß den Schrei eines sterbenden Mannes aus, konnte sich aber nicht erlauben aufzugeben, bevor er seinen Sohn in Sicherheit gebracht hatte. In der ersten Sekunde, als er die Flammen an ihm nagen spürte, vernahm er keinen Schmerz. Aber als er mehr als die Hälfte des brennenden Gebäudes durchquert hatte und der rauchfreien Luft nahe genug war, um zu hoffen, durchfuhr ihn brutaler Schmerz. Er schrie verzweifelt auf wie ein waidwundes Tier, wurde aber nicht langsamer.Dann hörte er Sallys Schreie. Sie lief ihm entgegen. Der Rauch lichtete sich. Er musste ins Freie gelangt sein. Aber, beim Teufel, er stand in Flammen"

Sally raste mit tränenüberströmten Gesicht auf ihn zu und nahm ihm Sam ab. „Leg dich hin, George! Ersticke die Flammen!", schrie sie.

Er warf sich sofort auf die Erde.

Kapitel 24

Seinen Sohn zu retten hatte George sein Leben gekostet. Das war alles, woran Sally denken konnte, als sie den Feuerball, der ihr Mann war, beobachtete, als er aus dem brennenden Stall taumelte und zusammenbrach und alles Leben aus ihm wich. Sie warf ihren eigenen Körper auf George in einem letzten, verzweifelten Versuch, die Flammen zu ersticken, die die rechte Seite seines Körpers verkohlten. Sie würde den Sturm der Gefühle, der durch sie raste, als sie ihren Mann in Flammen sah, niemals vergessen. Sie war sicher, dass er sterben würde, und sie konnte es nicht zulassen. Wie konnte sie in einer Welt ohne George weiterleben? Ihr Versuch, ihn zu retten, war so schwach, wie den Saft einer Zitrone einem verdurstenden Mann anzubieten, aber sie musste es versuchen.

Und so fand Willingham sie: auf ihrem Ehemann liegend und aus tiefster Seele herzerschütternd weinen.

Er hob sie auf und erkannte, dass die Flammen abgestorben waren. Ihr Herz schmerzte. Georges Bewegungslosigkeit sagte ihr, dass er ebenso verstorben war. Mit herzzerreißendem Wimmern warf sie sich wieder auf seinen heißen Körper und legte ihr Ohr auf sein Herz. Tränen liefen ihre Wangen herunter. Sie sah auf in die Augen des

Verwalters. „Er ist am Leben."

Willingham sah auf ihr zerrissenes Kleid und ihr rohes, geschwollenes Fleisch, wo sie sich auf die Flammen geworfen hatte. „Ihr seid verletzt."

Mit wilden Augen schüttelte sie den Kopf. „Nein! Nicht ich! Es ist George!" Sie sprang auf die Beine, fiel auf Willinghams Brust und schlug darauf ein. „Bitte rettet ihn."

Mittlerweile hatten die Arbeiter auf den Feldern den Rauch und die Flammen gesehen und waren zu den Stallungen gekommen, um das Feuer zu löschen.Willingham sandte einen der Diener, um den Doktor zu holen. „Lord Sedgewick hat starke Verbrennungen", sagte er. Dann schnappte er sich einen anderen Diener, um ihm dabei zu helfen, seinen Dienstherrn ins Gutshaus zu tragen.Sally war nur zu froh, die hysterischen Kinder an Miss Primble zu übergeben, lief zu ihrem bewusstlosen Mann und wies die Männer an, George in seine Kammer im zweiten Stock zu bringen.Adams und Mrs. MacMannis schnappten beide nach Luft, als sie ihren scheinbar leblosen Dienstherrn von zwei Männern getragen sahen. Sally raste die Treppe zu Georges Zimmer hinauf und schlug die seidene Tagesdecke zurück, gerade als die Männer Georges verbrannten Körper hereintrugen und ihn auf die feinen weißen Laken legten. Sie ging zum Fenster und öffnete die Vorhänge und ließ das strahlende Sonnenlicht herein.„Bitte", sagte sie und sah den Verwalter an, „nehmt seine Kleider ab. Ich möchte, dass er es so bequem wie möglich hat."

Willingham zog die schweren waldgrünen Samtvorhänge um das Bett zu. Sally wurde übel, als sie die Streifen zerknitterter Haut auf der Hüfte, dem Rücken, Arm und auf Teilen des geliebten Gesichts ihres Mannes sah, aber sie konnte sich nicht erlauben, ohnmächtig zu werden. George brauchte sie, und sie musste für ihn stark sein. Da sein Rücken am meisten verbrannt war, drehten die Männer ihn auf seinen Bauch, sein Gesicht ihnen zugewandt. Der Schmerz brachte ihn aus der Bewusstlosigkeit zurück und er schrie auf, als sie ihn umdrehten. Die Qual, die sein Gesicht verzerrte, bevor er wieder bewusstlos wurde, zerriss Sallys Herz.

Ohne auch nur an ihre eigenen Verletzungen oder ihr zerfetztes Kleid zu denken, stand Sally an Georges Bett und hielt seine bewegungslose Hand in der ihren.

Bald kam der Arzt. Er hastete zum Bett und öffnete die Vorhänge. Er zuckte zusammen, als er das Ausmaß der Verbrennungen sah und warf Sally einen mitleidigen Blick zu. „Ich habe eine Regel, wenn es um Verbrennungen geht, Mylady. Wenn es sich um zehn bis zwanzig Prozent des Körpers handelt, dann ist die Aussicht auf Genesung gut. Wenn es sich um dreißig bis fünfzig Prozent handelt, ist die Aussicht nicht gut. Bei über fünfzig Prozent steht der Tod bevor. Ich würde sagen, Lord Sedgewicks Verbrennungen betreffen dreißig Prozent seines Körpers."

„Ich muss Euch bitten, optimistisch zu sein, Doktor", sagte Sally streng. „Sagt uns, was wir tun können, um die Genesung zu beschleunigen. Wir werden alles in unserer Macht Stehende tun."

Der alte Mann nickte. „Zuerst müsst Ihr Eure Dienstboten ausschicken, um so viele Klettenwurzelblätter wie möglich zu sammeln. Es ist besser, jeden Tag frische zu haben."

„Aber was ist mit den klebrigen Teilen der Kletten?", fragte sie.

„Entfernt sie! Dann streicht Eiweiß auf die Blätter und legt sie auf Lord Sedgwicks Verbrennungen. Es wird Lord Sedgewicks Schmerzen sofort lindern."

Ihre Augen füllten sich mit Tränen. „Was, wenn er bewusstlos bleibt?"

Doktor Moore sah sie über die Ränder seiner Brille an und zuckte mit den Schultern.

Sally wollte schreien. Sie wollte einen ganzen See vollweinen. Sie wollte auf die Knie fallen und Doktor Moore anbetteln, George gesund zu machen. Stattdessen nickte sie. „Gibt es sonst nichts, das wir tun können?"

Er schwieg einen Moment lang, dann sagte er: „Betet, dass er kein Fieber bekommt."

Sie konnte ihren Schmerz nicht länger verbergen. Durch ihre Tränen nahm sie das Bild des Arztes nur verschwommen wahr.

Er ging auf die Türe zu. „Ich werde morgen wiederkommen."

Willingham blieb. Nicht, dass seine Anwesenheit Sally wichtig war.

Nichts war wichtig außer George. Er musste überleben!

„Es gibt etwas Böses in Hornsby", sagte sie endlich zu Willingham. „Jemand will meinen Mann in den Ruin treiben."

Willingham kam näher zu ihr und legte eine Hand sanft auf ihre Schulter. „Ich fürchte, Ihr habt recht, Mylady, aber ich schwöre, dass, solange ich lebe, ich nicht zulassen werde, dass noch etwas Böses passiert. Hornsby ist ein zu guter Ort dafür."

„Das dachte ich auch immer." Sie streichelte die verbrannte Augenbraue ihres Mannes, während ihre Augen auf seinem geliebten Gesicht ruhten. Sogar seine goldenen Wimpern waren über seinem rechten Auge versengt. Wenn er überlebte ... würde er für den Rest seines Lebens Narben haben. Das Gesicht, das sie so innig liebte, würde niemals wieder so aussehen wie zuvor. Auch wenn er grotesk aussehen würde, sie würde ihn weiterhin lieben. Sie bedauerte es nun, dass sie nicht genug Geld gehabt hatten, um Portraits in Auftrag zu geben. Sie wünschte so sehr, ein Portrait von George zu haben.Wenn er nur überlebte.Sie wirbelte plötzlich zu Willingham herum. „Seid so gut und bittet die Dienstboten, Klettenwurzelblätter zu sammeln und sie für Lord Sedgewick vorzubereiten."

Er ging auf die Türe zu, drehte sich dann um. „Wenn es sonst noch etwas gibt, das ich tun kann ..."

Sie traf seinen ernsten, getragenen Blick mit wässrigen Augen und nickte.

* * *

Mr. Basingstoke kam. Sally, die immer noch die Hand ihres Mannes umklammerte, wandte sich ihm zu. „Es ist gut, dass Ihr gekommen seid. George braucht Eure Gebete." Der jugendliche Vikar nickte, als er an Georges Bett trat. Er sah den bewusstlosen George an, Klettenwurzelblätter bedeckten sein geschwollenes Fleisch, sein Gesicht immer noch eine Grimasse des Schmerzes.Und Mr. Basingstoke begann laut zu beten.

Sally senkte den Kopf und betete mit ihm.

Nach den Gebeten liefen die Augen des Vikars über Sallys zerrissenes Kleid. „Ich verstehe, Mylady, dass Ihr Euren eigenen Körper benutzt habt, um die letzten Flammen auf Lord Sedgewick auszulöschen."

Ohne ihre Augen von George zu nehmen, nickte sie.

„Erlaubt mir, bei seiner Lordship zu verweilen, während ihr Euch umzieht, Mylady.“

„Ich kann meinen Mann nicht verlassen.“

„Aber mit Sicherheit könnt Ihr mir – oder Willingham – oder sonst jemandem, dem Ihr vertraut, erlauben, während der Nacht über Lord Sedgewick zu wachen?“

Sie sprach lauter: „Ich werde ihn nicht verlassen.“

„Aber, Mylady, er könnte wochenlang bettlägerig sein. Ihr werdet anderen erlauben müssen, auf ihn aufzupassen. Ihr müsst stark bleiben. Es gibt Kinder, die sich auf Euch verlassen.“

„Ich kann ihn nicht verlassen.“

Er senkte seine Stimme. „Also gut.“

Die Türe öffnete sich leise. Sally drehte sich nicht um, um zu sehen, wer die Kammer betrat.„Ich habe Euch etwas zu essen gebracht, Mylady.“ Mrs. MacMannis stellte ein Tablett auf Georges Schreibtisch.Sally drehte sich immer noch nicht um. „Das war überaus nett von Euch, Mrs. MacMannis. Ich bin im Moment nicht hungrig, aber vielleicht später.“ Sie wandte sich nun der Haushälterin zu. „Ich hätte allerdings gerne einen Krug Wasser und ein Glas.“

Einige Minuten später kehrte die Haushälterin mit dem Wasser zurück und stellte es auf das Tischchen neben Georges Bett.

Sally füllte das Glas dreiviertel voll und hielt es an Georges vertrocknete Lippen. „Bitte trinke etwas, Liebling“, sagte sie zu ihrem bewusstlosen Mann und kippte das Glas, bis das Wasser seine Lippen berührte.Er beherzigte ihren Wunsch nicht.

„Ich fürchte, er braucht Wasser", sagte sie mit zittriger Stimme zum Vikar.„Er wird Euch wissen lassen, wenn er es braucht."

Während der nächsten Stunden stand Mr. Basingstoke hilflos an Sallys Seite. Er brachte Georges Schreibtischsessel. „Bitte, Mylady, setzt Euch. Ihr werdet ihm genauso nahe sein."

Sie schüttelte den Kopf. „Ich kann mich nicht setzen. Vielleicht später, wenn ich müde bin. Aber nicht jetzt."

Willingham betrat die Kammer und stellte sich neben Sally und Mr. Basingstoke. „Ihr müsst mir erlauben, heute Nacht bei seiner Lordship zu bleiben, während Ihr schlaft, Mylady", sagte er.

„Ich danke Euch, für Eure Aufmerksamkeit, Sir, aber ich kann meinen Mann nicht verlassen."

„Aber, Mylady …"

Mr. Basingstoke zuckte resignierend die Schultern. „Sie will nichts davon hören, alter Freund."

Als die Uhr auf Georges Kaminsims Mitternacht schlug, seufzte Sally. „Ich bitte Euch, wertvolle Freunde, geht nach Hause." Sie wandte sich an Willingham. „Es ist wichtiger als je zuvor, dass Ihr gut ausgeruht seid. George braucht Euch, um Hornsby reibungslos weiterzuführen. Das Wissen wird ihm bei seiner Genesung behilflich sein." Dann wandte sie sich an den Vikar. „Und ich werde Euch morgen brauchen. Bitte kommt zurück." Sie bot ihre Hand dar. Beide Männer küssten sie und verabschiedeten sich.

Nachdem die Männer gegangen waren, kam Hettie in die Kammer und bat ihre Herrin, ihre Kleidung zu wechseln, aber Sally verweigerte dies.

Sally wurde müde und setze sich in den Stuhl

neben Georges Bett. Die Geräusche im Haus
verstummten. Georges verletztes Gesicht – und
die Blätter, die Teile seines Gesichts bedeckten –
wurden nur schwach von der Kerze am Nachttisch
erleuchtet. Es war kein friedliches Gesicht.

Wenn er nur ein Geräusch von sich geben würde.
Sie drückte seine Hand fester.Er machte endlich
ein Geräusch. Aber es war das schreckliche
Geräusch eines Mannes, der sich vor Schmerzen
wand. Hatte der Arzt nicht gesagt, dass die Blätter
seine Schmerzen lindern würden? Vielleicht ließ
die Wirkung nach. Er benötigte frische Blätter.

Sie läutete mit der Glocke. Adams kam. Er trug
seine gewöhnliche schwarze Kleidung, aber sie
war verdrückt. Hatte er darin geschlafen?

„Ich brauche frische Blätter für seine
Lordschaft", sagte sie.

„Mrs. MacMannis hält einige in einer
Wasserschüssel frisch. Ich werde sie holen."

„Vergesst nicht, sie mit Eiweiß zu bestreichen",
rief sie ihm nach.

Auch nachdem die frischen Blätter auf die
verbrannte Haut aufgelegt worden waren, schlug
George vor Schmerz um sich.Sie konnte nicht
länger in dem Stuhl sitzen. Jedes Mal, wenn er
sich bewegte, musste sie die Blätter wieder auf
sein verbranntes Fleisch legen, und in dem
schwachen Kerzenlicht war es schwierig, die
verbrannte Haut von der heilen zu
unterscheiden.Er erwachte bei Sonnenaufgang.

Er krümmte sich, als er sich bewegte, dann
öffnete er die Augen. „Sam?"

Ihr Herz machte einen Sprung. Sie hatte
befürchtet, seine Stimme niemals wieder hören zu
können. „Es geht ihm gut, mein Liebling. Du hast
sein Leben gerettet."

Er nickte. „Ich brauche einen Brandy."

„Oh ja, Liebling", sagte sie glücklich und läutete wieder mit der Seilglocke.

Ein livrierter Lakai kam.

„Bring den Brandy aus dem Salon", wies ihn Sally an.

Als der Lakai mit der Karaffe wiederkam, versuchte George, sich aufzusetzen, aber der Schmerz hielt ihn davon ab.

Sally streichelte sanft seine Augenbraue. „Tut es schrecklich weh, wenn du dich bewegst, Liebling?"

Er traf ihren mitleidigen Blick mit wässrigen Augen und nickte.„Der Brandy wird helfen", sagte sie beruhigend.

Er senkte die Augenbrauen. „Das sollte er, verdammt noch Mal!"

Sally goss den Brandy ins Wasserglas und hielt es an Georges Lippen. Es schmerzte sie, ihn dabei zu beobachten, wie er sich langsam erhob. Jede kleinste Bewegung brachte ihm schreckliche Schmerzen.

Mit ihrer Hilfe trank er das ganze Glas und schlief bald wieder ein. Während des Tages kamen Besucher. Willingham und der Vikar und der Arzt. George erlangte zwischendurch das Bewusstsein. Auch wenn er schlief, ließ der Schmerz nicht nach und er schrie heiser auf. Sally stellte sicher, dass die Blätter regelmäßig erneuert wurden. Sie lehnte es immer noch ab, ihn zu verlassen, nicht einmal für die wenigen Minuten, die es gedauert hätte, ihre Kleider zu wechseln.Als die Nacht zum zweiten Mal hereinfiel, begann Georges Fieber.

Kapitel 25

Sie machte sich keine Sorgen, als er nach einer weiteren Decke verlangte. Es war schließlich kühler in dieser Nacht als in der Nacht zuvor. Wie konnte ein so wunderbarer Tag sich in einen derartigen Alptraum verwandeln? Sie holte die Tagesdecke von ihrem Bett und legte sie sanft über ihn. Seine Zähne klapperten unkontrolliert, als er sprach. „Es scheint, ich befinde mich in den besten Händen."

Sie lächelte zu ihm hinab und streichelte seine Augenbraue. Seine Haut fühlte sich an, als stünde er zu nahe am Kamin. Dann erinnerte sie sich an die Worte des Arztes. *Betet, dass er kein Fieber bekommt.* Die Erkenntnis, dass Fieber ihren Mann befallen hatte, traf sie wie der Tritt eines galoppierenden Hengstes. Ihr Herz trommelte. Ihre Brust schien zu eng zu sein um Atem zu holen. Tränen brannten in ihren Augen. Aber sie konnte George nicht erlauben, ihre Angst zu sehen.

„Oh je, du bist heiß." Sie versuchte, ruhig zu sprechen. „Sei ein guter Patient und trinke ein bisschen Wasser." Sie griff nach dem Glas auf dem Nachttisch, und er versuchte, sich aufzusetzen.

„Nein, mein liebster Mann, Bewegung ist zu schmerzhaft. Ich halte das Glas an deine Lippen."

Sie hielt das Glas an seine vertrockneten Lippen und er nahm einen Schluck. Sogar diese kleine Bewegung brachte George vor Schmerz zum Zusammenzucken. „Ich brauche Brandy", murmelte er.

Brandy war das Einzige, das seinen Schmerz zu lindern schien. „Also gut, Liebling." Sie sah auf die fast leere Flasche und goss den Rest in sein Glas. Als sie es an seine Lippen hielt, sammelten sich Tränen in seinen Augen. Der Schmerz. Wenn es nur etwas gäbe, womit sie seine Schmerzen lindern konnte.Als das Glas leer war, sagte sie: „Du musst versuchen zu schlafen, Liebster." Sie sprach nicht aus, was sie dachte: Die einzige Zeit, zu der er keine Schmerzen hatte, war im Schlaf.Aber, wie es sich herausstellte, war dies nicht wahr. Sein Schlaf in den nächsten paar Stunden war alles andere als friedlich. Er zitterte unkontrolliert. Sally zog die Tagesdecke über seine Schultern und steckte sie um seinen Hals fest. Eine halbe Stunde später fing er an wie wild um sich zu schlagen und warf alle Decken und die nun getrockneten Blätter ab. Er war von Schweiß bedeckt.Der Arme. Wenn er sich ohne Decken wohler fühlte, dann gut so. Sie würde nur sichergehen müssen, dass seine Bettvorhänge vorgezogen waren, wenn weibliche Dienstboten das Schlafgemach ihres Mannes betraten. Sie legte frische Blätter auf ihn, aber bedingt durch sein Herumwälzen war dies ein unmögliches Unterfangen.Sogar ohne Decken schwitzte er weiter. Er schlug um sich und war alles andere als ruhig. Wenn er nicht stöhnte, schrie er auf. Sie hatte den gleichen Schrei zuvor von ihm gehört. Als er in Flammen gestanden hatte und aus den Stallungen gelaufen war, seinen Sohn fest an sich gedrückt.Sie rief nach einem Diener.

Adams kam und sie bat ihn um frisches Wasser im Waschbecken und um ein Tuch, um ihren Mann damit abzutupfen.

Während der nächsten Stunde versuchte sie das Fieber zu senken, indem sie seine Haut mit Wasser abkühlte. Sie kümmerte sich im Moment nicht um die Blätter. Es war unbedingt notwendig, dass sie das Fieber senkte. Sie tauchte das Tuch ins Wasser und drückte es dann sanft über seinem muskulösen Rücken aus, bis seine Haut unter dem goldenen Kerzenlicht schimmerte.

Und doch senkte sich sein Fieber nicht. Im Gegenteil, es schoss in die Höhe. Sie fürchtete sich davor, seine brennende Haut zu berühren. Er fing wieder an zu zittern. Der Schüttelfrost war zurückgekehrt. Sie deckte ihn zu und steckte die Decke um seine breiten Schultern herum fest.

Einige Minuten später wurde er ruhig. Ein friedvoller Ausdruck legte sich über sein Gesicht. Sie sah hinunter auf den Schaden, den das Feuer in seinem Gesicht angerichtet hatte. Wäre sein Gesicht in vier Teile geteilt, hatte nur ein Teil rechts unten Schaden davongetragen. Seine Wange hatte es am schlimmsten erwischt. Wie bei einem aufgeschürften Knie, begann sich eine Kruste um den Rand der Wunde zu bilden. Die Mitte war geschwollen und rot. Sie kam näher und bemerkte, dass sich gelber Schleim um die verbrannte Wunde gebildet hatte.

Ihr gesamtes Wesen brach zusammen. *Betet, dass er kein Fieber bekommt.* Oh, du lieber Gott im Himmel, er hatte Fieber! Würde George sterben? Sie wollte eiskaltes Wasser über ihn schütten, ihn auf seine gute Seite schlagen ... alles, was ihn wiederbeleben würde. Über die Alternative durfte nicht nachgedacht werden.Mit heftig pochendem Herzen fing sie an, laut zu sprechen. Als ob George sie hören könnte. „George Pembroke, Viscount Sedgewick, so wahr mir Gott helfe, du musst gesund werden! Hörst du mich?"

Die Kammertüre öffnete sich leise, und sie sah Willingham, dessen Miene finster war. „Wie geht es ihm?"

Sie brach in Tränen aus.Er eilte zu ihr und hielt sie fest, seine Arme fest um sie gelegt.

Ihre Schultern zitterten und ihre Stimme war gebrochen. „Das Fieber hat eingesetzt."

Der Verwalter versteifte sich. „Habt Ihr versucht, ihn in kaltem Wasser zu baden?"

Sie machte einen Schritt von ihm zurück und nickte.

Sie gingen zusammen an Georges Bett, Sally streichelte sanft die fiebrige Augenbraue ihres Mannes, während sie ihm beruhigende Worte zuflüsterte.

Ein paar Augenblicke später sprach Willingham. „Fieber ist nicht immer schlecht. Manchmal ist es ein Weg der Natur, Gifte aus unserem Körper auszustoßen. Wenn der Körper davon frei ist, kann die Genesung beginnen."

„Ich bete, dass Ihr recht habt."

Einige Minuten darauf brach Willingham wieder das Schweigen. „Was Euer Mann gestern getan hat, war das Tapferste, das ich je gesehen habe."

„In einen brennenden Stall zu laufen? Oder durch Flammen zu laufen, um zu entkommen?"

„Beides, in der Tat." Er räusperte sich. „Euer Sohn wird seinen Vater immer bewundern, ob Lord Sedgewick leben oder sterben wird."

Sie wirbelte herum und sah ihn böse an. „Lord

Sedgewick wird leben. Ich werde es nicht erlauben, dass negative Gedanken in seinem Krankenzimmer ausgesprochen werden. Nur heilende. Versteht Ihr mich, Mr. Willingham?"

Er schluckte. „Verzeiht mir, Mylady."

Die beiden standen ohne viel zu sprechen mehrere Stunden an Georges Bett. Um Mitternacht bat sie ihn zu gehen.„Das werde ich – nachdem Ihr Eure Kleider gewechselt habt, Mylady. Ich werde bei Lord Sedgewick bleiben, währen Ihr Euch etwas Bequemeres anzieht."

Sie starrte den Verwalter an.

„Ich denke nur an seine Lordschaft", protestierte er. „Was wird er nur denken, wenn er aufwacht und seine Frau in zerrissener Kleidung sieht? Hab Ihr nicht gesagt, dass Ihr nur positive Gedanken in dieser Kammer wünscht?"

Sie nickte. „Vielleicht habt Ihr recht. Ich hatte nicht in Erwägung gezogen, was George denken könnte." Sie ging auf die Türe zu. „Ich werde nicht länger als ein paar Minuten brauchen."

Zu ihrem Erstaunen erwartete Hettie sie. „Ich hoffte, Ihr würdet kommen, Mylady. Erlaubt mir, Euch zu helfen."

Sally fiel auf den Stuhl bei ihrem Frisiertisch, während Hettie die Nadeln aus ihren Haaren nahm und sie ausbürstete. Sally hätte nicht die Kraft aufbringen können, um es selbst zu tun. Schade, dass ihre Locken verschwunden waren. Sie hätte gern besser für George ausgesehen, aber ihr Aussehen war jetzt ihre geringste Sorge.Sie nahm ihre rußige Kleidung ab, und Hettie half ihr dabei, sich zu waschen. Sally entschied sich für ein bequemes rosa Tageskleid.

„Aber, Mylady, Ihr müsst ein bisschen schlafen. Ich weiß, Ihr habt gestern kein Auge zugetan.

Wollt Ihr Euch nicht zum Schlafen anziehen?"

„Ich kann nicht schlafen, Hettie. Mein Mann ist schwerkrank."

„Aber Mr. Willingham bot an, über Nacht bei ihm zu bleiben und Euch zu holen, sollte es notwendig sein."

„Das ist sehr nett von ihm, aber ich werde Lord Sedgewick nicht verlassen."

„Aber, Mylady ... Ihr werdet zusammenbrechen."

„Wenn das geschieht werde ich wohl schlafen müssen."

Sally schwieg, während Hettie ihr half, sich anzukleiden, dann ging sie zurück in die Kammer ihres Mannes. Willinghams Gesicht erhellte sich. „Erlaubt mir zu sagen, dass seine Lordschaft sich völlig erholen wird, wenn er seine Augen auf Euch legt, Mylady."

Sally biss sich auf die Lippe. „Ich wünschte, es wäre so einfach ..."

Nachdem Willingham gegangen war, blieb sie den Rest der Nacht über neben ihrem Mann stehen. Und es war eine grauenvolle Nacht. George warf sich herum, schrie vor Schmerzen und schwitzte vor Fieber. Er war erst heiß, dann kalt. Seine nassen Decken wurden weggelegt, nur um kurz darauf mit klappernden Zähnen wieder erbeten zu werden.Die meiste Zeit über war er bewusstlos, aber hie und da starrte er Sally an und flüsterte seinen Dank. Sie wusste, dass er im Delirium war, als er sagte: „Meine liebe Sally." Dem Himmel sei Dank, dass er sie nicht Diana genannt hatte.

Als der Morgen kam, verschwand das Fieber. Die Schmerzen jedoch nicht.

Während des Tages fuhr sie damit fort, George

mit Brandy zu stärken, aber es half nur wenig dabei, die Schmerzen zu lindern. Jedes Mal, wenn er einschlief, kamen die Schmerzen wieder und stahlen ihm den Schlaf.

Es gab einige glückliche Momente während des Tages. Einmal sagte er: „Oh Sally, meine Liebe, was würde ich ohne dich tun?" Ein anderes Mal sagte er: „Wenn ich mich bewegen könnte, würde ich dich küssen. Mein Engel Sally." Was für ein Jammer, dass es einer derart ernsten Lage bedurfte, um diese wunderbaren Worte von ihm zu hören.

Der Arzt kam wieder. Sally erzählte ihm von dem Fieber in der vorherigen Nacht. „Gott sei gedankt, dass es vorüber ist", flüsterte sie.

Er sah sie ernsthaft an. „Das Fieber wird heute Nacht wiederkehren."

Sally schnappte nach Luft. Wie sehr sie Dr. Moore und seine pessimistischen Aussagen verabscheute!

„Und Ihr, Mylady", sagte der Arzt, als die Brille seine Nase herunterrutschte, „solltet heute schlafen, wenn Ihr vorhabt, ihm heute Nacht zu helfen."

Sie konnte nicht länger leugnen, dass sie müde war. Sie hatte seit achtundvierzig Stunden nicht geschlafen. Ihre Energiereserven waren erschöpft.

Der Vikar stand neben dem Arzt. „Bitte, Lady Sedgewick, ich bitte Euch ein paar Stunden zu schlafen, während ich bei seiner Lordschaft bleibe."

Sally musste heute Nacht wachsam sein. Heute Nacht, wenn das Fieber wiederkehrte. George würde sie brauchen. Niemand konnte sich um ihn kümmern wie sie. Sie nickte und verließ die Kammer.

* * *

In dieser Nacht kam das Fieber wieder. Und in der nächsten Nacht. Jedes Mal, wenn es wiederkam, lebte eine schreckliche Angst in Sally auf. Sie versuchte sogar, sich ein Leben ohne George vorzustellen. Wie leer ein Leben ohne diesen wunderbaren, selbstlosen Mann sein würde.

Sie dachte an die düstere Art und Weise, auf die der Arzt versucht hatte, sie darauf vorzubereiten, George zu verlieren. *Wenn es sich um dreißig bis fünfzig Prozent handelt, ist die Aussicht auf Genesung nicht gut.* Wie konnte er – oder irgendjemand – Georges Schicksal mit derart willkürlichen Ziffern in Verbindung bringen? Wusste der Arzt nicht, wie ... wie unersetzbar George war? Konnte der Arzt nichts tun, um die Heilung zu unterstützen?

Sie tat dasselbe wie zuvor, Mr. Basingstoke wachte am Vormittag über George, während Sally in ihre Kammer ging, um zu schlafen. Während der Nacht überwachte sie das Krankenzimmer. Sie trug nun jeden Tag ein frisches Kleid, aber sie weigerte sich, George lange genug fernzubleiben, um ihre Haare in Locken zu legen.

Nun, da sie nicht jede Sekunde an Georges Bett verbrachte, fand Sally endlich den Mut, Glee und Felicity zu schreiben, um sie über den Unfall ihres Bruders zu informieren. Glee schrieb sofort zurück und berichtete Sally, dass Felicity schwerkrank gewesen war, dass sie selbst aber nach Hornsby kommen würde, sobald sie Felicity verlassen konnte.

In der zweiten Woche verging das Fieber. Sally dankte Gott in ihren Gebeten.

Obwohl sein Schmerz extrem groß war, wusste

Sally, dass George sich erholen würde. Sie gab ihm weiterhin Brandy oder Whiskey, um die Schmerzen zu lindern. Und sie legte immer wieder frische Blätter auf seine Verbrennungen.Nun, da er bei Bewusstsein war, beschämte ihn seine Nacktheit. „Ich muss anfangen, mich anzukleiden", sagte er zu ihr.

„Vielleicht Kniehosen", sagte sie, „aber ich fürchte, am Oberkörper Kleidung zu tragen würde zu schmerzhaft sein."

Er sah sie fragend an. „Als ich Fieber hatte ... habe ich meine Decken in deiner Gegenwart abgeworfen?"

„Ich bin deine Frau, George."

„Aber ..."

„Ende der Diskussion. Außer mein ehefräuliches Verhalten beleidigt dich." Sie sah ihn kühn an.

„Natürlich nicht, Sally. Es gefällt mir, dich als Frau zu haben. In der Tat kann ich mir niemanden auf Erden vorstellen, der eine bessere Ehefrau als du sein könnte."

Sie wollte ihn küssen.

„Noch gibt es einen Mann auf dem Planeten, der so tapfer und selbstlos ist wie du."

Er schüttelte den Kopf. „Bitte, mach keinen Helden aus mir. Ich tat nur, was jeder Vater tun würde."

„Du bist nicht wie jeder Vater. Du bist der selbstloseste Mann, den ich je gekannt habe."

„Und bist du nicht genauso selbstlos? Man berichtete mir, dass du dich auf meinen brennenden Körper geworfen hast. Das scheint eine überaus tapfere – und dumme – Tat zu sein."

„Es war gar nichts. Ich habe keinerlei Auswirkungen." Ihre Stimme brach. „Nicht so wie du."

In seinen Augen flackerte Wut auf. „Ich habe versucht zu verstehen, warum mir mehr widerfährt, als einem Mann zu ertragen aufgebürdet werden sollte."

Sie legte ihre Hand auf seine. „Aber, Liebster, das Feuer war ein Unfall."

Seine Stimme war kalt. „Ich frage mich."

Sie riss die Augen auf. „Was willst du damit sagen?"

„Ich vertraue dem neuen Stallknecht nicht. Nichts Böses ist je in Hornsby passiert, bevor er hierherkam."

Ihre Hand begann zu zittern. „Aber, George, der arme Junge will dir nichts Böses! Du kanntest ihn nicht, bevor er nach Hornsby kam."

„Er kam und bot an, ohne Gehalt zu arbeiten. Ich war ein Dummkopf, keinen Verdacht geschöpft zu haben."

„Es gab keinen Grund, etwas Böses zu erwarten. Du hast keine Feinde."

Er nickte ernsthaft. „Ich habe mir das Gehirn zermartert, um mich an alles zu erinnern, was eine derartige Feindseligkeit hervorrufen könnte, aber ich glaube wirklich nicht, dass ich mir Feinde machte. In der Tat fällt mir kein Mann ein, der mich als Feind sieht."

„Weil es keinen gibt", sagte sie.

* * *

Der Heilungsprozess war langsam, aber Georges Schmerztoleranz stieg stetig. Er zwang sich bereits zu kleinen Bewegungen. Er setzte sich im Bett auf. „Ich wünsche deine Hand zu halten, Mylady."

Sie legte ihre Hand in seine.Er sah ihr tief in die Augen. „Ich bin dir für deine Hingabe an meinem Krankenbett sehr dankbar."

Sie wollte ihm sagen, dass sie ihn nicht hätte verlassen können, ihn niemals verlassen könnte, da sie ihn von ganzem Herzen liebte. Aber, natürlich konnte sie nicht über derart dumme Gefühle plappern.

* * *

Nun, da George sich bewegen und seinen Schmerz verbergen konnte, beschloss Sally den Kindern zu erlauben, ihren Vater zu besuchen.

Am ersten Tag, als sie ihn besuchten, kam Georgette zögernd in die Kammer, als hätte sie Angst davor, ins Krankenzimmer zu kommen.

Sam tat das Gegenteil. Sobald ihm bewusstwurde, dass es sich um die Kammer seines Vaters handelte und dass es sein Vater war, der auf dem Himmelbett lag, lief er zu dem Bett und kletterte hinauf. Als er in die warmen grünen Augen seines Vaters sah, sagte er: „Papa krank?"

Mit tränenerfüllten Augen schaute Sally von Sam zu George und sah, dass sich auch in den Augen ihres Mannes Tränen sammelten.

Kapitel 26

Wenn nur nicht jede verdammte Bewegung einen derartigen Schmerz verursachen würde. Er war es leid, auf seinem Bauch zu liegen, und er hatte es satt, dass seine Frau darauf bestand, ihn mit diesen verflixten Klettenwurzelblättern zu bepflastern. Der Monat Juni war gekommen und wieder vergangen, und George hatte sein verteufeltes Bett immer noch nicht verlassen. Er konnte all das verdammte Dunkelgrün – die Farbe der Vorhänge an seinen Fenstern und um sein Bett, sowie seiner samtenen Bettdecke – nicht mehr sehen. Er sehnte sich danach, draußen unter dem blauen Himmel zu sein, frische Luft einzuatmen und über das Hornsby-Gut zu reiten.

Vor einem Monat hätte er nicht geglaubt, welch Freude eine einfache Handlung, wie sich aufzusetzen, bringen konnte. Als er sich gestern zum ersten Mal aufsetzte, erfüllte ihn diese Leistung mit Stolz. Und sobald er saß, verging der Schmerz. Es war ein Jammer, dass das Dehnen der Haut, um in diese Position zu gelangen, so schrecklich schmerzhaft war. All der Schmerz war es jedoch wert gewesen, als sein Sohn auf seinen Schoß sprang und seinen Papa anlächelte. Der kleine Wicht hatte den Schlüssel zu der innersten Kammer im Herzen seines Vaters. Kein Laut hatte George je so tief berührt, wie Sam seinen ersten

Satz zu seinem Vater sagen zu hören. Es war kein
aufregender Satz, aber es war doch ein Satz. Und
er hatte ihn nicht zu seiner Schwester oder seiner
Stiefmutter gesagt, sondern zu dem Vater, der den
stämmigen kleinen Kerl erst vor kurzem zu lieben
gelernt hatte. Nichts hätte Georges Genesung
mehr helfen können als die Worte seines Sohnes.
Der Junge hatte ihn offensichtlich vermisst. Bei
Gott, der Bursche brauchte ihn und er schwor,
dass er gesund werden und ihm ein guter Vater
sein würde.

Gestern, als Sally ihm ein Glas Scotch
eingegossen hatte, um seine Schmerzen zu
lindern, hatte George abgelehnt, es zu trinken. So
wie eine Mutter ihr Baby von ihrer Brust
entwöhnen muss, musste George sich von den
Spirituosen entwöhnen. Er durfte sich nicht
erlauben, davon abhängig zu werden. Er musste
sich dazu zwingen, seinen Schmerz allein zu
besiegen.So stark der Schmerz auch war, wusste
er, dass er Woche um Woche weniger würde. Er
würde sich abhärten und lernen, damit zu leben.
Sein nächstes Ziel war, es aus dem verdammten
Bett zu schaffen.Die andere treibende Kraft hinter
seiner Genesung war Sally. Er wünschte sich
nichts mehr, als sich zu erholen, so dass er sie in
seine Arme nehmen und zur Vollkommenheit
lieben könnte. Jedes Mal, wenn er ihren leichten
Duft wahrnahm, setzte sein Herz einen Schlag
aus. Und wenn sie ihn versehentlich mein Liebling
oder Liebster nannte, gönnte er sich den Luxus zu
glauben, dass sie ihn so liebte wie eine Frau einen
Mann liebt. Und jedes Mal, wenn sie in seine
Kammer schwebte und ihn strahlend anlächelte,
beobachtete er die weichen Rundungen ihres
schlanken Körpers voll Begierde und wurde

erregt. Ihm gefiel sogar ihr Haar – ohne Locken. Seine Sally, die Viscountess Sedgewick, war zu seinem Aphrodisiakum geworden.Was weiteres Holz in Sallys Lagerfeuer warf, war ihre völlige Hingabe für seine Genesung. Vielleicht liebte sie ihn nicht. Wahrscheinlich nicht. Aber in seinem ganzen Leben hatte er sich niemals so umsorgt gefühlt. Alles, was ihn glücklich machte, machte sie glücklich. Ihm war bewusst, dass er die wichtigste Person in ihrem Leben war.Vielleicht war es nicht Liebe, aber es war gefährlich nahe dran.

Er fragte sich: *Was, wenn Sally statt ihm verletzt worden wäre?* Der Gedanke, sie verletzt zu sehen, brachte seinen Magen aus dem Gleichgewicht. Er würde die Person, die dafür verantwortlich wäre, mit seinen bloßen Händen töten. Und er wusste, wenn Sally die Verwundete wäre, würde er sich ihrer Genesung genauso sehr hingeben wie sie seiner.War es das, was verheiratet zu sein wirklich bedeutete? Es wurde ihm warm ums Herz.Du lieber Himmel, Sally war die Frau seines Herzens. Ob sie es wusste oder nicht.

Als sie an diesem Morgen in seine Kammer kam, beobachtete er sie mit trockenem Mund und klopfendem Herzen. Guter Gott, er begehrte sie. Alles an ihr berauschte ihn.

„Wie geht es dir heute, Liebster?", fragte sie fröhlich.

Er plagte sich stöhnend in eine sitzende Position. Zum Teufel mit dieser Herumliegerei! Er wollte, dass Sally ihn als männlich sah – nicht als einen bettlägerigen Sack voll müder Knochen. „Es würde mir besser gehen, wenn ich einen Guten-Morgen-Kuss bekäme", sagte er lächelnd.

Er war ihr gegenüber noch nie so kühn

gewesen.

Sie sah ihn fragend an, als wäre sie verblüfft. Dann umspielte ein Lächeln ihre Lippen, und sie kam zu ihm und legte ihre Lippen auf seine.

Oh, die Lieblichkeit ihrer willigen Lippen! Es war nicht das steife Küsschen einer Jungfrau. Seine Sally wusste, wie man küsste!

Er zog sich zögernd zurück. *Wer zur Hölle hatte seiner Frau beigebracht, wie man küsst?* Er verabscheute den Kerl. Er nahm ihre Hand und räusperte sich. „Ich danke dir. Für den Kuss und für so viel mehr. Kein Mann hatte je einen besseren Fürsprecher, als ich in dir habe."

Ihre Wangen erröteten, als sie die Bettdecke betrachtete.

„Ich wünsche, dass du mir einen Spiegel bringst", sagte er ernsthaft.

Angst blitzte in ihren Augen auf. Sah er so widerlich aus, dass sie nicht wollte, dass er es selbst sah? Er wurde von Grauen erfüllt.

„Warum brauchst du einen Spiegel? Ich schwöre, du bist so fesch wie immer."

Dachte sie das wirklich? Hoffnung keimte in ihm auf. War es möglich, dass sie sich zu ihm hingezogen fühlte? Er konnte ihre freiwillige Teilnahme an dem Kuss nicht leugnen. „Erlaube mir, mich selbst davon zu überzeugen."

Ihr Gesichtsausdruck war ernst, als sie antwortete: „Also gut."

Sie ging durch seinen Ankleideraum, um ihren eigenen zu erreichen. Ihm wurde plötzlich bewusst, dass keiner von ihnen seit ihrer Ankunft in Hornsby die Verbindungstüre zwischen ihren Kammern benutzt hatte. Eine Praxis, die zu ändern er vorhatte.

Kurz darauf kehrte sie mit einem Handspiegel

für Damen zurück und reichte ihn George. Sein Herz trommelte. Würde er für den Rest seines Lebens ein Monster sein? War er abscheulich entstellt? Hatte er nicht bemerkt, wie unschön die Haut auf seinen Armen und Schultern verheilt war, mit einer kreisförmigen, unebenen Oberfläche, die erhärteter Lava glich? Würde die Haut auf seinem Gesicht ebenso entstellt sein?

Mit großem Bangen hob er den Spiegel näher an sein Gesicht. Und als er hineinsah, wurde ihm vor Fassungslosigkeit übel. Wie verändert er aussah! Und es war keine gute Veränderung. Glücklicherweise hatte sich seine Gesichtsform nicht verändert. Und es war gut, dass das Feuer seine Augen nicht erreicht hatte. Sie sahen immer noch völlig normal aus – genauso wie seine Nase. Aber um seinen Mund gab es eine äußerst unattraktive Verunstaltung. Als hätte er eine Lippenspalte. Er müsste in der Zukunft denen, die darunter litten, mitleidiger gegenübertreten. Er war auf die Entstellung der Haut vorbereitet gewesen, die niemals wieder weich sein würde. Die rohe, gerötete Haut auf seinen Wangen und seinem Hals glich der auf seinem Arm.

Sein Spiegelbild machte ihn krank. Er gab ihr den Spiegel zurück.

Sally musste seine Enttäuschung gespürt haben, denn sie streichelte ihm liebevoll über die verbrannte Wange.

„Was für ein Glück wir haben, dass es immer noch dasselbe geliebte Gesicht ist."

Geliebtes Gesicht? Sein Herz klopfte. Ihre Worte waren ihm so sehr willkommen, dass er beinahe seine große Enttäuschung vergaß. Seine Augen füllten sich mit Tränen. „Ich bin hässlich." *Obwohl sie dem, zum Glück, nicht zuzustimmen schien.*

Sie sah ihn böse an. „Wie kannst du es wagen, so etwas zu sagen? Bezweifelst du mein Urteilsvermögen?"

„Sally, ich habe Augen, die, zum Glück, noch funktionieren."

Sie stemmte verärgert ihre Hände in die Hüften. „Was meinst du damit?"

„Ich meine, dass meine Narben gut sichtbar sind und sie sind hässlich."

„Sag so etwas nicht!" Tränen sammelten sich in ihren Augen, und sie sprach sanfter. „Ich habe es dir nie erzählt, aber ich erinnere mich noch daran, wie ich dich zum ersten Mal gesehen habe. Ich dachte, du wärest das schönste Geschöpf, das ich je gesehen hatte." Sie hob trotzig ihr Kinn an. „Und das denke ich immer noch."

Bevor er mit erstickter Stimme antworten konnte, wurde die Türe aufgerissen und eine bekannte Stimme begrüßte sie übermütig. Bei Jupiter, es war seine Schwester Glee, die in das Zimmer wirbelte, ihre leuchtend grünen Röcke hinter ihr wehend – und ihr Mann, Blanks, war bei ihr. Verdammt, es tat gut, sie zu sehen! Wie nett von ihnen, ihn zu besuchen.

Glee sah Sally einen Moment lang finster an. „Ich bin dir böse, da du mich nicht sofort über die ernsten Verletzungen meines Bruders informiert hast, aber ich weiß, liebste Schwester, dass du dich um wichtigere Dinge kümmern musstest." Sie nahm Sallys Hände in ihre und lächelte. Sallys Augen wurden feucht. „Wir wussten nicht einmal, ob George überleben würde."

Wenn er nur aus dem verdammten Bett aufstehen und sie trösten könnte! Jedes Mal, wenn sie sich an diesen schrecklichen Tag erinnerte, musste sie weinen. Und es tat ihm in der Seele weh, seine starke kleine Sally in Tränen aufgelöst zu sehen.

Blanks legte eine Hand auf die Schulter seiner Frau. „Dann war es besser, dass du nicht hier warst, Liebling. Du bist viel zu sensibel." Blanks wandte sich an George. „Ich muss sagen, ich habe Schlimmeres erwartet, alter Freund. Ich finde, du siehst äußerst gut aus."

Nun wandte Glee ihre ganze Aufmerksamkeit ihrem Bruder zu. „Oh, ich bin so froh, dass du immer noch der gleiche alte George bist." Sie drückte ihm einen Kuss auf die Stirn. „Wie geht es dir?"

„Ich mache gute Fortschritte. Bis gestern konnte ich mich nicht einmal aufsetzen."

Glees Augen begannen vor heißen Tränen zu schwimmen.

„Kein Grund, dich in eine Heulsuse zu verwandeln", tadelte George. Er nahm ihre Hand in seine. „Es ist schön, dass ihr gekommen seid."

„Felicity wollte auch so gerne kommen, aber Moreland erlaubte es nicht." Glees Stimme wurde zu einem Flüstern. „Sie ist wieder schwanger, weißt du."

Georges Blick fiel auf Blanks, dann zurück zu Glee. „Ja, ich weiß."

„Ich weiß nicht, warum du so viel Schmerz ertragen musst", sagte Glee zu George. „Es ist ganz und gar nicht fair."

George runzelte die Stirn. „Genau das denke ich auch."

Sally machte einen Schritt auf das Bett zu, den Spiegel immer noch in ihrer Hand. „Ich möchte nicht, dass George seine Energie an negative Gedanken verschwendet. Nur positive, heilende."

„Natürlich, du hast recht", sagte Glee und

nahm die Hand ihres Bruders. „Wann wirst du aus diesem erbärmlichen Bett aufstehen können?"

Er sah Sally an.

„Wenn er dazu bereit ist, nehme ich an", sagte Sally. „Jetzt, da die Wunden verheilt sind, kann er sich wieder besser bewegen."

„Ich denke, dass ich dieses verdammte Bett bis Ende der Woche verlassen kann."

„Du sollst nicht fluchen, Liebster", sagte Sally.

Sie sei gelobt! *Liebster dies, Liebster das.* Dieser blutige Unfall hatte wenigstens etwas Gutes. Wenn es ein Unfall gewesen war.Als Sally ihren Mann „Liebster" nannte, trafen Glees leuchtende Augen Sallys. Es war, als gäbe es eine Art Geheimnis zwischen den beiden Frauen. Ein Geheimnis, das etwas mit ihm zu tun hatte. Vielleicht sollte er mit seiner Schwester unter vier Augen sprechen.Blanks stellte sich neben seine Frau. „Wie lange ist es her, dass du auf einem Pferd gesessen bist, alter Junge?"

„Ein Monat."

Blanks zuckte zusammen. „Ich schwöre, bevor ich Hornsby verlasse, wirst du wieder im Sattel sitzen."

George schenkte ihm ein müdes Lächeln.

Miss Primble brachte die Kinder für ihren Nachmittagsbesuch und Sam raste auf das Bett seines Vaters zu.

„Es tut mir furchtbar leid, Eure Lordschaft", sagte Miss Primble, „ich wusste nicht, dass Ihr Besuch habt."

George hielt Sam in seinen Armen gefangen und machte lustige, schmatzende Geräusche auf dem Hals seines Sohnes, was diesen zum Kichern brachte. „Es ist schon in Ordnung, Miss P.", sagte

George. „Erlaubt den Kindern, ein bisschen Zeit mit ihrer Tante und ihrem Onkel zu verbringen."

Glee beobachtete gespannt die angenehme Kameradschaft, die sich zwischen ihrem Bruder und seinem Sohn entwickelt hatte und ihre Augen füllten sich wieder mit Tränen.„Tante Glee!", sagte Georgette. „Wo ist Joy?"

„Das werde ich dir nur verraten, wenn du deiner Tante ein Küsschen gibst", sagte Glee liebevoll.

Georgette stellte sich auf die Zehenspitzen und Glee machte sich noch kleiner, indem sie sich herabbeugte, um den Kuss ihrer Nichte zu empfangen. „Lass mich dich ansehen!", sagte Glee. „Ich glaube, du bist gewachsen, seit ich dich letztes Mal gesehen habe. Das Landleben scheint dir gut zu tun, meine liebe Nichte."

Georgette runzelte die Stirn. „Wir waren hier sehr glücklich – bis Papa verbrannt wurde."

„Deine Mama erlaubt uns nicht, im Zimmer deines Vaters über das Feuer zu sprechen. Wir dürfen nur über seine Genesung sprechen – und diese macht gute Fortschritte, wie ich sehe."

Georgette nickte.„Ich erwarte die Kutsche, in der Joy mit ihrer Amme fährt, jede Minute. Möchtest du Ausschau halten?"

„Oh ja, das möchte ich!" Georgette hüpfte aus dem Zimmer.

Glee drehte sich wieder zum Bett ihres Bruders um. „Ich nehme an, mein Neffe hat mich völlig vergessen." Sie steckte ihre Nase in Sams kleines Gesicht. „Hallo, Sam"

Sam wirbelte herum zu seinem Vater, dann zurück zu ihr. „Papa krank!"

„Oh, George, er spricht! Ich habe dir gesagt, du brauchst dir keine Sorgen um ihn zu machen."

George küsste den Jungen auf seine lockigen Haare. „Ich bin überaus glücklich darüber, dass er seinen ersten Satz zu mir gesagt hat."

„Das liegt daran", warf Sally ein, „dass Sam sich sehr um seinen Papa gesorgt hat. Die beiden sind sich sehr nahe gekommen."

„Du hast großes Glück, einen Sohn zu haben", sagte Glee leise.

Es schmerzte George, seine Schwester verletzt zu sehen. Und, ob Blanks es wusste oder nicht, er verletzte Glee mit seiner selbstlosen Liebe für sie, seiner Angst, sie zu verlieren. George hatte einige Arbeit vor sich, wenn er Glee und Blanks wieder vollständig vereinen wollte. Auf die gleiche Art und Weise, in der er hoffte, mit Sally vereint zu sein. Bald.

Kapitel 27

Am nächsten Morgen beschloss George, nicht länger ein bettlägeriger Krüppel zu sein. Mithilfe seines Kammerdieners zog er sich an. Er versuchte, nicht daran zu denken, wie die verflixte Krawatte an seiner empfindlichen verbrannten Haut auf seinem Hals reiben würde. Der Arzt hatte ihm mitgeteilt, dass er nicht in die Sonne gehen durfte, da die Gefahr eines Sonnenbrandes auf seiner neuen Haut zu groß wäre. Weitere Verbrennungen waren das Letzte, was er wollte.Also würde er sich damit zufriedengeben müssen, die Treppe hinunterzugehen und sich in seiner Bibliothek zu beschäftigen. Es hatten sich viele landwirtschaftliche Zeitschriften angesammelt, die er lesen müsste, und natürlich war Blanks hier. Seinen besten Freund unter seinem Dach zu haben, brachte ein Lächeln auf sein langsam heilendes Gesicht.Er hatte nicht damit gerechnet, dass seine zarte Frau fast der Schlag treffen würde, als sie ihn die Treppe herunterkommen sah.„Oh, du lieber Himmel, George", rief sie ihm vom Fuße der Treppe aus zu, „bist du sicher, dass du dafür bereit bist?" Sie runzelte die Stirn sichtbar, als sie ihn beobachtete, wie er Stufe um Stufe hinunterkam.

Er hätte einen schnelleren Fortschritt bevorzugt, aber Tatsache war, dass er viel schwächer als erwartet war. Ihm ging sofort die Luft aus, wie einer älteren Person, die nicht zur gleichen Zeit sprechen und gehen konnte, ohne außer Atem zu geraten. Verdammt, er fühlte sich elendiglich wie ein alter Mann.

Glee kam in das Foyer gerannt, ihr kleines Gesicht leuchtete. „Bravo, George!", rief sie aufgeregt und sah ihn mit lächelnden Augen an. „Ich bin so stolz auf dich!"

Seine Frau andererseits war blass vor Angst. „George Pembroke! Warum hast du nicht Blanks – oder deinen Kammerdiener – gebeten, dir die Treppe hinunter zu helfen? Ich habe deine schwachen Beine vor meinem geistigen Auge unter dir zusammenbrechen und mich zur Witwe machen gesehen." Sie stampfte mit ihrem beschuhten Fuß auf. „Und ich versichere dir, ich habe kein Verlangen danach, zur Witwe zu werden."

Als er die letzte Stufe hinunterkam, hauchte er einen Kuss auf Sallys weiche Wange. „Wärest du keine lustige Witwe, meine Liebe?"

Sie stemmte die Hände kraftvoll in ihre Hüften und kniff die Augen zusammen. „Das wäre ich ganz und gar nicht!"

Es musste zugeben, dass es ihm gefiel, wenn Sally derart wütend war. Es war eingutes Wütendsein.

Adams öffnete die Haustüre und Willingham schritt ins Foyer.

„Mylord! Es tut gut, Euch zu sehen." Willinghams Augen betrachteten die Personen, die sich um George versammelt hatten.

„Ihr erinnert Euch an meine Schwester?", fragte George Willingham.

Die Augen des Verwalters blitzten auf. „Wie

könnte ich jemanden so liebenswerten wie Mrs. Blankenship vergessen?" Er verbeugte sich vor Glee und sie bot ihm ihre Hand an.

George gefiel es überhaupt nicht, wie Willingham verheiratete Frauen geradezu anschmachtete. *Seine* Sally eingeschlossen. Der Mann musste eine eigene Frau finden und damit aufhören, die Ehefrauen anderer Männer zu begehren.

Willingham löste seine Augen von Glee und sah seinen Arbeitgeber an. „Seid Ihr schon dazu bereit, über das Gut zu reiten, Mylord?"

Sally antwortete. „Bestimmt nicht! Dr. Moore meinte, dass Georges Haut in der Sonne überaus empfindlich sein wird."

George zeigte eine gepeinigte Miene. „Ich werde mich damit zufriedengeben müssen, das neue Landwirtschaftsbuch von Hodson zu lesen."

„Ich wusste nicht, dass Ihr es habt. Ich wollte es selbst auch bestellen", sagte Willingham.

„Erlaubt mir, Euch meines zu geben – nachdem ich es gelesen habe."

Blanks kam näher und nickte dem Verwalter zu. „Euer Diener, Willingham." Dann wandte er sich an George. „Ich wusste nicht, dass du schon aufstehen kannst, alter Freund."

„Dies ist mein erster Versuch. Komm, gehen wie in die Bibliothek." George hob eine Augenbraue in Richtung seines Verwalters. „Willingham?"

„Nein, Mylord, ich habe Arbeit zu erledigen. Ich bin nur gekommen, um zu sehen, ob ich Euch heute behilflich sein kann, aber wie ich sehe, werde ich nicht gebraucht."

Glee hakte sich bei Sally unter. „Ich nehme an, das ist dein erster Tag ohne Krankenpfleger-

Pflichten. Möchtest du spazieren gehen?"

„Liebend gerne", sagte Sally. „Erlaube mir, eine Haube zu holen."

Mit wachsendem Stolz beobachtete George, wie Sally graziös die Treppe hinauf glitt. Gerade in diesem Moment fiel ihm auf, dass sie ihr Haar nicht mehr in Locken legte. Vor ein paar Monaten hätte er ihr glattes Haar als grässlich unmodisch empfunden. Nun konnte er sich kaum daran erinnern, wie sie mit Locken ausgesehen hatte. Er hatte die silberblonde Feinheit ihrer Haare zu lieben gelernt. Auch wenn es strohgerade war – ihre Beschreibung, nicht seine. Er musste innerlich lachen.

Als sie in der mit Eichenholz getäfelten Bibliothek eintrafen, schloss George die Türe hinter Blanks, öffnete die olivgrünen Samtvorhänge und setzte sich seinem Freund gegenüber auf ein Sofa.

„Ist dir in den Sinn gekommen", fing Blanks an, „dass jemand versucht, dich zu ruinieren?"

George lachte spöttisch. „Ist der Himmel blau?"

„Hast du eine Ahnung, wer es sein könnte?"

George zuckte mit den Schultern. „Ich habe eine Ahnung, aber sie ergibt keinen Sinn." Blanks lehnte sich vor. „Was ergibt keinen Sinn?"

„All dies fing an, nachdem ein großer, strammer Kerl namens Ebenezer in Hornsby aufgetaucht ist. Er sagte, er hätte Erfahrung mit Pferden, suchte dringend Arbeit, und bat um Unterkunft und Mahlzeiten – kein Gehalt."

Blanks' Augenbrauen schossen in die Höhe. „Überhaupt kein Gehalt?"

„Keines. Ich schätze, es hätte eine Alarmglocke in meinem Kopf läuten sollen, aber das tat es nicht."

„Warum auch? Du hast keine Feinde."

„Ich habe mir das Gehirn zermartert, um jemanden zu finden, der mir feindselig gesinnt wäre, aber es fällt mir niemand ein."

„Mir auch nicht, mein Freund, aber es hört sich so an, als ob dich jemand hassen würde und den guten Ebenezer angeheuert hat, dich zu vernichten. Warum schmeißt du ihn nicht einfach hinaus?"

„Ich habe daran gedacht, aber ich fürchte, das würde das Problem nicht lösen. Er könnte mir immer noch schaden. Außerdem würde ich ihm lieber eine Falle stellen, um herauszufinden, wer mein Feind ist. Das Problem ist ..."

„Es wäre verdammt schwierig für dich, vierundzwanzig Stunden am Tag wach zu bleiben, um ihn zu beobachten", sagte Blanks.

Georges Augen blitzten auf. „Ich hab's! Wir stellen einen Polizisten an!"

„Eine ausgezeichnete Idee. In der Tat finde ich, du solltest um zwei ansuchen. Dann kannst du sicher sein, dass den abscheulichen Stallknecht immer einer beobachtet." Blanks räusperte sich. „Es scheint, als wäre Geld in diesem Quartal knapp. Erlaube mir, die Polizisten anzuheuern. Du kannst es mir im nächsten Quartal zurückzahlen."

„Du bist ein guter Freund", sagte George.

„Und ein Bruder."

George lehnte sich zurück, aber das tat seinem empfindlichen Rücken weh und er war gezwungen, sich wieder stockgerade aufzusetzen. „Felicity ist also wieder schwanger?", fragte George.

Blanks runzelte die Stirn. „Ich verstehe diesen Moreland nicht. Hätte schwören können, dass er den Boden anbetet, auf dem Felicity geht. Wie kann er riskieren ...?"

„Sie lieben einander. Innig, würde ich sagen." George dachte daran, wie sehr er Sally zu lieben gelernt hatte. Sie war ihm genauso wichtig wie es Diana gewesen war. Der Gedanke, sie zu verlieren, war wie ein Schwertstoß ins Herz. „Wenn zwei Menschen einander lieben, ist es nur eine natürliche Erweiterung dieser Liebe, sich ..."

Er schluckte. Sich körperlich zu lieben. Er schwor, dass Sally bis Ende der Woche wahrhaftig seine Frau sein würde.„Ich weiß", sagte Blanks mürrisch. „Ich will nicht einmal eine andere Frau. Ich begehre nur meine Frau." Seine Stimme brach ab. „Aber ich habe verdammt noch mal Angst, sie zu verlieren. Ich könnte nicht weiterleben, wenn ich Glee verlöre."

So wie ich nicht ohne Sally weiterleben könnte. „Weißt du, Blanks, vor einem Monat wurde ich fast getötet. Niemand hätte das erwartet, besonders nicht ich. Der Tod kann jederzeit jeden treffen. Du könntest morgen von einem Hengst zu Tode getrampelt werden. Und was für Erinnerungen hätte Glee dann an dich?" George wurde ernst. Als sie noch in Bath waren, hatte Sally über Glee und Blanks auf eine Art gesprochen, die ihn zu der Zeit erschreckt hatte. Es war etwas derartig Leidenschaftliches für eine Jungfrau. Aber mittlerweile war ihm bewusstgeworden, dass diese zarte Frau, die er geheiratet hatte, ungeahnte gefühlsmäßige Tiefe besaß. „Sally hat einmal etwas über dich und Glee gesagt, das ich jetzt wiederholen muss. Du weißt, dass Glee meiner Ehefrau alles anvertraut?" Sally als seine Ehefrau zu bezeichnen, erfüllte George mit einem berauschenden Besitzerstolz.

Blanks nickte. „Was hat Sally gesagt?"

„Sie sagte, dass Glee lieber in deinen Armen sterben als ohne deine Liebe bis ins hohe Alter leben würde."

Tränen sammelten sich in Blanks' Augen. Er erhob sich, ging zum Fenster und beobachtete seine schöne Frau, die mit Sally über die Wiesen ihres Elternhauses spazierte. „Ich muss einen Brief an meinen eigenen Verwalter schreiben", sagte Blanks heiser, dann drehte er sich auf seinem Stiefelabsatz um und verließ die Bibliothek.

* * *

Es war einen Monat her, seit Sally einen Schritt ins Freie getan hatte. Die Sonne schien und das Wetter war angenehm mit nur einer leichten Brise. Es war diesem schrecklichen Tag, der auch so schön begonnen hatte, sehr ähnlich gewesen,– sie konnte sich an diesen Tag nie erinnern, ohne dass sich ihre Augen mit Tränen füllten.

„Blanks hat einige seiner Arbeiter mitgebracht, um die Stallungen für George wieder aufzubauen", sagte Glee.

Sally lächelte ihre liebliche Schwester dankbar an. „Ihr beide seid so gut zu uns."

„Sind alle Ställe zerstört?"

„Ich weiß es nicht." Sally weigerte sich, auch nur in die Richtung der Stallungen zu sehen. „Ich werde nie wieder dorthin gehen, bis die letzten Reste davon verschwunden sind. Es ist zu schmerzhaft. Ich habe nicht einmal danach gefragt. Der Ort ist von einer Aura des Bösen umgeben."

„Es scheint in der Tat so, als hinge eine schwarze Wolke über dem Kopf meines Bruders."

„Ich kann dir nicht sagen, wie furchterregend

es war ... Zuerst die Abschlachtung all der Schafe, dann beinahe George zu verlieren. Und ich habe schreckliche Angst um die Kinder."

„Ich hätte es nicht erwähnen sollen. Du musst all diese Ängste loslassen. Du kannst schließlich nichts dagegen tun." Glee versuchte, Sally aufzuheitern und fing an leicht zu hüpfen. „Ich habe mich so über die Veränderung in Georges Verhalten Sam gegenüber gefreut. Ich nehme an, du bist dafür verantwortlich?"

Sally schüttelte den Kopf. „Das glaube ich nicht. Ich gebe zu, Aktivitäten geplant zu haben, die sie einander näherbringen sollten. Georges großzügiges Herz hat dann den Rest erledigt. Er liebt beide Kinder schrecklich und ist ein wunderbarer Vater."

„Ich wünschte, Blanks hätte einen Sohn", sagte Glee mit verlorener Stimme.

Sally sah Glee von der Seite an. Die Brise rauschte durch die rotbraunen lockigen Haare der anderen Frau. Es war ein Jammer, dass sie so aussah, als hätte sie gerade ihren besten Freund verloren. Und auf gewisse Art hatte sie das auch. „Du musst den Mann einfach verführen", sagte Sally und drehte in Richtung des Hauses um, da die Wiese am Waldesrand endete.

Glee riss den Mund auf. „Sally! Ich kann nicht glauben, dass dieses Wort überhaupt in deinem Vokabular ist. Du bist offensichtlich keine unschuldige Jungfrau mehr."

Aus unerfindlichen Gründen sagte Sally ihrer besten Freundin zum ersten Mal nicht die Wahrheit. „Glee, du bringst mich zum Erröten!"

Glee blieb stehen und starrte Sally an. „Du Gans, du musst es mir nicht erzählen. Ich erkenne, wenn ich dich ansehe, dass du eine geliebte Frau bist."

Glee brachte Sally in der Tat zum Erröten.

* * *

An diesem Abend spielten die vier Whist im Salon. Obwohl George begierig darauf war, Karten zu spielen, waren seine Gedanken mit seiner Lebenspartnerin, die ihm am Kartentisch gegenübersaß, beschäftigt. Als ihr Knie seines berührte. Fing sein Herz zu rasen an. Er beobachtete sie dabei, wie sie ihre Karten in ihrer Hand ordnete und er erinnerte sich an ihre sanften Berührungen, als sie seinen fiebrigen Körper gewaschen hatte. Er stellte sich vor, wie ihre Hände über seine nackte Haut strichen und sehnte sich danach, ihre nackte Haut zu streicheln, die sanften Schwellungen ihrer Brüste zu spüren, einen Pfad zu ihrem Nabel zu küssen. Und tiefer.

Sie erwischte ihn dabei, wie er sie anstarrte, und sie lächelte. Das Lächeln war wie ein Leuchtturm in einer unterirdischen Höhle.Er und Sally gewannen knapp und nur weil Sally eine überaus begabte Spielerin war. Er hatte nicht mehr mit ihr Whist gespielt, seit sie geheiratet hatten. Er erinnerte sich wieder an ihre besondere Kompetenz bei dem Spiel. Kein Mann könnte besser spielen. Sally war in so vielen Dingen kompetent. Er hatte alles an ihr zu lieben gelernt.

„Genug gespielt", sagte Sally, sammelte die Karten ein und stapelte sie am Rand des Tisches. „George hat viel zu viel an nur einem Tag getan."

„Es geht mir gut, wirklich", protestierte er. Er wollte nicht in seine einsame Kammer zurückkehren. Er wollte sich nicht von Sally trennen.

Sie schüttelte streng den Kopf und erhob sich.

„Komm, Liebster. Du musst erschöpft sein."

„Es scheint, die ehemalige Miss Spenser ist dir eine überaus gute Ehefrau, Sedgewick", sagte Blanks.

Als George zu stehen kam, machte sich ein schiefes Grinsen auf seinem Gesicht breit. „Ich versichere dir, ich habe keinerlei Beschwerden."

Sally legte ihre Hand in seine.

Du lieber Himmel! Hatte sie immer noch Angst, er würde die Treppe hinunterfallen? Oder, was noch lächerlicher schien, glaubte sie ihn davor bewahren zu können? Er lächelte sie schelmisch an. Sie verabschiedeten sich von Glee und Blanks, deren Zimmer sich im Ostflügel befanden und stiegen die Treppe hinauf. Der gleiche Gedanke hallte bei jeder Stufe wider. *Wenn sie nur mit mir in mein Bett käme.* „Du hast deine Haare heute gelockt", bemerkte er.

„Jetzt, da du mich nicht mehr jede Minute brauchst, werde ich mein Haar wieder in Locken legen."

Er blieb stehen und wandte sich ihr zu, um ihr schmales Gesicht ernsthaft anzusehen. „Tu es nicht."

„Aber ich dachte, dir gefielen Locken an mir!"

„Das taten sie, aber ich habe dich zu schätzen gelernt, so wie die Natur dich geschaffen hat und niemand könnte mir besser gefallen."

Ihre Hand strich über die verbrannte Seite seines Gesichts. „Danke, George, das ist das Netteste, was du mir je gesagt hast."

Er nahm ihre Hand und drückte seine Lippen auf ihre Handfläche. Ihr Atem stockte. Bei Gott, er wollte sie darum bitten, heute mit ihr schlafen zu dürfen. Aber er wusste, er konnte nicht so beiläufig mit Sally schlafen.

Er konnte ihren Körper erst nehmen, wenn sie wusste, dass sie seine Seele besaß.

Er ging weiter die Treppe hinauf und eine unangenehme Stille umgab sie. Oben angekommen gingen sie den Korridor entlang bis zu den Kammern der Viscountess und blieben stehen.

„Gute Nacht, Mylady", sagte er mürrisch.

Sie atmete tief ein. „George?"

Er hob ihre Hand an seine Lippen und küsste sie. „Was, meine Liebe?"

„Bitte sorge dich nicht darüber, mich zu beleidigen, solltest du ablehnen und ich wünsche nicht, dich zu erschöpfen, aber ich dachte, vielleicht könntest du wünschen ... heute Nacht in meine Kammer zu kommen."

Er könnte Halleluja singen! Zu den Engeln im Himmel! Niemals zuvor hatte er sich so exaltiert gefühlt. „Es gibt keinen Ort auf Erden, an dem ich lieber wäre."

Kapitel 28

In dem dunklen Raum angekommen, wandte sich Sally ihm zu. Ohne seine Augen von ihren zu nehmen, stieß er die Türe hinter sich zu und nahm die Lieblichkeit ihres schlanken Körpers, dessen Silhouette vor dem Kaminfeuer sichtbar war, begierig in sich auf. Er kam auf sie zu, legte seine zitternden Hände auf ihre Schultern und schaute in ihre tiefgründigen dunklen Augen. Seine Sinne erwachten mit dem Heben und Senken ihrer Brüste und ihrem süßen, blumigen Duft, ihrem warmen Atem. Er senkte seinen Kopf, um ihre Lippen zu berühren, behutsam zuerst, dann mit tiefem und allumfassendem Verlangen.

Er schwelgte in ihrem sanften Wimmern, das sie erbeben ließ, als sie ihre Arme um ihn legte, als ihr Mund sich ihm genauso hungrig öffnete wie seiner sich ihr.

So hatte er ihre erste Vereinigung nicht geplant. Er hätte der Meister sein sollen, der seine junge Braut in die Liebe einführte. Aber er fühlte sich eher wie ein Schuljunge als ein Meister in der Kunst der Liebe. Er hatte keine Geduld. Ihre Berührungen brachten ihn zum Zittern und er hatte genauso wenig Kontrolle über sich wie über die Katze seiner Tochter. Er presste Sally an sich, gegen seine Erregung. Seine begierigen Hände massierten ihre weichen Brüste. Ihr Atem war so schnell wie seiner und versicherte ihm, dass sie bereit war.

Sie war so sehr bereit, dass er seine Dankbarkeit hätte herausschreien wollen. Dann, noch kühner, fuhr er mit seiner Hand unter das seidene Korsett ihres elfenbeinfarbenen Kleides. Sie holte tief und stoßweise Luft. Als er mehr und mehr erregt wurde, streichelte er ihre harten Brustwarzen. Sie antwortete, indem sie ihren geschmeidigen Körper an ihn presste – an seine Erregung – in einer rhythmischen Bewegung, die ihn verrückt zu machen drohte.

Er bewegte sie langsam näher dem Kamin zu, denn er wollte seine Augen an ihrem Körper weiden. Als er ihr Kleid aufknöpfte, schien jeder Knopf eine Ewigkeit zu dauern. Ihr Kleid fiel zu ihren Füßen und seine Augen betrachteten begierig ihre schönen langen Beine. Als nächstes schnürte er ihr Korsett auf und trat dann einen Schritt zurück, um den silbernen Schimmer in ihrem Haar zu bewundern. Seine Augen ruhten auf der sanften Wölbung ihrer Brüste, dann auf ihrem flachen Bauch, der sich an ihrer Taille leicht wölbte. Sein Blick hielt an ihrer Unterhose inne – verdammt sei ihre Unterwäsche! Je schneller sie entfernt würde, desto besser.Er beobachtete ihr ernstes Gesicht, erwartete einen Ausdruck der Scham, der nicht kam.„Du bist wunderschön", murmelte er mit heiserer Stimme. Er kam näher und küsste ihre Brust, dann die andere. Als er in ihre Unterhose griff, gab sie ein kleines erschrecktes Keuchen von sich. Seine Hand glitt zu den Haaren tief unten. Dieses Mal war er es, der keuchte. Er keuchte vor schmerzender Erwartung.

Sally nahm seine Krawatte ab und warf sie auf

den Teppichboden. Dann knöpften ihre sanften Finger langsam sein Hemd auf. Seine Ungeduld, ihre nackte Haut an seiner zu spüren, breitete sich in ihm aus wie ein Lauffeuer. Als sie mit seinem Hemd fertig war, hielt er inne und zog seine Weste und das Hemd aus, dann seine Stiefel. Er hob Sally auf, trug sie zum, Bett und legte sie auf die seidene Tagesdecke. Er sah auf ihr Gesicht, streichelte es zart, erfreute sich an ihrem fiebrigen Blick. Er zog die Decke zurück, so dass sie sich darunter legen konnte.

Er sagte, aus Rücksicht darauf, dass sie noch Jungfrau war, und um sie nicht zu ängstigen: „Ich werde den Rest meiner Kleidung ablegen."

Sie nickte mit glühenden Augen.

Sie wandte ihren Kopf ab, als er sich auszog, aber nachdem er zu ihr ins Bett gestiegen war, sah sie ihn an und eine begierige Glut entsprang ihren Augen. Er warf die Decke zurück, zog die verflixten Unterhosen aus und stützte sich auf einen Ellbogen, um ihren schlanken Körper im Flackern des Kaminfeuers zu betrachten. Das Haar zwischen ihren Beinen war so blond wie das auf ihrem geliebten Kopf.Er schluckte und sagte heiser: „Ich habe mich schon lange danach gesehnt."

Sie antwortete, indem sie ihre süßen Lippen für einen offenen, fordernden Kuss an seine hob.

Er war nicht sicher, was er als nächstes erwarten sollte! Verdammter Grünschnabel! Es war ja nicht so, dass er es nicht schon getan hätte. Aber sogar mit Diana, die auch eine Jungfrau gewesen war, war es nicht so gewesen wie jetzt. Jetzt fühlte er sich, als könnte er vor Verlangen explodieren, und doch wusste er, dass er behutsam sein musste. Er wollte sie auf keinen

Fall verängstigen.Er hatte daran gedacht, sie zu kosten. Dort, zwischen ihren Beinen. Um ihre Jungfräulichkeit zu befeuchten. Der Gedanke daran ließ sein Herz zum Himmel schlagen. Aber wenn er seine Lippen dorthin legte, hatte er keine Garantie, dass seine unschuldige Frau nicht hysterisch aus dem Bett springen würde.

Er beschloss, sie nicht mit seinem Mund zu lieben. Vieleicht später, nachdem sie sich daran gewöhnt hatte, mit einem Mann zusammen zu sein. Vielleicht würde sie ihn sogar eines Tages auf diese Art beglücken wollen. Dort. Er konnte bei dem Gedanken kaum atmen.

Zuerst wollte er nur genießen, ihre nackte Haut auf seiner zu spüren, ihre Lippen herrlich miteinander verschmolzen. Seine praktische Frau begeisterte ihn mit ihrer unerwarteten Hingabe. Er bewegte sich auf sie zu und sie – zu seiner großen Dankbarkeit – öffnete ihre Beine für ihn. Er war nun völlig atemlos. Vorsichtig, nicht sein gesamtes Gewicht auf sie zu legen, stützte er sich über ihr ab und seine Erregung strich über ihre lieblichen blonden Locken. Mit sanften Fingern berührte er ihre Weiblichkeit. Und tiefer. Guter Gott im Himmel! Sie war für ihn bereit.

Er senkte sein Gesicht zu ihr, um sie zart zu küssen und flüsterte: „Es wird vielleicht wehtun, mein Liebling."

„Ich bitte dich, nicht aufzuhören", flüsterte sie atemlos.

Er hatte nicht gedacht, jemanden wie sie in seinem Leben finden zu können. Er strich eine verschwitzte Haarsträhne aus ihrer Stirn bevor er sie wieder küsste. Dieses Mal war der Kuss drängender, beinahe fieberhaft, als er sich in ihrer feuchten Hülle niederließ und ihre Zunge in

seinen warmen Mund saugte. Sie war eng. So
wunderbar eng. Bis jetzt hatte er sie nicht verletzt.
Sie bewegte ihre Hüften, um seinen bis jetzt
sanften Stößen zu begegnen. Dann versteifte sie
sich, ihre Finger gruben sich in seinen Rücken. Er
hielt inne und küsste sie zart. „Das Schlimmste
ist vorbei, mein Schatz."

„Bitte mach weiter, was auch immer es ist, das
du mit mir tust", stöhnte sie begierig.

Ihre Worte waren Zunder in seinem Feuer. Er
bewegte sich schneller, und seine Geliebte kam
ihm jedes Mal entgegen, bis sie aufschrie und
unkontrollierbar zitterte. Er spürte, wie die
Wärme seines Samens sich in ihrer schmelzenden
Hitze ausbreitete, und er war in seinem ganzen
Leben noch nicht so zufrieden gewesen.„Gott im
Himmel, ich liebe dich, Diana!"

* * *

Diana. Hatte ihr Mann seine Augen geschlossen
und sich vorgestellt, sie wäre Diana? Mit der
Genugtuung eines gesättigten Liebhabers hatte
ihr Mann das einzige Wort ausgesprochen, das
das Herz, das Sally ihm geschenkt hatte, brechen
konnte.

Diese offenen Gespräche, die Sally mit ihrem
Bruder geführt hatte, stürmten zurück in ihre
Gedanken. Ein Mann musste nicht in eine Frau
verliebt sein, um mit ihr zu schlafen. Wenn das
Verlangen eines Mannes groß ist, dann muss er
eine Frau haben. Irgendeine Frau.

Und das war alles, was sie für George gewesen
war. Ein williger Körper. Ein Ersatz für Diana.
Und, oh, wie bereit sie gewesen war! Sie hatte ihm
kompletten Zugang zu sich gewährt. Seine Lippen
hatten Stellen liebkost, von denen sie nie gedacht
hätte, dass ein Mann sie je erkunden würde.

Sogar jetzt, als sie unter ihm lag, von seinem Samen befeuchtet, zitterte sie unter seiner Berührung. Wellen einer starken körperlichen Explosion zerbrachen über ihr.Ein paar Minuten lang hatte sie sich erlaubt zu glauben, dass ihr Ehemann sich endlich in sie verliebt hätte. Sie würde nie vergessen, mit wie viel Verlangen seine Augen ihren nackten Körper betrachtet hatten, bevor er ihr gesagt hatte, dass sie wunderschön war. In diesen wenigen Minuten hatte sie sich erlaubt zu glauben, dass sie wirklich schön war.

George zog sich sanft von ihr zurück und küsste sie keusch auf die Stirn. „Ich liebe dich so sehr."

So wie ich dich liebe, wollte sie sagen. Aber sie musste sich an diesem letzten bisschen Stolz festhalten. Ihre Augen füllten sich mit Tränen. Als er ihr diese Worte sagte, nach denen sie sich so sehr gesehnt hatte, waren seine Augen geschlossen gewesen? Stellte er sich vor, dass sie Diana war?

Innerhalb von Minuten hörte sie das gleichmäßige Atmen ihres Mannes und wusste, dass er eingeschlafen war. Er hatte wirklich zu viel getan an seinem ersten Tag.

Sie lag lange Zeit dort, erinnerte sich an jede Berührung, jedes liebkosende Wort. Auch wenn er sie nicht liebte, war sie nun wahrhaftig seine Frau. Sie besaß seinen Samen, eine Tatsache, die ihr ein wehmütiges Gefühl der Berauschtheit bescherte. Durfte sie hoffen, Georges Baby zu tragen? Ihr Herz pochte schwer bei dem Gedanken.

Sie brauchte eine lange Zeit, nachdem George eingeschlafen war, bevor sie sich von dem Gefühl, mit ihm eins zu sein, lösen konnte. Was sie zusammen erlebt hatten, mochte für ihn nicht mehr als eine körperliche Notwendigkeit gewesen sein, aber für sie war es tiefgründiger, hatte nicht nur ihre Körper, sondern auch ihre Seelen vereint.Aber sie musste sich loslösen. Sie war zu stolz, um sich selbst zu erniedrigen, indem sie George erlaubte, sie nur zu seiner körperlichen Befriedigung zu benutzen. Sie würde sich niemals wieder erlauben, ein Ersatz für Diana zu sein.

Nachdem mehr als eine Stunde vergangen war, schlich sie sich aus dem Bett und öffnete leise die Türen ihres Kleiderschrankes. Sie nahm ein einfaches Tageskleid heraus und zog sich in der Dunkelheit an. Dann zündete sie eine Kerze an und setzte sich an ihren Schreibtisch. Mit schwerem Herzen fing sie an, einen Brief an George zu verfassen. Als sie damit fertig war, faltete und versiegelte sie ihn, schrieb seinen Namen darauf und lehnte ihn gegen den silbernen Kerzenständer. Dann blies sie die Kerze aus und verließ das Zimmer.

* * *

Als die dämmerige Sonne die ersten Strahlen in die Kammer trieb, lag George halbwach und glücklich auf dem Bett. Er wusste, es war etwas anders als an allen anderen Morgen. Erstens war es nicht so dunkel wie in seinem Zimmer. Und dann war hier dieser Duft, den er zu lieben gelernt hatte, Sallys Duft. Er erwachte gänzlich, als die lebhafte Erinnerung an die vorherige Nacht ihn mit zarten Gefühlen für Sally zu überwältigen drohte. Er drehte sich zu ihr, um ihre Haut wieder zu spüren, ihre Lippen auf seinen zu fühlen, um dort weiterzumachen, wo Erschöpfung ihn in der letzten Nacht hatte aufhören lassen.

Aber sie war nicht dort. Vielleicht war sie dem

Ruf der Natur gefolgt. Er lag träge da und wartete auf die Rückkehr seiner Frau. Als sie nach einiger Zeit nicht zurückgekommen war, stützte er sich auf die Ellbogen und sah sich im Zimmer um. Sein Herz schlug schneller, als ihm bewusstwurde, dass sie nicht hier war.

Er war gekränkt, dass seine Frau ihn verlassen hatte. Mehr noch, Enttäuschung füllte sein Herz, und das euphorische Gefühl, mit dem er aufgewacht war, war verschwunden. Es war nicht, wie es sein sollte. Irgendetwas stimmte nicht. Sein Herz machte einen Sprung. Hatte diese bösartige Kraft ihm seine Frau genommen? Er setzte sich kerzengerade auf. Wo zum Teufel war sie?Er stieg aus dem Bett und in die Kniehosen, die er in der Nacht zuvor dort hatte fallen lassen. Er konnte nichts anderes tun, als sich anzuziehen, hinunter zu gehen und seine Frau zu finden. Irgendetwas musste passiert sein.

Als er in seinen Ankleideraum ging, sah er den Brief an dem Kerzenständer lehnen. Sein Name war in Großbuchstaben darauf geschrieben. Sein Herz setzte einen Schlag aus. Mit zitternden Händen hob er ihn auf. Er hatte Angst davor, ihn zu öffnen. Sein Instinkt sagte ihm, dass er nichts Gutes bringen würde.

War er so schlecht gewesen? Es war eine lange Zeit her gewesen, aber trotzdem … und er hatte noch nicht all seine Kräfte wiedererlangt, aber trotzdem … Sie hatte so zufrieden gewirkt, wie er es gewesen war.

Und er war überaus zufrieden gewesen. Sein Atem wurde schneller bei der Erinnerung an seine tiefe Befriedigung.

Er brach das Siegel, faltete das Pergament auf und fing an zu lesen:

Liebster George,

Ich werde nicht sagen, dass mir das, was letzte Nacht zwischen uns passiert ist, leidtut. Wie könnte eine Frau sterben, ohne das erlebt zu haben, von dem ich nun weiß, dass es zwischen Mann und Frau geschieht? Sollte ich so viel Glück haben und ein Kind empfangen haben, wäre ich in der Tat überglücklich.Ich bedaure jedoch, dir mitteilen zu müssen, dass die Intimität, die wir gestern zusammen erfahren haben, nicht fortgesetzt werden kann. Du musst verstehen, dass ich dich aus Liebe geheiratet habe. Aber ich liebe dich wie meinen Bruder. Und unter diesen Umständen wäre es nicht richtig, dich weiterhin zu täuschen. Der wichtigste Grund, aus dem ich dich geheiratet habe, ist jedoch meine Liebe zu den Kindern. Ich danke dir dafür, dass du mir erlaubst, ihnen eine Mutter zu sein. Und dafür, dass du eine tiefe Zuneigung zu mir vortäuschst.

Sie hatte den Brief nicht unterschrieben.

Eine tiefe Zuneigung vortäuschen! Wie konnte eine Frau nur derartig blind sein? Er betete beinahe den Boden an, auf dem sie ging.

Er las den Brief noch einmal. Er hatte bestimmt etwas übersehen. Einen Hinweis darauf, dass alles ein Scherz war. Dass sie doch wenigstens ein bisschen für ihn empfand.

Aber er dachte an ihr Schweigen letzte Nacht, als er seine Liebe für sie verkündete. Wenn sie ihn geliebt hätte, hätte ihr Körper es wohl preisgegeben. Die Tatsache, dass es keine Preisgabe gab, musste er enttäuscht zugeben, bewies, dass sie ihn nicht liebte, so wie er sie liebte. Wie er gehofft hatte, dass sie ihn lieben würde.

Durch Flammen zu laufen, war um vieles weniger schmerzhaft gewesen als Sallys plötzliche Kälte.

Kapitel 29

Es war ein Jammer, dass Frauen eine derartige Macht über Männer haben. Bis heute hatte George nie darüber nachgedacht, was er anziehen sollte. Sein Kammerdiener war recht kompetent darin, seine Kleidung auszuwählen. Aber die marineblaue Weste, die Peters ausgewählt hatte, war ganz und gar nicht passend. Es war George plötzlich überaus wichtig, dass er umwerfend aussah. Seine Schwestern hatten ihm immer gesagt, dass ihm Braun gut stünde. Vielleicht würde Sally ihn attraktiver finden, wenn er Braun trug. „Die Braune heute, Peters", informierte er seinen Diener.

Aber wenn eine Frau nicht in einen verliebt war, war es verdammt schwer, sie dazu zu zwingen, ihre Gefühle zu ändern. Ganz egal, wie gut man in Braun aussah.

Während Peters ihn rasierte und ihm in seine Kleider half, drehten sich Georges Gedanken ausschließlich um Sally. Wie konnte er sie dazu zwingen, ihn zu lieben? Die Erinnerung an die verführerische Art, mit der sie ihn letzte Nacht angesehen und auf jede seiner Berührungen reagiert hatte, brachte sein Herz zum Rasen. Sally musste eine vollendete Schauspielerin sein.

Er wünschte, er könnte Missfallen an ihr finden. Es würde die Dinge viel einfacher machen, weniger schmerzhaft. Aber, aufgrund dessen, was sie ihm letzte Nacht gegeben hatte, liebte er sie hundert Mal mehr als am Tag zuvor. Sie war seine Welt.

Als er sich für den Tag angezogen hatte, wollte er Sally finden. Bestimmt würde er ihre Meinung ändern können. Würde ihr klarmachen können, dass das Schicksal sie zu Mann und Frau gemacht hatte.Er dachte zurück an all die törichten Mädchen, die sich ihm über die Jahre an den Hals geworfen hatten. Jede hatte versucht, sein Herz zu erobern. Aber Herzen wurden nicht bereitwillig verschenkt. Man denke nur an die verfluchte Betsy Johnson. Schon bevor sie die Schule verlassen hatte, hatte sie alles in ihrer Macht Stehende unternommen, um sich sein Herz zu schnappen. Sie war hübsch. Sie verfügte über großen Reichtum. Sie betete ihn an – oder die Aussicht darauf, Lady Sedgewick zu sein. Aber er hatte sie auf keiner Ebene ansprechend gefunden, sogar bevor er über ihre fehlende Moral Bescheid wusste.Auf die gleiche Art, wie Sally ihn nicht ansprechend fand. Die Erkenntnis traf ihn wie ein Keulenschlag. Und es gab nichts, was er tun konnte, um ihre Gefühle zu ändern.

Einfach gesagt liebte seine Frau ihn wie einen Bruder. Er liebte Felicity und Glee von Herzen, aber seine Gefühle für seine Schwestern waren auf keinen Fall so kraftvoll oder vereinnahmend – und mit Sicherheit waren sie nicht sexuell – wie die Gefühle, die er Sally entgegenbrachte, die ihn jedoch wie einen Bruder sah.

Er wünschte plötzlich, sein Bett nicht verlassen zu haben. Wie konnte er ihr gegenübertreten in dem Wissen, dass er sie niemals wieder in die Arme nehmen oder ihre weichen Lippen küssen dürfte?

Er musste die lähmenden Gedanken an sie aus seinem Sinn verbannen. Er musste an etwas anderes denken, oder an jemand anderen. Seinen Sohn. Er hatte etwas, das er Sam geben wollte.

George brauchte beinahe eine Stunde, um die silbernen Sporen zu finden, die sein Großvater für ihn hatte anfertigen lassen, als er ein kleiner Junge war. Nun würden sie seinem Sohn gehören.

Nachdem er sie einem vor Freude jubelnden Sam präsentiert hatte, ließ er Matilda für die Kinder bringen. Sie waren seit dem Tag des Feuers nicht ausgeritten.

Als sie im Foyer auf das Pony warteten, kam Sally. Sein Magen rebellierte, und er wandte seinen Blick von ihr ab.

„Ich kann dir nicht erlauben, ins Freie zu gehen", sagte sie. „Du weißt, was Dr. Moore gesagt hat!" Seine Augen flogen zu den Sporen. „Oh, Sam, was sehe ich da an deinen Füßen?", fragte sie mit honigsüßer Stimme.„Papa mir gegeben", sagte Sam und streckte ihr seinen kleinen Stiefel entgegen.

„Sie gehörten Papa, als er klein war!", rief Georgette aus.

Sally sah George an. „Ich bin sicher, dass sie Sam gefallen. Ich hoffe nur, dass er sie nicht verliert. Sie sind aus Silber gefertigt, nicht wahr?"

George nickte. „Solange er Spaß damit hat."

Adams öffnete die Türe, als Ebenezer Matilda näherbrachte. Sally starrte ihren Mann an. „Ich werde mit ihnen gehen. Ich bin sicher, du hast viel in deiner Bibliothek zu tun, Mylord."

Er war also von George – und sogar *Liebster* – zu *Mylord* geworden. Er sah bedrückt zu, wie seine Familie das Haus verließ. Er beobachtete sie weiterhin durch das Fenster in seiner Bibliothek, einen beständigen Kloß in seinem Hals. Sally war so glücklich, wenn sie bei den Kindern war. Sie waren schließlich der einzige Grund, aus dem sie ihn geheiratet hatte.

* * *

Blanks beobachtete seine Frau durch das Fenster im Salon. Sie und dieser verfluchte Willingham spazierten über die Parklandschaft. Hatte der Mann keine Pflichten zu erfüllen? Sedgewick bezahlte seinen Verwalter bestimmt nicht, um seine Schwester zu umwerben. Wusste die Schlange Willingham nicht, dass Glee eine verheiratete Frau war?

Je länger Blanks sie beobachtete, umso glücklicher sah Glee aus. Sie hatte Willingham ihr lachendes Gesicht nicht weniger als fünf Mal – seit er sie beobachtet hatte – zugewandt. Und es gefiel Blanks überhaupt nicht, dass sie ihren Arm in Willinghams einhakte. Das war viel zu intim!

Er konnte nicht länger zusehen. Er stürmte in die Bibliothek und warf die Türe hinter sich zu.

Sedgewick saß am Kamin und las eines dieser öden Landwirtschaftsmagazine, die er selbst auch gelesen hatte, als er in Sutton Hall war. Sedgewick schaute ihn über den Rand der Zeitschrift an. „Was ist los?"

Blanks durchquerte das Zimmer und sah aus dem Fenster. Seine verflixte Frau lächelte den verdammten Verwalter immer noch an. „Hat dein Verwalter nichts Besseres zu tun, als meine Frau mit Aufmerksamkeiten zu überschütten?"

George legte das Magazin nieder und stellte sich ans Fenster neben Blanks.

„Man sagt, wenn jemand glücklich ist in seinem Heim, dann gibt es keinen Grund fremdzugehen.

Kannst du ehrlich sagen, dass du deine Frau glücklich machst?"

Blanks starrte ihn an. „Ich liebe sie, um Himmels willen. Und sie weiß es nur zu gut!"

„Ich schlage vor, du zeigst es ihr. Meine Schwester sehnt sich danach, einen Sohn zu haben. Vielleicht kannst du ihr dabei behilflich sein."

Bei Gott!, dachte Sedgewick, Glee könnte sich die körperliche Liebe, die er ihr versagte, anderswo holen? Nicht seine Glee. Sie war eine zu gute Frau. „Aber sie liebt mich!"

George schaute ihn an. Sein Gesicht war so schrecklich ernsthaft, dass er gequält aussah. „Und das alleine zählt. Du weißt nicht, wie glücklich du dich schätzen kannst, die Liebe deiner Frau zu besitzen. Wünschte, ich hätte die Liebe meiner Frau."

Er war eine gequälte Seele. So wie damals, als Diana gestorben war. Und nun hatte er gelernt, wieder zu lieben, aber dieses Mal wurde seine Liebe nicht erwidert. Wenn Blanks nur etwas sagen könnte, um den Schmerz seines Freundes zu lindern. Aber alles, was er tun konnte, war eine Hand auf Georges Schulter zu legen. „Ich bin in der Tat ein glücklicher Mann." Er wandte sich vom Fenster ab und ließ sich von Georges Worten leiten. „Ich gehe jetzt zu meiner Frau."

* * *

Als Blanks auf seine Frau und Willingham stieß, stotterte der Verwalter kurz, dann entschuldigte er sich. Ohne Zögern hakte Glee ihren Arm in den ihres Mannes. „Ich wünsche mir nichts mehr, als mit dir zum Lusthaus zu gehen, mein Schatz."

Seine Gedanken flogen zurück zu dem Tag vor

so langer Zeit, als er und Glee unter dem gewölbten Dach des Lusthauses vor dem Regen Zuflucht gefunden hatten. Seine törichten Taten an jenem Tag hatten ihn dazu gezwungen, sie zu heiraten. Wenn er jetzt darauf zurückblickte, wurde ihm bewusst, dass es der glücklichste Tag seines Lebens gewesen war.Er legte seine Hand auf ihre und sie gingen an den niedergebrannten Stallungen vorbei zum See. „Meine Männer bringen heute das Holz und werden morgen damit beginnen, die Ställe wieder aufzubauen", sagte er.

Erinnerungen an seine vielen Kindheitsbesuche überkamen ihn. Es wurde ihm bewusst, dass er immer Teil von Glees und Georges Familie gewesen war. Er hatte seine glücklichsten Tage hier in Hornsby verbracht, nicht in seinem eigenen Sutton Hall.

„Weißt du, Blanks", sagte Glee und sah auf den ruhigen See hinaus, „das ist dasselbe Boot, in dem du gesessen bist, als ich dich zum ersten Mal gesehen habe."

„In der Tat? Ein Wunder, dass es immer noch schwimmt." Sie gingen den Hügel zum Lusthaus hinauf. Sein Herz raste. Sein Atem wurde schneller.

„Ich bin so froh, dass es heute nicht regnet, Liebster. Ist es nicht ein schöner Tag?"

Er hoffte, sie würde das Beben in seiner Stimme nicht bemerken. „Das ist es wahrhaftig."

In einem Moment waren sie unter der Sonne, im nächsten waren sie im Schatten des Lusthauses. Und jetzt hatte er vor, die Kontrolle zu übernehmen. Er nahm ihre Hand und führte sie zur am weitesten entfernten Säule und mit beiden Händen auf ihren Schultern presste er sie dagegen und senkte seinen Kopf zu ihrem.Sie traf seine Lippen mit atemloser Leidenschaft. Die Intensität des Kusses vertiefte sich, und er verlor sich in einem Wirbel ungezügelter Gefühle. Er nahm sie fester in seine Arme, zog sie näher an sich. Die Wölbung unter seinen Kniehosen konnte ihr keinesfalls entgehen.

Dann fing seine kleine Frau damit an, sich gegen ihn zu wiegen, langsam zuerst, aber als ihre vereinte Leidenschaft entflammte, wurde ihr Rhythmus schneller, dringender.

„Oh bitte, Blanks, mein Liebling, komm zu mir."

Er hätte genauso einfach aufhören können, wie er die Nacht hätte heraufbeschwören können. Er hob begierig ihre Röcke und zog ihre Unterhosen herunter, seine geliebte Glee öffnete ihre Beine für ihn, während sie versuchte, ihn von seinen Kniehosen zu befreien.Als er frei war, liebkoste sie seine Erregtheit gierig. Wenn er sie nicht aufhielt, würde er in ihrer Hand kommen. Das war es, was er die ganze Zeit über gewollt hatte: *nicht* in ihr zu kommen. Er zögerte damit, eine Entscheidung zu treffen und schwelgte in ihrer qualvollen Berührung.Dann traf er eine Entscheidung. Er stieß ihre Hand fort und kam ihr noch näher.

Sein Atem stockte, als er in der Wärme seiner geliebten Frau kam, nach Luft schnappend wie jemand, der dem Tod gerade entkommen war. Seine kleine Glee zitterte unkontrollierbar. Er hielt sie lange fest. Lange Zeit, nachdem ihre Leidenschaft verebbt war. Er küsste sanft ihre wundervollen kupferfarbenen Locken.Sie sah zu ihm auf, die Spuren ihrer Leidenschaft in den feuchten Strähnen ihrer Haare sichtbar, wie auch in dem rauchigen Blick ihrer fiebrigen Augen. „Hier gehörst du her", murmelte sie.

Er legte seine Hände um ihr Gesicht. „Ich hatte die Wonne beinahe vergessen, die von dir geliebt zu werden mir beschert", sagte er mit heiserer Stimme. Kurz darauf, berauscht von nassen Küssen und wachsenden Gefühlen, erlaubte er sich schließlich, aus ihr zu gleiten, und zog seine Kniehosen hinauf. Er wischte die nassen Haarsträhnen aus ihrer lieblichen Stirne und küsste ihre kecke kleine Nase.

Sie schlang beide Arme um ihn und legte ihre Wange gegen seine Brust. „Oh, mein liebster, ich kann die heutige Nacht kaum erwarten."

Kapitel 30

Blanks blieb mit George in der Bibliothek, als die Polizisten aus London eintrafen. Die beiden Gentlemen, die im gleichen Alter wie er und Blanks zu sein schienen, saßen auf der anderen Seite seines Schreibtisches. George berichtete ihnen von den finsteren Ereignissen in Hornsby, seit der neue Stallknecht eingetroffen war. „Ich wünsche, dass Ihr den Mann jede Stunde an jedem Tag beobachtet. Seid so nett und tragt weniger erkennbare Kleidung", sagte George.

Keiner der Männer hatte Einwände.

„Zwischen meinem Bruder" – George deutete auf Blanks – „und mir, sollten wir in der Lage sein, Euch auszustatten."

Blanks verließ seine Position am Fenster und kam, um mit den Männern zu sprechen. „Es ist von größter Wichtigkeit, dass wir herausfinden, wer diesen Ebenezer geschickt hat."

Einer der beiden Polizisten nahm einen kleinen Notizblock aus seiner Brusttasche. „Wir benötigen eine genaue Beschreibung des Mannes."

„Er ist nicht älter als fünfundzwanzig Jahre", sagte George. „Er ist größer als ich, aber von ähnlicher Statur."

„Der Mann ist so groß wie ich, aber muskulös wie mein Bruder", warf Blanks ein.

George erhob sich. „Ich werde ihn anweisen,

mein Pferd zu bringen." Er sah Blanks an. „Für dich, nachdem der verdammte Arzt sich mit meiner Frau verschworen hat, um mich an das Haus zu fesseln."

Blanks nickte. „Dann könnt Ihr selbst sehen, wie der Stallknecht aussieht."

„Wenn die Stallungen abgebrannt sind, wo schläft der Kerl dann?"

„In der Tat besteht er darauf, in den ausgebrannten Ställen zu schlafen", sagte George. „Gibt vor, er kann die Tiere nicht verlassen. Ich bin mir nicht sicher, was er vorhat, falls es regnen sollte."

Der andere Polizist blickte aus dem Fenster. „Sorgt Euch nicht um Regen. Wir werden ihn einsperren, bevor der nächste Regenguss kommt."

„Wenn er tatsächlich der Schuldige ist", sagte Blanks.

George runzelte die Stirn. „Er muss es sein."

* * *

Mit Hauben, um sie vor der Sonne zu schützen, verbrachten Sally und Glee den Nachmittag damit, gemütlich über die Parklandschaft vor Hornsby zu spazieren. Sally weigerte sich immer noch, zu den Stallungen zu gehen und war erfreut über Glees Vorschlag, zum See zu gehen.„Wie ich es verstehe, haben die Männer beschlossen, die neuen Ställe neben den alten zu errichten", sagte Glee. „Es ist genug von dem Gerüst geblieben, so dass die Pferde und der Stallknecht dort bleiben können, bis der neue erbaut ist."

„Ich kann kaum glauben, dass dieser schicksalhafte Tag schon zwei Monate zurückliegt", sagte Sally getragen. „So viel ist passiert. Ich bin überglücklich, dass George genesen ist, und ich schäme mich zu sagen, dass ich die Tage vermisse, an denen ich mich im Krankenzimmer um ihn kümmerte." Sie senkte die Stimme. „Ich habe es genossen, jeden wachsamen Moment mit ihm zu verbringen und ihn zu pflegen. Wir sind uns so nahegekommen. Wir werden das, was wir geteilt haben, niemals wieder erlangen."

„Oh Pustekuchen. Es ist so einfach zu erkennen wie die Nase auf meinem Gesicht, dass George dich zu lieben gelernt hat. Ein Jammer, dass er fast sterben musste, um euch derart nahe zu bringen."

Sie weiß Bescheid. „Ich fürchte, diese Nähe wird es niemals wieder geben."

Glee kniff ihre hübschen grünen Augen zusammen. „Hm, warum sagst du das? Du bist nun in jeder Hinsicht seine Ehefrau."

Sallys Gesicht wurde heiß. „Du verstehst nicht. Er hat so getan, als wäre ich Diana."

Glee blieb mitten auf dem Rasen stehen und starrte Sally an. „Unsinn! Ich kenne meinen Bruder, und ich weiß, dass er in dich verliebt ist. Er hat alle Anzeichen eines Mannes, der in seine Frau verliebt ist. Glaube mir, Diana ist völlig in Vergessenheit geraten, sei Gott ihrer lieben Seele gnädig."

Sally sprach mit erstickter Stimme. „Er nannte mich Diana. Als wir uns liebten."

„Oh je", sagte Glee stirnrunzelnd. „Ich merke an, dass es bestimmt nur aus alter Gewohnheit war. War es während des ersten Mals?"

„Das erste Mal?"

„Das erste Mal als ihr euch geliebt habt, du Gans!"

Sally schluckte. „Oh, ja, in der Tat."

„Da hast du es! Bestimmt aus alter

Gewohnheit. Wie ich meinen Bruder kenne, hat er seit Diana keine andere Frau geliebt und es war nur natürlich, dass ihr Name über seine Lippen kam – dieses erste Mal – aber glaube mir, er liebt dich."

„Ich wünschte, ich könnte dir glauben", sagte Sally schwach.

Glee schürzte die Lippen. „Ich glaube, jetzt verstehe ich alles."

„Alles?"

„Der Grund, warum mein armer Bruder so gepeinigt scheint. Nachdem er dich Diana genannt hat, hast du ihm verboten, dein Bett mit dir zu teilen, nicht wahr?"

Sally wirbelte herum, um sie anzusehen. „Woher weißt du das?"

„Glaube mir", sagte Glee mürrisch, „ich kenne die Symptome eines Mannes, der schrecklich in seine Frau verliebt, aber ihres Körpers beraubt ist. Ich lebe seit über zwei Jahren mit einem solchen Mann."

Sie gingen schweigend auf den Weg zu, der nach Hornsby führte.

„Du hast es George nicht gesagt, oder?", sagte Glee.

„Ihm was gesagt?"

„Dass er dich Diana nannte."

„Es schmerzte zu sehr und ich bin viel zu stolz."

„Das dachte ich mir! Anstatt sich bei dir dafür zu entschuldigen, dass er dich mit dem Namen seiner ehemaligen Frau ansprach, denkt er, du verbannst ihn aus deinem Bett, weil du ihn nicht liebst. Was *hast* du ihm gesagt?"

Glee warf ihrer Schwester einen fragenden Blick zu.

„Ich ... ich habe nichts gesagt. Ich schrieb ihm einen Brief."

Glee sah sie mit tanzenden Augen an. „Was hast du ihm geschrieben?"

"Ich sagte ihm ..., dass wir es nicht wiederholen könnten." Sie atmete tief ein. „Ich schrieb, dass ich ihn liebte, aber nur wie einen Bruder."

Glee seufzte. „Das erklärt das bedrückte Verhalten meines armen Bruders. Es ist wirklich nicht nett von dir, ihn so gefühllos zu behandeln, weißt du. Er hat es wirklich nicht leicht gehabt."

Sally wurde übel. Sie wünschte, sie könnte glauben, dass ihre Ablehnung ihn tatsächlich verletzt hatte – nicht, dass sie den armen Kerl verletzen wollte. „Hätte ich gedacht, dass ich ihn verletzen würde, hätte ich mich bestimmt nicht so gefühllos verhalten, aber ich versichere dir, das Einzige, was George an mir liebt, ist mein bereitwilliger Körper."

„Das ist nicht wahr! Ich kenne meinen Bruder viel länger als du, und ich bin sicher, dass er in dich verliebt ist."

Sally zuckte seufzend mit den Schultern. „Ich wünschte, ich könnte das glauben. Leider versuchst du nur, mich zu beruhigen, weil du mir eine gute Freundin bist."

„Blödsinn! Ich liebe auch meinen Bruder und will, dass er glücklich ist."

Sally konnte ihre angespannte Beziehung zu George nicht länger besprechen. „Da wir gerade vom Glücklichsein sprechen, ich habe letzte Nacht beim Kartenspielen bemerkt, dass eine große Veränderung über Blanks gekommen ist. Und über dich."

Glee lächelte. Ein breites Lächeln. Wie eine Katze, die einen Vogel gefangen hat. „Ja, wir sind in der Tat glücklich. Wir haben es wieder getan, weißt du."

Eine kühle Brise schlug Sally ins Gesicht. „Es?"

„Du weißt schon, *es*." Ihr Lächeln wollte nicht nachlassen.

Das, was sie mit George getan hatte. Die wunderbare Vereinigung. Kein Wunder, dass Glee so glücklich war. Sally nahm Glees Hand in ihre. „Ich freue mich so sehr für dich. Und für Blanks."

„Niemand auf Erden ist glücklicher als ich", sagte Glee zufrieden.

Sie kamen an den Weg und gingen auf das Gutshaus zu. Sally sah, wie Ebenezer Georges Pferd brachte. Sie wollte sich gerade aufregen, als sie sah, dass Blanks aufstieg, nicht George.

„Übrigens", sagte Glee, „du hast etwas sehr Seltsames in dem Brief getan, den du mir schicktest, um mir von Georges Unfall zu berichten."

Sally blinzelte gegen die Sonne, um ihre Schwester anzusehen. „Was?"

„Du unterschriebst mit Sally Spenser. Ich hoffe, das bedeutet nicht, dass es dir missfällt, Lady Sedgewick zu sein."

„Ich nehme an, alte Gewohnheiten sind schwer zu brechen. Ich bin sehr glücklich darüber, Lady Sedgewick zu sein, obwohl ich noch nie in meinem Leben so unglücklich war, wenn du verstehst, was ich meine."

„Ich verstehe."

* * *

Nach dem Abendmahl spielten sie Whist. Dieses Mal spielten Frauen gegen Männer. Leider bedeutete dies, dass Sally neben George am Tisch saß. Er war seit Erhalt des ungewollten Briefes nicht in der Lage gewesen, auch nur ein einziges

Wort mit ihr zu wechseln. Gleichzeitig war er nicht dazu fähig, sie aus seinen Gedanken zu verbannen. Am meisten dachte er an diese himmlische Nacht, als sie ihn in ihre Kammer eingeladen hatte. Wir konnte sie sich ihm so komplett hingeben, nur um ihn dann fallenzulassen? Jeder Kuss, jede Liebkosung bestätigte die vollkommene Vereinigung. Sie konnte nicht alles vorgetäuscht haben! Und doch musste er akzeptieren, dass sie ihn nicht wirklich liebte. Außer wie einen Bruder. *Verdammt!*

Lag es an seiner erlittenen Deformität? Er weigerte sich zu glauben, dass er derart inkompetent gewesen war, was das Lieben einer Frau betraf. Außerdem war sie zu unerfahren, um den Höhepunkt vorzutäuschen, der sie unkontrollierbar erbeben ließ. Nein, er war in der Lage gewesen, sie auf diese Weise zu erfüllen. Was war es dann?

„Du bist an der Reihe, Liebster", murmelte sie ihm zu.

Er sah auf ihr liebliches Gesicht und stellte fest, dass sie ihre Haare nicht gelockt hatte. Wollte sie im gefallen? Er hatte ihr gesagt, dass er ihr Haar glatt bevorzugte. Seine Augen wanderten entlang ihres goldenen Halses hinab zu ihren weichen, kleinen Brüsten, die sich hoben und senkten. Wie er sich danach sehnte, ihr das Kleid auszuziehen! Er erschauderte, dann warf er eine Karte auf den Tisch.

Es fiel ihm schwer, sich auf das Spiel zu konzentrieren, wenn ihre Gegenwart fortwährend seine Sinnlichkeit hervorrief. Jetzt konnte er sich die Qualen vorstellen, die Blanks in diesen zwei Jahren erlitten hatte.

Aber irgendetwas war heute anders an Blanks.

Eine selbstzufriedene Ausstrahlung. George sah seine Schwester an. Sie hatte dasselbe verräterische Lächeln.

Und dann wurde George plötzlich bewusst, dass als Blanks gestern auf Willingham eifersüchtig gewesen war und aus der Bibliothek gestürzt war, er Glee konfrontiert haben musste. Und sie hatten offensichtlich der Natur ihren Lauf gelassen. Waren sie zum Lusthaus zurückgekehrt, wo er sie damals kompromittiert hatte? Ein Lächeln machte sich auf Georges Gesicht breit. Ein Sieg errungen. Sein eigener würde ihm allerdings, leider, für immer entgehen„Liebster", sagte Sally zu ihm und legte eine Hand auf seinen Ärmel. „Wer waren diese Männer, die heute bei dir waren?"

„Niemand, um den du dich sorgen musst." Er schloss seine Frau nur ungern aus dieser Angelegenheit aus, aber es war zu ihrem Besten. Alles, was irgendwie mit dem Feuer verbunden war, hatte immer noch die Kraft, sie in größte Aufregung zu stürzen.

Nachdem er und Blanks das erste Spiel gewonnen hatten, gab er Müdigkeit als Grund an, obwohl es in der Tat die quälende Anwesenheit seiner Frau war, die ihn dazu drängte, den Tisch zu verlassen.

* * *

Sally ging mit ihrem Mann die Treppe hinauf.

„Du machst dir nicht immer noch Sorgen, dass ich stürzen könnte?", fragte er lachend.

„Nein, du hast mich davon überzeugt, dass du genesen bist. Ich bin überaus glücklich, aber ich muss auch feststellen, dass ich deine Gesellschaft vermisse."

Er blieb stehen und sah ihr tief in die Augen.

Es war ihr unmöglich, die Nacht zu vergessen, als er sie mit derartigem Verlangen angesehen hatte, so eindringlich, dass sie ihn eingeladen hatte, ihren willigen Körper zu nehmen. Sie konnte sich nicht erlauben, an diese Nacht zu denken. Es hatte ihm nichts bedeutet. Er brauchte nur die Erlösung eines Mannes, nicht die Liebe einer Ehefrau. „Es scheint mir, als bevorzugtest du Glees Gesellschaft", sagte er.

Sie stieg auf die nächste Stufe. „Es war wunderbar, Tag und Nacht mit dir zu verbringen. Ich bin ein eher kontrollierendes Geschöpf und war ganz in meinem Element, als ich dich herumbefehlen konnte." *Und jeden Moment mit dir verbringen und dich von ganzem Herzen lieben konnte.* Ihr Stolz erlaubte ihr nicht, diese Worte auszusprechen.

Als sie bei ihrer Türe ankamen, versteifte sie sich und griff nach der Klinke. Sie würde sich nicht erlauben, von ihm für seine körperliche Befriedigung verwendet zu werden. Sie lächelte und sagte: „Gute Nacht, George. Schlaf gut."

Er versuchte nicht einmal, seine trockenen Lippen auf ihre Stirn zu legen. Er drehte sich auf seinen Absätzen um und ging zu seinem Schlafgemach.

Als sie im Bett war, dachte sie an ihr Gespräch mit Glee. Dann erinnerte sie sich, dass Glee ihr über ihre Unterschrift auf dem Brief berichtet hatte. *Sally Spenser.* Eine alte Gewohnheit, die nicht leicht gebrochen werden konnte. Sie wollte genauso wenig Sally Spenser sein, wie sie bei ihrem verhassten älteren Bruder wohnen wollte. Aber sie hatte nur sich selbst mit dem falschen Namen bezeichnet.

Der falsche Name.

Hatte George dasselbe getan, als er sie Diana genannt hatte? Konnte Glee recht haben?

Kapitel 31

Da er in der Postkutsche auf dem Weg hierher wie ein Baby geschlafen hatte, hatte Lloyd angeboten, in der ersten Nacht die Wache zu übernehmen. Er war bedacht darauf, sich in Schwarz zu kleiden und schwärzte sogar sein Gesicht, so dass man ihn im Dunkeln nicht sehen konnte, wenn er über das Gut seiner Lordship schlich. Als es dunkel war, verließ er das große Gutshaus, kam zu einem Dickicht nahe den abgebrannten Stallungen, und setzte sich auf ein Fleckchen Wiese, um zu warten. Er war nicht sicher, worauf er wartete, aber er würde es wissen, wenn die Zeit gekommen war.

Seine erste Beobachtung machte er um sechs Uhr, als der stramme Stallknecht die Stallungen verließ und zum Abendessen ins Haupthaus ging. Lord Sedgewick hatte ihm gesagt, dass Ebenezer seine Mahlzeiten im Haupthaus einnahm. Ungefähr eine halbe Stunde später spazierte der Knecht gemütlich zum Stall zurück.

Die nächsten Stunden waren langweiliger als Gras beim Wachsen zu beobachten. Die Warterei war der schlimmste Teil seiner Arbeit. Aber das Gehalt war angemessen und Lloyd war sehr stolz darauf, die Guten zu beschützen und die Bösen zu bestrafen.

Sein Blick schweifte von den Ställen zum

Gutshaus, vom Gutshaus zu den Ställen. Er beobachtet, wie die Kerzen im Haupthaus eine nach der anderen ausgelöscht wurden, bis um elf Uhr das Haus in völlige Dunkelheit getaucht war. Er wurde nun selbst müde, aber er war nicht von der Sorte, die den Tageslohn annahmen, ohne die Arbeit zu leisten. Also blieb er wach. So schwer es auch war.

Nicht lange, nachdem die letzte Kerze ausgelöscht war, hörte er das sanfte Trommeln von Pferdehufen. Und sie führten nicht in Richtung des Gutshauses. Er setzte sich auf, seine Ohren waren gespitzt. Das Pferd näherte sich ohne zu zögern den Stallungen. Als das Pferd genau neben dem Stall stehenblieb, konnte Lloyd den Reiter sehen. Es war eine Lady! Er beobachtete, wie sie abstieg und ihr Pferd anband. Obwohl sie ein gutes Stück entfernt war, konnte er erkennen, dass sie hübsch war. Aber irgendetwas stimmte nicht. Sie war wie eine wahre Lady gekleidet. Qualität. Aber warum würde eine Lady der guten Gesellschaft einen Knecht besuchen?

Es schien ihm, dass eine Dame einen Mann um diese Zeit aus nur einem Grund besuchte, einem einzigen Grund. Und Lloyd missfiel es ausgesprochen, zwei Liebende auszuspionieren. Dafür war er nicht bezahlt worden.Da kam dieser Kerl Ebenezer auch schon aus den Schatten der Stallungen und küsste die Dame. Der Kuss ließ darauf schließen, dass dies nicht das erste Treffen dieser Art war. Er sah zu, wie der Knecht ihre Hand nahm und sie in das zerstörte Gebäude führte.

Lloyd verabscheute es, sich in ihre Angelegenheiten zu mischen, aber war gut bezahlt worden, um genau das zu tun. Er stand auf, ging leise auf die dunkle Seite des Stalls und beugte sich tief hinunter. Es war reine Spekulation, aber die Möglichkeit, dass die Lady den Knecht bezahlte, bestand, also musste Lloyd die beiden belauschen. Besser als zuzusehen!

Er konnte zuerst die Dame hören. „Ich sehe, du hast frisches Heu für uns, Ebenezer. Hast du mich die letzten zwei Wochen vermisst?"

„Ja, Miss Johnson", sagte der Knecht begierig. „Aber ich muss etwas zwischen uns klarstellen."

Die Dame sprach mit wirklich heiserer Stimme. „Ebenezer, komm zu mir."

„Nicht, bevor Ihr mir nicht versprochen habt, dass ich nicht mehr töten muss."

„Ich habe darüber nachgedacht und beschlossen, dass Lord Sedgewick genug gelitten hat dafür, was er mir angetan hat. Es gibt nur noch eine winzige Sache ..."

„Ich will nichts mehr tun. Ich will zurück nach Bath kommen, ins Coriander House. Ich will Euch jede Nacht neben mir liegen spüren."

„Du törichter Mann. Du weißt, dass ich immer oben bin. Jetzt komm her."

Du lieber Himmel! Lloyd hatte gerade genug gehört, um den Kerl zu verurteilen! Und die Lady! Was genau hatte er erfahren? Die Dame war Miss Johnson, die im Coriander House in Bath lebte. Er würde sich daran erinnern ohne es aufschreiben zu müssen.

Als Nächstes hörte er eine Menge Stöhnen und Ächzen und die schmutzigsten Worte, die er je in seinen einunddreißig Jahren gehört hatte! Dem Herrn sei gedankt, dass er diesen Teil nicht seiner Lordschaft berichten musste.Lloyd verspürte den starken Drang, sofort zum Gutshaus zu laufen

und seine Lordschaft aufzuwecken, aber er hatte
das Gefühl, noch nicht genug für sein Geld getan
zu haben. Er musste der Dame folgen, um mehr
Beweise gegen sie zu sammeln.

Aber um das zu tun brauchte er ein Pferd. Er
stand leise auf und ging zum Gutshaus, wo er
seinen Kollegen aufweckte.

„Was ist los?"

„Ich habe die Dame."

„Welche Dame?"

„Die, die versucht Lord Sedgewick zu zerstören.
Ich muss ihr folgen, wenn sie den Knecht verlässt.
Ich glaube, sie bezahlt den Knecht mit ihrem
Körper. Du musst ein Pferd für mich finden und
auf der Straße auf mich warten – an der
finstersten Stelle, die du finden kannst. Sie darf
dich nicht sehen."

Lloyd lief zurück zum Stall, und die beiden
trieben es immer noch. Er würde das Gehalt eines
Quartals darauf wetten, dass er nichts außer
noch mehr schmutzigem Gerede verpasst hatte.
Er hatte noch nie eine Lady so sprechen gehört
wie diese. Sie sprach eher wie eine Hure unten bei
den Docks als eine Lady, die in einem eleganten
Haus mit Namen wohnte!

Aber er musste gestehen, dass er von Ebenezer
beeindruckt war. Er hielt viele Runden mit dem
anspruchsvollen Frauenzimmer durch. Lloyd
wünschte, er hätte die Hälfte des
Durchhaltevermögens des strammen
Knechts.Nach einigen Stunden sagte die Lady:
„Du musst mir helfen, mich anzukleiden,
Ebenezer. Ich muss aufbrechen, bevor es hell
wird."

„Ihr habt eine Unterkunft im Dorf?"

„Ja, aber dies ist das letzte Mal. Der Gastwirt

fragt jedes Mal, was mich nach Tottenford bringt. Und Tottenford, oh Liebhaber, ist nicht wirklich eine Metropole."

„Weiß nicht, was eine Metropole ist."

„Du bist so wunderbar einfältig. Warte ein paar Tage und dann kannst du von hier fort und zu mir zurückkommen." Es folgte Schweigen, dann hörte Lloyd das Klimpern von Münzen. „Hier sind ein paar Schillinge für deine Reise."

Einige Minuten später verließen sie den Stall und der Knecht half ihr auf das Pferd. Lloyd wartete, bis sie fast außer Sichtweite war und folgte ihr dann. Er sah, wie sie am Ende der Straße nach rechts abbog. Die Straße nach Tottenford.

Gordon wartete mit dem Pferd hinter einigen Büschen. Lloyd nahm die Zügel. „Geh wieder ins Bett. Ich schaffe es alleine."

* * *

Während des Frühstücks am nächsten Tag teilte Adams George mit, dass ihn zwei Männer zu sprechen wünschten.

Könnten die Polizisten so schnell schon Informationen haben? Georg warf seine Gabel auf den Tisch, erhob sich und hastete in die Bibliothek. „Meine Herren?"

Die beiden lächelten selbstgefällig. „Wir haben die Information, die Ihr benötigt", sagte einer der Männer.Sein Puls beschleunigte sich. „Wer?"

Der Polizist, der den Notizblock hielt, antwortete. „Eine Miss Johnson vom Coriander House in Bath."

Georges Herz trommelte in seiner Brust. Weil er es gewagt hatte, eine Frau von geringerem Wohlstand und geringerer Schönheit zu heiraten und weil er der Frau im Pump Room die Leviten gelesen hatte, wünschte Betsy Johnson ihn zu zerstören. „Diese Hure! Diese Dirne!"

„Ja, sie ist beides und mehr", sagte der Polizist. „Ich glaube, sie bezahlt den Stallknecht mit ihrem Körper."

George lachte verbittert. „Er könnte eine wie sie in jedem Bordell finden."

„Damit habt Ihr recht! Ich habe noch nie eine Frau derartig schmutzig reden gehört, schon gar nicht eine Lady."

„Sie ist keine Lady", sagte George. Er traf den Blick des Mannes, der gerade gesprochen hatte. „Verzeiht mir, dass Ihr meinetwegen die faule Sprache dieser Frau mitanhören musstet."

„Es ist unsere alltägliche Arbeit – oder allnächtliche. Ich folgte ihr zum Cock'n Stock Inn, wo der Gastwirt bestätigte, dass die Dame drei Mal dort abgestiegen war. Obwohl sie den Namen Jones verwendet, kann der Gastwirt sie identifizieren."

„Und Lloyd hörte genug von dem Gespräch zwischen der Dame aus Bath und dem Knecht, um sie zu verurteilen", fügte der andere Mann hinzu.

„Gentlemen", sagte George, „ich denke, wir sollten nach Bath fahren. Zuerst, natürlich, werden wir Ebenezer festnehmen."

* * *

Einige Stunden vergingen, bevor George zum Haus zurückkehrte. Sally wartete.

„George Pembroke, ich muss feststellen, dass ich überaus böse auf dich bin! Du weißt, dass der Arzt dir nicht erlaubt, ins Freie zu gehen. Und warum willst du mir nicht sagen, wer diese beiden Männer sind?"

Er grinste verlegen und kam zu ihr, um ihre

Wange zu küssen. „Ich werde dir alles sagen, wenn ich aus Bath zurückkehre."

Sally griff nach seinem Arm. „Du wirst nicht nach Bath fahren!"

„Aber, meine Liebe, die Polizisten haben Ebenezer bereits festgenommen und haben vor, Betsy Johnson wegen ernsthafter Verbrechen gegen Lord Sedgewick festzunehmen und ich muss dabei sein."

„Betsy Johnson!", kreischte sie. „Polizisten? Oh, George, du bist so klug. Und jetzt passen alle Teile so gut zusammen." Bis zu diesem Moment hatte Sally nicht geglaubt, dass sie Miss Johnson hassen könnte. Sally war schließlich die Siegerin und sie wollte eine gnädige sein. Aber jeder, der einen derart finsteren Plan entwerfen konnte, verdiente Sallys Hass – zusammen mit einer Hinrichtung. „Du fährst nicht ohne mich nach Bath! Ich traue dir nicht zu, dich gut genug um dich selbst zu kümmern."

George warf ihr einen seltsamen, gequälten Blick zu. „Es steht dir frei zu tun, was auch immer du tun willst, Mylady."

„Dann werde ich einige Sachen packen", sagte sie, während sie bereits die Treppe hinauflief. „Zum Glück müssen wir uns nicht mehr um die Sicherheit der Kinder sorgen. Wie lange werden wir fort sein, Liebster?"

„Wir werden morgen zurückkehren."

„Dann werde ich die Kinder in Glees Obhut übergeben."

Als Hettie ihr beim Packen half, waren Sallys Gedanken verwirrt. Die schreckliche Vergangenheit, die von der bösartigen Betsy Johnson inszeniert worden war, vermischte sich mit der Zukunft und damit, was Sally von ihrer

Ehe zu retten wünschte. Konnte sie darauf hoffen, dass Glee recht hatte?

Es gab nur einen Weg, um es herauszufinden. Sie würde ihren Stolz hinunterschlucken müssen.

Kapitel 32

Die Sonne schien durch das kleine Fenster der Kutsche und tauchte Georges armes, von den Wunden heilendes Gesicht ins Licht, während Sally, die ihm gegenübersaß, im Schatten war. „Bitte setz dich zu mir", sagte sie. „Du bist in der Sonne."

Er warf ihr einen kühlen Blick zu und setzte sich neben sie.

Sie fuhren eine Weile ohne zu sprechen. Sally war sich viel zu sehr bewusst, wie nahe sein Knie an ihrem war. Und seine Nähe überflutete sie mit Erinnerungen an diese besondere Nähe, die sie geteilt hatten. Diese Nähe, die sie wiederzuerlangen hoffte.Um herauszufinden, ob er wirklich etwas für sie empfand, musste sie ihren Stolz in den Wind schlagen. Ihr Puls raste. Sie holte tief Luft und fing dann an: „Weißt du, George, ich war überaus gekränkt, als du mir sagtest, dass du mich liebtest, mich dann aber Diana nanntest."

Er wirbelte herum, riss die Augen auf und runzelte die Stirn. „Ich kann dich nicht Diana genannt haben! Ich habe seit Monaten nicht an sie gedacht. Du musst dich geirrt haben."

„Bemerkt eine fliegende Taube nicht, wenn sie von einer Kanonenkugel getroffen wird?"

Eine tiefe Sanftheit kam über sein immer noch

schönes Gesicht, als er ihr tief in die Augen schaute, dann ihre Hand nahm und zu seinen Lippen hob. „Ich kann mich kaum an Dianas Gesicht erinnern. Du bist es, und nur du, die unerbittlich jeden meiner wachen Gedanken beherrscht und jedes meiner Verlangen entzündet."

Es war also nur eine alte Gewohnheit gewesen! Es war wirklich sie, die er liebte! Sie bereute nun die letzten Nächte, in denen ihr Stolz ihren Geliebten aus ihrem Bett ferngehalten hatte. Sie nahm sein Gesicht in ihre Hände. „Und es bist du, nur du, den ich immer geliebt habe."

Seine grünen Augen tanzten. „Immer?"

Sie nickte verlegen.

„Darf ich dann vorschlagen, Lady Sedgewick, dass Ihr Euch auf meinen Schoß setzt?" Er schloss seine Hände um ihre Taille und hob sie auf seinen Schoß.

Sie war blitzschnell auf ihm, legte ihre Arme um seinen Hals und senkte ihre Lippen auf seine für einen unglaublich zärtlichen Kuss. Sie seufzte und wölbte sich ihm entgegen, ungeduldig, dass er ihre Brüste befreien solle, um sie mit seinem Mund inniger zu liebkosen.

Als sie die kühle Brise auf ihren freigelegten Brüsten spürte, dachte sie flüchtig an den Kutscher, an die Unschicklichkeit ihre Nacktheit, verwarf allerdings ihre Hemmungen, als George an ihren harten Brustwarzen saugte und seine Hand sich sanft unter ihren Röcken hinaufbewegte, was jeden Hauch eines Widerstandes im Keim erstickte und ein tiefes Verlangen in ihr zum Pochen brachte. „Du trägst keine Unterwäsche!", rief er aus.

Sie küsste ihn atemlos auf den Scheitel.

„Natürlich nicht! Ich hatte nicht den Wunsch, dich einzuschränken."

„Dann wusstest du …?"

Sie schüttelte den Kopf und löste damit einige Haarsträhnen aus ihrer Hochsteckfrisur. „Ich wusste es nicht, ich hoffte", flüsterte sie und senkte ihr Gesicht zu seinem.

„Du kleine Schlange!", knurrte er, als er sie hochhob. „Ich wünsche, dass du dich auf mich setzt, als würdest du ein Pferd ohne Sattel reiten."

Sie lächelte ihren Ehemann an, dann breitete sie ihre Röcke aus, schlang ihre Bein um ihn und sah ihn an, Stirn an Stirn, während sie ihre Hüften rhythmisch gegen ihn bewegte. Er presste sie an sich und keuchte aus erfüllter Zufriedenheit.

Eine pulsierende Hitze quoll in ihrem Inneren, dehnte sich aus, um jede Zelle ihres Körpers mit brennender Lust zu füllen.

Als er sich von seinen Kniehosen befreite zitterte sie und atmete unregelmäßig. Seine Hände glitten unter ihre Röcke, wo er ihre Öffnung ertastete und sich an sie anpasste, bevor die erste Welle sie erreichte. Welle um Welle kam über sie und gerade als Erleichterung sich in ihr auszubreiten schien, kam eine weitere Welle, bis die Wellen sich überschlugen und sie sich seinen Namen wieder und wieder schreien hören konnte.

Als die Wellen sich beruhigten, als sie keine Luft mehr in ihren Lungen hatte, um schreien zu können, als sie gegen seine kräftige Brust fiel, durchnässt, als wäre sie schwimmen gewesen, zog er sie nahe an sich und flüsterte heiser, atemlos in ihr feuchtes Ohr. „Bei allem, was mir heilig ist, meine Liebe, meine Sally, ich liebe dich von ganzem Herzen."

Er hielt sie, als wäre sie sein wertvollster Besitz, und es dämmerte ihr, dass ihr Mann sie in der Tat mit derselben quälenden Intensität liebte, die sie für ihn empfand. Sie hob ihr Gesicht zu seinem. „Ich bin so glücklich darüber, dass du mich zur Frau und nicht nur zur Gouvernante gemacht hast. Was für eine frevelhafte Gouvernante ich gewesen wäre!"

Er lachte, als er sie fester hielt, und sie legte ihr Gesicht für die lange, freudige Fahrt zurück nach Bath an seine Brust.

Ende

Cheryl Bolen Biografie

Cheryl Bolen ist eine New York Times- und USA Today-Bestsellerautorin und hat mehr als zwei Dutzend historischer Liebesromane geschrieben, von denen die meisten in der Regency-Zeit spielen. Ihre Bücher wurden in acht Sprachen übersetzt und erlangten Platzierungen in verschiedenen Schreibwettbewerben, so etwa auch im Daphne du Maurier Wettbewerb. 1999 wurde Cheryl als "Notable New Author" ausgezeichnet und gewann im Jahr 2006 die Holt Medallion in der Kategorie "Bester historischer Kurzroman". 2012 gewann sie den International Digital Award – eine Auszeichnung speziell für E-Bücher – im Bereich "Bester historischer Roman", und im Jahr darauf erzielte eine ihrer Novellen den ersten Platz in der Kategorie "Beste historische Novelle". Zahlreiche ihrer Bücher wurden zu Bestsellern bei Barnes & Noble und auf Amazon.

Sie ist eine ehemalige Journalistin mit einer Faszination für tote englische Damen und schreibt regelmäßig Beiträge für The Regency Plume, The Regency Reader und The Quizzing Glass. Viele ihrer Artikel kann man auch auf ihrer Webseite (www.CherylBolen.com) finden sowie auf ihrem Blog (www.CherylsRegencyRamblings.wordpress.com), wo sie ihre aktuellen Artikel einstellt. Leser sind an beiden Orten ganz herzlich willkommen.